摇滚黑天鹅

ROCK AND BLACK SWAN

十一尘／著

北方文艺出版社
哈尔滨

图书在版编目（CIP）数据

摇滚黑天鹅 / 十一尘著. -- 哈尔滨：北方文艺出版社，2022.3
ISBN 978-7-5317-5450-3

Ⅰ.①摇… Ⅱ.①十… Ⅲ.①长篇小说 - 中国 - 当代 Ⅳ.①I247.5

中国版本图书馆 CIP 数据核字 (2022) 第 016908 号

摇 滚 黑 天 鹅
YAOGUN HEITIANE

作　　者 / 十一尘		
责任编辑 / 富翔强	装帧设计 / 树上微出版	
出版发行 / 北方文艺出版社	邮　编 / 150008	
发行电话 / (0451) 86825533	经　销 / 新华书店	
地　　址 / 哈尔滨市南岗区宣庆小区 1 号楼	网　址 / www.bfwy.com	
印　　刷 / 武汉市籍缘印刷厂	开　本 / 787×1092　1/16	
字　　数 / 449 千	印　张 / 24	
版　　次 / 2022 年 3 月第 1 版	印　次 / 2022 年 3 月第 1 次印刷	
书　　号 / ISBN 978-7-5317-5450-3	定　价 / 78.00 元	

目录

第1章 最后的演出 001
第2章 十心乐队 005
第3章 阴差阳错 008
第4章 乐队招募书 011
第5章 回忆 014
第6章 贝斯手 017
第7章 逃课王去了哪里 020
第8章 我想成为吉他手 024
第9章 会故人 028
第10章 天鹅之湖 031
第11章 生日 034
第12章 鹈鹕首秀 039
第13章 心之所向 043
第14章 一锤定音 047
第15章 黑天鹅之名 052
第16章 新的开始 056
第17章 弃过往 059
第18章 初赛 063
第19章 星辰之下 068
第20章 假琴 074
第21章 内鬼 078
第22章 默默地爱 082
第23章 曾经的亚维 087
第24章 偶遇 090

第 25 章 真相初露 094

第 26 章 太音小可爱 098

第 27 章 游乐场 103

第 28 章 女王追求者 108

第 29 章 复赛（1） 112

第 30 章 复赛（2） 117

第 31 章 复赛（3） 123

第 32 章 他在等你 128

第 33 章 无弦有音 132

第 34 章 新年伊始 135

第 35 章 花火下的吻 141

第 36 章 谁是键盘手 147

第 37 章 道不同不相为谋 152

第 38 章 博弈 156

第 39 章 赛前小事 162

第 40 章 甜甜的生日 166

第 41 章 决赛（1） 172

第 42 章 决赛（2） 176

第 43 章 决赛（3） 182

第 44 章 最后的简讯 187

第 45 章 分数怪 191

第 46 章 警局邂逅 195

第 47 章 雨天 200

第 48 章 六十一键 205

第 49 章 葵舞台（1） 210

第 50 章 葵舞台（2） 215

第 51 章 葵舞台（3） 220

第 52 章 高管落网 224

第 53 章 考研 228

第 54 章 他的前任 232

第 55 章 密码 237

第56章 犯罪档案 241
第57章 缘尽余生 246
第58章 曾经的裴忻 252
第59章 债务 258
第60章 本能（1） 262
第61章 本能（2） 267
第62章 本能（3） 271
第63章 莫龄的误会 276
第64章 肯尼亚草原 280
第65章 自首 285
第66章 真面目 290
第67章 不辞而别 295
第68章 裴忻的表白 300
第69章 小卖部 304
第70章 真正的凶手 309
第71章 国风之音（1） 312
第72章 国风之音（2） 317
第73章 国风之音（3） 322
第74章 国风之音（4） 327
第75章 胎印 333
第76章 罪恶交换 337
第77章 咖啡馆（1） 341
第78章 咖啡馆（2） 346
第79章 咖啡馆（3） 349
第80章 第一次 354
第81章 打架 358
第82章 亲生女儿 362
第83章 幕后推手 367
第84章 团聚 371
第85章 黑天鹅女王 374

3

第1章 最后的演出

舞台骤亮，呼声跌宕，这一次，四面灯海皆是为她而来，主持人方才话落，粉墨登场的少年们带着最后一支摇滚歌曲走向舞台。

值得期待的"十心乐队"终于来了。

手握麦克风的主唱屹立在舞台中央，眼前如茫茫星辰，万千璀璨仿佛只照耀在她一人身上，而此刻的她，只想倾尽所有、透己之力，然后在这四方之地唱出内心最深层的呐喊。

凝神、吸气，她的嘴角露出一丝不易察觉的笑容，听着台下此起彼伏的呐喊，望着满场慕名而来的观众，她斟酌了良久，终于道："今天，是我最后一次为十心乐队演唱……"

"最后一次？"观众席顿时一阵唏嘘，台上的乐手也都个个面露惊诧。

"什么！"

刚才还满场欢腾的场馆顿时鸦雀无声。

"什么意思？"

"什么叫最后一次为十心乐队演唱？"

"你……"十心乐队吉他手走到主唱身边，带着惊恐又气愤的眼神轻声质问道，"你这是发什么神经？我们在演出呢！"

主唱没有回答，刚才还是冷艳高傲的脸上突然显出一丝疲惫，她没有发神经，她也知道自己正站在舞台上，目光所及之处的光芒都是她努力打下的江山，那是她倾注了整个青春的珍宝，不到无可奈何，她又岂会轻言放弃。

她再次望向台下，带着爱恨和不甘停下的步履深情道："没错，这个晚上，是我最后一次为十心乐队造梦。"

"裴忻！别走！"

所有的人都在呼唤她的名字。

……

早晨7点，轰隆隆的手机音乐将她从睡梦中闹醒。

嘈杂的声音顿时让寂静的房间充满了一丝生气，望思玛睡眼惺忪地伸了伸懒腰，起身，拉开窗帘，外头刺眼的阳光顿时刺射进来，她打开窗户，有些不太情愿地将脑袋探出窗外吸了一口新鲜空气，三十八度的高温并没有这么快退去，暑假还剩下最后一周，她已经过得十分无聊了，昨晚她就整理好了行李准备提前回到学校。

这是一个平凡得不能再平凡的女孩，二十多年的人生最多只能用"无功无过"来形容，虽然在家人眼中，她是一个听话的孩子，但望思玛并不想要那样的评价，身边那些特立独行、桀骜不驯的姑娘总能让她羡慕至极，她想要成为她们那样，如今，这样的渴望越来越强烈。

一件干练的工字背心、一条黑色长裤、镶满铆钉的双肩包、金属项链、手镯、耳环，每次整装待发前，它们总能带来满满的仪式感，只是如此炎热的天气，这些小饰品确实过于繁重，但望思玛却很喜欢，她坚信这些硬朗的东西能让她看着不再柔弱。出门前，她还故意在镜子前显摆了几下，扮个鬼脸，吐个舌头。

虽然她的装扮并没有给人太多"乖巧"的感觉，但不可否认的是，硬朗的着装下包裹着的，仍然是一个从骨子里透出绵绵软柔的少女。

"老妈！我回学校了。"望思玛拉着行李箱走出门。

"晚上别在外面玩，知道吗？还有，礼拜五下午没课就早点回来，妈等你吃饭……"

"知道啦，你别太想我啊！"

古朴清幽的百年校园，树影斑驳的寂静小路，空旷碧绿的足球场，校园仿佛是一片没有被功利践踏过的净土。刚来学校那会儿，望思玛也独自走过这几条小路，拖着同一个行李箱，大学生活对她来说既憧憬又忐忑，弹指间又是一年，暑假的结束代表着新一年轮回的开始，而今，景致和心情都不一样了，除了完成最后两年的学业，她也没有了任何留恋校园的理由。

望思玛走得很快，步子总是跟着耳麦中的音乐颇有节奏地踏着，耳麦中的音量很大，即使站在她身边也能听见细碎的音乐声，她喜欢那样，屏蔽周遭的一切声音并沉溺于自己的世界中。

她在音乐的世界里入了迷，眼睛直勾勾地盯着前方，全然没有察觉身旁有人狠狠撞了上来，"哎哟——"一个女孩扑在了她身上，她一个后退，双脚被自己的行李箱绊了一跤。

"妈呀！"望思玛拉扯着被坐到屁股下面的耳麦线，"谁啊，痛死我了。"

"对不起啊。"女孩赶忙起身扶起了她，"你……你没受伤吧。"女孩神色凝重，但还是帮她拍了拍衣服上的尘土。

"我……"望思玛还未回答，一个男人突然从大楼里奔出来，眼前女孩见状慌忙想转身离开，却被身后的男人一把拉住。

"裴忻！别走啊，听我解释。"

"你给我滚蛋！"女孩放大嗓门，用力甩开了男人的手，"你当我瞎了吗？还解释个屁！以后离我远点儿。"

"你冷静点，不是你想的那样啊！"

望思玛站在两人身旁有些尴尬，这样的狗血剧情在校园里每天都发生着，象牙塔里的爱情本就是青春的躁动，分分合合毫无营养，最多只能当成回忆。

望思玛拾起地上的行李箱和遮阳伞，笑了笑便转身离开，刚走了几步却又想起了什么，"裴……忻？"她看了看烈日下站着的那个女孩，"难怪有些眼熟……"

穿过漫长的校园长廊，两个月未见的门卫阿姨一眼就认出了她，"好久不见啊，你是204的吧？"

"嗯，阿姨早！"

"早，你们寝室的姑娘来的都挺早啊……"

望思玛疑惑地看着她，"204还有别人来了？"

"是啊。"

拿回钥匙，她快步走进寝室大楼，长长走廊真可谓"别有洞天"，温度的骤降使得原本黏糊糊的皮肤顿感凉爽，也许是人少，除了脚步声和行李箱滚轮的声音外四处都静悄悄的。望思玛打开2楼204的寝室门，一个熟悉的身影立刻跑来——

"思思，我可想死你了！"一个女孩迎面扑来。

"我说，你回来得也太早了吧！"望思玛一把推开她，"热死了，咱俩还是保持一个手肘的距离吧。"女孩名叫薛佳雯，是望思玛的室友，在这个十多平方米的房间里，她们已经共同生活了两年时光，每天一起去上课，一起吃饭，一起开卧谈会，更重要的是，每当考试，望思玛总能帮到薛佳雯。

"怎么样，衣服弄来了吗？"

"嗯，搞定了。"望思玛打开行李箱，拿出了两件碎花连衣裙，"你看看有问题吗？我找楼下的裁缝师傅做的，还告诉他别做得太精细，拿来当作业应该能蒙混过去。"

"哇。"薛佳雯拿起衣服反复看了看，"太没问题了。"她一手勾着望思玛的肩膀，一边把头靠在她的肩上，"思思你太好了，要是真让我踩缝纫机，我可是几天都踩不出那么直的线呀。"薛佳雯乐呵呵笑着，"你瞧这裙摆的褶子，打得多好看呀，还有腰上的省道，完美！你可真是我的救世主！"她朝着望思玛的脸亲了上去。

"哎呀行了，我都快热死了。"望思玛推开她，"我今晚要去对面的'欧特比'，不能陪你吃饭了，你方便的话给我打个晚饭吧！"

欧特比是申南大学附近一家有名的音乐酒吧，以原创音乐为主，聚集了诸多热爱音乐的年轻人。

"没问题，我听说学校的十心乐队过几天会在那里演出。"

"十心乐队？你是说学校音乐社那帮人吗？"

"嗯，放假前公告栏上就有海报贴出来了。"薛佳雯似乎找到了兴趣点，"他们乐队的吉他手何亚维简直帅呆了……听说还是管理学院的高才生，我要去看，我要去看！"

"十心乐队……"望思玛思考了几秒，"那个乐队的主唱是不是叫裴忻？"

"对啊对啊。"薛佳雯立刻回答，"长头发，挺好看的那个。"

"哦！那应该就是她了，以前只在学校广播里听过她的歌，可刚才我看见她本人了，她好像和男朋友吵架了！"

"她的男朋友？那不就是何亚维吗？"薛佳雯一惊一乍叫道，"真的？你确定那女的是裴忻？你确定他们吵架了？"

"至少那男生就是这么叫她的，就在学校超市门口。"望思玛不解，"怎么了？"

"太棒了啊！"薛佳雯的眼神中透露出一丝邪魅的表情，那表情中夹杂着嫉妒和期待，又夹杂着单纯与玩笑，"思思你不知道，那个裴忻总是一副高傲冷漠的样子，没见她笑过，何亚维一定是受够她了，哈哈！等了两年，我的男神终于变回单身了。"她傻笑起来。

"你算了吧，那些搞乐队的人能有几个正经的。"望思玛不屑地回应道，"人家又不认识你，况且学校帅哥多了去了，干吗非得找玩音乐的？"

"哼！你又瞧不起玩音乐的了，那你呢？"薛佳雯嘟起嘴。

"好吧，不过话说回来，那个叫裴忻的女人，唱得还真不错……"

"人家是申南大学的歌后，听说高中时代就拿了许多歌唱比赛的冠军，每天跟在屁股后面献殷勤的男生数也数不完，做什么事都是一副盛气凌人的样子，何亚维一定受了不少委屈吧？好在他苦尽甘来，现在终于熬出头了。"

"哦？是吗？"望思玛有些不屑，"何亚维真有那么优秀吗？我觉得他在裴忻身边，简直就像一只丑小鸭。"

"哎呀，望思玛你讨厌，不许你这么说！"

第 2 章 十心乐队

艺术楼建在第六寝室旁边，这栋房子的顶楼有一间琴房，那是"十心乐队"平时排练的地方，今天，乐队其他成员都没有到，只有那对昔日的小情侣坐在里面，何亚维显得焦头烂额，裴忻却坐在鼓凳上异常冷静。

她终于想好了，这次要做个彻彻底底的了断，何亚维早已不是从前那个对她一心一意的男孩，大学三年里，他不止一次背着裴忻与其他女孩约会，今天，当她再次发现男友手机里那些暧昧的短信后，她知道自己已经没有选择了。

何亚维像往常一样一遍又一遍地发着毒誓，希望借此得到裴忻的原谅，见裴忻一直无动于衷，他的话语也越来越令人作呕，对于所谓的甜言蜜语和山盟海誓，裴忻早已麻木，亚维说出的每一个字，都像一只只浸在蜜糖里的蟑螂，让她恶心至极。对于何亚维劈腿一事，裴忻不愿再听解释，今天，除了和何亚维分手，她还有另一个目的，那就是离开十心乐团。

在此之前，裴忻已经在这个乐团当了三年的主唱，乐团从成立时的默默无闻到现在拥趸无数，连学院的很多老师都给予了很大支持，就拿这间琴房来说，就是学院为"十心乐团"特意腾出来的排练室，学校没有音乐系，建校这么久以来也难得有一支出彩的学生乐队，所以，校领导一直都很关注乐队的发展，而今裴忻突然提出离开乐队，这让何亚维根本不能接受。

事实上，何亚维的劈腿还不是让裴忻放弃乐队的根本原因，这三年里，她看着亚维从起初的才华横溢，到现在的安于现状、不思进取，去年几场大型演出过后，她发现何亚维的虚荣心开始爆棚，掌声和尖叫更让他变得自负起来，随着名声越来越大，乐队的其他成员也开始心猿意马，貌合神离，裴忻把大部分的时间花在了乐队上，可是乐队却越来越像一盘散沙。

"再怎么样也得唱完下周啊！你这么一走我怎么跟酒吧老板交代？"

"欧特比？何亚维，你收了那老板不少钱吧！"裴忻以一种极度不满的眼神质问他，"你觉得那些兄弟是不是还蒙在鼓里？"

"裴忻……你……谁告诉你的？"何亚维瞪大了眼睛，"你可别胡说！"

"真有你的啊，收了酒吧老板的钱跟隔壁班女生约会？"裴忻冷笑了一声，"你把我当傻子吗？就算我是傻子，你的兄弟也不傻吧，我们现在连揭穿你的兴致都没有，给你个好建议，你找那个女生来唱，反正她求之不得。"

裴忻整理起谱架上一叠厚厚的乐谱，那些跳跃的音符文记录着她和何亚维当年所有的热忱与心血，现在，它们如同一团废纸，在亚维心中毫无分量。墙角有一把电吉他，那是裴忻刚进乐队时买的，她花了整整半年的打工钱，何亚维曾经手把手地教她弹琴，现在，只有裴忻一个人支撑着十心乐队的梦想。

　　这个暑假结束就意味着裴忻的大学生活只剩下最后一年了，虽然找工作对毕业生而言迫在眉睫，可裴忻并不打算马上实习，对于乐队，她仍然有自己的坚持。

　　"以后我不再是十心乐队的人了！"这是裴忻离开琴房前扔下的最后一句话。

　　申南综合大学，地处S市区的全国重点大学，交通便捷，环境优美，尤其是中央那片巨大的人工湖，以及周围栽种的桃花树，当年的裴忻最喜欢拉着何亚维在湖边的亭子里小憩，何亚维拿着把木吉他，她一边哼着歌词，一边拿着纸笔记下，十心乐队的歌就这么诞生了。

　　暑假的夜晚总是过分漫长，删除了电脑和手机里所有何亚维的联系方式后，裴忻坐在写字台前翻阅着一沓厚厚的乐谱。她的手指不经意间跟着脑海中闪过的旋律敲打着桌子，在十心乐团当主唱的这三年，他们创作出了不少好歌，除了早些时候何亚维主创的几支歌，之后的作词、编曲大多是由裴忻和键盘手小安完成的，裴忻细细琢磨着几首未完成的作品，如果能配上好的编曲，那会是几首很棒的歌。可惜了，何亚维总是不把心思放在乐队上，旷课不说，在家也不练琴，排练的时候更是敷衍了事，好几次演出，他不是因为出风头乱摆姿势，就是忘了曲谱而弹错音，对此，小安也颇有意见，但看在多年兄弟的情面上，也就一直忍着，倒是裴忻为此和他大吵了几次。

　　"真的都结束了吗？"对于白天发生的事裴忻仍是痛苦万分，她脾气犟，好胜心又强，只要认准的事，就会持之以恒做下去，这几年的乐队生涯中，她为了提升自己，还报名参加了音乐学院的进修班，昂贵的学费也都是她这两年在外驻场演出和节省下来的生活费，她曾想着只要努力，有朝一日乐队就可以站在更大的主流舞台，而现在，还在路上的梦想却要化成了泡影。

　　"真是不甘心……"心情低落的裴忻拨弄起桌上的手机，而这时，她才看见今早闺蜜发来的一条微信，十心乐队另一场活动的宣传海报已经设计好了，就等着裴忻最后确认。

　　裴忻将乐谱都整理到一个档案袋中，大学最后一年，她很清楚自己想要什么，她不想放弃，如果不能在十心乐队走到底，那就换一条路试试。

　　"喂，海伦吗？是我裴忻……"思前想后，她还是在午夜十二点给闺蜜打了电话。

　　"海伦，你明天可以帮我重新设计一张海报吗？"电话响了很久才被接起来，海伦是她在广告系的好友，而这个点儿，对方明显已经睡下。

电话那头是海伦微弱的声音。

"是的，很急，我等不了了……"

这三年里，十心乐队所有的宣传品都是海伦帮忙设计的，海伦也早习惯了裴忻风风火火的性格，她总是想到什么就会马上付诸行动，对自己是，对他人也是！

"嗯，太谢谢你了，那……开学那天可以给我吗？是的……谢谢你，我没事，真的别担心。"

挂掉电话，裴忻长舒一口气，这个决心，她下了很久，这一次，终于能有个了断了，不仅是给乐队一个交代，更是给自己一个交代。

第 3 章 阴差阳错

晚上 7 点，"欧特比"门口已经人头攒动，打扮形形色色的年轻人陆续来到这里，望思玛读高中时曾瞒着父母来这儿看过几次演出，因为毗邻大学，欧特比的顾客中有很大一批正是申南大学的学生，酒吧隶属于一家地下唱片公司，老板也是当年赫赫有名的地下歌手，因为乐友众多，再加上不错的商业头脑，"欧特比"便在多方支持下应运而生，尤其是前两年重金砸来的几个摇滚圈大腕儿，更让酒吧声名鹊起，这里很快成了音乐爱好者交流的圣地。

她照例坐在 2 楼一个不起眼的角落里，点了一杯苏打水看着楼下的人群。今天受邀演出的是一支美国乐队，舞台前面站满了密密麻麻的音乐狂热者，他们簇拥在一起，跟着台上的乐手们甩头挥手，嘴里不时还发出一声声嗷吼。

一对年轻男女走了过来，男的是个小平头，女的长发披肩，有些羞涩，望思玛身边有仅剩的两个空座位，这奇葩的角度最多只够看到一半的舞台，见没有选择，望思玛便笑了笑示意他们一同坐，女孩说话很轻，和男孩子对话时一副羞答答的样子，显然是第一次来这种地方，男孩给她点了一杯果汁，开始喋喋不休介绍起音乐来。

男孩子是学吉他的，望思玛听了几句便能猜出来，因为他刚学了几个月就开始班门弄斧，前后不下十支乐队遭到他的诟病，即使望思玛不是专业的摇滚乐迷，但他们的聊天内容还是让她忍俊不禁。

"真是个狂妄自大的家伙！"望思玛斜眼看了看两人，更可笑的是，他身边女孩子竟似懂非懂地流露出崇拜的表情。

随着演出进行到中段，酒吧的烟味越来越浓，望思玛闻着难受便离开了室内。欧特比的门口是一个十字路口，这里是 S 市的主干道，无论何时街上都是熙熙攘攘的繁忙景象。一阵风吹过，闷热的身体瞬时感到一阵凉意，摸摸后背，望思玛这才发现自己的背心早已湿了一片，刚才酒吧里的狂热气氛让她根本察觉不到浑浊的空气和燥热温度，若是再待下去，调理那么多年的哮喘想必又要复发了。

路口是人行天桥，站在天桥上可以俯瞰到欧特比和不远处的申南大学，望思玛很喜欢站在十字路口的上方看风景，尤其是看脚下欧特比，那个闪烁的大招牌对她来说有着特别的含义，她回想起自己第一次来这里看演出，那时候还是个高三学生，哥哥为了缓解她的高考压力而带她来到这里，她记得那时是一支日本乐队，望思玛不知道那些人在唱什么，但台下却是如此充满热情，她到现在还记得那震耳欲聋的鼓声，每一次鼓槌与鼓面撞击的响声都让她脆弱的心脏激动地颤动着，但这样的环境反而让她真正放松下来，最后在哥哥的鼓励下她来到舞台前，所有的一切都近在咫尺，她挥舞着身躯和双手，不顾一切融入疯狂的音乐之中，台上歌手的呐喊、势如洪水的鼓声、精湛的吉他独奏让她目瞪口呆，那一刻，她被摇滚乐征服了。

一晃两年过去，欧特比还是一如既往地让年轻人魂牵梦绕，望思玛也变得更加像"欧特比风格"的年轻人，高中到大学的两年，她改变了原先的穿着打扮，不再喜欢那些裙摆飘扬的连衣裙，而是穿起了背心和牛仔裤，她的后肩上有一个牛角刺青，那是她上个月刚文上去的，为此父亲已经多次警告过她，让她在开学前洗掉那些不干净的东西。

现在的欧特比，对她来说还有一层其他的意义。

"什么？想罢演？"此时，几个身材魁梧的男人从望思玛身后经过，最前面的人拿着手机大声呵斥着，"拿了钱可别给老子玩花样……"那个男人停顿了几秒又开始大声谩骂道，"瞧你这窝囊样，连个女人都摆不平，这事儿要是让忠哥知道了，你们乐队以后别想在这圈子里混了……行了行了，你要换人可以，总之别给我惹麻烦……"

所谓的地下音乐圈，乐手们表面上各怀梦想和自尊，高谈音乐创作与演奏艺术，而事实上，大多数人仍不得不为金钱和名利疲于奔命，没有眼前的一口饭，哪有能力等来诗和远方。

想要在藏龙卧虎的地下乐团里脱颖而出，迈向更主流的大舞台，光有能力自然不够，还得有运气和商业头脑，很多人都会巴结有实力的前辈和上流经纪公司的大佬，或者用一些聪明但无耻至极的偏门手段。

对于这点，望思玛早已看得透彻，因为身边有太多这样的人，脱去名牌大学学生的外壳，他们就是虚荣、自私、贪得无厌的人，男生们劈腿、考试作弊、打架，这样的事情在校园里太多了，多到令人厌烦，多到很容易令人不经意间深陷其中。

20岁的年轻人可以有很多选择，是踏入净土还是掉入魔窟，真的仅在一念之间。

那一年的望思玛以优异的美术成绩考进了申南大学服装学院，那是父母为她填的第二志愿，他们希望女儿留在S市念书，原本的她梦想成为一名油画家，可惜高考时美术学院将她无情地淘汰下来。望思玛因为这件事一直抱有遗憾，申南的服装设计学是许多女孩梦寐以求的专业，但对望思玛来说却没有任何吸引力，自始至终，她都和专业格格不入，平日里的穿衣打扮，也是以简单的黑白两色为主。刚进学校时，由于对身材不自信，她甚至没穿过露肩的衣服，因为缺乏对专业课的兴趣，成绩自然也不突出。久而久之，望思玛感觉自己就是班里一只自生自灭的小爬虫，唯一能让同学们记住她的，就是她那个可能已经粘在耳朵上的大耳麦。

望思玛不喜交谈，但对每个人都很有礼貌，对朋友更是真诚，不吸烟不喝酒，虽然打扮得有些社会感，但在大多数熟人心里，她仍能配得上校园乖乖女的定义。

说起长相，其实她的五官很秀气，性格温和，为人谦虚，平日里不乏三两爱慕者，但这样的她却常常出入欧特比的狂躁音乐中，要不是那身朋克风格的打扮，她的气场与那环境显得完全不搭调。

不！其实也搭调，因为她也是一位乐手。

第 4 章 乐队招募书

开学第一天，沉寂的校园立刻沸沸扬扬，教学楼间的林荫小道挤满了返校的学生。酷热的夏季还未离去，操场和篮球场已见男孩们矫健的身姿，大三课表一出，薛佳雯就忍不住满世界抱怨。原来今年的服装设计系比往年多出了不少实践操作课程，除了周三，其他时间都被安排得明明白白，就连周末都有逃不掉的网络必修课。

上学期的期末作业总算是蒙混过关，本以为这学期能轻松一些，没想到排课老师还是没有心慈手软。

"天哪，我还要被折磨多久？"望思玛也颇为无奈。这两年，她厌倦了跟自己专业有关的一切，比如观摩各种时尚发布会，比如操持各种针线布料，又比如绘制一幅幅巨大到整个人都要趴在上面的打版图纸。虽然外人看来这些事还挺酷的，尤其是每年都能免费去看各种大牌发布会，但望思玛从来都没有兴趣，光靠卖掉自己的这些门票，她就能赚够一个月的生活费。

当然作为本专业的学生，最让她痛苦的，当属每周踩那该死的工业缝纫机，说起缝纫机，望思玛的印象只停留在小时候妈妈放在窗户边的那台老式脚踏缝纫机。因为小学的时候，那个缝纫机就是自己的小书桌，只有妈妈要做衣服的时候，才会把桌子里那个奇怪的大家伙翻上来，而今，学校的工业缝纫机就像一只巨型怪兽一样难以驾驭，她缝的每一块布，都得拆拆补补好几个回合才能过关。

每次上实操课，她都觉得自己像一个没有感情的纺车女工，唯有下课铃一响，她才能元神归位，确认自己还活着。

今天也是，十一点半一到，薛佳雯就拉着望思玛往北面食堂冲去。食堂向来是学校人气最高的地方，据说学生们在报考大学的时候，伙食质量也是影响他们择校的一条隐形标准。每每到了中午和晚上，申南大学的食堂总是香气扑鼻，亲民的价格和色香味俱全的菜肴让这里成为申南大学的一大特色，每学期的开学日更是人气爆棚，连食堂外都被挤得里三层外三层，堪比旅游景区的小吃一条街。

"望思玛，你看那儿！"薛佳雯指着远处食堂外的一角，食堂大楼的一侧是学校张贴公告的地方。往日里，这里会时时更新学校社团活动或是勤工俭学的招募信息，大多数情况下，路过的人也就看一眼便离开了，今天却围着密密麻麻的人。

"难不成是有什么大公告？望思玛，我们去看看。"

"有什么好看的？无非就是篮球社和舞蹈社在招新人吧，我都饿了一个上午了，吃饭要紧，晚了就找不到座位了！"

"就看一眼，说不定是十心乐队的演出海报呢？"薛佳雯边说边推着望思玛朝公告栏走去，"我就看看是不是他们的海报，就看一眼！"

兴奋的薛佳雯拨开层层人群，纤瘦的身体一下子挤到了最前面，一张颇有冲击力的大海报贴在了最中央，这也确实是一张乐队的海报，但不是十心乐队的，而是另一支乐队的招募书，紧接着，周围的人也交头接耳议论起来。

"十心乐队的主唱怎么了？上学期还好好的，怎么突然出来单干了？"

"谁知道，听说她和乐队的关系搞僵了，指不定是乐队把她踢出来了。"

"可那个吉他手不是她男朋友吗？前段时间我还看见他们一起去酒吧呢？这么快就拆伙了？"

"人红是非多……"

"呵呵，说不定是小两口分手了……"

"哼！"薛佳雯不屑地叹了一声，"不就是看着自己有点人气想单飞嘛，有什么了不起的，没有裴忻，十心乐队一样能做好！你说是吧？"她拍了拍身边的望思玛，望思玛并没有回答她，此刻，她正仔细看着那幅海报上的招募启事。

音乐社的社长裴忻计划重组一支乐队，正在招募乐手，至于条件嘛，热爱音乐，有器乐基础，每周能够参加乐队的排练就可以报名，但唯一苛刻的要求，就是乐队只招女生，不招男生。

要成立一支女子乐队并不容易，把所有的男人拒之门外，这显然没有考虑过现状。申南大学里玩音乐的学生本就屈指可数，女生更是寥寥无几，现在除了裴忻，乐队还得招两位吉他手，一位贝斯手，还有一位鼓手……

"望思玛！望思玛！你怎么了？"薛佳雯拍着她的肩膀，"你傻愣着看什么呀，我们去吃饭吧……"

"嗯。"

食堂里早已人满为患，一番寻觅后，薛佳雯抢到了两个窗前的空位，她招呼望思玛看好位置，自己去打饭菜。透过窗台，望思玛依然能看到楼下公告栏旁一群又一群围观者。

她回头想要找寻人群中的薛佳雯，也就在此时，食堂里，一个雪白的身影一下子吸引了望思玛的注意。不远处站着一个身材火辣的女孩，白色的背心，白色的牛仔裤，还有一头被漂得煞白煞白的短发。她站在人群中，身边的一切都变得黯然失色，经过的男孩女孩们不自觉地盯着她打量，人群中，她像一道白色的光芒，尤为显眼，美得令人窒息，而她似乎也并不理会周遭那些奇怪的目光。她的头上顶着一副巨大的耳机，跟着人群缓缓挪动，直到轮到她了，她才快速取下脑袋上的大装备。

食堂大叔异样地看着她，手也不抖了，给她挖上了满满一勺子菜。

"女神"打完饭菜，在众人的注目礼中慢慢离开，虽然校园里这样另类的打扮也不少，但她的光芒却与众不同，那洁白的装束仿佛游戏世界里的冰雪女神，而"女神"回首的一刹那，望思玛这才看清了她的脸，"她不是……"

"最美味的鱼香肉丝！"薛佳雯突然出现在她面前，手里晃晃端着个餐盘，上面放着两盘小菜，两碗米饭，还有一碗汤。

"佳雯，你小心点。"望思玛立刻接过了她手中的盘子，"还真是没有你吃不上的饭。"

"所以说望思玛你应该对我好点儿！要不是因为老娘眼疾手快，最后一碗鸡蛋汤就没有了，我厉害吧！"薛佳雯颇为得意地坐了下来，"思思，你看你平时穿得霸道，一副大姐大的样子，打饭的时候一点都派不上用场，打饭要向我学习，越不要脸往前挤，越能吃上好东西。"

"好吧，你赢了，我晚上琴行有课，你那么厉害，要不再给我打份饭？"

"没问题。我说思思，你是不是谈恋爱了呀？"薛佳雯眨了眨眼睛。

"谈恋爱？"望思玛一脸疑惑，"我？跟谁？"

"看你最近练鼓练得勤快，每天在寝室里不是打哑鼓垫就是抄乐谱，你给我老实交代，教你打鼓的老师是不是很帅？你是不是喜欢上人家了？"薛佳雯身上的八卦虫爬了出来，"可别瞒我啊，你平时学习都没那么认真呢……"

"噗——"望思玛忍不住笑出声来，"拉倒吧，跟谁也不会跟个乐手，那家琴行老板收了我的钱，自然得认真学了。"

"真是这样吗？"薛佳雯仍然有些半信半疑，"好吧，在我没找到证据前就相信你。不过话说回来，平时一个人练鼓多孤单呀，哪有鼓手一个人打鼓的，你应该让老师给你找个乐队。"

"乐队？呵呵，以后再说吧。"

第 5 章 回忆

她独自一个人坐在空落落的琴房里，呆滞地看着墙上十心乐队的海报。原本每周二和周五的晚上都是乐队的排练时间，这里也会充斥着年轻人追随梦想的声音，琴房大门上有个玻璃窗，路过的学生和老师们最喜欢探头凑个热闹看看。

以前，裴忻总是第一个到排练房，一手拿着琴，一手拿着给何亚维打的晚饭，键盘手小安习惯提前十分钟到，然后把新编的谱子和裴忻对上一遍，贝斯手阿藏每次都带着一身臭汗从足球场直奔琴房，然后在空调下吹上好一会儿，等大家调音都结束了，他才不慌不忙打开琴包抬出他的"尚方宝剑"。对于阿藏，队员们都觉得神奇，乐队成立三年，大家几乎没怎么见这小子练过琴，照理说这样的态度在乐队里一定是个浑水摸鱼的主儿，但事实上，阿藏每次排练时都是出错最少的那个，很多难演奏的地方他都能轻松搞定。裴忻看过不少校园乐队的演出，像阿藏这样技术过硬的贝斯手，还真没有几个。对此，阿藏也颇为得意，常常自诩自己是未来的保罗·麦卡特尼。但裴忻知道，像阿藏这样在人前毫不费力的人，想必是在人后极其努力的。

还有一位和阿藏关系最好的，十心乐队的鼓手肖子凌，贝斯与鼓，在乐队里也算是一对官配了吧。肖子凌是刚进大一时才学的鼓，和十心乐队一路走来也算不容易，裴忻还记得大一时他们的乐队首秀，第一首歌就因为鼓手打错拍子而让乐队陷入了一团混乱。肖子凌是信息学院的学霸，自尊心强，下了舞台就东拼西凑借钱买了一套鼓，每天一顿猛练，作为十心乐队实力垫底儿的乐手，这几年也算是进步神速，这点大家都看在眼里。

后来，何亚维常常拉着肖子凌去喝酒，两人要么不喝，一喝就是一整晚，因为总是不在状态，久而久之就耽误了乐队排练。小安说了他们几次，有一次话说重了点，大家又有些醉意，所以动了手。本以为男人间的友谊都是单纯又坚不可摧的，没想到还真结下了梁子。照理说兄弟三人有不开心，总要有第四个人站出来化解一下，阿藏就不是，他对谁都是不闻不问，只顾着自己，到最后，整个乐队只有裴忻在做和事佬，其他人个个漠不关心，貌合神离。

只要是关于十心乐队的事情，裴忻全部都记得。

再说说脚下的这间排练房，拥有这间十心乐队专属的排练房实属不易。正因为当初的努力，乐队成立一年便拿了高校乐队大赛的第四名，为了鼓励他们，学校还赞助了音响和一套鼓。去年，学校还给这间排练房的墙都贴上了隔音棉。

因为大部分时间都和乐队的人在一起，裴忻习惯了有何亚维在身边的日子，而现在，巨大的落差让她缓不过神来。她感到孤独，她每一天都在向前奔跑，但跑着跑着，她竟跑回了起点。

愣了好一会儿，寂静的房间里突然响起了手机铃声。

"喂……是的，我是裴忻！是啊，海报上的招募信息是我贴出的……对，还在招募，请问您学的是什么乐器……"原来是贴出去的招募广告有了反馈。

"这样啊，真对不起，没有器乐基础不太合适，不过还是谢谢你。"裴忻有些小失望，电话那头是裴忻的歌迷，只可惜女孩子什么乐器都不会，只是承诺可以为了加入女子乐队而去学，裴忻婉言谢绝了，大学最后一年，她已经等不起了。

饭菜早就凉透，裴忻依旧没有动筷，她傻傻地敲了几下身后的鼓，神情略显疲惫，好在今天运气不错，没过多久，手机再次响起，"喂，你好……"

果然，又是一个看到海报来咨询的人。

"是鼓手吗？对，还没有找到，您是有推荐的朋友吗……你？真对不起，我们不招男生……"裴忻挂断了电话，海报上已经写得很清楚了，不招男生，却还是有人想来试探一下。裴忻在学校算是个名气响当当的风云人物，不仅颜值高，唱歌好，身材也是秒杀一众模特班的同学，对于那些故意和她套近乎的男人，她早已见怪不怪。

她端起盒饭，开始咀嚼起生硬又干涩的米饭来，少了精神食粮，那些地里种出来的东西显得枯燥无味，吃着吃着，她又一动不动地发起呆来……

"咚咚咚！"有人敲响了排练房的门，裴忻抬起头，门敞着，一个女孩站在外面，瘦弱的身板后面背着一个大大的琴包，裴忻的眼神中多了一丝小兴奋，颇有期待地站起来打了个招呼，"你好。"

女孩很有礼貌地鞠了个躬，她小心翼翼地走进排练房，生怕碰坏了什么东西，在裴忻面前，她的气场显然弱极了，连说话都变得结结巴巴，简单地介绍了自己后，裴忻帮她插上了吉他电源，女孩也认真地弹了两首曲子，这个女孩和她理想中的女吉他手似乎还有些距离，不过基本的节奏都没有问题，只要勤加练习，再加上与乐队的配合，技术应该能够跟上，算是一个可以考虑的候选人，但唯一让她为难的是，女孩因为平时课程繁忙，不能经常参加排练，这是裴忻最不能容忍的，她绝对不允许新乐队成为第二个"十心乐队"。

"组乐队可不是你想的那么容易，虽然它只是某种意义上的兴趣爱好，但却需要所有人的配合和认真对待，不知道你是不是可以为了乐队克服困难？"裴忻严肃地问道，"至少每周要腾出两天时间排练……这是必须的。"

女孩有些犹豫，看得出来，她也很想加入裴忻的乐队，可考虑了半天，学业似乎不能和排练时间兼顾,"学姐,这样的话我得重新安排我的选修课……"

"你不用那么快回答我。"裴忻看出了女孩的担忧,"你先回去考虑考虑,如果你能接受乐队的条件,并且在我们找到新乐手前可以再来找我。"

"嗯!"

"但是,一旦你加入乐队了,希望你做好心理准备。乐队不是随便玩玩的地方,你得对它负责……"

"我知道了。"

裴忻送走了女孩,这是她整个下午唯一的收获,今天是乐队招募书贴出的第一天,算是略有效果了。

之后的几天,裴忻的电话几乎都要被打爆了。因为公开了联系方式,很多乐迷打电话询问情况,不仅如此,她的电话很快被传到了网上,各种演出商也慕名找到她,希望她能参加商演活动,都被裴忻一一婉拒了。

最为恼火的是,每天都有一些奇奇怪怪的男生向她表达爱意。

"你好,你是Peggy吗?"裴忻走在教学楼的走廊上,身后突然有人拍了下她的肩膀,Peggy是裴忻的英文名,她转过身,一个穿着迷你裙的女孩站在那里。

"不好意思,你是裴忻吗?"女孩乐呵呵地看着她,嘴里还嚼着口香糖。

"是的,有什么事吗?"

"您好,我叫陶贝贝,我看了女子乐队的招募海报,请问,你们乐队的女贝斯手找到了吗?"

"还没有……"她上下打量起眼前的女孩来,"有事?"

"哇,那太好了。"这个叫陶贝贝的女孩一脸欣喜,"那……我可以报名吗?"

"报名?"裴忻有些意外,"可以,如果你学过。"

"学过学过,我看了海报上的招募要求,挺想试试的,学姐,你看什么时候有时间,我们聊聊。"

"嗯,你留个微信给我,或者下了课直接去艺术楼5楼找我……"

"没问题,晚上见,你的微信我昨天就加了,记得通过一下。"说完,女孩一蹦一跳地走了。

"大明星,看来你晚上的档期又不属于我了……"海伦在一边无奈笑道,"我真是后悔当年没学个吉他啥的……"

第 6 章 贝斯手

下午五点，女孩如约而至，和琴包同时映入裴忻眼帘的，是一双亮闪闪的尖头皮鞋。这是 C 家最经典的款，价格一万六，就算是国外代购，也要一万三。何亚维曾对她开玩笑，待到今年生日，就送她一双这样的鞋，现在，她的生日已经过去了整整两个月。

"哇，原来这就是学校乐队的排练房……还不错。"

"进来吧。"

"Peggy，就你一个人吗？"

"没错。"

"那……需要我弹什么呢？"陶贝贝边说边打开了她的琴箱，一把原木色的贝斯让裴忻眼前一亮，裴忻下意识地走近跟前，"三万美元。"她记得没有错，这姑娘手里拿的这把琴可是 J 厂最赫赫有名的贝斯之一，全球限量几十把，裴忻只是在杂志上看到过这把琴，没想到今天能看到，看来这陶贝贝的经济实力真是不容小觑。

如此强大的阵势也让裴忻愈发期待这个陶贝贝究竟能把琴弹出怎样的水平来。

"你平时听什么歌？"

"国外的，国内的乐队都听一些。"陶贝贝蹲在一旁给贝斯接上音响，"那……我弹一首《冷雨夜》的间奏吧，我最早学的。"

"好。"

按照裴忻的要求，陶贝贝弹奏了一段最拿手的贝斯独奏。看得出，这个女孩倒是跟着老师学过几年，虽然没有百分百按着原谱来，但也算是弹得不错。

"加入我的乐队，每周至少需要有两个晚上过来排练，不能迟到，不能早退，不管学业多忙，作业多少，都要坚持过来，你能做到吗？"

"可以，学姐你说什么我都可以。"

对于组乐队这件事，陶贝贝显得满腔热血。事实上，组乐队也是她一直以来的愿望，而且英语系今年的课程并不多，应该有足够多的时间留给乐队。

见她条件不错，人也积极阳光，裴忻自然没有拒绝的理由，更何况，一周下来确有不少学吉他的女孩子来报名，但贝斯手倒是头一个。

"这样吧。"裴忻从背包里拿出一沓乐谱，"这是我们以前排练过的歌，都是一些老牌欧美乐队的。里面有贝斯谱，你可以先回去练练，等我们人都到齐了，随时排练好吗？"

"这么说，我是被录取了？"陶贝贝一脸欢喜，"学姐，你的意思是，我可以成为乐队的贝斯手了？"

"是啊，我是真不想让你浪费了这把好琴，你得对得起它，若是弹不出好听的音乐，那就太可惜了……"

"好！我会的，我会的，放心好了。"陶贝贝给了裴忻一个大大的拥抱，"学姐，真是太谢谢你了。"

"以后这间琴房就是我们乐队排练的地方，如果在寝室练琴不方便，就到这里来。"

"好，那我先走了，赶紧回家练谱去啦。"陶贝贝一手提着琴箱，一手夹着乐谱，一步一蹦地朝门口走去，刚走几步，又兴奋地转过身来，"对了学姐，我们的乐队叫什么？"

"先练琴。"

"OK"陶贝贝做了个手势，就在此时，她突然发现门外站着一个人，着实把她吓了一大跳。

门外的人一米八的个儿，身穿一件黑T恤，一条破洞牛仔裤，脚上还有一双污迹斑斑的球鞋。此人不是别人，正是何亚维，何亚维的神情也有些恍惚，但即便这样还是没有挡住他那张英俊的脸。

陶贝贝看了看他，又看了看身后的裴忻。

"你来干什么？"裴忻从房间里快步冲了出来，"我和你已经没有任何关系了……"

"裴忻，我知道是我错了，请你不要走。"

"学姐，我先走啦。"陶贝贝与何亚维对视了一眼便匆匆离开了。

"贝贝，好好练谱子，我们下周就排练！"裴忻故意提高了嗓门，显然，这话是说给何亚维听的。

"裴忻，你真的要重新做乐队？"何亚维张开双臂想要一把抱住裴忻。

"别碰我。"裴忻一把甩开了他，"招募书都贴出来了，你认为我是在开玩笑吗？"

"宝贝，我发誓不再跟那个女人来往了，这次是真的，求你了，再相信我最后一次。"何亚维双手扶着裴忻的肩膀，想要再次把她往怀里搂。

"我说过，你的事我已经没有兴趣了，何亚维！我们已经分手了，没有关系了，你和谁好与我无关！"裴忻再次推开了他，"从今天起，你谈你的恋爱，我做我的乐队，希望你不要再来骚扰我！"

"那好，裴忻，既然做不成男女朋友，那让我也留在你们乐队吧，这样还能经常见你一面，我不会有非分之想，只想看看你。"何亚维放低了要求。

"你是瞎子吗？"裴忻转过身去，"我的乐队只招女生，你来干什么？端茶倒水都轮不到你，作为吉他手，你不合格！"此时，她的眼里有一滴眼泪，她不想让何亚维看到这一幕,"以前你送我的东西我会让小安给你拿回去,我们不是一路人,真的没有必要浪费时间了。"

"你就这么想离开我吗?乐队就让你这么不开心吗?这么多年,说散就散,你也太绝情了吧?"

"我绝情?你看看你们一个个都成什么样了!"裴忻吼道,"你觉得十心团结吗?你们这些人整天就知道喝酒、泡妞、打游戏,根本没把心思放在乐队上,这样的乐队,值得我再付出感情吗?"

"好,就算你对十心乐队没感情,那我呢?三年的感情你说分就分?"

"是的,说分就分,我已经受够你了。"

"裴忻,乐队不是主业,总不见得二十四小时排练吧,我也有自己的朋友,哥们儿几个交流是为了毕业之后有更好的发展……"

"应酬交际?就你?呵呵呵!"裴忻冷笑了两声,"你在外面都干了些什么事,当年要不是我爸爸……"

"够了!"何亚维一下清醒过来,裴忻的话仿佛戳中了他的软肋,"裴忻,你别说了,我知道了。"何亚维沮丧地低着头,"对不起,以后我不会再来找你。"

说罢,他头也不回地朝外走了出去。

第 7 章 逃课王去了哪里

第四宿舍501号房间今天特别热闹，四张桌子被拼成了一张，上面放满了烤串、小食，还有学校食堂最硬的几个"大菜"，桌子的中间还放了一个八寸的杧果慕斯蛋糕，那是裴忻买的，上头还插了几支蜡烛。

今天是海伦的生日，她的室友们"密谋"给她办了个简单的生日宴。裴忻赶去的时候，海伦刚刚感动得落了几滴眼泪，见裴忻来了，激动之情更是溢于言表，"谢谢"两字都还没说出口，就已经哭得梨花带雨。

裴忻手里拿着个沉沉的袋子，里面装满了啤酒，见海伦哭得泣不成声，便跑过去给了她一个大大的拥抱，"好了，老一岁就老一岁吧，你哭什么？"

"裴忻！今天我太开心了，她们说你两个月前就把蛋糕订好了……"

"哦……提两个月定能打折！"

"你可拉倒吧，这家的蛋糕从来不打折……"海伦哭着拍拍裴忻，"死鸭子嘴硬。"

其他女孩见裴忻来了也纷纷起身热情招呼着，这是她们第一次这么近距离看到校园歌后。

"本来能早点儿来的，没想到哲学课那老师废话挺多，三分钟的事儿硬是和我说了半小时，要不是我的脸已经黑了，估计只能赶得上夜宵了。"

"行了行了，别生气，您能来我就已经很开心了。"海伦给她拉了椅子，"这可是您老第一次摆驾我的寝室啊，我室友知道你要来，还把房间从头到尾打扫了一遍，怎么样处女座，我这儿还过得去吧？"

"行！那喝酒吧！"裴忻说，"我走的时候那男人非要送我回寝室，还非要帮我买酒，扯不扯？"裴忻摇摇头，"真麻烦，改天我还得找人还他钱。"

"哪个男人？谁啊？"

"就是新来的老师啊。"

"真行！我说裴忻啊，到底还是你有本事。"海伦两手作揖佩服得五体投地，"去年我们也选过他的课，那家伙一堂课从头到尾都没抬头看过我们一眼啊！课后老娘我还想问个问题呢，哪知道他竟然让我发邮件，哎，男人果然还是看脸的。"

"可不是，那老师一定对你有意思吧？"海伦刚说罢，另个室友也来了兴致，"听说他好像在学校挺受欢迎的……"

"要不是那天排练晚了，也不至于只能选他的课……算了，不说这个了。"

"来！谢谢大家为我准备的生日派对。"海伦举起酒杯，"明年这个时候我们就要各奔东西了，大学最后一年我们姐妹几个一定要过得开心啊，我会永远记得今天的，友情长存，不醉不归。"

"生日快乐，未来的大设计师。"五个女孩围坐在桌前，享受着她们最后一年的大学时光。

"对了，裴忻，陶贝贝去你们乐队了吗？"室友丽丽问道。

"哦？你认识她？"

"嗯，她是我高中的学妹，我妈和她妈也认识。之前她跟我说加入你们乐队了，不过这两天她妈妈发消息给我，说她一直逃课，也不知道去了哪里，让我多关心一下。"

"逃课？这家伙。"裴忻一脸吃惊，"这姑娘每天晚上都在跟我发消息讨论新歌，我以为她乖着呢，谁想到白天还逃课？"

"估计去哪里玩了吧，这丫头不拿大学当回事，还真是任性。"

"这样下去可怎么毕业？"海伦拿起酒杯喝掉了一大半。

"人家可是富二代，富可敌国，毕不毕业根本无所谓，我们在起跑线挣扎的时候，人家已经躺赢在终点了，人各有命，你们几个平头百姓还是别瞎操心了！"

"行，回头我问一下。"

就在此刻，裴忻的微信来了，一看发件人，竟然还是陶贝贝发来的：

"学姐，明天晚上来黑弦琴行一次，一定要来啊。"微信上只显示了简短的几个字。

说起这个黑弦琴行，那可是S市规模最大的琴行，放在全国都是赫赫有名的。黑弦琴行里不仅囊括了全亚洲最多的乐器品牌和最好的音乐老师，还培养了不少学生乐队，是很多非音乐院校学生梦寐以求的音乐圣地，当然，学费也是贵得当仁不让。

裴忻猜得没错，陶贝贝用的那把J牌的原木色贝斯就是在那里买的，价值连城，全球限量不到几十把，土豪阶级专享，用来收藏都是相当保值的。

陶贝贝神秘兮兮地约她过去，这小丫头无非又看中了哪把名贵的琴，然后想买下来吧。出于关心，裴忻还是决定去看看。

次日晚上，裴忻笃悠悠地走到黑弦琴行，她还记得上一次来这里，还是何亚维陪着她来的，并且送了她一根不错的吉他背带。

"裴忻，裴忻，裴忻，我在这里！"裴忻的一只脚刚踏进琴行，里面就窜出一个声音来，"这里，这里。"陶贝贝伸出手招呼着，"裴忻，快跟我上楼。"

"你怎么没去上课？"

"这事儿我以后慢慢跟你说。"

"找我来到底什么事？"

"哎呀，带你见个人，你上去就知道了。"

这家琴行共有五层楼，每一层都展放着上万件乐器，三楼是电声乐中心，除了不胜枚举的名牌吉他、贝斯外，还有8间教室，其中的VIP（贵宾）教室在一处走廊的尽头，也是陶贝贝要带裴忻去的地方。

门开了，裴忻小心翼翼地走进房间。房间很大，周围放满了乐器，南边还另外辟出了一间小型录音室，录音室里站着一个四十多岁，穿着蓝格子衬衫和牛仔裤的男人，裴忻和陶贝贝径直走过去。

男人看到两人来了，便放下手中的东西迎了上来。

而此时的裴忻却一脸惊愕，她觉得眼前的男人特别眼熟，而嘴角一颗独有风格的痣让她更加确信了这一点，裴忻不敢相信自己的眼睛，站在原地彻底蒙了，"这……他……他不是……"

男人笑眯眯地伸出手，"您好，裴忻小姐。我是杜兴文，叫我Simon就好。"

真的是杜兴文，裴忻没猜错。

Simon杜，中国最好的乐队——红爵士乐队的贝斯手，也是裴忻最喜欢的国内贝斯手。

"杜老师您好。"裴忻激动地迎上去，"很荣幸见到您。"

"我看过十心乐队的演出，你唱得很棒！"Simon边说边竖了个大拇指。

"真的吗？太谢谢您了。"裴忻有些受宠若惊。

"裴忻，这是我的贝斯老师。"

"什么……你的贝斯老师？"裴忻更加吃惊，这陶贝贝也真是够厉害的，认识圈里这么大的腕儿，还做了人家的弟子。

"是啊，之前我就是跟他学的贝斯，现在我跟你一起做乐队。我觉得吧，还是得让老师多辅导一下，不能给你丢脸啊。"

"啊？哦……"裴忻有些不好意思，"这么好的老师，你一定要认真学啊。"说罢，她把陶贝贝拉到了一边，"我说你……难不成你这几天没去学校上课，是在这儿练琴？"

"嗯，有问题吗？"陶贝贝一脸不屑。

"怎么没问题？老师都打电话给你妈了。我说，这件事你可得自己搞定，如果因为练琴耽误学业，这锅我可不给你背。"

"知道啦，知道啦。"陶贝贝有点不耐烦，"反正那课不上我也能及格，你就放一百个心吧，对了，音乐上面你有问题可以直接问我姑父，他人可好了。"

"什么？你说……杜兴文是你姑父？"

"嗯！我姑父白天不在这里教课，你可千万别给我姑父讲我翘课的事儿，知道了吗？如果他知道我翘课，肯定告诉我妈，也不会再教我弹琴了，记得啊，一定要保密！"

"那你明天就回学校上课……否则我就把你开除，你信不信？"

"OK！OK！OK！"

第8章 我想成为吉他手

校园里的枫叶终于寄来了秋天的第一丝气息，秋雨悄然而至，一点一滴渗进教学楼的钢筋围墙，来不及打伞的学生们在楼宇间竭力奔跑，唯有足球场上那几个大汗淋漓的男生愿意站在原地享受一波清凉。

雨天的校园是制造浪漫的最佳场地，雨伞温润了象牙塔里的清浅光阴，男生们纷纷脱下外套，将自己的女友搂在怀中，一朵朵盛开的雨伞下，上演着一幕幕令人艳羡的雨中情缘。

望思玛无疑是被雨淋的那一个，薛佳雯一早就提醒她拿伞，可是她却嫌重，出门前的最后一秒她还是把伞放在了宿舍的书桌上。这会儿，雨水将她全身都浇湿了，从头发到裤脚一点不落，从宿舍到教学楼要走十多分钟，而她，这会儿还要赶着去车站接朋友。

11路公交车终于停靠在申南大学站，望思玛已经等了足足半小时。每次下雨，校门口的这条主干道就会水泄不通，虽然见面的日子是对方定的，但她还是觉得有些愧疚，毕竟，但凡来过他们学校的人，十有八九都会被门口的交通折磨得怨声载道。

"莫龄！我在这儿。"车门一开，望思玛就跑上前去。

"呀，你怎么没打伞？"女孩见到她立刻撑起了手中的长柄伞，这把伞很小，但还是尽量靠向了望思玛，"快过来，你这样会感冒的。"

"我没事。"她抓住伞柄推向女孩，"往后一点，你的琴别淋湿了。"

"对不起，今天等车等了三十……"

"别说了，先去我宿舍，我给你擦擦。"两人挽着手臂踩着水洼径直走向了校园深处。

女孩名叫莫龄，是静中大学中文系的大四学生。静中大学和申南大学这两个学校其实只相隔五公里，申南大学以艺术系最出名，而静中大学则是一所重文科的大学，就和它的名字一样，静中真境，淡中本然。这个百年老校出来的学生也大多儒雅内敛，做事稳健，比如莫龄。

望思玛和莫龄两个人原本并无交集，她们的相遇是在去年的草莓音乐节上。望思玛因为在现场太激动，背包上的金属挂坠不小心钩破了莫龄的衬衣，被钩破衬衣的莫龄顿时春光乍泄，露出了半个胸衣，周遭的年轻人顿时起哄，望思玛情急之下便把自己的外套脱下来披在她身上。好在莫龄事后也没有太生气，望思玛赔了罪，两人还一起吃了顿饭，最后就这么成了好朋友。

尽管差了一岁，但望思玛却和莫龄却很合得来，随着慢慢地深入交往，望思玛惊喜地发现这个文静的学姐不仅是一位出了三本畅销书的大作家，还弹得一手好吉他。

女孩子间就是这样，但凡有点共同的话题，就能让彼此相见恨晚。

"你的鼓学得怎么样了？"

"每天在宿舍练练基本功，周末去琴行练实鼓，还只是基础，老师说我有些心急了。"

"老江说得没错，打鼓这东西和吉他一样，没有捷径，只能不停地练，急不来。"

"对了，还没谢谢你把江老师介绍给我，换了这么多架子鼓老师，我觉得他最靠谱。"

"是吗？但我觉得，是你自己想通了要好好学而已。"

"那……莫龄，你今天来我们学校……是有什么事吗？"她开了一瓶矿泉水放在莫龄面前，"你们的读书会又和我们搞联谊了？"

"七点半，我约了裴忻。"莫龄低着头，紧紧握住了矿泉水瓶。

而听到"裴忻"两个字的望思玛，一脸疑惑地看着她，"约了裴忻，你……"她指了指桌边莫龄的吉他，"难不成……"

"我在高校艺术联盟网站上看到了裴忻的海报，所以，想来试试！"

"哦……"望思玛恍然大悟，随后又忍不住笑起来，"这个白发魔女还真是魅力四射呢，不过以你的实力配她的乐队，嗯，绰绰有余！"望思玛带着一丝自豪道："话说回来，学姐你现在还有时间组乐队？你不是在写书吗？你的读书会不管了吗？"

"不会影响，你放心好了。只是，我今天本想提早一个小时过来找你吃个饭，没想到迟到了这么久……"莫龄有些不好意思。

"七点半。"望思玛看看手机，"不好，马上就到点儿了，走吧走吧，我送你到楼下。"

其实对于组乐队这件事，莫龄已经深思熟虑了很久，她一直在等待一个机会，而这个机会，似乎已经不慌不忙地来到她面前。

一向温文尔雅的她，自小就渴望成为一名摇滚乐手。7岁的时候，亲戚从国外给她带了一把尤克里里，莫龄抱在手里玩了好几天都不肯放下，还缠着父亲教她，而他父亲只是个普通的语文老师，哪里会弹这个。于是，父亲就跟莫龄她妈商量着是不是让莫龄学个吉他。

可没想到的是，这小小的要求竟被莫龄的妈妈断然拒绝，说起莫龄的妈妈也是强势，从小逼着莫龄学这学那，人家小朋友还在理解灰姑娘水晶鞋的时候，她已经在莫龄的耳边读《红楼梦》了。

而所谓的学这学那，也只不过是学校的大三门，语文数学和英语，这也要学那也要学，对于莫龄爸爸提起学吉他的事儿，那是绝对不会同意的。

"哪有女孩子弹吉他的，像什么样子？我们小时候，只有那些不良少年才会弹吉他，穿着喇叭裤，带着录音机在马路上公然放噪音。"

"这都什么年代了，让孩子学音乐，以后长大多个兴趣爱好不好吗？"

"吉他是音乐吗？要学至少也得像楼下老徐他们家孩子，学个钢琴，拉个小提琴、大提琴什么的啊！我不是不让你学音乐，你看人家电视里的交响乐团，穿西装礼服的才叫演奏家，人家演奏的才叫音乐好吗，你学的那是啥？你学的是坏。"

"妈，学吉他怎么就学坏了，你这思想太迂腐了……"

后来，母女俩为这事吵了整整三天。最终，母亲没能抵挡住父女俩的轮番轰炸，不得不妥协了一步，"这样吧龄龄，既然你喜欢音乐，你先学钢琴，钢琴学好了，我再让你学吉他。"

先学钢琴，再学吉他，这条件，也亏得莫龄妈能想出来。与其说是妥协，不如说是缓兵之计，刚摸了几天的东西，谁能保证三五年后还那么喜欢？况且还是个对世界充满好奇的7岁孩子。

但她万万没想到的是，莫龄真的做到了。12岁那年，她拿着钢琴十级证书来到父母面前，义正词严地让父母兑现承诺，让她去学吉他。

两口子当时就震惊了，母亲乖乖掏了钱，给女儿买了把吉他，又报了个学习班。莫龄这小姑娘也是争气，不管做什么事都能坚持下来，吉他一弹就弹到了高三，也丝毫没有影响她的成绩。

高考那年，莫龄的第一志愿本是音乐学院，但在母亲一哭二闹三上吊的压力下，她还是改成了静中大学的中文系。在母亲眼里，所谓的读大学就是读正儿八经的专业，将来当个老师、当个医生才能捧住铁饭碗，一辈子不愁吃，不愁穿，最重要的，是不愁嫁。艺术这种虚无缥缈的上层建筑，充其量也只能算人生中锦上添花的东西吧。

之后，莫龄在大学中度过了最平静的第一年，忙碌的课业也逼得她无暇顾及其他，直到大二考英语四级的那天，莫龄路过了一家琴行，门口的橱窗里展出了一把她很喜欢的木吉他，她在橱窗前驻足了许久……

她就这么不知不觉地走进去，一排排的吉他让她挪不开眼，她与吉他的孽缘也就又开始了。

透过一间琴行教室的玻璃窗，莫龄看到了自己内心最向往的样子：几个年轻人围坐在一起，有的弹吉他，有的弹贝斯，有的在打鼓，大家谁都没有说话，但却真真实实在交流，他们不用张嘴，一个眼神，一个琴音就能让彼此的灵魂深刻交流。

若言琴上有琴声，放在匣中何不鸣？若言声在指头上，何不于君指上听？这种感觉，真好。

背对着莫龄坐在门口的是一个姑娘，黑色的头发，性感的露背 T 恤，纤瘦高挑的身材配上一把酷炫的电吉他，这架势，确实是让人一见钟情。只可惜，莫龄没有看到姑娘的脸。

后来……

莫龄错过了四级考试，又被她妈狠狠训斥了一顿。

"莫龄，莫龄！"望思玛的喊声让她一下子回过神来，"你怎么了，想什么呢？"

"对不起，我刚才走神了。"

"到了，你自己上去吧。"此时，两人已经走到了艺术楼前，"5 楼，上去右拐就到了……"

今天的艺术楼安静得可怕，似乎整栋大楼的人都能听到莫龄推门的声音。

第9章 会故人

"什么？你进了？你果然进了！"此时此刻，电话两头正是望思玛和莫龄，"莫大神果然还是莫大神，快跟我说说你们都聊了点什么？裴忻那个女魔头看到你弹吉他是不是被震慑了，然后献出了自己的膝盖？"

"哪有，就你戏多，我们也就随便聊了聊，什么献出膝盖，人家也不差嘛。"

"啊，聊了聊就让你留下了？你是带简历去了吗？"

"下次我跟你说具体的，今天不早了，望思玛你别操心我了，你的图纸画完没？画完就早点睡。"

"画完了画完了，薛佳雯昨天就帮我画完了！"说罢，她一只手勾在薛佳雯的肩膀上，"回头聊。"

刚挂电话，一旁的薛佳雯瞬时翻了个白眼，"又是裴忻，那个裴忻有什么好？都被十心乐队开除了，还那么趾高气扬，组个乐队面试这么多轮，真以为自己CEO（首席执行官）吗？"

说来也巧，今天正好是十心乐队的演出日，因为之前裴忻突然离队，十心乐队的演出被推后了整整一个月，这一个月里，何亚维也在疯狂寻找新的主唱接替裴忻。

此时的薛佳雯刚刚从欧特比回来，就在刚才，十心乐队在舞台上正式介绍了他们的新主唱——闹闹。

人如其名，胡行乱闹。这个闹闹是何亚维从另一个学校挖来的，长着一张复制粘贴的网红脸。刚才的演出上，她故意将上衣开了一半，露出了波涛汹涌的气势，底下还穿着一条齐臀热裤，修长白嫩的大腿不停地在舞台上招摇，颇得底下男生喜欢。尤其是何亚维，弹琴的时候还不忘给她暗送秋波，其实姑娘唱功还算尚可，只是着装有些陋俗，气质上与裴忻仍是有云泥之别。

唱着裴忻写的歌，学着裴忻惯用的手势，新主唱闹闹的表现还算差强人意，但底下裴忻的乐迷们并不买账，好在姑娘有先见之明，请了一大波朋友前来造势，这才让台下的欢呼声盖过了吐槽声。

整场演出下来，台上的乐手个个大汗淋漓，效果虽不及往日，好在也没出什么纰漏，闹闹这姑娘也是尽了全力，好与坏也不能全怪人家。毕竟，这是裴忻当年做红的场子。

薛佳雯站在台下无疑一副不爽的表情，她不喜欢裴忻，但跟裴忻比起来，这个闹闹也太扯淡了。

欧特比的附近有一大片绿地，绿地一旁有一个小湖，望思玛在床上辗转反侧，每次聊到跟欧特比有关的话题，她都会做相同的噩梦。

梦中，哥哥正坐在小湖边的石凳上，一边弹着琴，一边写着歌，时而又跟着吉他声哼了起来，望思玛就坐在哥哥身边看书，专业课的压力实在太大了，只有在哥哥的琴声下，望思玛才能真正静下心来。

突然，"砰"的一声，吉他声骤断，望思玛惊得一抬头，哥哥手里的吉他同时断了六根弦，他一动不动地端坐在那里，鲜血如失控的水枪那样从嘴里向外涌出。

"哥，你怎么了？"望思玛冲过去。

哥哥的身体仍然一动不动，眼睛用尽最后的力气看了看望思玛，然后倒在了石凳上。

"哥，你醒醒啊，你不要离开我，不要啊！"望思玛声嘶力竭地哭喊着，"你说过下周要带我去看的演唱会的，你不能说话不算话啊，哥！"

哥哥的鲜血从石凳一直流一直流，流到了面前的小湖中，湖里面的小家伙们也变得躁动不安，竟然挥挥翅膀飞了出去。

"哥——哥——"

"啊——"

她一下从梦中惊醒，脸上满是眼泪，宿舍其他几个人也被惊醒了"思思，你怎么了，又做噩梦了吗？"

"对……我是说，对……对不起……对不起……"

此事，时钟正好停在了十二点。

十二点，静中中义系的莫龄仍在挑灯夜读，不仅是她，整个宿舍楼都是灯火通明，很多人正在为考研而拼搏。大四，是结束，也可以说是开始。

关于自己的未来，她还没有完全想好。父母常常跟她说，拿个研究生学历，以后找工作机会更大一些，对于这样的提点，莫龄是完全认可的，但同时，她也希望早点独立，因为早些进社会了，她才能活得更自由些。

放下书，莫龄揉了揉自己疲倦的双眼，余光被桌角的木吉他吸引了过去——

"好久不见，这两年过得怎么样？"她又想起了几个小时前在申南大学排练房的情景。

"在静中哪有好不好的，每天就是读书。"莫龄回答，而坐在她对面的，正是裴忻。裴忻没有接话，只是静静地看着她。

见气氛依然尴尬，莫龄便补了一句："没人跟我抢，我吧……什么都好。"

裴忻笑了笑，"不错。"她端起了茶几上的玻璃杯抿了一口茶，"什么时候学的吉他？"说完，她酝酿了一下，这才挤出了一句她最想问的话，"他……教你的？"

"嗯……我想想，应该……是在你系红领巾的时候吧。"莫龄调侃道。

裴忻抬头，有些诧异，莫龄顺手打开琴箱，拿出了自己的吉他，这是一把浅蓝色的奥威逊木吉他，非常漂亮。

"拾音器我没有带来，指弹吧。"

裴忻仍然没有答话，莫龄抱起吉他，用脚打了几下拍子，一首轻快的布鲁斯就挑起了整个房间的气氛。

今天的莫龄很不一样，准确地说是在裴忻眼里很不一样。她低着头，自信又专注地抚着琴，五指与六弦琴配合得天衣无缝，每一下都拨得行云流水，每一根纤长的手指独立且自带灵魂，每一个在琴弦上跳跃的音符都圆滑饱满，清脆且有力量。那一刻，裴忻简直不敢相信眼前的这个姑娘是莫龄……那个一口就能被她吃掉的莫龄。

琴声落下……对面的裴忻像被按了暂停键一样……目瞪口呆。

"呵呵。"她一脸不可思议又有些尴尬地呵了两声，想要弹到如此境界，还真不是一朝一夕能练成的。

"所以，你现在组乐队，是为了他？"

莫龄没有回答，只是笑笑。

第 10 章 天鹅之湖

在面对自己不喜欢的课程时，老师所讲的每一句话都可能会成为安眠曲。

又到一节工艺课，望思玛从上课的第一秒起，魂就不自觉地腾云驾雾，飘到了璇霄丹台、仙山楼阁……

而她的肉身，此时正抓着布料，一动不动搁在缝纫机针头前，老师在教室里来回走着，时不时看看底下学生的进度，眼看着就要走到望思玛身边了，薛佳雯赶紧低着头向望思玛这边靠了靠："望思玛，望思玛，朱大婶来了，快醒醒……哎，醒醒！"

望思玛显然是听不见，教室里三十台工业缝纫机的噪声都没把她震醒，怎么听得见薛佳雯细小的蚊子叫声。这会儿，她早已进入了深度睡眠状态。

朱大婶老师不慌不忙地走到望思玛边上，显然是看到了一动不动，如同雕塑一般坐在缝纫机前的望思玛，薛佳雯吓得赶紧把头缩回去，嘴里还不忘叨念几声："望思玛，望思玛……"

朱大婶停了下来，不快不慢，不前不后，刚好站在望思玛身边。

"完了，死定了。"薛佳雯把头埋在了缝纫机里。

"想好了就赶紧动手吧。"朱大婶从容不迫地俯下身子，在望思玛耳边低语了一声。

望思玛没动。

"望思玛小姐。"朱大婶又喊了一声。

望思玛依旧岿然不动。

这回，朱大婶拿下了挂在脖子上的长皮尺，对折了几下，随后，只听见"啪"的一声巨响。

皮尺狠狠地打在了望思玛的桌上。

望思玛瞬间惊醒，连魂都来不及归位，只见她双手往前一抖，"嗖"地一下，手里抓着的两块布从缝纫机的机针下迅速滚过，两块袖子上的裁片被望思玛从中间缝到了一起。

那一刻，她又回到了雕像般纹丝不动的状态。

朱大婶从桌上拿起了布，眼睛气得溜圆，忍不住大声吼起来，"望思玛！你这是在梦游吗？飞机开到哪里了？你……你给我站起来！"

教室里哄笑声一片，望思玛自觉丢脸，但也只好乖乖站了起来。

"望思玛，我问你，决定服装质量好坏的三要素是什么？"朱大婶不依不饶。

"色彩、造型、材料。"

"男女服装号型分为几种？"

"四种：Y型、A型、B型、C型。"

"鉴别纺织品有哪几种方法？"

"燃烧法、显微镜观察法、手感目测法、化学试剂试验法。"

"你给我坐下。"

望思玛低着头坐下来，随即对着薛佳雯挑了挑眉毛，仿佛在说：看我厉害吧。

"袖笼赶紧给我拆了重缝，今天做好了再走。"朱大婶强忍着怒火深吸了一口气。

"有你的啊。"薛佳雯投来崇拜的眼光，"悄悄地努力，然后惊艳众人，啧啧啧，天蝎座不愧是天蝎座，你这心思可够重的呀。"

"拉倒吧你，还不是替你罚做作业做的，你还好意思说我。"

"所有人都给我听好了，今天的西装必须把袖子缝上去才能回家，缝不好的就留下来……请我吃饭！"朱大婶回到讲台前，气呼呼地将手里的长皮尺又挂回脖子上。

说起这"大婶"，其实并不是大婶，而是位大老爷们，之所以叫他大婶，有两个原因，一是因为大婶在业界特别有名，曾拿了个巴黎新锐设计师大奖，江湖人称"朱大神"，算得上S市设计界的第一人，不幸的是，到了这届年轻人嘴里，"大神"就变成了"大婶"。

这第二个理由嘛……朱大神其实是个看似有点男人，但实则有点"娘"的男人，除了举手投足间那优雅到能秒杀名媛的兰花指，还总喜欢穿一件搞不懂什么材质的，半透明的T恤衫。望思玛每次看见他穿这件衣服就浑身起鸡皮疙瘩，这要是身材好些还好说，但是大婶也就一米七五的个儿，肚子上还有赘肉，穿着这半透明上衣，里面的春光若隐若现，实在有点……让人翻江倒海。所以，雌雄同体的"大神"也就自然而然被尊为"大婶"了。

至于这位大婶是怎么拿到国际设计大奖的，谁都不知道，在外系同学眼里，也就是时来运转，走了个狗屎运罢了。

"哎……为什么我要玩这个，老式缝纫机不好吗？起码能瘦腿啊。"望思玛拆着袖笼上的线忍不住吐槽起来，今天她又被留到了最后。

晚上七点半，望思玛疲倦地从工艺教室里走出来，工艺课已经要了她半条命，这会儿，她的肚子饿得咕咕直叫，本想着去学校的食堂吃一碗馄饨面祭一下五脏庙，可不知怎么的，今天的双脚好像有它们的想法，走到食堂门口竟然都没停下，然后……就带着望思玛沿着教学楼后面的小路一直走。

望思玛显然是一副浑浑噩噩不在状态的样子，当她反应过来的时候，发现自己已经走到了学校的中央湖边。

"哎？我怎么走这里来了……"望思玛看了看四周，在与她相隔不到两米的地方，一对情侣惊愕地看着她。

"不好意思，你们继续，你们继续……"她尴尬一笑，灰溜溜地退了几步躲开了，一边走，还一边拍着自己的脑袋，"要死啊，我今天到底在做什么？"

夜幕已沉，繁星点点，晚上的湖面异常美丽，微荡的涟漪在月色下折射出斑斑光影让人迷醉忘返。湖边矗立着一排路灯，三三两两的情侣坐在石凳上，互诉衷肠，这么多年来，申南大学的中央湖一直是远近闻名的约会圣地。

望思玛在湖边一处无人驻足的地方停留下来，天空墨蓝深邃，四周寂寥无声，她静静地看着眼前的景致。大学两年，她虽不曾在这花前月下享受，但这片恬静的小湖，依然带给了她许多开心的回忆。

忽然间，几个巨大黑影从她的头上飞过，然后停在了湖面上，湖面泛起一阵剧烈的涟漪。

那是几只天鹅，它们在中央湖生活了多年，兴许平时的投喂者比较多，天鹅对这里的学生还算友好，常常飞到岸边与人亲近，可以说是学校里的香饽饽了。

夜幕下，这几只天鹅只有黑漆漆的轮廓，唯有在湖面的反射下，才能看到若隐若现如火焰般漂亮的鸟喙。

望思玛特别喜欢它们，它们与众不同，不是丑小鸭故事里那只代表蜕变的白天鹅，也不是柴可夫斯基音乐里等待爱情的白天鹅。天鹅有很多种，它们刚好是望思玛最喜欢的那种——黑天鹅。

一身漆黑，如同高贵的武士，夜幕下又与这夜色浑然一体，危险中带着魅惑，神秘中带着挑衅，实在美艳。

所以，中央湖还有另一个更好听的名字——黑天鹅湖。

第 11 章 生日

"妈！我回来了！"望思玛一把推开家里的门，随手将手里的两个大纸袋往地上一扔，今天是星期五，也是望思玛每周从学校回家的日子。

"地铁太挤了，我的手都快断了。"

"回来了啊，热不热？"母亲看见女儿便面露喜色，先是在自己的围兜上擦了擦手，随后接过望思玛背上的双肩包，又迅速捡起了地上的两个纸袋，朝着洗手间走去，"晚上给你洗脏衣服，赶紧换身衣服洗个手吃饭吧，你爸等你很久了。"

"哦。"望思玛换上拖鞋，此时，父亲正拿着报纸坐在沙发上等待女儿归来。

"老爸。"

"回来了！"父亲回应了一声，翻了翻剩余的几张报纸，将它们放在了茶几上，"饿了吧，饿了我们就吃饭。"

今天的饭菜尤为丰盛，事实上，每个周末的晚上也都是这样的阵势，母亲一早就去菜市场买菜，下午三点起就一阵忙活。这会儿，饭桌上已经摆了八九道硬菜，还有望思玛最爱喝的罗宋汤。

父女两人坐下后，母亲从冰箱里拿出了一个小盒子放在桌上，一家三口围坐在一起，这样温馨的场面在望思玛的记忆里其实一直都有，只是仅存在上大学之前。

盒子里面是一个起司蛋糕，望思玛上周就订好了，"我先点蜡烛。"

她从纸袋中取出蜡烛，插在蛋糕上，然后点燃了上面的"27 岁。"今天不是望思玛的生日，更不是父母的。

蜡烛在眼前一闪一闪的，母亲看着看着突然变得黯然神伤，父亲一句话都没说，老两口的眼睛渐渐湿润，听着女儿轻唱起生日歌。

今天确实是个特殊的日子，如果他们的儿子没有死，今年已经 27 岁了。

"哥，生日快乐，我们每天都有想你。"望思玛替哥哥吹灭了蜡烛。

母亲抹了抹眼角，将塑料软刀递给了女儿，"来，切蛋糕吧，替你哥哥多吃一点。"

"嗯，我要吃一块最大的。"

这原本是一个幸福的四口之家，却被一场突如其来的变故伤得痛不欲生。

望思玛的哥哥两年前突然遭遇车祸，抢救了一天一夜最终还是撒手人寰。由于事发时他没有走在人行道上，所以肇事的货车司机并不需要承担主要责任，公司替他赔了几万块之后，肇事者和受害者两边就再也没有任何瓜葛。

第11章 生日

母亲得知噩耗的一刹就昏了过去，父亲的心脏本就不好，一听儿子出了事，立马手脚发软瘫在了地上，幸好有亲朋好友陪在身边。那时望思玛刚刚念大一，得知哥哥突然走了，她在家整整哭了两个星期都没有缓过来，最后还是被父亲逼着回了学校。

望思玛从小与哥哥的感情就很好，家里的条件虽然一般，但父母还是给了兄妹俩力所能及的条件。哥哥从小喜欢音乐，父亲就在他初中时买了一台电子琴让他学，由于哥哥课业优秀，为了鼓励儿子，他又让儿子报名学了吉他，大学毕业后，哥哥便在一家他向往已久的音乐制作公司任职。

妹妹望思玛从小喜欢画画，小学的时候，她看了同桌给她的漫画书，后来就着魔似的爱得一发不可收拾。从此，她每日拿着铅笔临摹漫画中的人物，从小学画到中学，中学画到高中，乐此不疲。哥哥的书本里，曲谱上到处有留有她"美少女战士"和"海贼王"的画迹，儿时，虽然父母总是因为她乱涂乱画而骂她，但哥哥却会第一个站出来护着她。

可惜天不遂人愿，事不从人心，望思玛高考的时候专业分差了几分，未能进一个她最喜爱的专业，但她还是以优异的美术成绩考入了申南大学的服装学院。父母倒觉得这个专业相当不错，毕竟是申南的王牌专业，也是许多人梦寐以求的专业，女孩子去学再合适不过，可望思玛却不这么想，申南虽好，但没能圆自己儿时的梦终究会成为人生一大憾事，更何况，哥哥在她大一的时候走了，所以，大学生活对于望思玛来说，也是人生中最灰暗的时刻。

"思思，最近上课忙吗？"母亲往女儿的碗里夹了一只鸡腿，又盯着女儿的脸颊看了许久，转头道，"孩子她爸，你看，思思是不是瘦了？"

父亲拿起桌上的黄酒喝了一口，"整天减肥，把身体都搞坏了。"

"哪有，我在学校吃得可多了。"

"你的减肥茶寄到家里来了，我放在你房间的桌子上了。"父亲夹了一口菜放进嘴里，"要减肥也是靠运动，这种东西吃了有什么用？"

"呵呵。"被戳穿的望思玛只好尴尬一笑，其实她本来也不胖，只是姑娘嘛，永远都觉得自己还不够瘦而已。

"对了，你身上的脏东西擦掉了没有？"父亲似乎想起了什么。

望思玛没有作声，埋头继续吃饭。

"问你的话听见没？"父亲的嗓门提高了几度。

望思玛顿时紧张起来，支支吾吾回答道，"什么脏东西啊……爸……你这是偏见……"

"对，我就是有偏见。"一瞬间，和蔼的父亲变得怒气冲冲，"看来你还没有给我擦掉，哪个正经人家的小孩去搞这些？你这跟马路上的女混混有什么区别？"

"谁说有刺青就是混混了？我犯法了吗？我坑蒙拐骗了吗？我吃喝嫖赌了吗？"望思玛反驳道，"都什么年代了，您怎么还那么古板？"

"你这是什么态度？都是跟你那些狐朋狗友学的吧？"父亲勃然大怒，"我说过多少次，你就是不听劝，别人看到了会怎么看你？"

"爸，明明是你还没有转变思想，我那几个朋友，人家也是正经学校念书的，什么叫狐朋狗友，人家成绩比我还好呢。"

"好了好了，你们都少说两句。"母亲见父女俩又为这事争吵赶紧起身阻止。

"下星期再不给我擦掉，我就把你的鼓扔出去。"父亲重重地摔了下筷子。

望思玛也是毫不示弱，竭力反驳道："刺青文在身上洗不掉，永远都洗不掉！"

"你……要是你哥哥在……"

"要是我哥哥在，他肯定不会反对。"

望思玛关上了房门，把自己反锁在房间里，她想哭却哭不出来，二十多岁了，她还是被父母这样管着，连文个刺青的自由都没有。

这是哥哥的房间，房间里的一切依旧是原来的样子，母亲隔三岔五就会给儿子洗洗床单，换换被套，浇浇花，就像他从来都没有离开过一样。今天是哥哥的生日，母亲照例一早就把儿子的东西全部拿出来擦了一遍。

房间的一侧摆着一个巨大的书橱，里面摆满了哥哥从小到大收藏的书籍。打开柜子，里面依旧充满墨香，每一种书籍都归纳有序，一尘不染，看得出，母亲没少打理它们。

除了当年烧掉的衣服，哥哥所有的东西全都被保存得很好。望思玛知道，父母至今都没有接受哥哥已经去世的事实，好几次，父亲都想在公安局里询问出一些事发时更详细的细节，但这件案子早已结案，公安局的警官也只能安慰着打发他走。

对于哥哥的死因，家里的每个人都是存有疑惑的。

望思玛喜欢翻阅哥哥的那些书，因为在有些年头的书里总会找到几页她儿时画的漫画，想到每次翻到它们，哥哥都会嘲笑她，她自己就会忍不住笑出来。

密密麻麻的书架上，她的余光瞄到了角落里一本厚厚的浅蓝色封皮的书，她随手拿起了它，书的纸张有些泛黄，但封面依旧平整光滑，上面的卡通图案栩栩如生很是漂亮，这是一本《安徒生童话》，望思玛和哥哥小时候最爱看的书。

望思玛一页一页地翻着——

"哥，你都这么大的人了，怎么还看童话故事？"

"看童话故事分年龄吗？你自己不也是在追漫画……"

"可我还是个小孩子啊。"

"那我是你哥，就算个大孩子吧……"

"大孩子，那歌里怎么唱来着……你都念大学了，你是老男孩……"

记忆里，她跟哥哥总是这么肆无忌惮地互相调侃，如今美好的过往只能当作望思玛一人的回忆。

"看什么呢？"望思玛把头探到哥哥身旁，"你一个男生，不会在看……《白雪公主》吧。"她邪魅地问道。

"思思，你还记得丑小鸭的故事吗？"

"丑小鸭？当然记得，一只灰色的丑鸭子，它的妈妈不要它，兄弟姐妹也不喜欢它，后来它变得很自卑，直到有一天它发现自己变成了一只白天鹅。"

"嗯，不错。"哥哥拍了拍望思玛的脑袋，"小脑瓜记性还挺好。"

"原来你在看丑小鸭的故事。"

"是啊，刚好看到这儿。"

"那我考考你，哥，所有的丑小鸭都会变成白天鹅吗？"

"当然不是……"

"哦？那还能变成什么？"

"你觉得呢？"哥哥反问她。

"丑大鸭啊。"望思玛说着自己也笑了起来，"万一真的是只鸭子呢……哈哈哈。"

哥哥也跟着笑起来，随后又表情严肃地想了想，"不过我觉得吧……也有可能变成一只黑天鹅。"

"黑天鹅？"望思玛看了看哥哥，"黑色的天鹅，哇，那应该很酷。"

"天鹅分很多品种，黑天鹅是天鹅种族中最漂亮的一种。它们的羽毛漆黑如夜，大红色的鸟喙非常抢眼，外侧的羽端钝而上翘，就像一把竖琴。"话题似乎戳中了哥哥的兴趣点，于是他合上书滔滔不绝说起来，"而且黑天鹅的胆子很大，在很多童话和传说里都是黑暗的象征，不过……我倒是觉得它代表着孤独与高傲，因为黑暗的背后，往往藏着我们难以分辨的真相。"

那时候的望思玛并不理解哥哥所说的话，只觉得那些话太深奥，什么黑暗，什么孤独，什么高傲，不就是一只黑色羽毛的大鹅嘛……

就在她回忆的时候，书里突然掉出了一张卡片。

望思玛捡了起来，那是一张两年前的乐队演出门票，时间是 12 月 28 日。

12 月 28 日，望思玛对这个日子颇为敏感，因为那是哥哥死后的第 3 天。不仅如此，卡片上还清晰打印着演出的地点是……欧特比。

而演出的乐队……

此刻，她发现门票的背后还用铅笔淡淡地写了六个字：要来哦，忻致上。

"忻……"她更加惊愕，"裴……忻？"

是的，演出的乐队正是十心乐队。

第 12 章 鹈鹕首秀

哥哥与裴忻的关系，望思玛从来都不知道，记忆中她只觉得，哥哥并不认识十心乐队，甚至，也不屑谈校园乐队，可欧特比门票背后的字迹，似乎又暗示着他与裴忻有着千丝万缕的联系。

"不好意思，我来晚了。"门突然开了，一个年轻男子风一样地走进来，空气中还夹杂着一丝香气，鼓凳前的望思玛眼前掠过一个白影，年轻男子叫江峪，是她的架子鼓老师。老师手拿着一副红棕色的木头鼓棒，胳膊夹着一个文件夹，"望思玛，我有重要的事找你。"

白色的T恤，米色的运动裤，头上还有一顶黑色鸭舌帽，他的帽檐压得实在太低了。这么多节课上下来，望思玛一直都不知道自己的老师究竟长什么样。

"我家里有急事，晚上的演出晚到半个多小时，所以我跟老板说了，你先代我去，我这边事情处理好了就来接替你。"

望思玛愣了一下，随后用食指掏了掏自己的耳朵，似乎，她还没有消化老师的话。

"没事，我现在把谱子给你，你按照最简单的打就行。"老师放下鼓棒，打开了手里的文件夹，"半个小时，大概四首歌。"他抽出了里面的几张纸，"基本节奏型先记住，剩下的，看情况加一些简单的鼓花……"

"老师你说什么？"望思玛这才反应过来，连忙挥手拒绝，"不行不行，这怎么行！"

"这有什么不行的？"

"我才学了多久，怎么能跟乐队一起演出呢？别开玩笑了，我真的不行！"

"怎么就不行了？"江峪抬起头看着望思玛，"其实，你打得很好啊。"说完，他把自己的帽檐往上抬了抬。

望思玛终于看到了江峪的上半张脸，他的眼睛虽不大，但明亮且有力量，目光深邃，说话的时候泛起柔柔涟漪的两道浓眉，再配上高高的鼻梁……总之，是个有些好看的男人。

望思玛从上往下仔细打量着他，要说这美中不足，也确实有一处，江峪的T恤领口处，不经意间露出半个草莓印，如果没猜错，那应该是女孩子的吻痕。

望思玛终于知道为什么当时莫龄说江峪老师很受女学生欢迎，原来，光这样一张堪比偶像明星的脸还真是有招蜂引蝶的特质。

"手脚配合好，每一拍都要坚定不要犹豫，即使错了，就赶快找回拍子继续打下去，千万不要停下，你明白了？"

"不行不行，绝对不行，我会拖乐队后腿的。"面对这突如其来的盛邀，现在即便是天王老子跪下来恳求她，望思玛也绝不会答应，"哦对了，老师，我还有事，今天的课就先上到这儿吧……"她从椅子上起身想要离开，江峪却一把抓住了她。

"别走。"江峪又立马尴尬地松开了手，"我是说……拜托你了。"

望思玛站着未敢动。

"望思玛，你打得很好，为什么你不相信自己呢？"江峪有些无奈，"即使你不相信自己，你也应该相信老师的乐队，他们都是很有经验的乐手，你只要跟着他们，稳住拍子，合奏其实并没有你想象得那么难。"

"我……"

"不是每件事都注定会成功，但是每件事都值得一试。"

望思玛犹豫了，这句话，似乎曾几何时，有个重要的人就对她说过，而那个人，正是她的哥哥。

高考那年，望思玛因为对第一志愿的大学专业没有信心，加之课程压力太大，哥哥就带她去欧特比听音乐解压。那时候，哥哥就对她说，不是每件事都注定会成功，但是每件事都值得一试……

后来，望思玛还是没有如愿考上自己最喜欢的大学，但是她不后悔，毕竟，她努力尝试过了，只是碰巧没有成功而已。

"好……吧！"她答应了。

其实现在的申南也不错，毕竟在S市也是能拿得出手的大学，望思玛所念的服装专业不仅在全国的大学里首屈一指，就业率也是相当可观。只可惜，人各有志兮何可思量，到了望思玛那里，也只能暴殄天物了。

晚上演出的地方叫"鹈鹕音乐馆"，是S市北区最大的一个室内演出场，而江峪和他的乐队，已经在这里驻场了四年之久。

"你叫什么名字？"吉他手问她。这是一个三十岁左右的男人，黑色T恤加破洞牛仔裤，一米八五的大高个，头上还用金属环扎了一个马尾辫，辫子齐腰，有点像金庸笔下的侠客，至于长相嘛，比起江峪，还是略微差点。

"望思玛。"她轻声答道。

"望？"吉他手颇为惊喜，"这个姓氏不错，很酷。"也许是感受到了此刻望思玛的惴惴不安，他便拿起了边上的吉他，"我说，望……思思啊，这几首歌，我们简单过一遍吧。"

"好好好，过一遍，过一遍。"望思玛面露窘态，"我怕打错，给你们添麻烦。"

"不会的,你稳住拍子就行。"他拿起了望思玛面前的曲谱,"这是第一首歌,比较简单,你只要记住,先是前奏,然后是两段主歌,一段副歌,接着我有一个独奏……"

望思玛一遍遍记着,心脏好像就要蹦出身体,虽说矢在弦上不得不发,但她脑袋里仍然不断盘算着一个个可以全身而退的两全之法。

"时间到了,走,上台!"原本坐在后台凳子上闭目养神的主唱突然一声令下,其他队员便拿着自己的琴起身走过去。

"走吧,望思玛妹妹。"吉他手将鼓棒递给望思玛,"你是第一个代替江峪演出的鼓手,还是个女的,江峪对你不错。"

望思玛接过鼓棒,深吸了一口气,小心翼翼地跟在最后走上舞台。

台上的灯光很亮,台下乌泱泱站了不少人,望思玛双手有些颤抖,毕竟,她从未以鼓手的身份站上过舞台,心里还不断回想着要注意的各种细节:起拍速度要对,始终保持在一百左右……副歌之后是独奏,基本的节奏型不加鼓花……

"嚓……嚓……嚓……"鼓棒击了三下踩镲,音乐想起。

她小心翼翼地挥动着手中的鼓棒,"咚……嗒……咚咚嗒……咚……嗒……咚咚嗒……"

凌乱的合奏场景并没有出现,所有人都跟着望思玛的拍子弹奏着,就连她自己都很惊讶:

"天哪,打鼓的是我吗?真的是我吗?"望思玛发现自己竟然能在乐队中跟着合奏了,"好像打得还可以嘛……"

十几个小节后,望思玛逐渐平静下来,身体也跟着节奏轻轻摇摆,每当进入副歌之前,站在左前方的贝斯手都会转过身给她一个眼神暗示。她就这样一点点,一点点,一丝不苟地跟着乐队打完了她人生中的第一支歌。

台下响起此起彼伏的掌声。

"今天我要介绍一位特别的乐手,就是坐在后面的鼓手望……思思小姐。"刚才还一脸高冷的主唱,此时突然介绍起望思玛来,"今天是我们第一次合作,没想到非常顺利,今后也请多支持我们,支持思思。"

望思思?这个新名字让她自己都憋不住笑出声来,台下又响起了一片掌声,她赶忙站起来腼腆地对着黑压压的前方点点头。

第二首歌开始。

这一次,她从容了不少,身边都是经验老到且技术过硬的乐手,与其说他们跟着望思玛的节奏,不如说是望思玛跟着他们的音乐在打鼓。况且,这些大佬也并没有想象中那么可怕。

清澈的和弦和高亢的歌声不断从耳边滑过，望思玛知道自己已经和他们的音乐融为了一体，一个如火的灵魂正在破壳而出。

　　这种感觉，妙不可言。

　　第三首、第四首……望思玛越来越从容不迫，一切都比预想的要好太多。

　　透过台下忽明忽暗的灯光，望思玛突然看到了熟悉的身影，是江峪。江峪站到了观众席的第一排，帽檐依旧挡住了他眼睛，他抬起右手，挥动手肘不断摆出向下压的动作。望思玛知道，这是江峪在提醒她，慢一点，慢一点，再慢一点。

　　看到江峪的望思玛这才彻底安心，卸下了所有的压力，现在只要享受最后一支音乐便好，虽然她看不清江峪的眼睛，但她知道，他在微笑。

　　收尾的鼓点落在了最好的位置，望思玛的首秀结束了。

第13章 心之所向

她的脸颊绯红，鞠了个躬后，迅速走回了后台。这一路，望思玛的步履看似平实，心里头却像有只活蹦乱跳的小鹿，刚才的半小时犹如半个世纪那般漫长，好在一切都过去了，结果比她预想的要好太多太多。

"你就坐这儿等我。"江峪走到后台准备接替望思玛，他看了看手机说道，"太晚了，这里没地铁，回学校不方便，一会儿结束了我送你回去。"

"不用了，老师，我打车回去就行。"望思玛把手里的鼓棒递给了江峪，她本想问问江峪她刚才的表现，可话到嘴边又有些不好意思。

"这里很多黑车，还出过事，你就坐这儿别乱跑。"江峪接过鼓棒，又提了提帽檐。

"那……谢谢老师。"

"刚才感觉怎么样？"

望思玛腼腆一笑，"感觉……还不错，你觉得呢？"

"还不错？"江峪的表情有些严肃，目光也从望思玛身上移到了旁边，"我跟你说的你还是没记住……每一首歌你都越打越快，看来回家一直没练！"

刚才还自鸣得意的望思玛顿时低头不语，略有不快。

"我上台了，你先休息下吧。"江峪说完便走上台去。

越打越快？有吗？望思玛心中一阵委屈：你这个人，真是连个鼓励的话都不会说，好歹今天有我帮忙，现在还嫌我打得不好……她越想越气：白天你是怎么说的？你打得很好，现在呢？真是过河拆桥的男人，看我下次还帮不帮你！

鹈鹕音乐馆离申南大学足有二十多公里，傍晚来的时候，望思玛又是坐地铁又是打车，足足花了一个半小时才到，这会儿即使用打车软件，也得等一个多小时。

所以，此刻的她，除了等江峪送她回学校，也没有其他选择。

而下了班的江峪却是一副心事重重的样子，不知道发生了什么，他的情绪一直很低落，望思玛本想关心一下，又怕因为演出的事被怼上几句，于是只能尬聊一些琴行的事缓和下气氛，可今天的江峪不是心不在焉，就是答非所问。

"为什么不组个乐队呢？"正当气氛陷入尴尬时，江峪突然问她，"你们申南大学的乐队不是挺厉害的吗？"

望思玛刚想开口回答，一个黑影突然从右前方窜出来。

"小心！"望思玛吓得大叫一声，江峪一个急刹车，"那是什么？"她拍着自己的胸口，

"那是什么呀？"

黑影很快从他们的正前方穿过，消失在路旁的水泥夹缝中。

"是猫。"

"猫？"望思玛的心脏仍在扑通扑通乱跳，"这么高的地方，哪来的猫？"她觉得匪夷所思。

"一些没有人性的人扔的。"江峪打了一记方向盘，语气中也夹杂着一丝愤慨，"都是人渣……"

"你坐稳了，这里是高架路，不能停车。"幸好夜已深，路上的车并不多，若是在白天，一个刹车便是一起追尾事故。

望思玛又想起了刚才江峪问她的问题："你说的是我们学校的十心乐队？他们是很厉害，不过人家有鼓手了，我只是个菜鸟而已。"

"申南又不是只有一个乐队。"

"那你是说哪个？"

"哪个？还能有哪个？莫龄不是在你们学校组乐队吗？你和她关系那么好，就没想过一起做音乐？"

"莫龄的乐队……那不就是……"望思玛这才反应过来，申南还有一个裴忻组的女子乐队，确切地说，现在只能算半个乐队。毕竟，她们的人还没有招齐，"我不想，一个人打鼓挺好的。"

"望思玛，鼓手跟着乐队也是一种成长，它会帮助你更加深刻地了解节奏，了解音乐，也会更加有趣。我教的学生还是初学者的时候，就已经迫不及待想与乐队合作了，你倒是很奇怪，怎么就不想呢？"对于望思玛的回答，江峪也是很好奇。

"对不起，除了莫龄，我不想和那些人有什么瓜葛。"

"那你为什么学鼓？难不成就想一个人独奏？"

望思玛陷入了沉默，对于组乐队这件事，其实她一直都很矛盾，她不是不想，而是不知该不该想，毕竟，带她入门音乐的人，是她的哥哥。

每每提及乐队二字，她就会想起哥哥，她害怕遇到和哥哥一样的人，走上和哥哥一样的不归路，另一方面，她本就不是一个有自信的人，她时常梦到哥哥在湖边流血身亡，潜意识里总是对乐队的一切萌生兴致，她每天都在自我挣扎，却不敢下任何决心。

哥哥从小到大品学兼优，但是工作之后的状态让家人非常担忧。他总有忙不完的工作，推不完的应酬，每天都是深更半夜才回家，第二天又很早赶去公司，后来，他和一群乐队的朋友喝酒打闹，出了交通事故。

第13章 心之所向

"乐队"两个字对望思玛而言，就是一种心理暗示。曾经有那么一刻，望思玛幻想去摘下裴忻乐队的招募海报，就像武侠小说里的"踢馆应战"，但幻想终究是幻想，到底过不了自己心里那关。

与此同时，今天申南大学艺术楼的5楼也是比往常热闹不少。裴忻、陶贝贝还有莫龄三个人迎来了新乐队的第一次排练，裴忻选了一首大家耳熟能详的英式摇滚，看得出来，三个姑娘私下里都做了充分的准备，裴忻负责节奏吉他，边弹边唱驾轻就熟，莫龄是主音吉他，从小基本功扎实，间奏的独奏被她处理得游刃有余，陶贝贝负责贝斯，虽然弹奏过程中进错了一个小节，好在自己很快跟了回来。因为没有鼓手，裴忻就用效果器上的鼓机来代替，几个回合排练下来，这三重奏倒也生出了一些默契，加之裴忻高亢深厚、稳健扎实的唱功，这首歌被演绎得另有一番风格。

"万万没想到，我竟如此优秀！"排练结束后，兴奋的陶贝贝拿起身旁的小水杯，"来来来，学姐们快站起来，我们乐队的第一次排练这么顺利，必须以茶代酒干一杯。"

裴忻放下吉他，笑了笑，接过莫龄递来的水杯。

"是啊，你最优秀了。"莫龄向两人碰了一下杯，"下次可别进错了。"

"哎呀，知道了知道了，刚才不就是开了一次小差嘛……"陶贝贝把头靠在莫龄肩上撒起娇来，"下次绝对不会了，大神！"

"嗯，后生可畏！"莫龄点点头，"你可是Simon大师的关门弟子，以后若是也成为大师了，记得多关照关照我们这些拖后腿的学姐。"

"那是必须的呀。"陶贝贝的大言不惭把裴忻和莫龄都逗乐了，"哦对了，我们的乐队还没有名字吧。"

"对啊，既然是乐队，就得取个名字。"莫龄看向了裴忻，"有名字，以后也方便大家认识我们。"

"叫什么好呢？"陶贝贝耷拉着脑袋自言自语起来，"硬核美少女？嗯！就是硬核美少女！"她拉了拉裴忻的衣角，"裴忻姐，你觉得怎样？"

裴忻一脸惊讶，还未开口说不，就被陶贝贝自己否认了，"不好！太臭美了，我再想想。"陶贝贝托着下巴继续思考，"那……叫高跟鞋？高跟鞋乐队？"

"不行不行，太娘了。"裴忻又是刚要开口，就被陶贝贝否认了，"我们这种少有的全女生阵容，气势上绝不能输给男生，所以名字要霸气外露……有了！"她一个转身，"恐龙乐队怎样？"

"扑哧……"莫龄的一口矿泉水忍不住喷出来，"贝贝你是认真的吗？"

一向不苟言笑的裴忻忍俊不禁，无奈地摇了摇头。

"怎么啦？不够酷吗？"陶贝贝继续在两人眼前来回蹦跶，"要不，赛车，赛车也行啊……我有个外号叫赛车姐，够酷吧……或者，取个英文名儿……Soldier（士兵），Soldier也很赞是不是？"陶贝贝越说越兴奋。

"行了贝贝，这个不急，我们现在只有三个人，等找到鼓手再想也来得及。"裴忻说。

"来不及啦！"陶贝贝掏出兜里的手机，打开了一个网页放在裴忻面前，"裴忻姐，你看这个。"

裴忻接过手机，网页上是一年一度的"亚洲校园乐队大赛"的选拔公告。对于这个比赛，裴忻可以说是再熟悉不过了。当年裴忻所在的十心乐队就拿到过S市赛区的第二名，还代表S市去北京参加了中国区总决赛，只可惜，那年他们最后止步于前八强，但是对于十心乐队而言，能走到这步已经是巨大的成功，对于建校以来从未开设过音乐系的申南大学来说，更是莫大的荣誉。

这届"亚洲校园乐队大赛"S市预赛的时间定在了十二月，中国区的总决赛则在第二年的四月，中间还有四到五场淘汰赛，若是能有幸拿到中国区总决赛的前两名，五月还能代表中国参加在日本东京举行的亚洲校园乐队盛典。

对于这个音乐赛事的公告，裴忻上周就已经看到了，这样的机会，她当然没有理由放弃，只是，乐队现在还差一人，她需要再好好斟酌。

"裴忻，其实……我们也不用非得找女生吧。"莫龄看出了她的担忧，"鼓手本来就少，女生更是不好找，我倒认识几个不错的男孩子，不如让他们来试试？"

"不用，再等等。"裴忻拒绝了莫龄的提议，"下周再招不到，那就我们三个人上。"

"三个人？"那怎么拼得过人家五个人的乐队？陶贝贝急了，"你这是性别歧视啊，别那么固执嘛裴忻姐……我们是组乐队，又不是组跳舞的女团。"

"好了，鼓手的事你别操心了，先管好你自己的琴吧。"裴忻打断了她的话，"想进入全国总决赛，你要做的事多着呢，首先，你得超过十心乐队的贝斯手阿藏，他可是有两把刷子的。"

"哦。"见裴忻如此严肃，陶贝贝和莫龄也不再反驳，裴忻是队长，总之，她说什么就是什么吧。

第14章 一锤定音

桐叶惊风，时已秋至，白天的校园熙来攘往，晚上的欧特比宾客如云。一切如旧亦如初，唯有后面的绿茵地渐渐泛黄，枯叶满地，空气中还弥散着一层蒙蒙薄雾。

湖边的石凳上，依旧是哥哥清朗的抚琴声，弹指一挥间，音律落湖面，天鹅踏着涟漪轻荡而来，仰着长颈倾耳细听。

就在此时，"砰"的一声，吉他弦骤断，他一动不动地端坐在那里，鲜血如潮水般向外涌出。

"哥——"望思玛惊醒。

睁开双眼，周遭一片安静，教室里只有老师的讲课声，一缕夕阳洒在课桌上，身边还坐着半梦半醒的薛佳雯，她这才松了一口气，捡回了一丝安全感。

望思玛低头看了看桌上的书，确实没有一个字能够看进去，难怪刚才听着听着就睡着了。环顾四周，也只有零零落落的几个人在认真做笔记，剩下的，不是在刷手机，就是和自己一样打着瞌睡，谁说少年的书桌上没有虚度光阴？敢在象牙塔里蹉跎岁月的人，真的太多了。

望思玛将手伸进衣兜里，她想掏出手机刷刷新闻八卦，不料一张卡片从兜里面落了出来，她愣了愣，捡起了它。

"十心乐队……裴忻……"

秋天的傍晚并不阴暗，而是有一种红铜色的明亮，窗外，夕阳缓缓落下，将每一片秋叶都染上了光芒，日暮的静谧如一帧素雅的画卷，叫人心生平和。

另一边，在裴忻的宿舍，三个姑娘刚刚在网上提交了"亚洲校园乐队大赛"的报名表，尽管乐队只有三个人，但她们还是以摇滚乐队的形式报了名。

"完成！"陶贝贝兴奋地点了最后的提交按钮，"裴忻姐，下周要现场确认，到时候记得把乐队名字确定好啊。"

"好。"她说完从书桌前取下一叠乐谱，"另外跟你们说件事，乐队比赛需要原创，这首歌我很早就写完了，原本要给十心的，现在……它是我们的了。"她将乐谱放在陶贝贝面前，"试试吧。"

"哇，裴忻，你太了不起了。"陶贝贝接过乐谱，"没想到我们这么快就有自己的歌了。"

"还只是个雏形，歌词我也只填了一半，上周我在软件上做了最基本的编曲，你们先听几遍，晚上大家去排练房把各自部分的编曲重新优化下。"

莫龄也拿起乐谱翻了翻，随后将耳机线接入电脑，一瞬间，旋律响起，潮鸣电掣般的节奏感溢满双耳，她淡定自若的双眸逐渐有了变化，变得不淡定，变得喜悦，变得兴奋，身体也跟着音乐摇摆起来。

"裴忻……"听完DEMO（演示）后的莫龄异常振奋。

裴忻看着她。

"啊，嗯……没什么……"莫龄欲言又止。

"难？"

"不是……我是说……这首歌，它叫什么？"

"《弃过往》。"

"弃过往？"莫龄沉默了几秒，嘴角轻扬，"好。"

夜色降临，艺术楼里走进一个纤瘦的身影，黑色T恤，黑色牛仔裤，还有一双黑色运动鞋。她沿着楼梯缓慢地向上走，直到五楼的排练房门口停下来。

"咚咚咚"黑影敲了敲门，排练房的灯亮着，但没有回应，她摇了摇门把手，"咔嗒"一声，门没有锁，她犹豫了一下，走了进去。

排练房很宽敞，约有大半个教室的面积，光亮的木质地板，纯白色的窗帘，略有设计感的节能灯，墙上还贴着隔音棉……学校竟还有这样的音乐圣地。

她环顾四周，音响、琴架、谱架、操控台……这间排练房还真是装备齐全，有点专业。角落边有张小桌子，上面除了镜子、纸巾和几瓶补水喷雾外，还摆了几个水杯，她被它们吸引住了。

其中有一个白色马克杯，她凝视了许久，因为杯身上印了一只黑色的天鹅。

放下水杯，她走到一侧墙边的架子鼓前，这是一套T厂牌的黑色架子鼓，五鼓四镲，对于非专业的乐手来说已经绰绰有余，地嗵鼓上挂着一个鼓槌袋，里面插着三四副略有磨损的鼓槌。

她坐到了鼓凳上，不由联想起前几天在鹈鹕音乐馆演出的场景，若是自己也有一支摇滚乐队，那该是多么棒的体验。

裴忻、莫龄和陶贝贝刚踏上艺术楼的楼梯，就听到楼上传来"咚咚咚"的响声。

陶贝贝停了下来，"什么声音？是鼓声吗？"

"是十心乐队在上面排练吗？"莫龄问。

裴忻疑惑地看了看陶贝贝。

"学姐，这不可能！我上午就跟教导主任确认过了，今天的排练房归我们。"

"这鼓……不是肖子凌打的……"裴忻说道。

三人背着琴快速跑上了楼，琴房的门果然开着，陶贝贝第一个走进去，看见鼓凳上坐着一个姑娘。

"哎？你谁啊？"

"望思玛！"莫龄激动地跑过去，"你怎么来了？"

裴忻看了看她，又看了看莫龄，"你朋友？"

望思玛站起来，"不好意思，没经过你们同意就进来了……"

"你是来找我的吗？"莫龄一阵欣喜，"今天下午正好没课，所以和她们出去了一下，对不起啊。"

"请问……"望思玛有些腼腆，"你们的鼓手找到了吗？"

"没有。"陶贝贝忍不住插上话来，"所以，你是来面试鼓手的？"

望思玛点点头。

陶贝贝走到望思玛身边上下打量了一番，"太好了，我们有鼓手了。"

"贝贝你激动什么？"裴忻看了看她，冷冷地伸出了右手，"你好，我叫裴忻，是乐队的主唱兼吉他。"

"我叫望思玛。"

"你在哪个系念书？之前学过吗？"

"服装系，今年大三，断断续续学了两年。"

"哇，服装系哦。"听到服装系这三个字，陶贝贝瞬间投来崇拜的目光，"很难考的吧。"

"还好吧。"望思玛笑了笑。

陶贝贝是个自来熟，但凡有她的地方，就绝不会出现尴尬的气氛，莫龄叫她"暖场小可爱"真是太贴合不过了。

"贝贝，你们俩合作一段。"裴忻说。

"我？"贝贝指了指自己，"你说我？"

"鼓是节奏的基础，是音乐框架的根基，而贝斯是在节奏上加固了音乐线条的宽窄度，是连接鼓和吉他的桥梁，鼓和贝斯的合奏能延伸出无限种抑扬顿挫的旋律，也决定了音乐风格的走向……你的CP（搭档）既然来了，还不抓住机会好好表现一下？"

陶贝贝听得一阵蒙，乖乖掏出了自己的贝斯接入音响，"弹什么呢？要不，来一段Nirvana（极乐世界）？"

"可以啊。"

"我也来我也来。"激动之情溢于言表的莫龄也打开了自己的琴包，"这么难得，我们三个一起来。"

"嚓……嚓……嚓……"鼓棒击了三下，空旷的排练房里迸出了一股崭新的力量，音符快速地进入到女孩们的血液中，唤醒了如梦初醒的身体，每一次起伏，每一处停顿，她们都不约而同对视一眼。摇滚这种最有力量的音乐，有着强健的心肺和灵魂，乐手们总能先被自己吓一跳。

而就在间奏的时候，裴忻竟也不由自主地拿起了麦克风加入进来。

四个姑娘的第一次合作开始了，她们的音乐是稚嫩的，但也是快乐的，那是一种超越友情的深刻交流。

"裴忻姐，她……"陶贝贝指了指望思玛，"你看，这样的初学者，可以来我们的乐队吗？"

"这样的初学者？"裴忻转过身，拿起了桌上的白色马克杯，又在饮水机前接了一杯水，"你觉得呢？"

"我觉得吧，虽然她是新手，但是只要跟着我们有经验的乐手一起学习，应该没什么问题。"陶贝贝大言不惭。

什么嘛，这些人还真是狂妄自大，以为自己是谁呢？望思玛坐在一旁，发现自己正处在听候发落的境地：要觉得不行最好，老娘还看不上你们乐队呢！

"有经验？你？"裴忻面露惊愕又忍不住笑出来，"贝贝，你对自己是不是有什么误解？你的水平……跟她旗鼓相当啊。"

"哈哈哈哈。"莫龄也跟着笑起来，"你就别五十步笑百步了，望思玛虽然打得不是很熟练，但我觉得她的基本功还是不错的，你呢，虽然喜欢玩点小技巧，但麻烦你先把拍子跟稳了再说，尺有所短，寸有所长，你们两个只有取长补短，才能更好地配合。"

"说得不错，大文豪。"裴忻拍了拍莫龄的肩膀，又转向望思玛，"你平时爱听什么风格的音乐？"

"哥特金属。"

"哥特金属？EPICA（乐队名）？Within Temptation（乐队名）？Virgin Black（乐队名）？Lacrimosa（乐队名）？"

"我喜欢TOT（乐队名）。"

"Theatre of Tragedy？悲情剧院乐队，哥特金属的创造者，拥有整个圈子内最好的键盘手和最好的词作者，将哥特风潮带向欧洲的大神级金属乐队。"

"是的，就是他们。"

"不错。"

"那么……"望思玛刚想多问一句，陶贝贝突然又插了上来——

"哇，刺青，太酷了吧。"她站在望思玛身后，发现望思玛的肩膀处有一块牛角形状的图案，"快跟我说说，你文的时候疼吗？"

"我们的排练时间是每周一和周四的晚上6点到9点，周末排练双周一次，所有人都要参与创作，迟到或早退一次罚两百，每次排练拖累进度的人，就打扫一个星期的卫生，这些，你有问题吗？"裴忻说。

罚两百？你怎么不去抢钱呢？望思玛心头一震，心想：老娘在学校吃个饭才二十块，一次迟到就要我十顿饭钱，你也太残暴了吧！我家莫龄每次都要从别的学校赶来，就我们学校门口那路况，真想知道你罚了她多少钱。

"目前莫龄没有迟到过，陶贝贝迟到了一次，所以，我们乐队现在的储备金有两百块。"裴忻补充道。

"天哪！莫龄你居然没迟到过，你是翘课了吗？"望思玛更加吃惊。

"呵呵，两百块，就当请各位姐姐喝奶茶了。"陶贝贝尴尬地笑了笑。

"可以啊。"望思玛答应了。

裴忻递来几张乐谱，"这首《弃过往》是我们乐队的新歌，但还只是个框架，我会把DEMO发给你，可以的话，我们下周一就开始排练。鼓谱部分，你要自己去优化修整，另外，十二月份，我们要参加亚洲校园乐队大赛的选拔赛，到时候一起加油啊。"

望思玛的手一阵颤抖，今天也不知怎么的，晚上鬼使神差地就走到这里，虽然嘴上排挤着乐队，身体却很诚实。今晚这一波窒息的操作，竟让她成了裴忻乐队的鼓手，还要参加什么亚洲乐队大赛，现在，就连她自己都蒙了。

"望思玛，我就说你可以的，以后我们就能经常见面了。"莫龄给了她一个大大的拥抱，"我们乐队终于有鼓手了。"

"那……各位，我先回宿舍了，晚上还有作业要搞定。"思绪仍在凌乱的望思玛起身往大门口走去，"谱子我会看的，下周一晚上我会准时过来。"

"等一下。"身后的声音突然叫住了她，是裴忻，看到望思玛的背影，她似乎想起了什么，"我们……是不是在哪里见过？"

"啊？"望思玛故作镇定地想了想，"嗯……你这么一说，好像是吧。"

第 15 章 黑天鹅之名

又是个天气不错的周末，望思玛早上 7 点就从床上爬起来，吃了早饭，整理了一番，然后背着双肩包急匆匆地出了门，这会儿，她正一个人坐在琴行的教室里乖乖练鼓。

自从加入了裴忻的乐队，望思玛一直"压力山大"，即使正儿八经的排练一次都没开始过，但她仍断定自己是四个人当中吊车尾的那个，所以从周五晚上一直到今天，她几乎都泡在了琴行的教室里。

九点的琴行里有几个学生在练琴，望思玛的教室在六楼，通过六楼窗户，可以看到外面车水马龙的高架路。

窗外嘀嘀的喇叭声伴随着教室里隆隆的器乐声，勾勒出了这栋楼最有特色的音律。

风一样的"鸭舌帽男子"推门而入，望思玛鼻尖的空气里又掠过一丝香气，江峪一只手拿着鼓槌，另一只手提着外卖袋快步走进来，鸭舌帽盖过了他的眼睛，今天依旧是看不清脸的一天。"早，我们把第二段练出来。"

"老师。"望思玛看着江峪手里的外卖有些愧疚，"早知道你昨天演出到十二点，我就下午上课了。"

"管好你自己。"江峪依旧一副高冷孤傲的口气，"把谱子拿出来。"

望思玛拿出谱子放在谱架上，跟着上面的"蝌蚪文"练了起来，就在昨天下午，江峪带着望思玛把裴忻的新歌，准确地说是她们乐队新歌的鼓谱修改了一下。对，就是那首《弃过往》，再过几天，望思玛就要带着修改好的鼓谱和队友一起合奏了。

跟着 DEMO，她颇有节奏感地打着鼓，这几天她练得很勤快，虽然感觉疲惫，但她还是在坚持。许诺过要做好的事情，望思玛从来都不敢食言。

江峪坐在架子鼓前一言不发地听着，教室里没有对话，只有鼓声，望思玛偶尔抬头瞄了一眼，发现这个男人已经抬高了帽檐与她对视着。

望思玛的心脏突然"咯噔"一下，因为走了神，脚上也跟着踩错了拍子停下来。

江峪看着她，不由摇摇头。

"这个小节重新来过。"望思玛侧过脸寻找着乐谱中打错的那个地方，"要是下周打成这样，白发女魔头非得炒了我。"

"你们主唱？"

望思玛点点头。

"确实是。"江峪说。

"老师，你认识裴忻？"

"不，我一个朋友认识她，圈子这么小，总会听到点什么。"此时，江峪起身走到了望思玛身边，拿起她的一个鼓槌，俯下身子，"你这个地方还是不对。"他拿着鼓槌，在望思玛面前的小军鼓上示范了起来，"要像这样……"

鼓槌在望思玛面前"嗒嗒嗒"敲了起来，鼓面上发出清晰的音响，"首先，你要保证你的音乐节拍是恒定的，其次，左手在小军鼓上的力量也要注意强弱关系……这些轻重缓急的细节，将来都是甄别你演奏能力的依据。"

望思玛一字一句耐心地听着，突然，一只手抓住了她的手腕，她回头一看，是江峪。江峪抓着她的手腕，"再放松一点，用你的胳膊去带动它。"那白皙英俊的脸离她只有几厘米远，帽檐甚至贴到了望思玛的头发上，空气中弥漫着一股淡淡的檀香。虽然他面无表情，但女孩依旧感觉到了自己的心跳在加速，脸上泛起一抹红晕。

"懂了？"江峪冷冷地说。

"哦！"望思玛羞涩地点点头。高挺的鼻子，流畅的下巴，还有致命的眼神。江峪的侧脸漂亮得像一尊雕塑，不，是像狗血电视剧里的帅气男二号。

安静了几秒，江峪也感觉到了一丝尴尬，起身坐回了对面的凳子上。

怎么回事？怎么回事？望思玛的心里像有一只乱撞的小鹿，一只手不自觉地摸了摸自己的脸，果然热乎乎的。清醒一点望思玛，你是来学鼓的！

"咚咚咚"有人叩了叩教室门，江峪和望思玛同时望向外边，还未等江峪说请进，一个姑娘便自说自话破门而入。

"江峪哥哥，江峪哥哥。"姑娘看上去和望思玛差不多大，穿了件浅紫色的连衣裙，脸蛋还算精致，就是妆容有些浓艳。她笑眯眯地走到江峪身边，两只手搭在了他的肩膀上，"江峪哥哥，那个学生考级过了，他的父母特地来感谢你，陈老师叫你过去一下。"

"还没下课，让他们等一下。"江峪无奈地回答，身体也不自觉向前倾了倾，试图摆脱肩膀上的那双"咸猪手"。

"哎呀，陈老师说现在就要你去。"女孩子依旧嗲声嗲气，"那孩子的爸妈说要给我们介绍商演，想推荐我们琴行的几个团队，陈老师很感兴趣呢，要你马上就过去。"说罢，还瞟了瞟鼓凳上的望思玛。

望思玛自然识相，赶忙帮衬说道，"江老师，你先去吧，我正好消化下刚才的问题，一会儿有不懂再问你。"

"就是就是，你让学生自己先练一下好了。"

"急什么，等课结束了我再……"

"江老师，来来来，我们正找你呢……"此时，一个五六十岁的老头面露喜色站在了教室门口，旁边还站着一对四十多岁的中年夫妻。

江峪看了看门口的人，又向望思玛那边看了一眼，起身道："桌上的外卖是给你的，一会儿累了吃点东西。"然后压低了自己的帽檐，向门外走去。

嗲声嗲气的连衣裙妹妹对着空气翻了个大白眼，两只手不断推着江峪的后背，"江峪哥哥，走吧走吧。"

教室里只剩下了望思玛一个人，今天来得太早，鼓也打累了，这会儿觉得无聊，于是她打开了江峪留下的外卖袋子。

刚才还半信半疑的她，现在倒是信了大半，透明的盒子里，有四个玫瑰酥，粉粉的造型很是可爱，果然是给女孩子点的外卖。可说是给自己的，望思玛却不相信，江峪在琴行素有"少女杀手"之美名，这盒颇有撩拨力的玫瑰酥，想必是给琴行哪个漂亮妹子准备的吧。

待到江峪再次回到教室的时候，望思玛已经离开，唯独桌上那盒玫瑰酥尚未打开过。

今天是周日，本该晚上回宿舍，既然时间尚早，那就去学校的黑天鹅湖逛一圈。毕竟，她已经有好几天没有去看湖里的小可爱了。

一般这个时候，大家都会野到外面去玩，校园的人很少，湖边只有望思玛一人，她喜欢这样静静地享受校园美景，没有他人争抢，也没有他人打扰。

走着走着，她看见不远处一个熟悉的身影，凉亭里，一个身着酒红色机车皮衣的姑娘正在和几个男人讲话，姑娘身材高挑，染着一头白发，望思玛一眼就认出了她，除了裴忻，校园里也没有第二个人能驾驭这身打扮。

望思玛离他们很远，但还是能感受到裴忻的心情颇为不快，说着说着，她竟揪起了其中一个男人的领子，男人吓得退了几步，边上的几人上前指着她似乎在怒骂着。

"这个女魔头，脾气还真是火爆。"就在望思玛想上前去拉住裴忻的时候，凉亭的另一侧突然走过来一个女人，女人穿着灰色通勤装，盘着发，脚上还踩着一双红底高跟鞋，因为背对着望思玛，望思玛看不到女人的脸，也不知道她的年龄。

女人站到裴忻面前，反手给了裴忻一巴掌，那一巴掌打得特别响，远处的望思玛震惊地站在原地一动不动。

裴忻也毫不示弱，只是刚伸出手想回击，边上的男人立刻拉住了她。

此刻的望思玛虽然害怕，但还是冲了上去。

"裴忻！"

灰衣女人听到后方有人来了，便在几个男人的保护下迅速离开。

"裴忻你没事吧。"望思玛跑到裴忻身边，只见裴忻的唇角渗出一抹鲜血，她的情绪依旧激愤，看见望思玛，眼神中添加了些许意外，"我没事。"

两个姑娘相依而坐。

绿水本无忧，只因风皱面，她们坐在湖边的亭子里聊了起来。

"所以，刚才那些人，是那次演出的主办方？"

"有可能。"裴忻看着中央湖里游弋着黑天鹅。两个多月前，因为裴忻突然从十心乐队离开，主办方为了不开天窗，就找了其他乐队顶替，没想到台下的粉丝开始闹事，还不断要求主办方退票，甚至还有人为此受了伤，那件事登上了S市的热搜，十心乐队也被推到了风口浪尖，乱作一团，最后为了不得罪这些业界大佬，何亚维只好承诺主办方和欧特比推迟公演，这才避免了一场更大的混战。

"思思。"这是裴忻第一次这样叫她，"今天的事……"

"不会，放心吧。"

"谢谢。"裴忻看着眼前的景致，心情低落，"我以前，就是在这个凉亭里跟何亚维学吉他的……哦，对了。"她突然岔开话题，"思思，除了打鼓，你平时还喜欢干什么？"

"喂天鹅。"

"喂天鹅？"裴忻指了指湖里的小家伙们，"是它们吗？"

"嗯，我最喜欢黑天鹅了。"

"为什么？"

"它们高贵冷艳，特立独行，从不随波逐流，一直用思辨的眼睛看人类，看世界……而且，在被人误解的黑暗象征背后，还寓意着那些我们难以分辨的真相。"

裴忻惊讶地转过头来看着望思玛。

"裴忻，你也喜欢黑天鹅吧？"望思玛笑着问，"你的杯子上，就有一只啊。"

裴忻的手机铃声突然响了一下，原来是陶贝贝发来的语音短信，裴忻点开了那条语音：

"学姐，学姐，刚才亚洲校园乐队大赛的工作人员给我打电话了，让我们明天带着身份证去验证资料，我手机快没电了，你跟莫龄还有思思也说一下吧……哦，对了，还有个重要的事，我们上次提交报名表的时候，还没有写乐队的名字，明天一定要确定了，裴忻，你想好了吗？"

裴忻沉默了片刻，突然嘴角一提笑了笑，她按住了语音键：

"想好了……黑天鹅。"

第 16 章 新的开始

午后的阳光从教室的窗户洒进来，大三的课堂一切如常，望思玛蜷缩在这片温暖之下慵懒地听着音乐，静静地发着呆，心里还不断想着那位捧着黑天鹅马克杯的女孩。

听课听得一脸蒙的薛佳雯看到身边目光游离的望思玛，用手在她眼前晃了几下，"嘿！嘿！"

望思玛回过神摘了耳机，挺直了腰板看向讲台前方。

"没事，没事，不是老师。"薛佳雯一脸坏笑"咋啦，有对象了？"

"有什么？"她不好意思地轻声呢喃。

"那你发什么呆？"薛佳雯的脸一下变得严肃，"思思，你得认真听啊，这些都是要考的，你现在这么懈怠，考试的时候我怎么指望你？"

望思玛看着她无奈地摇摇头，然后不太情愿地打开书放在了自己面前，"哎……真是冤大头。"

"跟你开玩笑的啦，来，给我。"薛佳雯将望思玛桌边鼓谱拿过来，盖在了面前的教科书上，"看吧看吧，知道你憋不住，我替你盯梢。"

"我哪有憋不住？"

"哪有？你的脚一直在打拍子，都踩我脚了你知道吗？"

望思玛弯下腰看着课桌底下，这才察觉自己的半个脚竟搭在了薛佳雯的运动鞋上。

"大姐，我的 AJ（球鞋品牌）都被你踩黑了啦。"

"哦，呵呵，对不起，对不起。"望思玛迅速缩回了脚，"呵呵，回去给你擦擦……"

昨晚她在琴房练鼓练到深夜，今天晚上又约了陶贝贝一起讨论编曲的事儿，所以这会儿满脑子都是音乐和谱子，哪还听得见讲台上老师念的催眠咒？

对于刚刚加入的这支女子乐队，望思玛的思绪是复杂的。一方面她对音乐确实饶有兴致，她想成为摇滚乐队的鼓手，另一方面，比起组乐队，她更想接近裴忻。自从上次书里掉出来的那张有着裴忻字迹的演出票后，她就一直忐忑不安，从裴忻的身上，她似乎找到了与哥哥千丝万缕的关联，而找出哥哥出事的真相，一直是望思玛这两年来的愿望。

陶贝贝整个下午都泡在了黑弦琴行，还好今年的课程没那么多，这会儿，她正拉着自己的姑父 Simon 练着贝斯。Simon 是 S 市乃至全国都赫赫有名的贝斯手，陶贝贝的父母常年旅居国外，很多时候都是国内的姑姑、姑父在照顾她，对于这个侄女，夫妻俩也算是尽心尽力关心了。

"贝贝，这个地方，拨弦越靠近琴桥和靠近指板的音色是不同的。所以身为贝斯手，你应该对贝斯的音色有更深层的理解，它不会像吉他那样通过效果器展现巨大的音色差异，但不同的音色仍然能对音乐产生不同的效果。"

Simon 拿着贝斯谱一小节一小节地给她纠正，陶贝贝也是凝神静气逐字逐句地消化着，时不时还在贝斯谱上做着笔记，"就像这样，你的节奏就能和鼓手的鼓点巧妙结合在一起，试试看。"

"哇，果然好听了许多……晚上我一定要在望思玛面前好好秀一段……"

校园的另一边，裴忻正经历着大学四年最忙的阶段。白天，她要在图书馆收集材料准备毕业论文，晚上，她要写歌练歌，为亚洲校园乐队大赛做准备。对裴忻而言，前者固然重要，但只要自己潜心研究，再加上导师的帮助，论文和答辩应该也不是什么难事，更何况，导师还是自己的乐迷。

现在唯一能让裴忻提心吊胆的，就是乐队排练，毕竟，乐队刚成立，大家也没有经历任何磨合期，而亚洲校园乐队大赛又开赛在即，不知道姑娘们能否助她闯过这些难关。

除了半瓶水晃荡的陶贝贝表现出理所应当的积极性外，另外两位姑娘似乎并没有那么兴奋，莫龄不管什么时候都是一副冷静沉着的样子，望思玛还是一个缺乏自信心的新手，更没有什么舞台经验。

趁着课间的十五分钟休息，裴忻拿出了自己的电吉他练了起来，虽然电吉他没有插电，但只要她拿起琴，周围就会引来无数围观，包括她的同班同学，十心乐队的贝斯手阿藏。今年的比赛有着太多的未知，可她也没有时间再犹豫了，超越十心乐队早已不是裴忻的目标，大学最后一年，她定要站在比赛的最高领奖台上。

"今年还真是有趣呢。"莫龄放下了手中的笔，突然想起了过去发生的一些事，有时候，感情就像握在手中细软的沙砾，捏得越紧流失得越快，终于有一天，你松开双手任之随风飘去，才恍然发现，那些回忆也并非如自己心里想得那般重要。

"这一次，我要正视自己，重新开始。"莫龄的眼角微微上扬，露出一抹笑意。

每个人都会经历青春，但不是每个人都能拥有韶华。

黑天鹅乐队就这样成立了。

这是一群等待蜕变的姑娘，虽然她们每个人都性格迥异，各怀心事，但好在志同道合，与彼此的邂逅都恰到好处。缘分是奇妙的，它既是身体的不期而遇，又是灵魂磁场同频。

四年级的主唱兼节奏吉他手裴忻，四年级的主音吉他手莫龄，三年级的鼓手望思玛，二年级的贝斯手陶贝贝四个女孩就这样组成了一支校园女子乐队。

未来，她们将在乐队中扮演着重要的角色，开始一场场寻找自我的青春冒险。

第17章 弃过往

震荡的风夜里，我痴狂地寻觅
实在无法触摸，虚假的哭啼
悬停的心脏，降沉的眼眸
现在这一秒，即刻扼杀往昔
你让我快窒息

转身的那一刻，我得以涅槃
转角的两把弦琴，早已各自为战
每一个音符，听到我心寒
曾经的美梦里，还有你撑伞
现在就要忘记，必须坚持到永远

昨晚的痴绵早已尽
璀璨的霓虹逐渐落幕
铅华洗尽珠玑不御
过往的一切都抛弃
卑微的回忆裂成碎片
但是现在，怎能忘记

抛弃吧过去，抛弃吧过去
抛弃吧过去，抛弃吧过去
抛弃吧过去，抛弃吧过去
……

艺术楼的排练房里，四位姑娘手持"战戟"正为比赛而准备，浑厚有力的歌声，行云流水般的吉他声，极富律动的贝斯声，还有低沉震撼的鼓声，姑娘们排练的状态愈加火热，连裴忻都对这首歌的效果震惊不已，她已经很久没有这种激情澎湃的感觉了。

最后一个音符落下，姑娘们八目相视，竟然激动得一个个都说不出话来，或许，又是在等对方先说吧。

"呜……"陶贝贝第一个忍不哭出声来,"太好听了,我们怎么可以这么厉害?"

其余三人也露出欣喜的表情。

"如果这首歌再重一点,我觉得可以更好。"莫龄望向裴忻,"你觉得呢?"

"嗯,说得不错。"裴忻点点头,看了看望思玛,"听到没?这可是莫龄说的,她想把你累死。"

望思玛腼腆一笑,"死就死吧,至少……我可以拉着陶贝贝一起。"

姑娘们全都大笑起来。

"这几天大家辛苦了,排了那么多次,刚才那遍已经非常不错了,今天先到此为止,下下周就是初赛,大家不要松懈,继续加油。"

"好,要不要一起吃夜宵?"陶贝贝更加激动了,"这么完美的配合,一定要庆祝一下才可以啊!"

"我没问题,哦,对了,《弃过往》……谁写的?你吗?裴忻。"望思玛好奇地问。

"莫龄。"

"哇,真不愧是莫龄,文武全才,写得真好。"陶贝贝夸赞道。

"哪有哪有,之前裴忻已经起了个方向,我顺着填词而已。"莫龄有点不好意思,"我只是想把她要表达的东西写出来,而且,我相信裴忻一定能唱出它的情感来。"

"我怎么觉得,你这么了解裴忻呢?"望思玛露出一副醋意来,"我们认识那么久,你对我都没那么了解呢。"

莫龄与裴忻对视了一下,眼眸里流露出一种说不出的味道。

"走吧走吧,收拾东西,夜宵走起。"陶贝贝说完就整理起自己的东西来。

"你们去吧,我不去了。"莫龄也低头收拾着她的东西,"很晚了,我得在封门之前赶回去,不然被宿管阿姨发现了还要上报。"

"莫龄,你先走吧,每次都大老远跑过来。"望思玛替她背上了琴包,"路上小心,记得到学校给我发个消息。"

"嗯。"

莫龄一人坐在出租车里,几滴小雨突然打落在车窗上,两旁耀目的灯光从她的眼前依次飞驰而过,行人们纷纷打起伞,步履仓促,她想起了曾经的往事,那个让她历历在目的雨夜。

那年她大一,差不多也是在这个气温骤降的十一月,她从静中大学赶去琴行,她和男朋友已经有好几个月没有见面了,而且那天,还是他们在一起三周年的纪念日。为此,

第17章 弃过往

她穿上了新买的性感连衣裙，想给男朋友一个惊喜，也就是在那天，她在琴行教室里看到了正在和别的姑娘亲热的男朋友——何亚维。

"何亚维，你这个混蛋！"她上去给了男朋友一巴掌。没错，她的男朋友，正是何亚维，十心乐队的吉他手，裴忻后来的男朋友。

"她，是谁？"裴忻指了指那个裙摆湿透了的姑娘，对着何亚维说，"今天我心情好，给你一个解释的机会。"

何亚维被眼前狗血的一幕弄得手足无措，他想解释，但又不知道该对谁解释，最后，他鼓起勇气对着莫龄说了九个字，"对不起，我爱的是裴忻。"

那时候的裴忻长发披肩，还是一副清纯可人的打扮，但眼神中已经透露着桀骜不驯的杀气，她丝毫没有表现出任何尴尬的样子，并且盛气凌人地提起身上的电吉他，向何亚维使了个眼色，何亚维像孙子似的乖乖接过了裴忻的吉他，然后小心翼翼地将它放在琴架上，"想要什么，就自己凭实力来争，穿成这样是没有用的，你连他喜欢什么都不知道。"

是啊，她确实不知道何亚维到底喜欢什么。高中三年，他们在一起的回忆也只有一起放学回家，一起吃冰激凌，一起在图书馆里看个书而已，她从未问过何亚维喜欢什么、想要什么，何亚维不高兴的时候，她也只是默默地陪在他身边，并且觉得只要陪在他身边就够了，至于爱不爱的问题，她从来都没有问过，她以为的心照不宣，到最后原来只是自我欺骗。

或许，何亚维真的从来都没有爱过自己。

他爱上了吉他，爱上想弹吉他的裴忻，但就是不爱她，可是他不知道，她也会弹吉他，而且弹得很好，比裴忻更好。

最终，在那个寒冷的雨夜，莫龄一路淋着雨走回了学校。

莫龄从来都没有怪过何亚维，她只是怪自己不争气。从小到大，她想要做的任何事情都能通过坚持而实现，唯独爱而不得，这是她人生里唯一的败绩，而且败得很难堪，那时候起，莫龄便从何亚维的世界中消失了。

后来，学业繁忙的莫龄很快调整了状态，平静地度过了大学的第一年。

青春就是如此，我们一旦受伤，就想逃到另外的世界，抓住另外的人，做另外的事情，但不管我们做什么，过去的那份记忆仍然存在。所谓的经历过疼痛才能成长，虽然听上去很浮夸，但只有真正经历过才能感同身受，"弃过往"只是放下过去，并不强求刻意忘记，能够坦然面对过往，才是真正的弃之如敝屣。

不过，她与吉他的孽缘远远没有结束，第二年考英语四级的那天，她又路过了那家琴行，这一次，她看见几个年轻人围坐在一起弹琴练歌，他们没有人说话，全都在用乐器彼此交流。这一幕深深吸引着莫龄，因为那是她内心最渴望的样子。

琴行教室里坐着一个背对着她的姑娘，那个姑娘的背影清瘦高挑，似曾相识，莫龄看不见她的脸，但隐隐觉得那姑娘的气场和她认识的某个人很像，所以她一直在门口忘我地听着，直到错过了英语四级的考试时间。而结果嘛，就是被她妈狠狠骂了一顿。

吉他，莫龄喜欢吉他，非常非常喜欢。

> ……
> 转身的那一刻，我得以涅槃
> 转角的两把弦琴，早已各自为战
> ……
> 铅华洗尽珠玑不御
> 过往的一切都抛弃
> ……

《弃过往》不仅是写给裴忻的，更是莫龄写给自己的。

第 18 章 初赛

　　一年一度的亚洲校园乐队大赛终于拉开了序幕，接下来，来自 S 市各大高校的 28 支乐队将在舞台上一决高下，最终胜出的 2 支乐队，将代表 S 市参加 4 月份的全国总决赛。

　　今天的初赛，将会先淘汰一半，也就是留下 14 支乐队参加下个月的复赛，复赛后，又将从剩余的 14 支乐队中选出 6 支参加决赛，对于喜好音乐的学生们而言，这不仅是音乐艺术的交流盛会，更是一场关乎青春梦想的"大绝杀"。

　　四个姑娘一早就到了"超级音乐中心"，这是一个能容纳 5000 人的专业演出场馆，今天的台下不仅坐满了 S 市音乐界的前辈，还有各大高校的老师和学生。

　　队长裴忻在前一天的电脑抽签里抽到了 11 号，也就是第 11 个出场，此时，她们已经换好了衣服，化好了妆等待进入后台。

　　"还好还好，我们是第 11 个。"陶贝贝的心脏扑通扑通直跳，"早点上去早点下来，早死早超生……"

　　"你说什么呢！"莫龄拍了拍她的脑袋，"你平时的胆子哪去了？早上扔被子里了？"

　　一旁的望思玛虽然嘴上不说，心里却和陶贝贝一样惶惶不安，一想到外头坐着几千个人，还有自己学校的老师和同学，她的手心就开始直冒虚汗："完了完了，一会打错怎么办，一会鼓棒掉了怎么办，一会忘记谱子了怎么办……"

　　"走吧，我们可以去后台了。"裴忻走在了最前面。

　　一打开后台的大门，硕大的后台更是乌泱泱的人，28 支乐队齐聚于此，再加上工作人员和各大媒体，差不多挤了一百三四十个人。

　　"看，裴忻！"人群中，有人喊了一声，无数的目光立刻朝四个女孩的方向投来，裴忻淡定自若地向前走着，身边的人也都不自觉地退后几步，给她让出了一条道。

　　"哇，她染了银白的头发，好酷。"

　　"啧啧啧，这身材，可以啊……"

　　"她唱歌真的太好听了，我的偶像，我的偶像……"身边的姑娘和小伙们纷纷议论起来，同时也出现了不少质疑声——

　　"哎？她不是十心乐队的吗？后面那三个女的是谁啊？"。

　　"听说她演出放了人家鸽子，被十心乐队开除了，所以她就组了新乐队。"

　　"都是女生，能行吗？"

　　"咳咳！"陶贝贝清了清嗓子，看着望思玛道，"女王不愧是女王，我们三个像不像她的小跟班？"

"嗯，像！"

就在此时，迎面走来几张熟悉的面孔，是十心乐队。

"嘿，裴忻，这就是你的新乐队？不错嘛。"小安笑着打了个招呼，边上的贝斯手阿藏也顺势开起了玩笑，"果然美女的朋友也都是美女。"

"你给我闪一边去。"十心乐队的主唱闹闹用胳膊肘戳了一下阿藏，然后斜着眼看了下四个姑娘，依旧顶着她那招牌式的"波涛汹涌"回头道，"我们去那边坐。"

"你们怎么还不来？"阿藏和小安的身后突然冒出一个声音，十心乐队队长何亚维和鼓手肖子凌迎面走来。

看到裴忻，何亚维停下了脚步，两只眼睛略不自信地左右晃着，而裴忻的眼神中却透露出一丝冷漠与杀气，直勾勾地盯着他，何亚维想说点什么客套话，话到嘴边又咽了下去。

突然，他看到了裴忻身后一个更加熟悉的身影——莫龄。

本就尴尬癌发作的何亚维顿时瞪大了眼珠子，惊出一身冷汗，前女友什么时候和前前女友在一起了？还组了个乐队……何亚维匪夷所思，这也太扯淡了吧。

其实这又有什么稀奇的呢，女人之间能互相吸引的点本就很奇妙，又何况，敌人的敌人就是朋友。

一脸冷漠的裴忻对着身边的莫龄笑了笑，莫龄也笑了笑，"我们走吧。"

四个姑娘穿过重重人流，走到了后台一处专供她们休息的地方。

比赛正式开始，师大的"山猫乐队"唱响了亚洲校园乐队大赛的第一支歌曲，后台也变得极其安静，大家都在静静等待自己上场的那一刻。

裴忻坐在椅子上闭目养神，莫龄拿出了一本书看了起来，陶贝贝拿着贝斯轻轻弹拨着，望思玛则坐着不停地手舞足蹈打着拍子，生怕一会儿忘记了什么。

很快，工作人员便走过来告知她们准备上台……

"接下来上场的，是 11 号乐队，来自申南综合大学的黑天鹅乐队……"

姑娘们陆续走上台，望思玛坐到了鼓凳上，发现眼前只有黑漆漆的一片，除了其他三个人，她什么也看不见。

"看不见最好了。"她深吸一口气。

音乐响起，姑娘们拿出了十二分的精神开始了演奏，这是黑天鹅乐队的第一场演出，也是新歌《弃过往》的第一次公演。

开场很顺利，一切就和排练时一样，台上的陶贝贝异常兴奋，莫龄沉着稳重最能给人安全感，裴忻继续保持着她女王式的台风，她的声音高亢而有穿透力，每一个字都能让台下的人汗毛竖起，心生澎湃。很多人冲到台前大声喊着裴忻的名字，不管在什么乐队，裴忻的光芒都是最耀眼的。

"转身的那一刻，我得以涅槃，转角的两把弦琴，早已各自为战……"这一刻，裴忻唱的是自己，莫龄弹的也是自己……

兴许是过于紧张，陶贝贝突然按错了一个音，好在这里的贝斯音不是很突出，她很快纠正了过来。

坐在最后的望思玛就不同了，第二段的节奏明显快了不少，莫龄转过身来看了看她，望思玛也立刻意识到了自己的问题，她想起了那时在鹈鹕音乐馆的演出，回去的路上，江峪还对她说了这样一番话："现在的你，要做的不是炫技，而是稳住你的拍子，从第一个音开始，到最后一个音结束，始终保持一样的速度，否则乐队的节奏就会被你打乱……"

她试着让自己冷静下来，然后一点点稳住了自己的速度，一直到最后一声镲片音落下。

台下响起了热烈的掌声，这一次的掌声，比之前任何一支乐队唱完的掌声都要响。虽然只有一首歌，但四个姑娘个个满头大汗，大家走到了舞台的正前方，鞠了个躬，然后带着琴走下了台。

"吓死我了。"陶贝贝一到后台就咕噜咕噜地喝完了一整瓶矿泉水，望思玛有些沮丧，因为她刚刚的表现并没有预想的那样好，裴忻走过来给了她一瓶水，"望思玛，进步很大。"

"可是，我刚才的速度快了。"

"确实是快了，但是之前几个乐队你听了没？说实话，有些还不如你呢，你已经很好了，下次会更好。"一旁的莫龄补充道。

"真的吗？"望思玛依旧不自信。

"裴忻的耳朵很灵的，她不会骗你的，我也觉得之前好几个鼓手的拍子都不稳，只不过，我们对你的要求比较高啦……"莫龄笑着安慰她，"这么短时间你能打到这样，已经很不错了，而且，真的只是快了一点点，就一点点。"

四支乐队演出完毕后，下一个登场的是 16 号，也是去年亚洲校园乐队大赛 S 市赛区的第一名——嘉北大学的镇天魄乐队，几个小伙子还没有登台，底下的观众就已经站起来摇旗呐喊。"镇天魄、镇天魄……"叫嚷声响透了整个音乐中心，随后主唱大明的一声嗷吼，全场气氛立刻被带到了顶峰。

"真不愧是去年的第一名，这屋顶都快被掀翻了。"陶贝贝感叹道。

十心乐队抽中了 22 号，虽说离开了王牌主唱裴忻，但也算是拿了去年第二名应有的实力，新主唱闹闹虽然论气场没法和裴忻比，但唱功也没有薛佳雯说得那么糟糕，望思玛在后台一直认真听着，毕竟，这是自己学校最受欢迎的乐队。

裴忻坐在后台依旧面无表情一言不发，陶贝贝拿着手机打起了游戏，就在此时，望思玛收到了一条微信，那是老师江峪发来的："饿一天了，入围了请我去对面的茶餐厅吃饭。"

什么嘛，望思玛看着信息一脸不屑：我今天比赛那么辛苦，你还好意思要我请你吃饭？于是，她回了一句："打得不好，说不定没入围！"

"没入围，当然也请我吃饭。"

反正你今天就是要讹我一顿呗，望思玛心想。

"我就在台下，没什么问题，菜我都想好了，你准备一下钱包。"江峪又补充了一句。

望思玛本想拒绝的，毕竟今天是乐队的大事，万一入围了，陶贝贝这丫头肯定又要提议大餐一顿，万一没入围，大家还得在一起抱团安慰，这时候一个人掉队找别人吃饭，是不是太不够义气了？可是，心里虽这么想，手指却没能跟上脑子，她就这么鬼使神差地回了一个"哦"字过去……

28支乐队最后参赛的是"太音乐队"，除了年年都拿第一的镇天魄乐队，太音乐队一直以来都是十心乐队最强劲的竞争对手。和半路出道的十心乐队不同，太音乐队的乐手们都来自音乐学院，乐手们不仅会吉他，更是小提琴、双簧管和定音鼓的高手。之所以这样一只专业性的乐队会败给镇天魄和十心，很大一部分原因在于他们喜欢做一些"实验性音乐"，这些音乐非常小众，跟流行乐和摇滚乐的风格有很大不同，由于差异太大，评委给的分数也两极分化严重，所以总是和前两名失之交臂。去年的总决赛，他们就以微弱的成绩败给了十心乐队。

"他们很厉害，或许是不屑跟我们玩儿吧。"裴忻说。

四个半小时的初赛总算是结束了，28支乐队完成了他们的参赛曲目，半小时的等待之后，主持人宣布了14支入围乐队的名单。

当报到"黑天鹅乐队"的时候，陶贝贝和望思玛开心地跳了起来，莫龄露出了"理应如此"的笑容，裴忻的嘴角只是微微上提了一下，对她而言，这仅仅是跨出的第一步，后面的比赛，将是更加残酷的挑战。

"大家辛苦了，一会儿去吃顿好的。"这次莫龄先开口了。

"我要吃日料，听说这里开了一家新的网红餐厅，我心仪很久了，我们一起去好不好，好不好嘛……"她拉着裴忻的手臂撒起了娇，"我请客！你们随便点。"

"那个……"望思玛支支吾吾底气不足的样子，"你们去吧，我不去了。"

"为什么不去？"莫龄好奇，"你是约了什么人吗？"

她点点头。

"谁啊？"陶贝贝的八卦虫瞬间又爬了上来，"不会是男朋友吧？"

"不是"望思玛的脸颊泛起一抹红晕，"是我的架子鼓老师，他……找我有事……"

"你的老师？他约你的吗？帅不帅？什么时候带来给姐妹们过目啊。"

"贝贝你还真是……有娱记的潜质。"莫龄低着头笑了起来，"不过话说回来，思思，我可是第一次听说江峪会约学生吃饭，你把他怎么了？"

"我？没有啊！"

"去吧去吧，你是该去谢谢他，给你免费加了这么多课，就当谢师宴好了。"

"那……我们就把你那份吃掉了。"陶贝贝背起了贝斯，一首拽着裴忻，一手拉着莫龄朝外面走去。

望思玛打开手机，正巧江峪又发来了一条信息，这一次，是一个扫码点单的小程序，她点开小程序，随后瞪大了眼珠子，因为江峪已经点了300多块的菜，"这个大哥还真是……"

第 19 章 星辰之下

傍晚的茶餐厅早已座无虚席，头顶的吊灯投下淡淡的光，整个餐厅静谧而温馨，望思玛在人群中寻找着江峪的身影，寻觅了半天，终于在一个转角处看到了头戴鸭舌帽的男人。

"不好意思，我迟到了。"

座位上的鸭舌帽男人抬头看了看她。

"今天我腿都吓软了，打第二段的时候……"望思玛说到一半，突然抬起头，才发现对面坐着的竟是一个陌生人，对方也一脸惊奇地看着她。

"对不起，对不起，我认错人了。"望思玛尴尬地站起来，"对不起，对不起……"她继续环顾四周寻找着江峪。

"你眼神不好吗？"隔壁桌突然传来熟悉的声音。

望思玛一转身，又一个"陌生"的男人打量似的看着她，她想离开，却又停住了脚步，"你是……老师？"

没错，隔壁桌坐着的，就是江峪，江峪摘了他那粘在脑袋上的鸭舌帽，望思玛竟然没有认出来。

"老师，呵呵，我没认出来。"望思玛对他尴尬一笑，眼前坐着的男人，还是那副高冷孤傲的样子，他光洁白皙的皮肤，棱角分明的轮廓，一双幽暗深邃的冰眸加上英挺的剑眉，连望思玛都忍不住多看两眼，真不愧是琴行第一香饽饽。

"老师，你为什么一直戴着帽子？"望思玛问。

"你说呢？"

"我以为你是秃头……"

江峪的一口大麦茶差点没从嘴里喷出来，"咳咳……"

"一般头发少的人，不是都爱戴帽子吗？"望思玛继续打量着他，脸颊竟不自然地透出了一抹红，"老师，今天找我，是有什么重要的事吗？"

江峪给望思玛倒了一杯大麦茶，"别那么有自信，要真是有事，我也不会找你。"江峪抬手的那一刹那，望思玛又闻到了一股淡淡的檀香味，"看你最近排练得那么辛苦，就给你个机会请我吃饭。"

给我个机会？江同学，你还真是太把自己当回事了，望思玛心里念叨着，"那……真谢谢您了。"她举起茶杯，和江峪碰了一下，江峪的嘴角微微向上扬起，噙着一抹小心翼翼地微笑。摘下帽子的他，颜值堪比偶像剧里的男明星。

"对了，下个星期……"两人吃了几口菜，突然异口同声说了起来。

"老师，你先说。"

江峪翻了翻手机里的日历，"下个周末是圣诞节，我们不上课，放你一天假吧。"

望思玛迟疑了几秒，"哦，好。"什么嘛，还说给我放假，明明是自己要去跟姑娘约会，不好意思说。

"该你了，你想跟我说什么？"

"哦，我……刚好也想跟你请假来着，下周末我有事……"

"哦，好。"江峪也回了这两个字，然而巧的是，望思玛刚才想说的，也确实是要请假，因为下周，她有更重要的事要做。

"望思玛，你为什么学鼓？"江峪问。

"喜欢。"

"只是因为喜欢？不是因为追星，或是想出名？"

"只是喜欢。"

"从什么时候开始喜欢的？"

"在我高中的时候，我哥哥带我看了一个摇滚乐队的现场演出，后来我就喜欢了。"

"你哥哥应该是个超级乐迷吧。"

"是啊。"

"那……他现在一定很支持你做乐队吧？"

望思玛拿着筷子的手颤抖了一下，轻声道，"他……去世了。"

江峪捏了捏手中的茶杯，目光中含了一抹忧伤，"对不起，我……"他没有再说下去。

"没事，下周末正好是他的忌日，本想跟你请假的，谢谢你。"

外面的天色已暗，看着窗外熙熙攘攘的车辆，望思玛的眼中也露出一丝忧伤，"我哥以前也是玩音乐的，不仅吉他弹得好，还会作词作曲，只可惜，在我大一的时候，他出了车祸。"

江峪自觉起了个差劲的话题，便想转移一下话题，他从背包里拿出一副鼓棒，"这个，送给你。"

"给我的？"

"今天表现不错，就当给你奖励了。"

"谢谢。"望思玛接过鼓棒，这是一副红棕色的木质鼓棒，望思玛很早之前就想买一副了，"还是橡木的呢，手感不错。"

……

"走吧，我送你回去。"

望思玛看了看时间，已经快八点了，"等等，我先去买单。"她环顾四周寻找着服务员。

"哎……你的眼神果然不好。"江峪一脸无奈，"我早就买好单了，跟你闹着玩呢。一会儿你在大门口等我，我把车开过来。"说完背起包朝着门口走去，望思玛便乖乖跟在了后面。

车子在高架路上一路飞驰，江峪打开了车载音响，车内响起了一阵舒缓曼妙的旋律。

"这是什么音乐，听上去像是……浩瀚无垠的宇宙。"

"New Age（新世纪音乐），下次给你讲讲这种音乐。"

"真好听，只是，我以为你会听摇滚。"

"开车的时候需要保持心平气和，况且，这种音乐，能洗涤人的情绪。"

望思玛听着音乐，看着窗外，其实她今天特别开心，下午在舞台上那激动人心的一刻一直在她脑袋里浮现，黑天鹅乐队跨出了第一步，而她，正是乐队不可或缺的一部分，她原本幻想过一百种乐队被淘汰的场景，庆幸的是，这些意外都没有发生，虽然当中有一点不完美，好在黑天鹅乐队顺利进入了复赛。

"到了，14号楼就是这里吧。"江峪停下了车。

"嗯，谢谢。"

"望思玛……"她关上车门刚要走，江峪叫住了她。

"怎么了？"

"哦……没，没什么。"江峪欲言又止，"我……我是说，你家附近有便利店吗？"

"前面右拐有一个门，出了门就有。"

江峪点点头，关上了车窗。

望思玛疲倦地回到了家，扔下手里的鼓槌和背包直线走进了自己的房间，然后横倒在自己的床上。

"回来啦！"母亲跟在后面追问，"吃过饭了没，没吃过妈给你下点馄饨。"

"吃过啦，吃得太撑了。"望思玛躺在床上一副慵懒的样子，"妈，让我休息下，我的老骨头都快散架了……"

洗了澡，换了干净的睡衣，望思玛打开了房间音响，这会儿她正坐在飘窗上回忆着今天的美好。她抬头看了看天空，阴云笼罩若干天的夜晚竟然透出了点点星辰，果然是个月夜良宵。

她打开窗户，刚要深吸一口气，却发现不远处停着一辆熟悉的银灰色小轿车。

"这车，怎么那么像江峪的？"望思玛盯着楼下看了许久，车子的前灯亮着，但是一直没有开走。

"思思，这么晚了你去哪儿？"母亲见望思玛拿了一件抓绒外套就往外跑，"你这孩子，头发都没吹干，以后老了不怕偏头痛吗。"

"妈，你和老爸先睡，我去楼下便利店买点东西就上来。"

她一路小跑，奔到了银灰色的轿车前，驾驶座上坐着的人果然是江峪，江峪的头靠在座椅背上，眼睛迷离缥缈，好像一潭深不见底的潭水，而副驾驶的位置上，堆满了酒瓶。

"老师，你喝酒了。"望思玛打开副驾驶的门，推开座位上的一堆酒瓶坐了上去，然后抢走了江峪手里的酒瓶，"快别喝了，你这样怎么开车？"她摸了摸口袋，幸好带了手机，"你等我一下，我查查怎么找代驾，你这样开车是犯法的！"

酩酊大醉的江峪突然大笑起来，自言自语道，"世事无常啊，世事无常，犯法算什么，我遇到太多犯了法还能逍遥法外的人。"

"你可别害我。"望思玛边查着手机边反驳道，"你知道酒驾要判多少年吗？万一撞到人，别人的家庭可就全毁了……"

"呵呵，对不起，提到你伤心事了。"江峪依旧神志恍惚不知所云，"你……跟他，还真像……"他颤颤巍巍地指了指望思玛。

"喂，你好，是代驾公司吗？请问……"

"思奇走的时候，一定最放心不下你吧……"

话刚说一半的望思玛突然停住了，时间也瞬间凝固，她的表情停留在刚才的那一秒，手不停地颤抖着，手机也落到了座位底下，而说完话的江峪却闭上眼睛，昏睡了过去。

"你说什么？"

当他醒来的时候，已经是凌晨一点了。

他揉了揉惺忪的双眼，发现望思玛正一言不发地坐在他的身边，他这才依稀记起刚才借着醉意，对望思玛说了一些不该说的话。

"你认识我哥哥？"望思玛表情严肃，口气中带着硬生生的盘问，望思玛的哥哥叫思奇，韦思奇。

"是啊。"江峪沉默了片刻，回答了他。

事情还要从两年前说起，江峪和韦思奇因音乐结缘，多年来一直是关系亲密的兄弟，那时的江峪，看到了韦思奇手机里一个姑娘的照片，便开起了玩笑。

"这是你女朋友吗？没见你提起啊。"

"我妹妹。"韦思奇说，"今年刚考进申南服装系。"

"是吗？"江峪一把夺过了韦思奇的手机，看了好久，"长得挺清纯，介绍给我吧！"

"你做梦呢！"韦思奇用手肘狠狠顶了一下江峪的肚子，"你这风流小子别打我们家望思玛的主意。"

"望思玛？你不是姓韦吗？"

对于哥哥姓韦，妹妹姓望这个问题，兄妹俩从小到大就回答了不止一百遍，他们同父同母，只是哥哥韦思奇跟着爸爸姓，妹妹望思玛跟着妈妈姓，据说这还是他们那强势的外公要求的，因为望思玛的妈妈是独生女，外公不想让家族的人说到了女儿这辈断了香火，所以兄妹俩的姓氏才不同。但是，这也并不影响他们一家人的感情。

后来没过多久，韦思奇就出了车祸，江峪曾在韦思奇的葬礼上见过望思玛，但也只是悲伤的一眼。

直到今年年初，莫龄突然找到了他。

"江峪，你最近的课程还有档期吗？我有个好姐妹想重新找个架子鼓老师，介绍给你啊。"

"抱歉，最近我不接学生。"江峪一口回绝了她，"我把吴老师介绍给你。"

"可我觉得还是你打得好。"

"现在的学生基本功都太烂了，就让吴老师从基本功教起好了。"

"可是……"

那时候的江峪，手里有四个学生，之所以不愿意再接学生，一方面是因为他接下了鹈鹕音乐馆的演出，没有那么多时间上课，二是，从小被女生众星捧月的他，最怕教女学生，因为，她们的课上到后面，往往变成了醉翁之意不在酒……

后来，他在前台老师那儿看到了莫龄给朋友填写的报名表，这个让他转让给吴老师的学生，名叫望思玛。

江峪看到"望思玛"三个字的时候，立刻冲到吴老师办公室，把这个学生要了回来。

"阿嚏！"坐在副驾驶的望思玛打了个喷嚏，她这才意识到自己的头发还没有完全干就跑了出来，现在，她已经开始瑟瑟发抖了。

江峪脱下了自己的外套，盖在了望思玛身上。

望思玛看着他，情不自禁地哭了起来。

江峪看到哭泣的姑娘更是不知所措，他想要安慰，又不知道如何安慰，"望思玛，别感冒了，你快上楼吧。"

"我就想这么坐着。"她抹了抹眼角的眼泪，"反正你也走不了，我就在这儿坐一会儿再说。"

江峪再次打开了车里的音响，两人坐在车里一边欣赏着美妙的 New Age，一边回忆着过去与韦思奇的点点滴滴。

夜的潮气在四周慢慢浸润，空气中扩散着伤感，仰望长空，每一颗闪耀着的星星，都像细碎的泪花，布满了澄静的夜空。

两人在星空下，在宇宙的音乐中渐渐睡去，这一夜，对他们而言，是痛苦的，也是幸运的。

冬天的阳光很快透过车窗照了进来，江峪睁开眼睛，望思玛没有回去，她正倚靠在右侧的车窗上，静静地睡着。

他想为她把外套盖好，不料自己打了个喷嚏，这一下，望思玛真的醒了。

她睁开眼睛，发现自己仍然坐在车里，身边还坐着江峪。

"你醒了。"江峪说，"一晚上没回家，不要紧吗？"

"没事，我跟我妈说去同学那了。"她看到了披在身上的外套，不好意思地将外套还给了江峪，"我先上楼了，老师，你开车小心。"

此时的江峪却一把拉住了她，"下星期，我也去祭拜思奇。"

"好。"

第 20 章 假琴

江峪所在的琴行名叫蓝羽琴行，地处市中心与北区交界处，在 S 市赫赫有名的大街——艺术大街上，这里聚集了 S 市各种与文化艺术相关的产业。

蓝羽琴行在其中一栋大楼的 6 楼，平时琴行都是早上十点才开门，今天九点不到就格外吵闹，江峪还没有走上楼，就听见上面一阵喧闹声。他走到门口，发现前台站了十多个人，有年轻的学生，也有四五十岁的中年人，他们围在几个老师面前，不断地叫嚣着，"你们真的太过分了！"其中一个四十多岁的男人说，"要不是为了孩子，我们也不会掏这么多钱出来，没想到你们竟然卖假琴给我们。"

"是啊是啊。"边上的一个中年女人也跟着叫起来，"一架芬雅钢琴两万五千多，我们什么时候犹豫过，就是因为你们是大琴行，信任你们，没想到，你们却把这种假琴卖给我们，你们真是奸商！"

"对，奸商，赔钱！"

"赔钱！"

"赔钱！"

身边的人越来越气愤，把前台的姑娘和几个老师围在了中间。

"等一下，等一下。"江峪冲上前去，拨开人群站在了琴行老师前面，"请你们冷静一下。"他转身问其中一位老师，"王老师，发生什么了？"

王老师一脸无奈，"之前这位家长在我们这儿买了一架芬雅钢琴，后来发现雕刻商标的地方和别的芬雅钢琴不一样，于是就在官网上查了琴号，没想到这个琴号早已被人注册过了！官方的人就说他们买到了假琴。"

"这位老师，本来这琴真假我也不懂，昨天芬雅的调音师来我家，就觉得有什么不对，还是他提醒我的，到网上一查，真的是假琴。"边上的男人义愤填膺道，"两万多的琴啊！不是两百块，你们的良心是被狗吃了吗。"

"我们家的钢琴也是，要不是群里有人说起，都不知道被你们骗了这么久！"边上一个女人也呵斥道。

"卖给我的吉他也是。"一个二十多岁的女孩在一旁怒不可遏，"这把琴五千多呢，你们赔我钱，赔我钱！"

"你的吉他也是假的？"江峪一脸愕然。

"老师，你自己看这个琴头，她拿起了身后的一把吉他，这里！"她指了指旋钮后面，

第20章 假琴

"什么都没有是吧。"女孩又打开了手机官网,"看这里,有一个钢印,我查过了,没有钢印的就是假货。"女孩越说越激动,"我也查过琴号了,这款1211型号官方只有白色、红色和蓝色,我这款怎么是黑色的琴身呢?"

"钢琴和吉他都是假的,真不知道还有多少学生被你们骗了。"身边的人又一次起哄,"今天不给我们个说法,我们就去消协告你们!"

"周老师,这吉他真是假的?"江峪拿着琴,一脸疑惑地问身边的一位吉他老师。

"钢琴我没见过,但是这把吉他……好像真的是仿品。"周老师也是一脸无奈。

"大家安静一下,先听我说。"此时,从大门口急匆匆走来一个五六十岁的男人,这个男人叫陈志忠,正是蓝羽琴行的老板,"我们这家琴行已经在这条街经营了几十年,一直以诚信为本,从不欺瞒顾客,更不会做对不起学生的事。如果真的是在这里买到了假琴,我一定会给大家一个交代,该退的退,该赔的赔,今天请大家留下联系方式,也请大家准备好当时的发票和相关材料,之后会有专门的人来为你们解决……"

"是啊是啊。"江峪见老板都这么说了,也安心了些,他和陈老师虽然接触时间不长,但对他还是比较认可的,陈老师性格虽然固执老套了些,但在生意这件事上还是恪尽职守童叟无欺的,因为卖假货砸了这几十年的蓝羽招牌,完全不值得。

"这样,大家加一下我的信息,我们建一个群,有什么问题,你们也可以随时找我。"江峪说。

家长们听琴行老板和江峪都这么说了,便加了联系方式依次离去。

办公室里,所有的老师都一头雾水,不敢相信。

"我们不是芬雅的授权经销商吗?怎么会进了这么多假琴?"江峪问。

"这个,我也不知道啊。"业务经理赵德钢更是一脸震惊,"流程没问题,合同没问题,授权书也有,假货……不应该啊。"他自己也想不通。"我们琴行代理的其他牌子也是按这个流程走的,这么多年一点问题都没有,怎么芬雅就出事了呢?"

"赵哥,你把授权认定书给我看看。"

赵德钢从文件袋里拿出了芬雅的授权书,上面印章、签名、时间全都有,并没有什么异常,江峪也在芬雅乐器的官方网站上查到了授权经销商蓝羽琴行的信息。

"真是奇怪,我们都是从正规途径进的琴啊。"老板陈志忠百思不得其解,"难道芬雅那边给的就是假琴?"

老师们依次查看了琴行外面陈列的三架钢琴和几十把吉他,他们细致地检查了每一处能够鉴别真伪的地方,而结果是,商标、编号、喷漆、机芯、拾音器全部都没有问题。

这就更加匪夷所思了。

而另一边，刚到学校五楼排练房的陶贝贝也是扯着嗓门说："太缺德了，这简直是污蔑！"

"怎么了贝贝，火气这么大。"莫龄问。

"是啊，谁那么过分？"望思玛也凑了过来，"敢把陶家大小姐惹毛？"

陶贝贝放下琴包，气呼呼地坐到了凳子上，"刚才在黑弦，好几个人指着我姑父说他是骗子。"

"骗子？"大家疑惑地看着她，"你说的是……杜兴文老师？"

"是啊，我姑父有时候在黑弦琴行教琴，所以他就推荐学生家长在黑弦买乐器，之前都没什么事，这几个月不知道怎么了，陆陆续续有人说收到的琴和当时看的样品不一样，说我姑父拿了人家的好处，卖假琴给学生，你们说扯不扯？"

"还有这种事？"莫龄也觉得荒谬。

"那些人肯定是自己在外面搞了几把假琴，然后污蔑我姑父，什么我姑父拿了人家的好处，明明是他们想敲诈我姑父。"陶贝贝越说越生气，"一把琴也就几千块，几千块而已，我姑父会差那点钱？"陶贝贝都快被气哭了。

"那……这假琴，到底是不是从黑弦琴行卖出去的？"望思玛问。

"他们还在查，说是已经报警了。"

"到底是什么牌子的琴？"

"芬雅。"陶贝贝说，"哦，对了，听说芬雅的钢琴买家也过来闹过。"

望思玛和莫龄对视了一眼，对于芬雅出假琴这件事，望思玛和莫龄昨天就已经知道了，因为S市好几个琴行都发生了类似的事，所以"芬雅假琴"四个字最近就登上了城市音乐话题榜的热搜。

对于假琴这件事，担忧的除了陶贝贝，还有麦克风前一脸严肃的裴忻，因为她曾经的一个朋友，就在芬雅做兼职业务员，这会儿，如果他手里也不幸拿到了假琴，这得被多少人骂死。

"贝贝，我们先讨论谱子。"裴忻打开了话筒，"明天下课后，我们一起去琴行看看。"

"嗯。"

晚上，正在群里安抚蓝羽琴行买家们的江峪突然接到了一通电话，这通电话是琴行业务经理赵德钢打来的，而此时，老板陈志忠也在他旁边。

事情是这样的，虽然赵德钢是蓝羽的销售负责人，但由于蓝羽和许多的器乐品牌都有合作，他忙不过来，后来和老板商量，他负责前期的商务谈判和合同签署，至于后期接到顾客订单发给芬雅订购的事，他都全权交给了琴行的王老师。王老师名叫王学胜，是蓝羽琴行的钢琴老师，在这里教了好几年的琴，算得上是很有资历的一位老师了。

芬雅近半年的订单，全都是由这位王学胜老师负责的，赵经理刚才一直在向王学胜要近半年的订购单底单，因为他要拿去和芬雅的销售部核对，但是王老师却拒绝了，他声称那些单据已经被打扫卫生的保洁阿姨弄丢了。

"江老师，下周我去北京出差，我们跟芬雅订购的琴也要到了，到时候你帮我看看这些货是不是从芬雅的工厂运来的，还有，看看发货人是谁？最后，检查下里面有没有假货。"

"好。"江峪一口答应下来。

"我也不想怀疑王老师，但是，这件事事关重大，我们琴行如果真的卖假琴，就现在来闹的这些人，就得赔上几十万。"

"我知道，家长群那边我来安抚，下周来的货我也会一个个检查。"

"拜托你了。"

次周周四下午，芬雅的运输卡车果然到了楼下，陈老板找了个理由支开了王老师，外面只剩下江峪和两个前台姑娘。

这一批的订单有两架钢琴和十几把木吉他，因为其中还有一架体积比较大的三角钢琴，所以货分了两辆车运来。

第一辆车很快到了艺术大街，工作人员小心翼翼地将琴搬到了六楼。江峪细细检查了每一架琴，一个个看下来，并未发现有什么异样，他看了看签收单，发货地点确实是芬雅在杭州的代工厂，联系电话也与网络上注明的一致。

第二辆货车也如约而至，江峪检查并签收完货物后，便与随车的工作人员攀谈起来，"货没错，辛苦了。"他给几个搬运人员分别递上了水，"请问，你们直接发到学生家里的那些琴，也是杭州的代工厂发来的吗？"

"直接发到学生家里？一般我们只发到经销商那里，很多经销商都有自己的仓库，所以会由经销商自己配送到个人用户的，你们不是也有自己的仓库吗？"

"有是有，但是芬雅的琴，最近不是一直都有直接配送服务吗？"

"对不起，您搞错了吧，据我所知，我们并没有这项服务。"

"什么？"

江峪大吃一惊，他似乎找到了问题所在。

第 21 章 内鬼

蓝羽的微信群里，一位买到假琴的家长很快上传了一张当时收货的快递面单，面单印有详细的发货信息，虽然过了大半年蓝色印迹淡了不少，但还是能勉强看清楚上面的每一个字。发货地标注着杭州的代工厂，但电话号码却和官网上的不太一样，官网上标注的是正规的客服电话，而这上面，则是一个私人手机号码。

江峪拿起手机照着这个电话号拨过去，果不其然，只有忙音。

很快，另外几位疑似买到假琴的学生家长也依次上传了当时的收货单，令人费解的是，这些收货单的地址全都是杭州代工厂，但每一张面单上的手机号码却各不相同。

江峪依次拨打了这些号码，同样，这些号码不是忙音就是已经欠费停机，没有一个能够打通。

"还真是有鬼。"江峪气愤说道。

一个新入群的学生焦急地在群里询问假琴的事，因为她前几天刚刚订购了一架价值不菲的芬雅的钢琴，花了两万三，她担心收到的是假货，正咨询着如何检验真伪，如何退货，因为配送的时间刚好是明天。

这个学生的年龄与望思玛和莫龄相仿，性格也是颇为老实，于是江峪便找到莫龄，希望她能去那位买家家里帮忙验货，莫龄知道事关重大，便欣然答应了。

第二天一下课，莫龄就赶往了姑娘家，很快，配送的货车就到了姑娘家楼下。

几个大汉把钢琴扛上了四楼，莫龄接过签收单从头到尾仔细看了一遍，发货地显示杭州，发货方是芬雅公司，但在联系方式的这一栏，却写着一个尾号2100的手机号。

莫龄和姑娘拆开了钢琴外面的防撞塑料膜仔细验证了一番，莫龄自幼学钢琴，对琴的构造还是相当了解的，按照江峪事先的交代，她先是查看了钢板上的一串编号，并在网上验证了编号的真伪。这个环节并没有问题，她又检查了钢琴后面低音的弦枕头，弧度也不存在问题，当她最后检查铸在金属上的商标位置时，却发现和江峪的描述略有差异，莫龄看了好几遍，总觉得雕铸商标的地方，偏了那么几厘米，而且，颜色也偏暗。

她不敢妄下定论，于是便用手机拍下发给了江峪，江峪只看了一眼便回复：是假琴，按我们计划来。

"哎，师傅，好像不对啊。"莫龄对负责签收的师傅说，"我订的钢琴型号是BHT700，你这个是SCR900啊。"

"是吗？"师傅打开手机看了看信息，"没错啊，你订的就是SCR900啊。"

第21章 内鬼

"怎么可能，明明是BHT系列的，上次我在琴行明明确认过的。"莫龄辩解道，"BHT的手感和SCR的完全不一样，我当时特地跟老师交代的，师傅，你要不要打电话去问问？"

师傅从裤子后面的兜里掏出了一张A4纸，上面是一个表格，莫龄虽看不清上面的字，但她知道，这些就是假琴的配送明细。

"师傅，你这个琴的型号都不对，我没法签收啊。"

"你等一下。"师傅看过后很快将A4纸叠好放回兜里，他长叹一口气，转过身掏出了自己的手机，随后从姑娘家的客厅走了出去，一直走到大门口的走廊上。

"喂！"师傅拨通了电话，"客户说钢琴送错了，她要的是BHT700的货，你帮我查一下安民路那家订的到底是什么型号的……"

莫龄和姑娘跟了过来，姑娘的眼里透露着些许害怕，莫龄倒是很冷静，既然江峪说那是台假琴，那十有八九就是假琴了。

"你们等我几分钟，我的领导帮忙去确认了。"师傅说。

很快，琴行那边的手机铃声响了，这铃声不是别人的，正是钢琴老师王学胜的，但此时的王学胜，已经被老板陈志忠拉去会议室开紧急会议了，而这一切，也是江峪事先安排好的。

莫龄将假琴的照片发给江峪的同时，也将签收单上的手机号码一并发给了他。江峪走到王老师的办公桌前拿起了他的手机，来电没有显示姓名，而是一个陌生的电话号码，这个号码的最后四位，就是2100，和莫龄传给他的一模一样。

江峪生怕打草惊蛇，并没有接起那通电话，他看了一眼就把手机放回去了。

十五分钟后，王老师从陈老板的办公室笑嘻嘻地走出来，顺手拿起了桌上的手机看了一眼，刚才还欣喜的神色顿时紧张起来，他不自然地左右看看，然后拿着手机向楼道口的方向走去。

站在前台聊天的望思玛偷偷跟了过去。

楼道里的灯光幽暗，静寂无声，只有王学胜老师打电话的轻声低语，"不是让你们跟买家说过几天再送货吗？最近出了这么大的事儿，你们不想活了？"

蓝羽琴行在大楼的六楼，王老师走到了四楼与五楼的楼梯拐角处，而望思玛偷偷站在了六楼的楼梯口。

"那台琴就是SCR900，你们自己去对订货单啊。"王老师语气中带着烦躁，"我告诉你，这个节骨眼，千万别给我出什么幺蛾子……"

望思玛侧着耳朵仔细听着楼下的通话，王老师说的SCR900，应该就是刚才莫龄签收的那台假琴了。

"买家不认？"王老师的情绪有点激动，嗓门也跟着提高了几度，"曾先生，买家不认你找我？我只看当时的订购协议……"

兴许是楼道里烟味太浓，站在六楼的望思玛听着听着竟忍不住打了个喷嚏。

"阿嚏……"

"谁？是谁在那里？"正在底下打电话的王学胜听到声音立马警觉地喊了一句，然后快步跑上了楼。

望思玛被这么一喊顿时慌了手脚，就在她想快速离开的一刹那，楼道的门突然被人推开了，一个身着白T恤，头戴鸭舌帽的男人向她扑了过来，望思玛下意识地后退了一步。

一双有力的手瞬间抓住了她的肩膀，然后将她推到墙边。

那个人……是江峪。望思玛被这突如其来的操作吓得不敢动弹，后背靠着白墙冒出一身冷汗：天……天哪，什么情况……这家伙，难道和王老师是一伙的？我今天是要被灭口了吗……

"别动。"江峪把头凑过来，双唇贴在了望思玛的耳畔边轻轻说了一句，"小心，他上来了。"他的音量放高了几度，"装什么矜持？不就是亲你一下吗，躲什么？"说罢，他抬了抬自己的帽檐，而接下来的那一秒，他竟不假思索地将自己的双唇朝着望思玛的颈侧吻去。

一股过电般的感觉涌向女孩心头，刚才还冰凉的身体瞬间变热了，从脚底热到了耳根，望思玛还未反应过来发生了什么，脑海里一片空白。

她不敢看他，也没有推开他，刚才还烟味刺鼻的周遭早已变成了一袭淡雅的檀香。

是江峪，看见鸭舌帽的那一刻她心里有那么一瞬是欣喜的，她想闭上眼睛，却又在这千钧一发之际缓过神来。

"你走开。"她大叫一声，"你明明有女朋友为什么还要骗我？"

楼下的王学胜跑了上来，吃惊地看着眼前的这对年轻人。

"你快放手。"望思玛朝着王学胜那边看了看，又故意给江峪使了个眼色，"江老师，你太过分了……"她用力挣脱了江峪的手，朝着楼道外跑去。

江峪站在原地无奈地摇了摇头，一转身又看到了身后的王学胜，"是你啊，王……王老师……"他故意显露出一副尴尬吃惊的模样，好像做了什么见不得光的事。

"江老师你……"紧握着电话的王学胜将信将疑地问了一句，"那个姑娘，她是……"

"那个，王老师啊，我刚才……是跟她开玩笑的。"还未等王学胜把话说完，江峪便先给自己开脱起来，"拜托你了，刚才的事儿，可千万别跟陈老板说啊。"他露出尴尬的笑容，再次压低了自己的帽檐，脸色显得颇为"愧疚"。

"我说小江啊。"江峪刚想离开，王学胜喊住了他，"年轻人做事不要冲动，人家姑娘看着也不像那种人！"

"呵呵，我知道了。"见事情未败露，他便顺势回了一句，"谢谢王老师什么都没看见！"

离开后他立刻下了楼，望思玛正在楼下等着他。

"望思玛，对不起，刚才因为情况紧急……"见到望思玛的江峪有些不好意思。

望思玛脸颊两旁的红晕还未退去，却又尽量摆出一副从容不迫的样子，"我没事。"说这句话的时候，她的眼睛却不敢再看江峪。

"曾先生……你说，他叫那个人曾先生？"

望思玛将刚才在楼梯口听到的话悉数告诉了江峪，"是的，他说他只看订单，还警告那个曾先生，这个节骨眼，千万别出幺蛾子。"

"曾先生……"之前业务经理赵德钢提供的芬雅公司联系人名单里，并没有姓曾的业务员，江峪猜测得没有错，芬雅的订购单，果然有猫腻。

第22章 默默地爱

黑天鹅乐队的排练仍在紧张进行着，裴忻今天的状态很不好，由于前几天晚上练琴着了凉，这会儿还发着烧，陶贝贝不停地劝她回宿舍好好休息，或将乐队的排练时间延后，但是她不肯，复赛在即，她不想因为自己的身体原因而打乱乐队的进度。

这一次共有十四支高校乐队进入市级复赛，比赛结束后，将会淘汰八支，也就是留下六支乐队进入决赛，这十四支乐队每一支都独具风格，实力不容小觑。

第二首新歌前几天就完成了编曲，这一次，副歌的后面还加上了一段超炫的吉他独奏，这段独奏是莫龄精心编排的，连一向要求甚高的裴忻听了都很满意。一开始裴忻还很诧异，这种难度的曲子，她一度傻傻地认为只有何亚维才能勉强弹出来，没想到莫龄竟然能在这么短的时间里弹到这样高的境界。

裴忻确实不够了解莫龄，对于演奏功底扎实的莫龄而言，这段炫技的独奏也仅仅发挥了她七成的技术而已，不，也有可能是五成。

囚困在深夜里
曾经的纯真渐渐地远去
抹去了悲情
破旧的书籍里
跌宕的故事被时间封印
忘记了结局
我在阳光下蜷缩成真理
守护这碎片记忆
……

这是一首重金属风格的音乐，不仅裴忻和莫龄，望思玛和陶贝贝也很喜欢，尤其是陶贝贝，她一直视裴忻为偶像，而裴忻浑厚有力的金属声线，最适合这一类型的音乐。

"这首歌不拿第一名，简直天理不容啊。"任何时候都无比乐观的陶贝贝一直坚信，黑天鹅一定能在下一场比赛中大获全胜。

"裴忻，你要不要休息一下。"唱到第二段时裴忻的体力明显跟不上，她原本唱歌的时候都是站着的，今天竟然靠在身后的音响上。看到裴忻的汗珠一直往下淌，莫龄不由担心起来，"你这样会越烧越厉害的。"

"贝贝，我觉得你最后收尾的音色有些突兀，最后一个音明显比望思玛的吊镲快了半拍……"裴忻仍仔细听着音乐里的每一拍，"我们再来一次。"

说这话的时候，裴忻的声音比方才更加虚弱，这四个姑娘里面，主唱和鼓手是最耗费体力的两个人，望思玛经过江峪一个多月的特别训练，体能明显进步了很多，一首速度较快的歌打上几遍倒也没太大问题，而裴忻就不同了，她一边发着烧，一边要专注声音的音量与力量的变化，手里还要兼顾吉他，一个多小时排练下来，已经消耗了她大量的体力。这会儿，她的嗓子明显出现了疲惫嘶哑的状态，甚至连呼吸都有些急促。

"我们再来一次，大家注意控制好右手的音色，跟着节奏不要乱。"看到裴忻仍在硬撑，莫龄忍不住发话了，"这遍大家一定要排好，然后我们休息一下。"

音乐响起，姑娘们全神贯注地投入到音乐里，鼓、贝斯、吉他依次进入到旋律中来，但是轮到裴忻开唱的时候，她却没有了声音。

莫龄抬头看了看她，只见裴忻站在话筒前，身体开始摇摇晃晃，她马上跑上前扶住了裴忻，裴忻靠在莫龄的身上缓缓瘫倒在地，手里还紧紧抱着吉他防止磕到地上。

"裴忻。"大家围了上来。

"好烫。"莫龄摸了摸裴忻的额头，"怕是有三十九度了。"

姑娘们什么都顾不上了，迅速把裴忻送去了附近的医院。

裴忻病了，上呼吸道细菌感染，再加上这两天又碰上了生理期，所以才发了那么高的烧。

这会儿，医生强制她留在医院点三天的抗生素，她拗不过医生和莫龄，也只能乖乖待在了医院。

"晚上我留下来陪你吧。"莫龄焦急地说。

"你明天不上课？"裴忻问。

"不上。"

"如果我没记错，明早是你的晨读会。"

"没有。"

"这么有空，你不回去盯着那两个家伙吗？"她看了一眼旁边的望思玛和陶贝贝，陶贝贝噘起小嘴朝着裴忻扮了个鬼脸。

"血槽都空了，还是管好你自己吧。"莫龄说。

裴忻看了看她，又看了看另外两个，沉默了几秒，"也是。"

冬季夜空的星辰如画，简单吃了点晚饭，两个姑娘在病房里抵掌而谈，两人曾经因为何亚维的缘故，可以说是最不可能成为朋友的人。如今这漫漫长夜，两个姑娘倒也丝毫不觉尴尬，因为黑天鹅乐队，她们抛弃了过往，彼此坦诚相待，竟然成了朋友，对着窗外的夜空，她们开始谈论起各自喜欢的音乐、喜欢的乐队，还有喜欢的电影。

"对了，你还没回答我，为什么加入这个乐队？"裴忻靠在病床上问莫龄。

"反正，不是你想的那样。"

"我知道不是我想的那样。"裴忻难得露出一丝笑意，"算了，无所谓，反正你现在是我的人……"

莫龄看着她，也欣然一笑，想说点什么，但话到嘴边还是咽了半句回去，"是啊，天晓得我会和你在一起。"

夜未央，人已倦，虚弱的裴忻说着说着便倒头睡去，莫龄将她身后的靠垫拿下，替她盖上了被子，裴忻银白色头发枕在米白色的枕头上，身上还盖了条纯白色的被子。那个舞台上英姿飒爽的女王裴忻，此刻就像一只乖巧柔弱的白色小猫，独自蜷缩在温暖的被窝中。

莫龄静静地坐在她身边望着她。

裴忻的睫毛浓密而上翘，高挺的鼻梁处有一颗淡淡的黑痣，红润的嘴唇像两片带露的花瓣，即使同为女孩的莫龄，也忍不住想多看她两眼。

自从大一的时候见了一面，裴忻就在莫龄的心里留下了挥之不去的印象。

大学一年级时，她去找男朋友何亚维，也就是在那晚，她第一次遇见这个临危不惧且对她充满威胁的女孩。

大学二年级，她经过琴行再次遇到了正和朋友在一起排练的裴忻，那时的裴忻手握吉他，完全沉浸在音乐的世界里，她羡慕裴忻，因为她看到了自己最向往的美好生活，但同时也错过了最重要四级考试。

大学三年级，她第一次去看了亚洲校园乐队大赛的市级决赛，她明知道十心乐队不仅有裴忻，还有何亚维，但她还是义无反顾地去看。而当裴忻的歌声唱响超级音乐馆的那一刻起，她的眼里再也没有了何亚维，让她真正感到震撼的，唯有舞台上那个光芒熠熠的主唱裴忻。

大学四年级，她如愿以偿，在一系列机缘巧合下，她和裴忻走到了一起，成了黑天鹅乐队不可或缺的吉他手，这一年，她决定了自己的人生。

"啊！黑——"刚睡下没多久的裴忻突然坐了起来，"莫龄，快开灯，快开灯！"黑暗中裴忻惊慌失色，大叫起来。

为了让裴忻睡个好觉，刚才莫龄把病房的灯全都关了，窗帘也拉上了。

第22章 默默地爱

"好好好，你别急。"莫龄立刻跑到门口打开了灯，病房里很快又亮了起来，"裴忻，你不会怕黑吧？"

"怕。"裴忻的身体竟然哆嗦起来。

"好好好，我不关灯，不关灯，你安心睡。"莫龄又给裴忻盖上了被子，"难怪你宿舍的人总是投诉你开夜灯，原来你真的怕黑。"

裴忻躺在床上，渐渐地，她又酣然入梦。

晚上十二点，莫龄刚想在边上的躺椅上休息一会儿，裴忻的电话突然亮了，"这么晚了，是谁打电话过来？"莫龄本想将柜子上的电话挂掉，但是当她拿起电话的那一刹那，她惊呆了。

是一个陌生的号码，尾号是2100，莫龄确认了好几遍，这个号码，正是前几天在芬雅买家那里看到的发货人电话，不会有错。

"天哪。"一种不好的预感油然而生，"难道裴忻，也跟芬雅的假琴有关？"

不，不会的，莫龄不断暗示自己。

"裴……"她想叫醒她，可看到眼前虚弱的裴忻，她没有叫醒她。

莫龄接通了电话。

"喂，裴忻！你晕倒了啊。"

莫龄没有说话。

"我知道你不接我电话，所以才换个号码，你没事吧，喂，你说话呀……"

电话那头的莫龄早已说不出话来，虽然这个号码没有显示名字，但是她听得出那个声音，这个声音，她再熟悉不过了。

莫龄挂断了电话，那个人是何亚维。

江峪和望思玛也很快知道了这件事，他们当中，最不能接受的，就是裴忻。

"不可能，他不会这么做的。"

"你怎么知道不可能，何亚维在这个圈子里本来口碑也不怎么样。"江峪说。

"那也不会，他虽然很想赚钱，但绝不会干这种勾当，他不想要前途了吗？"裴忻反驳道。

"或者，他也是被骗的呢？"莫龄安慰起病床上的裴忻，"我们报警吧，不要乱猜了，让警察把事情调查清楚。"

对于何亚维的为人，裴忻自认还是很了解的，虽然他自负又花心，但这种违法的勾当他还是知道轻重的。毕竟，他要对他的母亲负责，他是她唯一的希望。

何亚维很小的时候，他的父母就离异了，父亲去了一个有钱女人的家做起了上门女婿。这些年，父亲对他们母子俩不闻不问，抚养费自他十八岁之后就再也没有给过，母亲为了培养他，一天兼三份工，砸锅卖铁供他读到了申南大学。

　　裴忻很清楚，何亚维虽然喜欢弹吉他，但要把音乐当成梦想，对他来说仍是遥不可及的东西。乐队演出虽然有微薄的收入，但要用它来养活自己就是杯水车薪了，归根到底，艺术还是有钱人玩的，像他这样家庭出身的人，不允许。

　　去年的亚洲校园乐队大赛过后，何亚维就像变了一个人，变得越来越急功近利，吉他也不怎么练，演出也很敷衍，还经常跟社会上的人混在一起，虽然他说是在为毕业后的出路做准备，但这种不负责任的态度，一直让大家很反感。

　　"算了，他怎么样跟我又有什么关系呢？"

第 23 章 曾经的亚维

两年前——

"忻忻，在做什么呢？"裴忻的父亲走到女儿的房间，"你董叔叔来了也不出来打个招呼……"

"爸，我忙着呢。"电脑前的裴忻一手抱着吉他，一手不断操控着鼠标，两只眼睛紧盯屏幕眨都不眨一下，"董叔叔是专门来找你的，我就不去了。"

"你怎么还在搞这些？"父亲走过来，"董叔叔今天是带着儿子一起来的，他家小公子刚从瑞士留学回来，董叔叔想介绍你们认识。"

"我没兴趣。"

"你们年轻人不都喜欢交朋友吗？"见裴忻无动于衷，父亲有点不开心，"人家是专门为你来的，赶紧给我个面子，别让他们久等。"

裴忻那只按着鼠标的手停了下来，"为我来？爸！你就这么着急给自己找女婿吗？"

"你这孩子……"父亲叹了一口气，"只是让你们见个面而已，你还记得小时候我们两家一起去旅行吗？你一直跟在人家后面哥哥，哥哥地喊，人家在瑞士读书的时候，都惦记着我跟你妈，现在人家来找你，你好歹出去打个招呼啊。"

"这都多少年了？有什么好见的。"裴忻依旧盯着电脑不肯起身，"这两年我只想唱歌弹琴，相亲的事，你跟妈不要再瞎起劲了。"

"别以为我不知道你整天在学校做什么，那姓何的小伙子真不怎么样，年纪轻轻就会惹麻烦，你还是醒醒吧。"

"爸，你能不能别影响我弹琴。"裴忻不耐烦起来，"马上要比赛了，让我一个人安静一会儿。"

"你这孩子！"父亲摇摇头，"你现在跟我犟，过个五年十年，你就知道为什么找对象要找门当户对的了。"

裴忻的父亲叫裴启山，是 S 市最大律师事务所，启山律师事务所的创办人，而他口中的董叔叔，则是他的老同学，S 市安博私立儿科医院的院长董长安。

父亲对裴忻虽说从小宠爱，但在女儿择偶这件事还是相当看重的。毕竟，裴忻将来还要继承这么大一家律师事务所，总要有个可靠的丈夫在背后撑她一把。

裴忻听得烦躁，于是起身把吉他装进了包，穿上外套，提着琴包就往外面走。

"忻忻，你去哪？"父亲跟在后面边跑边质问，"你这丫头像话吗？就这么走了太没礼貌了。"

裴忻走到客厅，沙发上正襟危坐着一老一少，西装革履，颇为体面，母亲正把两杯现煮咖啡端给他们。

"忻忻，快过来。"母亲看到了裴忻，"快叫董叔叔，还有这位……"母亲望向了一旁的年轻男子，"小时候的世霖哥哥还记得吗？你们在一起玩的，瞧瞧，一转眼你们都这么大了。"

身旁的董长安见到裴忻来了，立马拍了拍儿子的膝盖，"世霖，妹妹来了。"男孩见到裴忻，露出了一脸欣喜，果真是女大十八变，小时候一脸男孩气的裴忻妹妹，竟出落得如此标志，长发齐肩，五官俊秀，冰肌玉骨，身材更是凹凸有致，这简直是……天生尤物。

董世霖好像中了孙悟空的定身法一样，一见到裴忻，瞬时连眼珠子都定住不动了。

"董叔叔。"裴忻喊了一声，再看看一旁呆若木鸡的董世霖，一时间也不知道如何称呼，"你好。"

"好。"董家二公子董世霖可能过于激动，颤颤巍巍张开嘴回了一句，目光定格在了裴忻脸上。

安博私立儿科医院院长董长安有两个儿子，大儿子董世琛今年二十九，小儿子董世霖今年二十四，虽然同为董长安的儿子，但兄弟俩的性格却截然不同。哥哥董世琛是家族里出了名的人精，这两年在外面做医疗器械生意做得风生水起，性格也有些浮夸纨绔。弟弟董世霖刚刚在瑞士读完了硕士，性格保守内敛，最重要的是，董世霖有钱不任性，花销有度，是家族里出了名的乖宝宝，所以裴忻的父母也就特别中意他。至于长相嘛，谈不上品貌非凡，但一表人才还是配得上的，毕竟，这种家庭条件出生的人，长得再磕碜也肯定是帅的呀。

"赶紧坐下跟董叔叔和哥哥聊聊天。"母亲走到裴忻身边，想接过她手里的吉他，裴忻却下意识地往后退了一步。

"董叔叔，今天学校有重要的事，我要回学校了，改天一定登门拜访。"她把吉他包拎起来背在了身后，"我先走了。"

"哎！忻忻……"母亲看了一眼女儿，又看了一眼追出来的丈夫，一时间不知如何是好。

便利店买了一罐咖啡，又去食堂打了一份饭，裴忻回到了艺术楼的排练房，此时的排练房里还有一个人，那个人就是何亚维。

"吃什么呢？"裴忻问。

第23章 曾经的亚维

"这么早就来了啊。"何亚维抱着吉他坐在凳子上，见裴忻来了，露出一脸宠溺，"宝贝，来，刚刚突然灵感乍现，快来听听这段怎么样。"

"好啊。"裴忻放下东西走到他身边，何亚维面前的桌子上放着一叠吉他谱和一桶正在泡着的方便面。

"好香，晚饭？"裴忻问。

"嗯！"

"我也想吃，一人一半？"

"泡面有什么好吃的？没营养！"何亚维抬头看着她，"等等，你没吃饭吗？我去给你买。"

"不用了，我买了。"裴忻指着音响上的便当袋子，"是你爱吃的！"

"宝贝儿，对不起。"何亚维满脸愧疚，一只手搂住了裴忻的腰，"你跟着我，还真是什么好都没有捞到。"

"是没捞着什么好，还倒贴了不少。"裴忻开玩笑说着，眼里充满了浓浓爱意。

"如果毕业后我没能找到好工作，你就不要跟着我了。"

"大不了我吃泡面你喝汤。"裴忻一只手搭在了何亚维的脖子上，另一只手抚摸着他的头发，"你只要把十心做好就行。"

气氛沉闷了几秒。

此时，不知哪里发出"啪嗒"一声响，周围的灯一下子全灭了，排练房里顿时漆黑一片。

"啊！亚维！"裴忻害怕得叫起来，两只手紧紧勾住了何亚维。

"没事没事，应该是跳闸了。"何亚维也紧紧搂住了裴忻，"不怕，我在。"

黑暗中，何亚维打开了手机里的手电筒，白色的灯光映射在裴忻脸上，她那张花容失色的脸上竟有一丝泪痕，空气中弥散着暧昧的气息。

"吃什么泡面，不如……就吃我吧。"

说罢，何亚维朝着裴忻的双唇用力吻去。

第 24 章 偶遇

S市的冬天总是过分漫长，一月的校园银装素裹，寒风像刀片一样在脸上刮过，学生们缩着脖子，拉紧了衣服领口，在楼宇间拼了命奔波，而这样惹人生厌的天气，还要统治这个季节很久很久。

望思玛穿着厚厚的羽绒服来到校园的中央湖边，自从加入了乐队，她已经很久没有来这里了，今天，她特意去学校食堂取了一些青菜叶子来喂湖里的小家伙们。

这些黑色的精灵似乎一点也不畏寒，整日悠闲地在湖面上游弋，见到湖边来了人，更是依次排着队游到岸边觅食，完全不怕陌生人。

望思玛蹲在岸边，拿出塑料袋里的菜叶子一片片扔给它们，小家伙们也吃得甚欢，比起之前和裴忻坐在这儿聊天，她更喜欢在湖边独处，因为，她可以和它们说悄悄话。

哥哥生前很喜欢黑天鹅，望思玛也喜欢，巧合的是，就连裴忻也喜欢。

"黑羽，你说……"望思玛对着领头那只黑天鹅自言自语，"如果我哥还在的话，会支持我做乐队吗？"

黑羽一口啄去了望思玛手里的菜叶子，弯下长脖子吃了起来，根本没有搭理她。

"你也觉得会是不是？"望思玛笑了笑，说完又扔了一个菜叶子到湖里，"这是我第一次组乐队，还用了你们的名字，你们这些申南的吉祥物，一定要保佑我们进决赛，听到没！"

领头的黑天鹅扑腾了一下翅膀，用沙哑的声音叫了两声，望思玛被逗乐了。

冬日的阳光映射在湖面上，涟漪震荡，呈现出点点金光，她突然想起那天在蓝羽的楼道里，江峪在她颈间那突如其来的一吻。也许从更早的时候开始，她就喜欢上了那张冷峻的脸。

那一秒，对江峪而言也许只是声东击西的掩饰，对望思玛而言，却是咫尺之间明月升，她第一次和男生有了如此亲密的接触，并且，她竟一点也不反感。

"姐，你怎么又到我学校来了？"此时，湖边不知哪里传来一阵细小的说话声。

"最近这一批货你都没有检查吗？怎么搞成这样！"一个女人责问道，"材料用得越来越差，浇铸的时候也没有跟着原版图纸吧？"女人越说越气，"捅了那么大的篓子！"

"姐，你别生气，我知道了。"男人回答，"后面的货我都让他们销毁了，这几天我已经联系了印尼的另外一家，这种事我保证不会再发生。"

"再发生？再发生你就进去吧，老天也保不了你！"女人气愤道，"知道我为了摆

第 24 章 偶遇

平这件事花了多少钱吗？"

"是是是，我知道了。"男人唯唯诺诺安抚她，"姐，这周六我去找你。"

女人未回答。

蹲在灌木后面的望思玛拨开身后的叶子偷偷瞧了一眼，只见一双红底高跟鞋来回踱步，然后带着的踩地声渐渐走远。

这双鞋，她似乎在哪里见到过。

望思玛转过身继续向黑精灵们投食，说来也奇怪，刚才的两人，不仅女人的鞋子看起来眼熟，怎么连男人的说话声都那么耳熟？

算了，本来偷听别人说话也不太妥当，两人离开后，望思玛也没有多想，依旧老老实实蹲在湖边逗着天鹅们。

大约过了十分钟，她觉得有些累，塑料袋里的菜叶子也都扔完了，便要起身回去，今天下课早，一会儿她还要回去赶那痛苦的缝纫作业。

她沿着湖边一直走，春秋两季的时候，周围会坐满一对对谈恋爱的小情侣，冬天却什么人都没有。望思玛走到凉亭处，凉亭门口有个长凳，她看见凳子上坐着一个男人，男人身穿深蓝色夹克，还系了一条黑色格子羊毛围巾，他抽着烟，眼神中带着不安，瞧着很是沮丧，听见有人走过来，就抬头看了一眼。

望思玛认出了他，这个男人是何亚维。

两人对视了一秒，男人不知是否认出了望思玛，也打量了一下她。

这几天的何亚维可是被周围的人经常提起，一想到他跟假琴的事还没有撇清关系，望思玛也不想多说什么，低着头从他面前快速走过。

"等等！"男人叫住了她。

望思玛停下了脚步。

"你，是不是裴忻乐队的？"

"哦……"望思玛点点头，"你好。"说罢又想快速离去。

"等等！"何亚维又叫住了她，"那个，裴忻，她身体恢复了吗？"

"已经好了。"望思玛轻声回答一句，"比赛见。"

"听说，莫龄最近在查芬雅的假琴？"男人掐灭了烟头，突然问道。

望思玛的脸色骤变，这个何亚维……还知道莫龄？她的身体立刻紧张得像一块石头，站在原地杵了半天都不说话，难道，何亚维知道我们在怀疑他？

事实上，何亚维并不知道他们已经怀疑到自己头上，但认识莫龄这件事，倒是真的。

裴忻、莫龄、何亚维三个人的关系，望思玛和陶贝贝并不知道，莫龄从未向任何人提起她过去的感情问题，而裴忻则更不屑说这些无关乐队的废话。

"莫龄做家教，她的学生买到了假琴，自然要弄清楚了。"望思玛想了想，义正词严回答道，"人家都找到她家里来了，能不报警吗？"

"报警？"何亚维深吸一口气，"果然那个姑娘是她。"何亚维茅塞顿开，同时又警觉地补充了一句，"哦，没什么，我只是听说有这么一回事，我朋友也买到了所谓的假琴，据说琴行已经给退了。对了，厂家说最近有一批次品流到市面上，你们买到的，应该是次品吧。"

何亚维说得没错，几家琴行联合报警后没过多久，芬雅那边就出了公告，公告上说公司发现了"次品外流"事件，但已经妥善解决了，牵涉到的人也已经被开除，现在，对方已经为这些买家退换货了。

看似假琴源头已经水落石出，但江峪却不这么认为，他还对望思玛说过，这件事可能没那么简单，被开除的，无非都是些无关紧要的背锅侠，即使没有乐器黑工厂的假琴，芬雅公司内部仍然有几个藏匿于角落里的"吸血鬼"。

"你见过刚下过雪的草坪吗？"何亚维从凳子上站起来，走到望思玛身边，"天一亮，几百上千个人依次在草坪上面走，然后变成什么样了？很多纯洁的东西一旦沾染了社会上的东西，就自然而然变黑了。"他的脸上露出了难以琢磨的冷笑，"别误会，我指的是那些倒卖芬雅次品的人。"

"世界的本质是光明的，是人的无明造成了他们自己内心的黑暗。"望思玛也不甘示弱，她表情凝重地看着何亚维，"如果因为生活中的一点点无奈或一时贪婪就投靠黑暗，未来只会越走越黑，连神都不会帮你！"

"说得好！"何亚维拍了拍手，"你这张嘴倒是文绉绉的，不比裴忻和莫龄差啊！"

望思玛没有答话。

何亚维又冷笑起来，"对了美女，你叫什么名字？哪个系的？"

"关你什么事！"她翻了个白眼迅速跑离了河边。

河边的凉亭旁只留下了何亚维一个人，他从裤兜里掏出了火和烟，又点了一支。

他想起了两年前的自己，想起了裴忻。

大二的时候，只要十心乐队不排练，裴忻就会拉着自己逛街，两个人可以从一条路的这头，一直走到另一头。

裴忻家境不错，从小心高气傲，也不看他人脸色，但自从上了大学，除了学费以外，基本没有向家里要过一分一毫，所有的生活开销，都是靠自己在外面打工和乐队演出赚来的。

第24章 偶遇

裴忻特别喜欢百货公司楼下的日式抹茶糕点，当时的何亚维，但凡有一点闲钱，就会跑过去买一袋给裴忻。

他们喜欢在S市最繁华的路上走，一起感受这座城市坚实有力的脉搏，一路上，高楼林立，人头攒动，橱窗里的奢侈品更是琳琅满目，S市最繁华的马路上，就连一瓶最普通的可乐，也要卖到八块钱。

裴忻从来不会驻足任何奢侈品店的橱窗前，不仅因为她知道何亚维买不起，更因为她对这些本来也不感兴趣，她的心里唯一的奢侈品，只有十心乐队。

和马路上挽着男朋友胳膊的女孩们不同，裴忻在这条路上从来都是自顾自地往前走，何亚维则会不自觉地挽起裴忻的胳膊，生怕把自己弄丢，在这场爱情角力的拔河赛中，裴忻一直占据着主导地位，而何亚维，就像一只丑小鸭。

她从未要求何亚维给自己买任何名牌衣服或名牌化妆品，但何亚维知道，裴忻平日的吃穿用度，即便不是奢侈品，也至少是品质精良的东西，毕竟，她的身后有一个比下有余的家庭。

他是爱裴忻的，尤其在舞台上演出的时候。裴忻长得漂亮、思想独立又有性格，唱歌的时候更是光芒四射，跟裴忻在一起的这些年，数不清的男人疯狂地嫉妒何亚维，何亚维喜欢这种感觉，这是他人生二十多年里为数不多的，虚荣感爆棚的时刻。

但同时，何亚维又是自卑的，身为男人，谁不想一辈子宠着喜欢的女孩，给她物质上的保障，让她托付终身，但是，现在的他根本做不到，家里用钱的地方太多，即使一毕业就能找到不错的工作，也只能保证三餐吃饱，至于以后是不是能把裴忻娶回家，何亚维想都不敢想。

"若是跟了这样的自己，生活只会剩下难以调和的阶级矛盾吧！"何亚维一直这么认为。

所以，从大学三年级下半学期开始，何亚维就把人生的重心放在了赚钱上。

他需要钱，很多钱，他要填补家用，要养活自己，还要给裴忻可靠的未来，几场大型演出下来，因为自己的某些"小动作"，乐队的收入有了大幅提升，何亚维看到了希望，看到了人生的突破口。他渐渐明白，小小的地下音乐界如此，步入外面的社会亦是如此：唯有积累人脉，攀附权贵，才能赚更多的钱。

第25章 真相初露

下午一点，一名三十多岁的男子独自走进北区一家咖啡馆，点了一杯美式，又要一份羊角面包，随后，他环顾四周，挑选了靠窗的一张两人位坐了下来。

今天是星期六，咖啡馆里的人并不少，顾客大多都是约会的小情侣，还有带着孩子休憩的年轻母亲，男人坐在窗户边时不时看看外面马路，又时不时看看手表，像是在等什么人。

七八分钟后，又一名年轻男子朝他这边走来，男子身穿一件黑色厚外套，脸上戴了一副墨镜，头上还顶着一个厚厚的毛线帽。

"您好，您是许先生吧？"后来的男子问道。

"曾先生？你好你好！"坐在位置上的男人立刻起身伸出了右手，"一直听到曾先生的名字，真是年轻有为啊。"

两人握了手后，先来的许先生双手递去一张名片。

"曾先生"摘下了墨镜，看了看名片，笑着坐在了许先生对面，随后，两个男人开始攀谈起来。

咖啡馆里有些嘈杂，不时有小孩子从他们身边嬉笑跑过，许先生一直乐呵呵地说着话，曾先生却带着些许紧张，每一个从他身边走过的人，他都条件反射似的用余光瞄上一眼。

"供货价您也是知道的，根据订单量会有一定的价格梯度，但是，您要的折扣，我们真的没有办法给到。"说话的人正是曾先生，"芬雅在价格这方面管理得很严，无论是对于哪个渠道的经销商，价格都是公开透明的。"

"什么事都可以谈的嘛！"许先生带着一副笑脸，"音乐馆你又不是不知道，我们这里每天都有演出，还有各种乐器常年租赁，乐器消耗非常大，这么大的量，多给15%的空间，应该不过分吧，而且我们是常年合作。"

"真的没有办法！"曾先生拒绝了他，"我们是正规品牌方，您要的价格，实在是申请不下来。"

许先生从桌上的方糖罐里夹了一块糖放进咖啡里搅拌了几下，见曾先生迟迟不松口，他沉默片刻开门见山道，"前段时间，你们不是有一批价格很公道的琴给了合作伙伴吗？"

"前段时间？"曾先生停顿了一下，本就警觉的脸更加严肃了，"您说哪批琴价格公道？"

"蓝羽那批啊，还有其他几家琴行你们不是都给了好价格吗？"许先生凑上前轻声说道。

"您又不是不知道，那批货质量有问题，已经退回了……"

"有问题的是一些无关痛痒的小地方，你说，这些学生、老师都用了这么久了，哪个投诉过音色有问题，哪个投诉过质量有问题？没有吧！"许先生说，"只是商标位置不一样而已。"

曾先生坐在对面没有说话。

"芬雅这两年的质量把控这么严，稍微有那么一点点瑕疵就报废，实在不值得……"许先生继续说。

"呵呵。"

"我们音乐馆每年还要向那些对口的扶贫学校提供演出和教学，你说，这些琴与其销毁掉，不如低价给这些老师和孩子，反而能发挥更大的价值是不是？"

曾先生带着复杂的表情点了下头，"您的意思我懂，可是……"

还未等曾先生把话说完，许先生就从他身后的公文包里掏出一个信封，然后顺着桌面慢慢推了过去，"没事的，我可以先付订金，等有货了您及时告诉我。"

"这……"曾先生看了一眼桌上的信封，一只手想拿起它，但又有那么一点迟疑，他再次左顾右盼，最后也把头凑了过来，"确实啊，很多次品一般人是看不出来的，关键是价格好，连很多老师都觉得性价比很高。"

"那是自然。"听曾先生这么说了，许先生这才舒眉一笑。

"其实您要的价格也不是不可以，我们还有其他的渠道可以给您供货……"曾先生边说边把信封塞进自己的内侧口袋。

两人畅谈了将近一个小时，最后，曾先生与许先生热情地道了别，风尘仆仆地离开了。

曾先生离开后，许先生先是在座位上坐了几分钟，确认对方真的走后，他起身往咖啡馆另一侧的雅座走去，雅座区被水晶帘子隔开，设有五个四人沙发坐，沙发的靠背很高，可以完全挡住后面人的视线。

"确实有问题，他承认了。"许先生坐到了其中一个位置上，此时，这里还坐着另外两个人——望思玛和江峪。

"阿诚，辛苦你了。"江峪说。

其实刚才与"曾先生"见面的人，根本就不是什么许先生，而是江峪乐队的贝斯手辛诚。

辛诚在江峪的安排下，用鹈鹕音乐馆采购总监许景松的名义约了手机号"2100"的曾先生，曾先生一开始还不肯出来，最后，他提到了蓝羽琴行的王学胜老师，还说有更大的生意介绍给他，这才把犹抱琵琶半遮面的"曾先生"勉强约了出来。

"他竟然还敢用那个电话！"望思玛说。

"既然芬雅那边都出通告了，他自然是撇清了关系。"江峪扯了扯他的鸭舌帽，"我很好奇，你们的裴忻要是知道了，会做何反应？"

"裴忻和他已经没关系了！"

其实，许先生不是真正的许先生，曾先生也不是真正的曾先生。望思玛和江峪很早就在咖啡馆里等着了，曾先生摘下墨镜的时候，望思玛从雅座的帘子后面一眼就认出了他。

曾先生，就是何亚维！

辛诚将两人的对话一五一十地复述给江峪和望思玛，果然不出江峪所料，芬雅的假琴事件，远不止网上报道的那样简单！

这是一条有组织的假琴制售供应链，表面上，琴行等各个销售渠道在店内展示正版的乐器样品，私底下却与假琴制造厂商暗中勾结，按单生产各种假冒乐器，然后通过芬雅公司里某些内鬼的"暗箱操作"，让这些假货以"芬雅仓库"的名义发给顾客从中牟利。

这一系列造假、售假的方式十分隐蔽，每一处都细思极恐，而从乐器本身来讲，很多微小之处的破绽只有专业的鉴定师才能辨别，作为普通消费者的学生和家长完全发现不了。

"要不是上次他们找的代工厂偷工减料出了事，假琴可能到现在都不会被发现！"望思玛义愤填膺说。

确实，那段时间不断有学生和家长反映买到了假琴，而这些假琴的推销者，其实正是他们的老师，例如蓝羽琴行的钢琴老师王学胜。

有些老师在诱人的利益面前，成了假乐器销售的幕后推手，每卖出一把仿冒的"芬雅乐器"，他们都能按比例拿到丰厚提成。

上次何亚维找的代工厂因为私自降低成本而捅了娄子，最后，他上头的"老板"花了很大一笔钱才摆平了芬雅内部的几个神秘大佬。

而何亚维，正是这些推手和制假工厂的中间联系人！

"我们怎么办？报警吗？"望思玛问江峪，"可万一像莫龄说的那样，他是被胁迫的，岂不是会害了他？"

"事情没有搞清楚前，先不要报警。"江峪说，"我很好奇，他们是怎么搞定公安局的人的……"

"这……"

"行了，我们有事先走了。"江峪起身跟一旁的辛诚说道，"晚上开工再说。"

"我们？"望思玛一脸疑惑，"去哪？有什么事？"

"当然是回蓝羽上课！你还能有什么事？"江峪答。

望思玛看了看时间，这江峪也是够执着的，自从黑天鹅乐队报名参加了亚洲校园乐队大赛，他就一直对望思玛的鼓技变本加厉地疯狂指导。原本一周一堂架子鼓课，硬是被他强行升级成了三堂，上课时间也延长了一倍，关键是，他还没向望思玛多收学费。

也许……是因为哥哥韦思奇的原因吧，至少望思玛的心里是这么想的，不过她也挺乐意，既然喜欢打鼓，自然乐意坐在鼓凳上让江峪一遍一遍"折磨"自己。

鼓手江峪的技术一直都是可圈可点的，但更可圈可点的是家长们的口碑，江峪对音乐教学一直都恪尽职守，这点从芬雅爆出假琴事件时，他对买家的态度就能细细品出。

另外不得不说的是，在蓝羽，喜欢江峪的女孩子多得不胜枚举，包括前台的两个小姑娘，这点莫龄很早就已经八卦给了望思玛，人一旦长得好看，那么桃花、莲花、绿茶花、水仙花都会不请自来，怎么挡也挡不住。比如前台的那个刚毕业的姑娘，连QQ签名都改成了"社会我江哥，人帅话不多"的应援口号，外加三个字：奥利给（加油）！

但有意思的是，即便有"艺术大街第一帅"的美誉，江峪也很少搭理女生，比起姑娘们处心积虑地献殷勤和明目张胆地投怀送抱，高冷的他更喜欢和无趣的直男在一起，毕竟，他不想再回答那些"要不要一起吃饭？""能不能帮我拧个瓶盖？"或者，"我脚崴了，能不能坐你的车？"这类问题。

因为"不行！"

"来，帮我拧下瓶盖。"一瓶矿泉水递到了望思玛面前，鼓凳前的她有些诧异。

"行啊！'江姑娘'。"望思玛接过矿泉水，"咔嗒"一下就拧开了，她拿着瓶盖看了看内侧，摇头道，"什么时候我也能抽到再来一瓶。"

江峪拿过矿泉水咕噜咕噜喝了起来，望思玛更加诧异，"不是给我的？"

"再来一瓶就给你。"江峪答，"刚才帮吉他老师上弦油，没洗手。"

"哦。"望思玛偷偷对他翻了个白眼，"对了，今天晚上我要早点走。"

"中午没吃饱？给你个机……"

"不用了。"江峪的"会"字还没说出口，就被望思玛拒绝了，"下次再请你，我要早点赶回学校和贝贝对谱子。"

"行吧，开车送你。"

"你忘了晚上的鹈鹕演出吗？我叫了网约车，一会儿就到。"

第 26 章 太音小可爱

> 重生后的躯体
> 多年的梦想被阳光叫醒
> 太不可思议
> 飞扬的弦乐鼓噪四起
> 感受年轻的意义
> 那些年经历低回不已
> 我的心跟着奄奄一息
> 全世界让我茕茕孑立
> 却从未放弃自己
> ……

黑天鹅的第二首原创歌曲名叫《重生之路》，音乐刚落，门口就响起一阵欢快的拍手声，"不错，不错，太好听了。"

四个姑娘同时望向门口，半掩的大门外，站了好几个人。

"哈喽！小忻忻！"站在最前面的"卷毛"兴奋地叫起来，"这是你们的新歌吗？"

"小星星？"其余三人一脸问号，"谁啊？"

三秒后，大家反应过来，脑袋又同时转向了裴忻，难道……

陶贝贝忍不住"扑哧"一声笑了出来。

"你们怎么来了？"裴忻诧异地问。

"惊不惊喜？意不意外？"卷毛推开了排练房的大门，身边还站了五个人，其中一人金发碧眼，还是个俊俏的外国小伙儿。

"这几个人……有点眼熟啊。"陶贝贝顶了顶一旁的莫龄，"你看是不是？"

这个卷毛，还有他身旁的姑娘……似乎在哪里见过，望思玛也觉得眼熟。

"是太音乐队！"莫龄答。

"太……太……太音乐队？"陶贝贝有些激动，"真的，他们怎么来了？"

"知己知彼，百战不殆啊！"卷毛依旧十分亢奋，"各位美女姐姐，下午好！"

"自便吧。"裴忻将麦克风放回支架上，随后拿起马克杯去饮水机前接了一杯水。

"给你们介绍下。"裴忻喝了一口水，跟身边姑娘们说道，"音乐学院的太音乐队，每年比赛都会遇到。"

"哈喽！"太音乐队的队员依次走进来抬手挥了挥，他们身着及膝的黑色羊绒大衣，里面是一套考究的灰色西装，一条英伦格子围巾，外加一双铮亮的黑色皮鞋。这样的校服，走在以服装设计著称的申南大学都是十分抢眼的，因为，真的太帅，太显气质了。

"这位是太音乐队的主唱兼吉他手秦淼淼。"裴忻走到卷毛身边，"古典吉他专业的大三学生。"

"三个水的淼啊。"秦淼淼插了一句，"如果记不得，叫我卷毛也行吧。"

"这位是她的姐姐，秦焱焱，太音的另一位主唱兼长笛手。"说罢，她走到一位长波浪头发的姑娘跟前，姑娘个子虽然不高，脸蛋却很精致，穿着音乐学院专属的黑色羊绒大衣，很是有范儿。

太音是一支很有意思的乐队，他们有一男一女两位主唱，之所以用双主唱的形式，是因为他们的音乐风格极其多变，男女不同的声线可以最大限度上满足他们的风格需要。

"我们是双胞胎。"秦焱焱指了指身旁的秦淼淼，"他是三个水，我是三个火。"

"天哪，你们竟然是龙凤胎！"陶贝贝再次激动，"不过我觉得，你跟你弟弟，看着不像是复制粘贴的脸啊。"

"异卵的。"秦焱焱说道，"我跟这小子本来就水火不容。"

"这位是太音的吉他手芬尼特，加拿大麦考斯音乐学院的交换生。"

"hello！"外国小伙热情地打了个招呼，然后用蹩脚的中文说道，"我在中国学的是唢呐。"

"唢呐？"陶贝贝这次终于忍不住哈哈大笑起来，裴忻立马给她使了个脸色。

"这位是丁晓宝，鼓手，擅长定音鼓和马林巴。"裴忻走到一个高个子男生面前。

"马……什么巴？"陶贝贝今天充满了好奇。

"你好，美女鼓手。"丁晓宝特意对着后面的望思玛招了招手，"有时间切磋一下。"

望思玛也对着大高个笑着点点头，"太客气了，是我要向你多多请教才是。"

"这位是蒋澜，贝斯手，小提琴系的，还有这位，键盘手陆弦聆，他是太音的队长，指挥系研一在读。"

"叫我弦聆，叫他阿澜就好。"队长陆弦聆也是颇为客气，"之前不知道你们乐队，上次在后台听了一下，你们的歌从作曲、编曲到填词都非常棒。非音乐专业的学生能做到这样已经超乎我们想象了，加油！"

"过誉了，学长。"裴忻有些不好意思，"现在介绍下我们的人。"

她站到了姑娘们中间，"吉他手莫龄，贝斯手陶贝贝，鼓手望思玛，哦对了，还有那位。"她指了指房间的另一角，角落的凳子上竟然还坐着一个人，那个人身着羽绒大衣，羽绒帽里还戴着一个鸭舌帽，一动不动静静地坐在那里好久了。

"望思玛的老师，江峪。"

江峪慵懒地抬起手挥了挥，头却始终埋在帽子里不肯露出来。

"说吧，你们怎么来了。"裴忻问。

"哦！他们说你们学校模特系有大长腿……"话还没说完，大嗓门秦淼淼就被鼓手丁晓宝一把堵住了嘴，然后拽到了身后。

"呵呵，呵呵，别听他胡扯。"

"我来说吧，其实，是我们学校和你们学校的合唱队今天搞新年音乐会……"说话的人是秦淼淼的姐姐秦焱焱，"因为最近也没什么课，我们就混在合唱队里搭顺风车来了。"

一向在舞台上孤芳自赏目空一切的太音乐队，私底下其实是出了名好相处的乐队，作为音乐领域的专业人才，这些学生对任何一支业余乐队都不矜不伐，谦恭下士，对于外校学生在音乐上的求教，他们也是知无不言倾囊相授，所以，太音乐队在高校的口碑一直很不错。

另外值得一提的是，音乐学院的帅哥非常多，比如眼前这位叽叽喳喳的秦淼淼，虽然顶着一头鸟窝状的凌乱卷发，但脸蛋却是十分耐看，两只乌黑的大眼睛特别水灵，就跟漫画书里走出来的美少年一样。

"裴忻，下周我们学校有交友联谊会，我想请你们乐队。"秦焱焱说，"这几个家伙盯着我很久了。"她指了指身后的太音乐队，"让我一定要说服你们几个大美女参加……"

还未等裴忻开口，陶贝贝又激动起来，"好啊，好啊，我很早就想去音乐学院了，我最喜欢的男歌手莱斯利就是你们学校毕业的，还有我姑父杜兴文也是你们的校友呢！"

"杜兴文？你说的是 Simon 杜？红爵士乐队的贝斯手？"一旁太音的贝斯手蒋澜颇为好奇，"他，是你姑父？"

"嗯！"

"既然这样，你们更得来了啊。"

"行啊，反正我们学校期末考试也结束了。我没问题。"莫龄转头问望思玛，"思思，你们也结束了吧？"

"嗯！"

第26章 太音小可爱

"不行！"裴忻突然来了一句，原本开始热乎的气氛一下子又落到了冰点，"我们要抓紧排练，联谊就不去了。"

陶贝贝噘起了小嘴，低头走回自己的贝斯旁，莫龄也有些失望，因为她特别想去音乐学院的图书馆，那可是堪称全市最有设计感的藏书楼了。只有望思玛无所谓，反正她也想不出什么非得去的理由。

"哎呀，去吧去吧！"就在这个话题将要结束时，大喇叭秦淼淼突然挽起了裴忻的手臂，"小忻忻姐姐！"他委屈得皱起眉头，"你不去，我们联谊会还有什么意思？"他边说边哭丧着脸，然后又对着裴忻撒起娇，"我都跟同学放话了，我要邀请忻忻姐当我的舞伴！"

"我们得排练。"裴忻再次说。

"不要嘛，黑天鹅乐队已经很优秀了。"秦淼淼依旧不依不饶，"你这样，让我们这些音乐学院的人以后怎么在社会上混？求求你给我们留口饭吃啊。"

裴忻无奈地摇摇头。

"去嘛去嘛，你还没见过我们学校新建的喷水池吧！我跟你说可美了，就跟罗马的许愿池一样……"说着说着，他还把脑袋搭在了裴忻的肩上。

看到弟弟一副撒娇卖萌没有节操的样子，姐姐秦焱焱实在是忍无可忍，她闭眼揉了揉鼻梁，叹息道，"家门不幸家门不幸，这真的是……真的是太丢人了。"

随即，贝斯手蒋澜和鼓手丁晓宝一人夹着秦淼淼的一个胳膊，把他从排练房拖了出去，另外两个男生打了招呼后也跟着走了出去。

"小忻忻，下周三，下周三别忘了啊！"

见其他队员都走了，主唱兼长笛手的秦焱焱这才长舒一口气，她走到裴忻身边，语气中带有关心地问道，"你和十心乐队到底怎么了？"

裴忻一时间不知怎么回答她。

"前几个月何亚维还来找我，问我有没有兴趣去十心乐队做兼职主唱，当时听说你离队了，我还问何亚维原因，但是他没有说，只是说每个月有10场演出，而且可以先预支我一万块作为报酬。"

"一万块？他哪里来那么多钱？"裴忻好奇地问了一句，因为在她的印象里，何亚维可是连五百块都拿不出来的穷小子。

"这个，我不太清楚，不过最近几场商演我都遇见他了，他确实和原来不太一样，换了新的吉他和效果器，衣服也比之前有品位多了。"秦焱焱想了想，"哦，对了，我听淼淼说他好像在外面帮人做生意，还赚了不少……"

101

听到这里，望思玛看了一眼江峪，江峪依旧低着头坐在凳子上休息。

"裴忻，他……"望思玛很想告诉裴忻，他们在咖啡馆遇到何亚维的事，但考虑再三，她还是把话憋了回去。

望思玛还没有拿到确切的证据，而且何亚维还是她的学长，万一说了，不仅影响裴忻心情，传出去还要被老师怪罪抹黑申南形象，现在又正逢亚洲校园乐队比赛之际，万一被十心乐队反咬一口，说她污蔑竞争对手，这个锅，也实在是背不起。

"那，你们继续排练，我先走了。"秦焱焱跟姑娘们打了个招呼，"还有后面那位戴帽子的帅哥，下周三记得来啊。"

她指的是江峪，不过江峪并没有搭理她。

"思思，你刚才想说什么？"裴忻问。

"没什么啦，只是刚才那首歌，有个地方打错了，我想重新来一次……"

"好。"

莫龄前天晚上刚刚修改好了《重生之路》的第二段歌词，陶贝贝和望思玛也完善了各自的编曲，跟上一版相比，这首歌的编曲已经更加完善和丰满，所以，姑娘们对复赛也充满了期待。

第 27 章 游乐场

"哥，你也不会怪我是不是？"湖边又传来望思玛和哥哥韦思奇的对话。

"当然了思思，你做什么我都会支持你。"哥哥带着温柔宠溺的笑容，用食指轻轻弹了一下望思玛的额头，"去吧，不是每件事都注定会成功，但是每件事都值得一试。"

"嗯。"望思玛用手揉了揉自己的脑门道，"哥，那你一定要来看我们乐队的比赛啊……"

"一定。"

说罢，哥哥帮望思玛系紧了围巾，慢慢地，他的身体像流星一样渐渐变淡，望思玛还没有来得及把话说完，璀璨的光芒就已消失在身后的湖中央。

"哥！"望思玛大喊一声，瞬间，她的身体被击落到现实中来。

又是一个心惊胆战的夜晚，她起身从床上下来，走到门口打开了灯，现在是凌晨四点半，上周期末考试结束后，宿舍的其他同学都已经陆续回了家，包括薛佳雯，因为黑天鹅乐队要准备大后天的复赛，所以她们几个商量，决定晚一周再回家。

现在，整栋大楼可能就剩下望思玛一个人了，白天她还要在艺术楼的排练房里为比赛做最后一搏。

说起这艺术楼的排练房，现在已经全归黑天鹅乐队所有了。十心乐队自从有了新主唱闹闹后，渐渐就搬离了这里，据贝斯手阿藏透露，闹闹通过自己的关系，给十心乐队找了一间更专业、更豪华的排练房，不仅空调地暖一应俱全，还同时兼备专业录音功能。

但无论是阿藏也好，还是小安也好，多少都能揣测出不能在这里继续排练的一个最重要的原因，那就是闹闹对何亚维有了那么点意思，这暗恋对象和前任总是共用一间排练房，委实让她心生芥蒂，所以，她就怂恿何亚维和十心乐队搬离了这里。

天渐渐亮了，望思玛今天的安排也是满满当当，虽然黑天鹅的排练下午四点才开始，但老师江峪却要求她早上九点就到蓝羽琴行报道。

四点半醒了，望思玛也不敢再睡，生怕再睡就睡过头，江峪是个极其遵守时间契约的人，平时上课从不迟到，也从不允许自己的学生迟到，要想让他足够生气，或者让他彻底放弃一个学生，只要迟到一次就够了。

"出门了没？"还在往脸上抹乳液的望思玛收到一条简讯，是江峪发来的。

"才八点，五分钟后我就出门，不会迟到。"她回复。

"我已经在你学校门口了。"

望思玛眉头一皱，什么？她再次确认了一下短信内容，"你在申南门口？"

"快来，这里不能长时间停车。"

望思玛一阵手忙脚乱，最后连头发都没有梳顺就拿着包往校门口冲刺。

江峪的车果然停在了申南的正门口，今天江峪的穿着和往常不太一样，他脑袋上居然没有戴帽子，乌黑蓬松的头发一览无余，不仅如此，他还穿了一件白色的滑雪衫，这件滑雪衫很有设计感，能将他的皮肤映衬得更加雪亮，而这高冷飒气的白衣男子，也确实好看得让人挪不开眼。

"怎么没戴帽子？"

"忘了。"

"忘了？"望思玛疑惑道，"真不像你。"

"下楼时候太匆忙，就不戴了。"

"拿个帽子能花你多少时间……"她更疑惑了。

"会迟到两分钟。"

"那又怎样。"

"绝不允许。"

"你这是强迫症吧……"

江峪没有再回答，往后视镜看了一眼后就踩了油门将车开出去。

车子在高架路上一路飞驰，清晨的高架路上也是一片繁忙的景象，如果坐地铁或公交，从申南大学到蓝羽琴行需要四十五到五十分钟，然而开车的话，只需要二十多分钟就能到。

"老师，这个方向，你确定是去蓝羽的？"望思玛打量着眼前那条她不常走的路。

"不是。"江峪打开了车内音响，密闭的空间里顿时充斥着舒缓优雅的音乐，"今天不去琴行。"

"不去琴行，那去哪？"

"去了你就知道了。"

望思玛没有多问，这几天她都是晚睡早起，脑子里除了乐谱就是鼓声，这会儿看着窗外一辆辆奔腾而过的车，她疲倦地闭上双眼，然后沉浸在静谧的 New age 音乐中。

过了半个多小时，车子停下来，望思玛也睁开了眼睛。

江峪带她来的地方，确实不是琴行，而是游乐场。

"下车吧，看你最近勤奋，给你个机会请我玩过山车。"

"过山车？"

话音刚落，望思玛和江峪的头顶上一阵疯狂的尖叫声，一辆过山车在三百六十度翻腾的铁轨上极速驶过，本来练鼓就练得有些手抖的望思玛看到这里，连两条腿都开始颤抖起来。

"老师你太客气了，其实我不想……"

"不！你想。"

说罢，江峪下意识地将手伸到额头前想去提提帽檐，却没想到头上空空如也，他尴尬了零点五秒后，转身往售票处走去。

"哎！哎！我不想坐，我不要坐啊……"望思玛在后面穷追大喊。

江峪并没有什么目的，只是见望思玛最近练鼓特别累，想带她来放松一下而已。他买了两张套票，这样游乐场里所有的项目都可以不限次数尽情游玩，而他为望思玛选择的第一个项目，就是过山车。

"你一直胆子很大，别让我看错人。"

"我？"望思玛指了指自己，"哪里看出来了？"

江峪道，"鹈鹕的演出，还有，那次在蓝羽的楼道里……"一说此事，他还故意看了看她，眼里露出复杂的神情。

被这么一暗示，望思玛也是突然想起了那天的事，羞红着脸把头扭到一侧，然后又故作镇定说，"那次，不是情急之下的不得已而为之吗？"

"为人小心谨慎，平和低调，遇事也是处变不惊，沉着冷静，呵呵！这点和你哥哥还真是像！"

听到江峪说起哥哥，她的嘴角倒也藏不住一抹欣慰，毕竟，她与哥哥从小手足情深，她的性格里藏着哥哥，哥哥的性格里也藏着她。

"思奇以前就很喜欢玩这个过山车，尤其是写歌写到才思枯竭的时候，你，不想试试吗？"

的确，哥哥生前很喜欢来游乐园，别看他平日里都是一副温文尔雅的书生打扮，却是个特别够胆的人。除了吉他作曲，他还非常偏爱攀岩和蹦极，他一直对望思玛说，三十岁以前，他一定要完成一次完美的跳伞。

望思玛顺着楼梯走上了过山车的等候区，江峪跟在她的后面，过山车发动的前一秒，望思玛的心里确实很忐忑，这种花钱受罪的事，以前她是打死都不会去做的。

然而今天江峪就坐在她的身边，她却没有拼了命反抗，心里建设倒是做得十分迅速，"死就死吧，死了也拉着你！"她闭上了眼睛。

过山车缓缓启动，慢慢爬到了轨道最高处，望思玛死死抓住两肩的安全压杠，江峪则伸出双手高高举过头顶。

"哇！"江峪大叫一声，过山车极速垂直俯冲下来。

望思玛的身体随着过山车的惯性不断摆动，她的耳边只有呼呼的风声和人的尖叫声。

"死也要看清楚自己是怎么死的。"几个弯道后，望思玛用力睁开眼睛，过山车仍然在高速疾驰，但眼前已是一副天旋地转的景象，她感觉自己坐着时光穿梭机，穿越到另一个世界。

"哇，太酷了！"她也情不自禁喊了出来，既看淡了生死，那这毛骨悚然的过山车，坐坐也是挺好玩的嘛。

"所以……你还想再玩？"

"嗯。"

就这样，两个人从过山车出口处下来后又回到了过山车入口处，他们穿梭于天地之间，在失重的世界里，享受着速度与刺激。

"接下来玩哪个？"江峪规整了自己的衣服和头发，"大摆锤？"

"行。"

游乐场的人逐渐多起来，周围各种色彩缤纷的美食店和礼品店也都敞开了大门，人气十分火爆。

"老师，你先等我一下。"望思玛撇下江峪，朝着一旁的纪念品店跑去。

大约过了十分钟，她提着一个卡通礼品袋从店里走出来。

"送你的！"她把礼品袋举到江峪眼前。

江峪愣了愣，道，"给我的？"

"看看喜不喜欢！"望思玛满心期待地看着他，"我选都没选，一眼就看中了它。"

江峪接过袋子，里面是一顶厚厚的帽子，一顶酒红色羊羔绒鸭舌帽，上面还绣了个卡通兔子头。

"怎么样？好看吧。"望思玛说。

"哦？"江峪冷冷地回答，"其实，我戴黑色更好看。"

"别老把自己整得乌漆麻黑的，你今天的白色滑雪衫和酒红色帽子也很搭啊。"

"乌漆麻黑的……那不是你吗？"他反驳道。

望思玛低头看了看自己：黑色羽绒服、黑色毛衣裙、黑色天鹅绒连裤袜、黑色运动鞋……就连她的双肩包，也都是黑色的。乌漆麻黑的那个人，好像真的是自己。

这样雷打不动的全黑系风格，望思玛已经谜一样地坚持了两年多。

"你不喜欢酒红色啊？其实店里还有卡其色和墨绿色，哦对了，今年秋冬的流行色就是墨绿色……"

"墨绿色？"江峪低头看看手里的帽子，"今年流行绿色的……帽子？"

"墨绿色，它不好看吗？"望思玛义正词严解释道，"你们总是对颜色有各种偏见！"

江峪没有搭理她。

"好吧，那你等我一下，我去给你换黑的好了……"她想要拿回江峪手上的帽子，江峪突然把手缩了回去，然后把帽子戴在自己头上。

"不是绿色，我都能接受。"

"可是……"

"走！去玩大摆锤。"

第28章 女王追求者

"大后天我有事，你的比赛我去不了。"江峪把望思玛送到了校门口，"还有……"他又补上一句，"上台前记得带上脑子。"

"哼！"望思玛对天翻了个白眼，"能不能盼点好的。"

寒假已经开始一周多了，除了校门口的保安和偶尔走出来的值班老师，申南的校园里已经看不到几个人。

上一次踱步在这样空寂的校园还是暑假快要结束的时候，望思玛清晰地记得，那个把自己撞倒在地的女王裴忻，看都没有认真看她一眼便匆匆离去。

那时候的校园林荫小道还是枝繁叶茂，经历了一个秋天的落英缤纷，如今已变得草木萧疏，寒风料峭。

刹那者为一念，二十念为一瞬，二十瞬为一弹指，时光就在这须臾之间悄然流逝。裴忻说过，过了二十岁，时间就像荷叶上的露水，只要被风轻轻一吹，就会滑落得无比干脆。

姑娘们在命运的旋涡里兜兜转转，最终还是遇见了彼此，因为志同道合，所以朝夕相伴。人与人的关系一直都妙不可言，缘深缘浅，自有天定。

她刚走到艺术楼的楼下，就听见后面传来一阵喊叫。

"哎，姐姐，你别走那么快嘛，等等我啊。"那嘹亮的大嗓门似曾耳闻，好像前两天在哪里听到过，有点像太音乐队的秦淼淼。

"忻忻姐，忻忻姐……小忻忻……"

望思玛转身，只见一个"鸟窝头"男生快步追在裴忻身后，而前面的裴忻健步如飞，走路都不带停顿一下，直直地往艺术楼走去。

那个一路跑一路喊的鸟窝头不是别人，正是太音乐队的卷毛秦淼淼，秦淼淼的手上还捧着一大束粉白色的鲜花。

"不好意思，我对小屁孩没有兴趣！"裴忻边走边说。

"我不是小屁孩，虽然我比你小一岁，但是我也挺成熟的，大家都这么说，你不要那么在意年龄嘛……"

"大家？"裴忻终于忍不住停脚步，"谁？"

"阿澜和晓宝啊！"

"他们是什么时候瞎的？"裴忻继续往前走。

第28章 女王追求者

"哎，哎，哎……你怎么又走了？"秦淼淼追在后面继续喊着，"至少要给自己一个机会嘛。"

裴忻又停了下来，秦淼淼双手捧起了鲜花，"小忻忻，你看这花好看吗，多配你……"

裴忻低头看了一眼，"知道这是什么花吗？"

"不知道啊，我觉得好看就买了，应该是蔷薇之类的吧……"秦淼淼抓了抓自己的卷毛，支支吾吾道，"你……不喜欢蔷薇？"

"这是长寿花，确实挺配我的，谢谢你祝我长命百岁。"

不远处的望思玛"扑哧"一下笑了出来，这秦淼淼还真是有意思，看着大大咧咧，追女生眼光倒是不错，对裴忻还真是死缠烂打呢。

"行了，等我过生日你再送我吧。"裴忻推开秦淼淼的花，"到时候阿姨再给你包个大红包。"

"别啊别啊，忻忻姐姐……"秦淼淼又追了上去，"你就当给我一个机会啊，合不合适，你不试试怎么知道？就算你不给我机会，也要给你自己一个机会啊。"

"我不需要机会。"裴忻答。

"我需要！我需要啊！"

就在裴忻开始不耐烦的时候，身后突然有人叫了她一声，"裴忻！"

叫她的是一个姑娘，姑娘背着一把吉他，一下站到了裴忻和秦淼淼中间。

那个姑娘，是莫龄。

"她已经说了对你没兴趣了！"莫龄对着秦淼淼，脸色有些不快，"你还真是越挫越勇，有点过分呢。"

"哎？这位小姐姐，你不是黑天鹅的吉他手吗？"

莫龄转身道："裴忻，你先上去吧。"

"好。"

"小姐姐。"秦淼淼依然热情不减，他凑上脑袋在莫龄耳边悄悄问了一句，"忻忻姐现在到底有没有男朋友？"

"有没有都跟你没关系吧，她都说了对你没兴趣，你就不要再缠着她了！"见莫龄的脸色有点难看，望思玛立马跑上前去。

"莫龄！"

"思思你也来了啊，我们一起上去……"

"好。"

望思玛给秦淼淼使了个眼色，暗示他赶紧先走，秦淼淼噘起嘴还是不肯放弃，"窃窈淑女君子好逑，说不定纠缠纠缠就成功了呢？"他振振有词道，"反正，我秦淼淼绝不是那种轻言放弃的人……"

莫龄没有再跟他胡搅蛮缠，和望思玛两人径直进了楼道。

"这个人有点意思啊。"望思玛按捺不住一颗八卦的心，"现在这世道，像他这样屡战屡败，坚韧不拔的男生可都快灭绝了吧。"

"这种人已经严重打搅到别人生活了，灭绝才好吧。"

这话可一点都不像是从优雅谦和的莫龄嘴里说出来的。

"这咋咋呼呼的性格，也不是裴忻喜欢的类型……不过，秦淼淼真是太逗了。"望思玛说。

"你也觉得不是，是不是？"

"嗯？"望思玛听着有点犯晕，"我说莫龄，你是从什么时候开始，那么向着裴忻了？"

望思玛故意装出醋性大发的样子，"明明是我们先认识的好不好？我倒是觉得，你更像是裴忻的……"

"像裴忻的什么？"莫龄一下子急了。

"裴忻的脑残粉。"望思玛说完，自己先哈哈大笑起来，"前段时间开始我就觉得你不对劲，你对裴忻，比对我还要了解，说！你是不是她的脑残粉？"

莫龄在望思玛的肩上轻轻拍了一下，"是什么是！"

但事实上，莫龄对于裴忻的了解，确实大大多于望思玛，因为她们已经认识快四年了。

"我有一说一啊。"望思玛还是忍不住八卦，"我觉得秦淼淼这个人吧，虽然话多了点，但人还是不错的，至少在性格方面和裴忻很互补啊，而且，他对每个人都很热情。"

莫龄暗自叹了一口气。

望思玛又道，"你不觉得裴忻一直冷冰冰的，她的世界需要添一把火吗？"

"添一把火？"莫龄在五楼排练房门口停下了脚步，"有一个贝贝还不够吗？要那么多火干吗，等秦淼淼南墙撞多了，就知道死心了。"

"如果他就是这么有毅力呢？"

"那我也会叫他死心……"

莫龄说完这话的一瞬间，自己突然觉得不太适宜，连忙给自己解释道："哦，我的意思是……裴忻的心思全都在比赛，我们是乐队的一员，自然也要同心协力，不被外人干扰……"

"你说的，也不是没有道理。"

望思玛瞪大眼珠子望着莫龄，此时的莫龄，眼神里的信息很是复杂，跟她平时认识的完全不一样。

"走吧,排练去。"

莫龄推开了排练房的大门。

第29章 复赛（1）

今天是亚洲校园乐队大赛S市赛区的复赛，姑娘们早上6点就兴致勃勃从床上爬起来，甚至比设定的闹钟还早了半个多小时。

刷了牙、洗了脸，姑娘们开始各自忙碌起来，护肤、化妆、吹头发……做着各种仪式感超强的赛前准备。

她们统一白色高领长衫，加上深蓝色的紧身牛仔裤，即使是冬天，姑娘们玲珑有致的身材和纤细笔直的长腿依旧可见。

八点半，裴忻和莫龄准时来到望思玛宿舍，稍后她们将一起坐车去超级音乐中心的比赛现场。

"贝贝呢？不会又睡过头了吧！"莫龄看了看手机，"已经八点四十了。"

"我来了，我来了！"陶贝贝提着贝斯琴箱，气喘吁吁地跑了进来，"我的妈呀，累死我了。"

"你的宿舍，不就在后面吗？"裴忻问她，"雾太大迷路了？"

"啊，没有没有。"陶贝贝挠挠头，"呵呵，早上敷了个面膜，敷了个面膜。"

"我给大家买的围巾也到了，一人一条。"望思玛从拎袋里取出四条颜色相同、图案不同的短款针织围巾。"我怕长款的会勾住你们的琴，所以买了短款。"

"哇，不错嘛！"

这四条亮眼的针织围巾围在身上，着实为素白色的上衣画龙点睛，火红的颜色如黑天鹅的红色鸟喙一样夺人眼球。

"思思，你快来看看，我是不是胖了一点。"陶贝贝在宿舍的镜子前转悠了好久，"腿也粗了，腰也圆了，如果有人拍照，我肯定是最胖那个。"

"谁让你最近胡吃海喝，一点也不节制，晚上消夜好歹也有个度吧。"

"还不是因为最近排练太耗体力，每天回宿舍我都觉得自己像个饿死鬼，能吞下一整头牛！"陶贝贝说，"早饭都没吃，现在我真是饥寒交迫……"

莫龄从袋子里拿出一个三明治，"给你的，我提前给大家买好了。"

"陶贝贝，迟到一次罚二百，比赛结束后记得支付宝转过来。"裴忻说。

"哎……"她低下头叹了口气，"这个月，姐又是乐队冠名赞助商。"

"走吧，时间差不多了。"望思玛看看桌上的闹钟，"裴忻帮我们订的车已经在校门口等着了，出发！"

第29章 复赛（1）

"好！"姑娘们背着自己的琴，紧张又兴奋地走出申南校园。

十点不到，超级音乐中心门口已经像集市一样热闹，不仅花坛边坐满了人，商业嗅觉敏锐的小贩们更是在地上摆满了各种带有乐队标签的应援物，每一个地摊前都挤满了各个学校的学生。

"哇，我要镇天魄乐队的手幅！"

"我要十心乐队的荧光棒……"

"我要罗星草乐队的灯牌……"

姑娘们顺着人流缓慢前行，陶贝贝早就被地摊上的一堆新奇玩意儿勾走了魂，她拉了拉望思玛的衣角说，"我怎么没看见黑天鹅乐队的东西？"

"我们……"

"裴忻！裴忻同款项链谁要？"望思玛还没把话说完，前方不知什么人喊了一声，随后"我！我！我！"的声音就此起彼伏。

望思玛和陶贝贝走近一看，一个身穿十心乐队应援服，带着音乐学院同款围巾的男子站在箱子上吆喝着，手里还拿了一串项链，项链上是一个天鹅造型的挂坠，这串项链，确实跟裴忻曾经戴过的一条极为相似。

而此时人堆里的裴忻倒也十分淡定，她戴了一副滑雪镜，羽绒服后面巨大的帽子将她银白色的短发遮得严严实实，这副打扮，确实没有人可以认出她来。

"裴忻那条项链我见过，专柜两千多，这小摊贩怎么会有那么多？"陶贝贝好奇地问一旁的望思玛。

"高仿的啦！"望思玛摇摇头，"你自己看看地上的牌子。"

陶贝贝低头看见一块用卡纸做的价格牌，瞠目结舌道，"三十五块？这也可以？"

"走啦别看了，名媛小姐。"

门外人头攒动，后台也是格外忙碌，虽说比赛下午一点才开始，但台前幕后的工作人员早已悉数到场，因为每个乐队都要依次试音调音，而现场的灯光舞美团队也会同步配合。

亚洲校园乐队大赛S市的复赛将从14支乐队中角逐产生，最终淘汰8支，留下6支进入最终决赛，可以说竞争非常激烈。

而在这些乐队里，除了黑天鹅乐队是去年刚成立的以外，其余乐队可以说一直都是舞台上活跃的常客，只是由于乐队每年总有毕业的和新加入的乐手，所以整体实力也会有所起伏。

但连续五年保持实力稳定从不掉链子的，也不是没有，比如镇天魄乐队和太音乐队。

每年 S 市的乐队比赛前三名，都有他们。

大赛工作人员将黑天鹅乐队安排在一处指定区域休息，这一次抽签，她们被安排在第 7 个登场。

"小忻忻！"五米开外的地方又传来一个熟悉的声音，"真巧啊，你们第几个上台？"说话的人是秦淼淼，紧挨着黑天鹅休息区的，正是太音乐队。

"真是抽签前没看皇历。"裴忻道。

"小忻忻，我们第 6 个，你们第几个？"

"第 7 个！"陶贝贝大声回答。

"你能不能给我老老实实坐着别动！"秦淼淼的姐姐秦焱焱从身后一把抓住弟弟的领口，然后把他拖到了座位上，"管好你自己，别去影响别人。"

秦淼淼只得乖乖坐在位置上，但还是不忘对着黑天鹅乐队的姑娘们挥挥手。

一旁的莫龄对着他狠狠翻了个白眼，然后站到了裴忻面前，挡住了秦淼淼看裴忻的视线。

"这个秦淼淼，挺可爱的不是吗？"望思玛说。

"如果比赛能放个水，那就更可爱了。"陶贝贝答。

"要不，你用美色去跟他商量下？"

"算了，我怕裴忻晚上请你们吃铁锅炖贝贝！"陶贝贝扫了一眼太音的人，"思思你看，那个外国人……是不是带了一支唢呐……"

望思玛站起来，"还真是，上次听说他在中国学的是唢呐，外国人吹唢呐，想想就很拉风。"

"拉风？我看是搞笑吧！这叫出其不意必自毙，一会儿我去刺探刺探敌情。"

"行吧，靠你了，我去下洗手间，你别跑远了啊。"说完，望思玛从人堆里挤了出去。

陶贝贝拿着一瓶矿泉水慢慢悠悠走到了太音乐队休息区，此时，双胞胎姐弟、贝斯手蒋澜、鼓手丁晓宝还有他们的队长兼键盘手陆弦聆正在聊天，唯独留学生芬尼特单独坐在一边看着谱子，时不时还把唢呐放在嘴边轻轻摆弄吹奏。

"嘿，一个人在这儿呢！"她一屁股坐到了芬尼特身边，"你今天要吹唢呐啊？"

芬尼特见是黑天鹅乐队的姑娘也毫不避讳，点点头用生疏的中文回答道，"是啊，这次我们在 Post Rock 里加入了中国民乐的元素，让音乐的意境更加有意思。"

"Post Rock 里加唢呐？"陶贝贝第一次听说，虽然她也说不明白什么才是真正的 Post Rock 风格，不过这么怪异的融合听上去也确实有点意思。

"怎么说呢？深沉，还有阴郁……I can't explain it，It's so cool。"

"深沉、阴郁，听着就很让人期待啊。"陶贝贝说，"一会儿就洗耳恭听了！"

"好，哦对了，上次听你们排练的那首歌很不错，我觉得一定能进决赛。"

"你说的是真的？你很看好我们？"

芬尼特认真地点点头。

"那你觉得……她们的贝斯手弹得怎样？"陶贝贝指了指自己，满心期待地看着芬尼特。

"对不起，我忘了……那天我光顾着看你们吉他手的独奏了。"

"哎，好吧。"果然，大家对陶贝贝的贝斯技术一点印象都没有，陶贝贝有点失望。

"对不起啊，因为我也是吉他手，所以也就更加关注其他乐队的吉他手。"

"没事没事，反正我经常弹错，你也不用太关注我。"

"哦，我想起来了。"芬尼特一拍脑袋突然兴奋道，"你那把贝斯，是不是J家限量款，全球只有几十把，价格已经炒到六万美元的那把琴？"

"六万美元？真的吗？"陶贝贝的脸色瞬间由阴转晴兴奋起来，"那我岂不是赚翻了？我买的时候才三万多美元！"说完，她笑得不亦乐乎，"我陶贝贝果然有投资家眼光。"

"对了，小老外。"陶贝贝脑袋里突然冒出一个问题，"你为什么要学唢呐？中国民乐那么多，怎么不弹个古琴，拉个二胡啥的？"

"其实我刚到中国做音乐交换生的时候，对中国的民族乐器一点也不了解，他们问我想学哪种？我说学个最有名的，所以，他们就让我吹唢呐了。"

"最有名的……不是琵琶吗？"陶贝贝说，"琵琶是民乐之王吧。"

"不不不，唢呐才是！"芬尼特反驳道，"他们跟我说，百般乐器，唢呐为王，不是升天，就是拜堂，那时我感觉升天挺酷的，所以就选了唢呐。"

"哈哈哈哈……"陶贝贝笑得人仰马翻，"行了行了小老外，你很有眼光，我先过去了，祝你好运。"

说罢，她大摇大摆回到自己的座位上，嘴里还不断叨咕着：千年琵琶万年筝，一把二胡拉一生、唢呐一响全剧终，曲一响、布一盖，全村老小等上菜，走的走，抬的抬，后面跟着一片白……

而另一边……

洗手间的人实在太多，望思玛望了一眼就没再往里走，她顺着楼梯多走了三层，五楼的洗手间果然空旷又安静。

望思玛刚要打开盥洗台的水龙头，就听见最里面的卫生间传来一个女人的说话声，因为穿着运动鞋，踩在地毯上并未发出什么响声，女人便以为这里没有人，肆无忌惮大

115

声讲起电话来。

"你第几个上台？"女人问，"你倒是还有心思来比赛，芬雅的工厂都搞定了吗？"

芬雅？望思玛赶紧缩回了手，女人的声音有几分耳熟，只是电话那头不知道说了什么。

"行了，我知道了，这次给我盯牢了，再发生上次的事情，你自己知道什么后果。"

女人停了停，又接着说道，"如果我没记错，你以前的女朋友也参加比赛了吧，嗯，我想想，叫……黑天鹅是不是？"

黑天鹅？那不就是自己的乐队吗？望思玛愣了愣，她弯下腰看了看最里面的那间关着的卫生间，虽然只能看见脚踝以下的部位，但还是看到了女人的鞋子，那是一双红底黑面高跟鞋。

这个人，是……

"那个白头发的姑娘挺有种的，比你何亚维可有种多了，只是她乐队的人有点不识好歹，早知道那时候就该多警告她几巴掌。"

何亚维，她在和何亚维打电话！望思玛立刻反应过来，那双红底高跟鞋她认得，那时，她就是在学校的黑天鹅湖边看到裴忻挨了这个"红底高跟鞋"一巴掌。

前不久，她还看见这个女人出现在学校，现在她终于恍然大悟，那个在湖边与她窃窃私语的男生，就是何亚维。

和假琴案有关的何亚维！

"我崔星子就欣赏这样的小姑娘，一会儿我去会会她。"说罢，女人挂断了电话。

最里面的卫生间传来坐便器的抽水声，望思玛赶紧蹑手蹑脚地跑出门外，大约过了三十秒，她又走了进来。

只见一个身着灰色羊绒大衣的女人在盥洗台洗手，她盘着头发，戴着一副棕色系的墨镜，脚下踩着一双十厘米高的红底高跟鞋。

望思玛没有看清楚女人的脸到底长什么样，只觉得女人气场很强大，皮肤姣好，但从感觉上判断，应该是个四十多岁的女人。

女人洗完手，在镜子前补了一下唇膏，看了一眼望思玛便出去了。

第30章 复赛（2）

随着去年的冠军乐队镇天魄一声嘶吼，亚洲校园乐队大赛S市复赛火爆开启。

几千人的场馆今日座无虚席，各种为选手们应援的荧光棒和灯牌闪耀在台下，无数的高分贝尖叫声震彻了整个场馆，即使外面的气温已接近零度，室内依然是紧张炙热的气氛。

主唱大明是地下摇滚界的一颗最闪亮的星，他那独一无二如深水炸弹般强大的嗓音至今无人匹敌。这支融和了流行、金属以及哥特等多种音乐元素的乐队，成立十年始终保持战功赫赫的成绩，即使十年间主唱已经更迭了四位，但每年依旧会以第一名的成绩进入亚洲校园乐队大赛中国区总决赛。

镇天魄的音乐时而暴躁愤怒，时而阴冷柔情，不仅是主唱大明，其他乐手都拥有过硬的演奏技术，加上这群男孩习惯化着浓烈而冷酷的烟熏妆，所以，他们不仅拥有全国各地的男歌迷，更有遍地为之疯狂的女粉丝。

从第一个音符开始，到最后一个音符结束，镇天魄的音乐可以说是无可挑剔，即使偶然有失误，台下观众的疯狂助力也足以给评委们巨大的压力，男孩们演出结束后对着台下深深鞠了一躬，直到第二支乐队上台前，场馆里都还响彻着"encore（再来一首）、encore"的呐喊声。

对于S市所有的高校乐队而言，镇天魄是当之无愧的王者乐队，剩下的，无非是专业陪跑而已。

每年的比赛皆同大逃杀一样残酷，有强必有弱，有胜必有败，强的一直都强，弱的也在随时变强。

对于黑天鹅的其他成员来说，"打败镇天魄拿下第一名"这种天方夜谭的想法从来都没有，因为这是一支根本无法逾越的、魔鬼般可怕的乐队。

而对裴忻而言，不切实际的想法从来就是她的目标，那是来自她身体每一个细胞深处的渴望。她不仅要打败镇天魄，更要打败舞台上所有乐队，这样才能站在全国总决赛的最高领奖台上，为了这一天，她已经准备了四年。

值得一提的是，今年的大赛中还杀出了一匹黑马，那就是一支叫罗星草的乐队。这支由商学院女生组成的乐队，和黑天鹅一样是全女子阵容，在男乐手统治的摇滚音乐界，这种稀缺的女子乐队就显得非常引人注目，而且，只要颜值在线，即使技术没那么好，也同样会得到异性们更多的包容。

罗星草乐队是第四支登场的乐队，她们的风格以流行朋克为主。蹦蹦跳跳的美少女人设加之青春风十足的短裙和吊带袜，引得台下同样喝彩声一片，要说这技术嘛，确实没有人太关心她们的技术，只要不出什么"翻车事故"就是她们最大的成功。

　　"天哪！她们是怎么进到复赛的？"陶贝贝显得非常不满，"靠裙子吗？"

　　"能进复赛，自然有她们的优势。"裴忻说。

　　"我也觉得她们不比我们差。"莫龄接了裴忻的话，"她们的歌从技术角度而言其实并不难，但是，她们整个乐队的配合度都很高，不仅音色统一，每个附点，每个切分音的地方也是同进同出，这点对于新乐队而言，比演奏高难度的音乐重要太多了。"

　　裴忻点点头。

　　"相对她们，我们的歌，编曲有些操之过急了。"莫龄继续道，"有时候我在想，我们每个人是不是应该先沉下心来把基本功练好。"

　　"是啊贝贝，我刚才也认真听了罗星草乐队的鼓声部，虽然打的拍子是最简单的那种，但每一个鼓点都落得干脆有力，不慢不急，感觉就是掐着秒表在打，现场效果很棒。"

　　"很好！"裴忻扬了扬嘴角，"望思玛你能发现自己的不足之处，看来进步很大啊。"

　　"呵呵，是吗……"听到裴忻难得的夸赞，望思玛也颇为开心，毕竟，这是江峪一天几百次在她耳边叮嘱的话，她很早就意识到了自己的问题所在。

　　"下一个，太音乐队准备登场，黑天鹅乐队候场！"随着后台场务一声催喊，姑娘们也到了征战沙场的关键一刻。

　　"小忻忻，看见我给你发的消息没？结束了一起吃饭啊！"太音乐队的秦淼淼上台前还不忘跟裴忻热情地打招呼。

　　"你还真不是一般……烦人。"姐姐秦焱焱跟在他后面推着他无奈地摇摇头。

　　"加油，女孩们。"

　　"唢呐手，看你的了。"陶贝贝跟芬尼特相互拍了下手。

　　诞生于音乐学院的太音乐队以最平和的心态和最扎实的演奏技术站在了亚洲校园乐队的舞台上，男女美声双主唱更是S市赛区的一大特色。

　　"他们的音乐，真是难以捉摸……"望思玛忍不住赞叹，"电声乐器融合唢呐，不仅没有违和感，还碰撞出一种奇妙的感觉……这种风格太棒了，感觉……像是进入了异次元空间。"

　　"有句话说得很好，民族的才是世界的。"莫龄转过头看着裴忻，"你觉得呢？"

　　"确实。"裴忻答。

　　"怎么办，怎么办……"站在幕布后面的陶贝贝一下子焦躁不安起来，"下一个就

第30章 复赛（2）

是我们了，我的手心一直都在冒汗，好紧张啊。"她拉着望思玛的手，"思思，你紧张吗？"

望思玛用力点点头，她也确实很紧张，就在刚才，江峪给她发了条简讯，简讯里只有几个字：脑子是个好东西，记得带上台。

看了那几个字，她便更紧张了，心脏扑通扑通地乱跳，今天的比赛对她而言，不求演奏多优秀，只求不给乐队拖后腿就好。

"我姑父也来了，老天保佑，千万不能出岔子啊……"

"老天保佑，我们乐队一定要进决赛……"

台下响起一片热烈的掌声，太音乐队的表演顺利结束了。

"接下来，有请7号，黑天鹅乐队……她们带来的原创作品是《重生之路》。"

主持人刚说完，台下便响起了"裴忻、裴忻"的呼喊，人潮人海中，更有人不断喊着"黑天鹅、黑天鹅"，虽然那个声音很遥远，但望思玛知道，其中叫得最大声的，一定是薛佳雯，这些呼喊声伴随着掌声，指引姑娘们走上了台。

台下除了亮闪闪的灯牌和荧光棒，什么都看不见，"很好！"望思玛看着一闪一闪的观众席，心情略微平静了些。

"嚓、嚓、嚓、嚓……"她用鼓槌敲击着踩镲，为乐队起了个不错的速度。

音乐响起，舞台灯光也逐渐亮起来——

围困在深夜里

曾经的率真渐渐地远去

抹去了悲情

破旧的书籍里

跌宕的故事被时间封印

忘记了结局

我在阳光下蜷缩成真理

守护这碎片记忆

……

"稳住、稳住！"望思玛不断地提醒自己。这一个月，她几乎每天都泡在琴房里，为了在演出时有更精准的心拍，她每天都跟着节拍器忘我地练习，这一刻，她将江峪说的每一个字都印刻在了脑子里。

"如果把一个乐队比作一个完整的人，那么，鼓手就是这个人的骨骼，它必须为整首歌搭建最坚实的地基，这个地基，就是你的节奏！贝斯是乐队里的肌肉，它是连接节奏与旋律的桥梁，也能让乐队这个'人'拥有强健的体魄。吉他是乐队里的血液，它负责协调音乐中的组织关系，最大程度丰富乐队的音色；而主唱则是乐队的大脑和灵魂，必须掌控全场，诠释和传递整个音乐作品的内核，甚至还要随机应变对作品配器临时调度。所以说，你们既是四个人，也是一个人，只有各司其职拿出最好的状态，黑天鹅才能在舞台上发挥最高的水准……"

上台前还一阵慌乱的陶贝贝，此刻也渐渐平静下来，跟着望思玛的节奏，倒也弹得十分稳妥，毕竟这首歌，她和望思玛已经练习了不下一百遍。

莫龄就更不用说了，她那段高难度的间奏独奏引来台下一阵尖叫，一个女生能弹成这样实属难得，就连镇天魄乐队的几个大咖都在后台安安静静地洗耳恭听。

而这些吉他技术过硬的男人里，最为之惊讶的就数何亚维了，他简直不敢相信自己的耳朵，这音乐，竟然是从那个书呆子一样的"前前女友"手里弹出来的。

"那个弹吉他的女生叫什么？"十心乐队的主唱闹闹问何亚维，"你们学校还有这么厉害的女吉他手？"

"不是我们学校的。"何亚维说，"我……不认识她……"

重生后的躯体

多年的梦想被阳光叫醒

太不可思议

飞扬的弦乐鼓噪四起

感受年轻的意义

那些年经历低回不已

我的心跟着奄奄一息

全世界让我茕茕孑立

却从未放弃自己

……

本来这首歌已经被姑娘们最大程度演绎得尽善尽美了，而在第二段就要结束的时候，意外发生了——

裴忻站在舞台最前方，似乎看到了什么，话筒里的声音一下子戛然而止。

那一刻，舞台上只剩下望思玛、莫龄和陶贝贝三个人在演奏。

第30章 复赛（2）

莫龄很快感觉到了不对，她本以为裴忻的话筒出了问题，直到抬头看了她，才发现裴忻的两只眼睛正死死盯着台下，主唱没了声音，并不是话筒坏了，而是裴忻自己没有唱。

主唱忘词对于任何一场音乐比赛来说都是致命性的失误，更是最幼稚的失误。

好在吉他手莫龄的反应相当及时，她跟着主旋律临时加了一段吉他独奏，这段独奏听似简单，用来代替裴忻少唱的四个小节倒也算是和谐。

裴忻很快回了神，跟着音乐继续唱了下去。

那些年经历低回不已
我的心跟着奄奄一息
全世界让我茕茕孑立
却从未放弃自己……

音乐刚落，台下依旧掌声、欢呼声一片，人们似乎并没有发现刚才黑天鹅乐队的主唱裴忻女王少唱了两句歌词。

可是，观众没有发现，并不代表评委没有发现。

"什么破话筒，我要投诉主办方！"一只脚刚踏进后台的陶贝贝忍不住吐槽起来。"如果没进决赛，他们要负责到底！"

"是啊，上台前他们没检查吗？"望思玛也是一脸无奈，"裴忻，一会儿我和贝贝找他们去！"

"不用了！"裴忻面色苍白，沉默了几秒道，"对不起。"

姑娘们不解地看着她。

"刚才是我失误，如果影响了乐队，我负全责。"

望思玛和陶贝贝站在一旁一时半刻不知道说些什么。

"哦，没事，我觉得莫龄加了一段独奏也挺好。"望思玛想了想还是憋出了一句。

"谢谢。"裴忻看着莫龄，目光中除了愧疚，更有一丝感激。

"裴忻，你刚才看见谁了？"莫龄问。

裴忻的脸色依然很难看，她没有回答。

"是不是那个穿灰色大衣，盘着头发的女人？"望思玛问。

被望思玛这么一问，裴忻的脸色更加难看了，"你……也看到她了？"

"我在楼上洗手间看见她的。"望思玛不解，"裴忻，那个女人到底是谁？为什么你会怕她？"

"我……"裴忻欲言又止，气氛尴尬了好一会儿。

"好了好了，我们的演出都结束了，现在说什么也来不及了，不如休息一下，想想晚上吃什么吧。"莫龄说。

"对对对，当年高考完我妈就跟我说，考完直接去玩，千万别和同学对答案！"说罢，她拽着望思玛朝休息区走去，"吃火锅怎么样，烤肉也行啊。"

回到座位的望思玛掏出了手机，就在刚才，江峪又发来一条"慰问"简讯——

"听说你今天没把脑子留在后台，那，恭喜了。"

"成绩还没有出来，说恭喜也太早了点吧。"

"没关系，尽力就好，一会儿我就办完事了，晚上一起吃饭？"

"不了，乐队出了点状况，我没心情。"

"还有什么比吃东西更能缓解心情的吗？我今晚缺个饭搭子，给你个机会。"

"你觉得我是那种重色轻友的人吗？"

"你是说……我是你的色？"

望思玛两耳一热，没有再回复。

第31章 复赛（3）

两个半小时，14支乐队依次登台表演完毕，所有的乐手都悉数坐回了前台的嘉宾区，再过十几分钟，他们的成绩就会统计完成，能否成为最终留下的6支乐队进入决赛，就看稍后的成绩排名。

姑娘们满心期待地坐在台下，乐手之间也开始愉悦地攀谈起来，虽然成绩还没公布，但乐手们明显轻松了许多。两场比赛下来，望思玛和陶贝贝也结识了不少玩音乐的朋友，对于平日里整天面对服装秀和设计图纸的望思玛而言，这些和五线谱打交道的朋友简直太有意思了。

"来，你们坐在这排吧。"场务将几个女孩带了过来，他指了指前排的裴忻她们，"就坐在她们后面好了。"

商学院的罗星草乐队每年都会参加亚洲校园乐队大赛，只不过成绩一直不太理想，往往在初赛就被淘汰了，今年不知走了什么狗屎运，新考进来的鼓手和吉他手配合十分默契，短短几个月就和乐队其他人过关斩将，杀进了复赛。

浅色的衬衫，粉红色的毛衣，再加上一条格子短裙，这几个姑娘在后台就很引人注目，这会儿一坐到台下，竟然还引来一阵阵口哨声。

"这些'直男癌'真是！"陶贝贝暗暗吐槽了一声，"俗气。"

"你好。"罗星草乐队的女鼓手正好坐在了望思玛后面，望思玛便回头打了个招呼，还对着那个姑娘招了招手。

姑娘仿佛眼神不太好，明明瞧见了望思玛却很快把眼睛瞟到了别处，还若无其事地和身边的吉他手窃窃私语起来。

望思玛只好尴尬地缩回了手，心里不禁感叹，"罗星草乐队，好，我记住了。"

而这一幕也正好被陶贝贝看见了，她忍不住怼了一句，"商学院，成绩都是高考垫底的吧，果然教养也是。"

这一句，似乎戳到了后排女生的脊梁骨，罗星草的女鼓手赵小宜立刻绷着脸站起来，"你刚才说什么？"

"果然眼神不好，耳朵也不好。"望思玛也忍不住回怼了一句。

"行了，小宜快坐好。"罗星草乐队的主唱兼队长乔梦梦一把拉住了她，"别跟她们一般见识。"

"你们俩在干什么？"坐在最边上的裴忻也给她们使了个眼色。

而此时，舞台的灯光再次亮起来，主持人大步流星走上了台。

"接下来，为大家宣布本届亚洲校园乐队大赛，S市区复赛前6名的乐队及得分。"

赵小宜对着黑天鹅的姑娘们翻了个白眼，然后一屁股坐了下来，台下也瞬间安静如凝。

"第1名，镇天魄乐队，得分587分。"主持人话音刚落，观众就疯狂呐喊起来，"镇天魄、镇天魄"的呼喊声再次震彻了整个场馆。

"还是他们，真没意思。"陶贝贝道。

"第2名，太音乐队，得分579分。"

太音乐队的六位乐手站起来对着后面的观众鞠了个躬，台下依旧掌声一片。

"第3名，十心乐队，得分577分。"

何亚维带着十心乐队站了起来，虽说是复赛第三名的成绩，但队员们明显不太满意，今年的太音乐队依然势头强劲，初赛和复赛都高出他们几分，每年他们两支乐队都在为第二名的名额挤破脑袋。

主持人继续看着手卡，随后顿了顿说："第4名晋级的是罗星草乐队，她们的得分是570分。"

姑娘们一声尖叫，从座位上站起来，相互拥抱了一下，接着朝着后面的观众挥了挥手，鼓手赵小宜更是趾高气扬道："高考成绩算什么，素质高又算什么，做乐队还不是我们手下败将！"

陶贝贝和望思玛坐在前排气得一言不发。

只剩下两个名额了，黑天鹅乐队的姑娘们一个个都攥紧了拳头，望思玛脸上虽然表现得淡定，心里却像十五个吊桶打水七上八下，失面子事小，失了决赛资格才大！

再看看身旁的陶贝贝，一向开朗的她眉头紧锁，嘴角向下，似乎都快要急哭了，大概是觉得自己刚才演奏得不太好，给整个乐队扣了不少分。

再看看莫龄，处变不惊的她将自己的一只手放在了裴忻的腿上，一向讨厌被别人触碰的裴忻这次并没有躲开，只是静静地盯着舞台。望思玛知道，莫龄是整个乐队里最信赖裴忻的人，裴忻也是最器重莫龄的人，即使今天的比赛裴忻有失误，莫龄仍是最相信她的那一个。

"第5名，黑河乐队，得分564分。"主持人继续宣布。

第四名依旧不是她们，不是她们，不是黑天鹅乐队！

这一次，陶贝贝真的急哭了，两滴豆大的眼泪一下子从眼眶里流下来，她原本对《重生之路》非常有信心，为此还拉着自己的姑父杜兴文改了好久的谱子，直到前几天

Simon 杜看了她们的排练视频，都夸赞她们绝对有实力进入决赛。这下好了，她向姑父夸下的海口想必是要啪啪打脸了。

再来说说这支第五名的黑河乐队，黑河乐队是来自 S 市海洋大学和工程大学的联合乐队，这支乐队虽谈不上实力超群，但在 S 市南部的大学城还是相当受欢迎的，每年也基本能在初赛和复赛场上看到他们，关键是，他们同时拥有两所大学的粉丝，可以说在人气方面并不输于前两名。

晋级决赛的六支乐队已经揭晓了五支，现在只剩最后一个名额了，成功与否，在此一举。

望思玛的手心冒着冷汗，心如擂鼓，好像随时要蹦出身体，时间停留在主持人说话前的那一秒，周围的空气都凝固着，她能清楚地听到自己的心跳，怀着紧张、害怕、焦急的心情等待舞台上传来的讯息，等待中的每一秒都考验着她的耐心。

"我们可以的。"裴忻说。

"最后一支入围今年亚洲校园乐队大赛的乐队是……"主持人故意卖了个关子，等待的时间又被延长了几秒。

"快说啊，快说啊。"姑娘们纷纷闭上眼睛等待结果的揭晓。

"黑天鹅乐队！"主持人用最大的声音脱口而出，"她们的得分是 562 分。"

"好"望思玛和陶贝贝拥抱在一起。"我们进决赛了，真的是我们，真的是我们，思思！"陶贝贝说罢，哇的一声哭出来。

莫龄的左手紧紧搭在裴忻的右腿上，当主持人公布"黑天鹅乐队"的时候，她那五根紧张的手指才瞬间放松下来。

"受之无愧。"她说。

裴忻没有说话，也没有表情，莫龄知道，她的心思早已先大家一步到达决赛场上。

"今天吃什么呢？"望思玛心情大好，于是提议道，"马路对面的火锅怎么样？"

"我同意，我同意！"陶贝贝双手赞成，"我要点鸳鸯锅，来的时候我就看好了，麻辣味和番茄味是他们家的招牌，我连涮什么肉都想好了，肯定不让你们'踩雷'！"

"行，那走吧。"裴忻说。

"小忻忻，恭喜你们啦，要不要一起吃饭？"姑娘们刚起身，舞台另一边就传来太音乐队秦淼淼的大嗓门，"我们学校对面的海鲜自助，要不要一起来，我们请客！"

"不必啦！"陶贝贝用同样分贝的声音回了过去，"下个月见！"

此时，裴忻感觉身边站着一个人，她回头一看，这个人不是别人，而是十心乐队的何亚维，何亚维的神情带些复杂，好像有一肚子话想要对她说，但却只说了最简单的几个字，"恭喜你们。"

"裴忻，你的新乐队还真是不简单嘛。"后面的小安也立刻补上了一句。

"谢谢。"莫龄替裴忻应了一声，随后拉着裴忻就往场外走，裴忻没有再搭理何亚维，只是跟小安微微点了点头，毕竟，她和他已经没有任何关系了。

"干杯！"经过今天这一遭过山车式的比赛，姑娘们也终于如释重负。

"这简直是我从小到大最紧张刺激的比赛了。"陶贝贝很激动，"我小时候参加英语比赛都没这么害怕呢！"

"本来还以为要被罗星草乐队强压一头，幸好老天帮忙，下个月决赛我一定要扳回来。"望思玛有点不甘心，她和陶贝贝互相对视了一眼，然后点点头，异口同声"嗯"了一声。

"思思，你现在这么有胜负欲了吗？"莫龄调侃道，"去年你还说绝不组乐队，绝不蹚浑水的，现在斗志却这么高，你的佛系精神哪去了？"

大家哂然而笑。

"我说……"裴忻拿着酒杯突然站了起来，"今天是我失误了，对不起大家。"说罢，一大杯啤酒被她咕噜咕噜灌进肚子里。

"嘿！没事没事，反正我们都进决赛了。"陶贝贝安慰她，"失误都能进决赛，只能说我们的实力太强大，如果连失误都没有，镇天魄乐队今天还能拿第一名？"

"就是啊！"望思玛也毫不介意，"裴忻你不用太自责，我觉得你没唱的那段换成莫龄的独奏也不错嘛！"她又看了看莫龄，"莫龄你也太厉害了吧，居然能把主唱开空窗的这段给补上，说！这个隐藏技能你偷偷练了多久？"

"只是临场发挥而已。"

"这都可以！莫龄，你果然是最爱裴忻的那个人！"

莫龄的脸颊一下子红起来，露出了一丝少女的羞涩，"我哪有，你们以后也可以即兴发挥啊。"

裴忻又往自己的杯子里倒满了啤酒，"思思，今天表现很棒，你的每一拍都很稳。"望思玛站起来，兴奋地与裴忻碰了个杯。

"贝贝，进步很大，没有再抢拍了。"

"嘻嘻……"陶贝贝又开始夸夸其谈起来，"可不是，这次连我姑父都夸我弹得好，看来我离大师级别不远了。"

"加油，还有你，莫龄。"裴忻又转身看着身边的莫龄，想了一会儿，说道，"谢谢你。"

莫龄摇摇头对着她嫣然一笑："弃过往而已。"

"没有过往了，今天起，只有重生。"

"好。"

两人碰了碰杯，一旁的望思玛和陶贝贝听得云里雾里。

"思思你说，我以前抢拍很厉害吗？不应该啊……"

"也就，快了那么四分之一拍吧……"

"真的吗？你就不能打快点儿跟上我？"

"……"

今天，既是告别过往的一天，又重生后的崭新一天。

也许很多人还不知道什么是重生，你认为你还在青春，然而在很多年前的某个午夜十二点，你的青春就已经死了，之后，你带着"假象青春"像亡魂般游离于尘世，浪费时间，挥霍人生。直到有一天，你想起了生活的美好，在大限到来之时集梧桐枝自焚，然后经历了死亡前的恐惧、后悔、挣扎，最后在烈火中有了新的、无比强大的生命，那时候，便是你的重生了。

第32章 他在等你

"满足!"陶贝贝打了个饱嗝,今天的火锅相当尽兴,桌上铺满了一扫而光的空碟,还有地上大半箱的空酒瓶。

"真是个好日子,有酒有肉有朋友,有诗有歌有生活。"陶贝贝不禁感慨起来,"我说思思,看不出来啊,你真的是一点酒都不喝吗?"

"不是不喝,是不能喝。"望思玛自己都有些惭愧,"酒酿圆子倒是可以陪你一口闷。"

"为什么?"

"酒精过敏症。"

"没有酒的人生是不完美的。"陶贝贝摇摇头,"不过呢,只要你男朋友愿意陪你喝酒酿圆子就好。"

望思玛一脸疑惑,"我男朋友,谁?"

"你的江老师啊。"她脱口而出。

"江峪?"望思玛更疑惑了,"我怎么不知道?"

此时,一向不爱八卦的莫龄也忍不住提问,"思思,你和江峪,到底有没有在一起?"

"没有啊。"望思玛斩钉截铁地说,"他只是把我当学生而已。"

"当学生而已?思思你知道吗?自从我认识江峪以来,我就知道他可是从来不收女学生的,你是第一个。"

"哇,你都做了什么?"陶贝贝更激动了,"那个每次说话不超过十个字儿的木头脸,你是怎么搞定他的,快跟我们说说。"

"我什么也没做啊。"望思玛解释道,"为什么收我做学生,可能……他只是我哥……算了,不说这个了,总之,他真的只把我当一个普通的学生而已,你们就别鸡婆了。"

"你哥,你只把他当哥哥?"陶贝贝似信非信说道,"每周都来学校陪你练鼓,免费给你加了那么多课,让你顶替他去演出,带你去游乐园玩儿,还为了这次比赛帮了你这么大的忙,他对你这么特别,你就一点都不感动?"

望思玛想了想,江峪对她似乎是有那么一点点特别,对于这个"特别",她自然是挺感动的,如果问她是不是喜欢江峪,那……多少也是有点儿喜欢的吧,只是,江峪那俊俏的脸长得太过招摇,身边一直都有狂蜂浪蝶投怀送抱,喜欢他的女生那么多,自己还是不要有非分之想才好。喜欢又怎样,她根本不知道江峪私下到底有几个女朋友,自那天看到江峪脖颈处的吻痕,望思玛就一直耿耿于怀。

"我觉得思思和'木头脸'站在一起还真配。"陶贝贝说,"木头脸虽然脸好看,可是我们思思姐更好看不是吗?"

莫龄跟着笑起来,"是啊,望思玛,你一直说自己是丑小鸭,我真搞不懂你这种审美是怎么考进申南服装系的,明明很好看一大姑娘,为什么整天穿得乌漆麻黑的,在人堆里都找不着你!你们系其他姑娘不是都挺高调的嘛。"

"确实。"坐在对面的裴忻仔细打量了一下望思玛的脸,"确实比你们俩好看一点。"

陶贝贝吐了吐舌头对着裴忻扮了个鬼脸。

"行了,人家又没说喜欢我,纯洁的师徒关系不好吗,什么配不配的。"

"所以望思玛,你对江峪是什么感觉?"莫龄问。

"没有,没感觉。"她答得敷衍。

结完账,姑娘们各自背着琴下了楼,刚走到楼下,门口一辆银色轿车的喇叭响了。望思玛见这车眼熟,便俯身看了看驾驶座上的人。呵呵,真是说曹操,曹操就到,那辆银色轿车上坐着的不是别人,正是她的老师江峪。

江峪下了车,他今天的穿着有些突兀,一件深绿色的羽绒大衣,配上了一顶酒红色羊羔绒鸭舌帽,望思玛一眼就认出了这顶帽子,那不就是自己前两天在游乐园买来送给江峪的嘛,上面还绣了个卡通兔子头。

"这是什么路数?圣诞节吗?"陶贝贝说。

江峪走到望思玛面前,"比赛直播我看了,做得很好。"

"江叔叔……"陶贝贝开玩笑道,"你是专门来接思思的?"

"他今天在外办事,正好路过这里。"望思玛赶忙解释说。

"很晚了,既然你们学校都在一个方向,我送你们回去。"江峪提了提自己的帽檐,目光却始终停留在望思玛身上。

"哦,不用了,不用了!"陶贝贝赶忙摆手拒绝,"今天姐妹几个开心,一会儿还有下半场呢,既然你来接思思,就不带你们了啊。"

"一会儿我们去看电影,正好是望思玛最讨厌的惊悚片。"莫龄与裴忻会心一笑,"既然你来了,那就把她领走吧。"

"什么惊悚片,不是说好迪士尼的动画片吗?"望思玛质问道。

"动画片有什么好看的!思思姐,你已经长大了。"陶贝贝带着看热闹不嫌事大的心情调侃道,"是时候看看爱情片了……那,祝你们晚上玩得开心啊。"

江峪没有多解释,嘴角偷偷上扬了一下。

"明天早上回来的话,记得给我带早饭。"陶贝贝向望思玛和江峪挥了挥手,说罢拖着裴忻和莫龄离开了。

"哎？哎？"望思玛眼睁睁看着三个人把自己扔在了这里，又尴尬地看着江峪，"呵呵，老师你别介意，这些家伙就是这样的。"

"走吧，回学校。"

汽车一路飞驰在高架上，今晚夜色不错，路况也很畅通，江峪打开音响，这一次，不是他喜欢的 New Age，他换了车里的音乐。

"Lacrimosa（以泪洗面乐队）。"望思玛说道，"你也喜欢 Lacrimosa？"

"你刚才喝酒了？"江峪并没有回答望思玛的问题。

"我倒是想，可实力不允许。"望思玛叹了一口气，"什么过敏不好，偏偏是酒精。"

"哦。"江峪看了一眼后视镜，加速超了前面的车，"这个病好，女孩子不能喝酒。"

"没想到你还挺古板的。"望思玛笑了笑，"你女朋友是不是也不喝酒？"

"绝对不可以。"

"喝酒、抽烟都是个人喜好，不要带着性别的偏见嘛。"望思玛忍不住吐槽，"己所不欲，勿施于人，很多男人自己整天喝得烂醉如泥，却要求身边的女人滴酒不沾，还说这是为了你好，是关心，是喜欢，是爱，什么呀，明明就是双标！"

"双标？"江峪从后视镜里看了看望思玛，"双标又怎样？"

望思玛没有再搭话，她把头靠在一侧的车窗玻璃上，一边听着音乐，一边欣赏高架两旁的景致。

"今天比赛的时候，发生了什么？"

江峪这么一问，望思玛突然想起最重要的事还没对他说，"洗手间，洗手间！老师，我听到一个女人在洗手间给何亚维打电话！"

"一个女人？"

"是的，他们在说芬雅的事，还问他的女朋友是不是在黑天鹅乐队，我敢肯定，她是何亚维背后的人。"

望思玛将今天在会场五楼洗手间听到的对话一五一十告诉了江峪。

"高跟鞋、四十多岁、盘头发的女人……"江峪反复琢磨着望思玛的描述，他所认识的芬雅高层里，好像并没有这样一个人。

"哦，对了，那个女人……好像叫什么崔……星子……"

"崔星子？"江峪握着方向盘的手明显一哆嗦，"望思玛，你确定？"

"确定。"

江峪半天没有说话。

第 32 章 他在等你

"你认识她？"

江峪的手再次紧握住方向盘，"望思玛，离她远一点，也让裴忻离她远一点。"

"为什么？"望思玛更加费解，"这个女人跟假琴案肯定脱不了干系，你不想调查下去了吗？"

"我说离她远一点听见没？"江峪突然暴躁地吼了一嗓子，副驾驶座上的望思玛吓了一跳。

"对不起。"兴许是意识到了自己失态，江峪赶忙压低了声音向她道歉，"那些人不好惹，你们还只是学生，社会的凶险你们不知道。"

"可是，是她先招惹裴忻的！"

"她为什么要招惹裴忻？"

"去年裴忻离开十心乐队的时候，放了欧特比一次'鸽子'，后来那个女人就来学校找裴忻算账，我觉得，这个灰衣服的女人不仅和芬雅假琴案有关，还跟欧特比有说不清道不明的关系。"

"欧特比……芬雅……"事情变得越来越扑朔迷离，江峪隐约有一种不好的预感。

车子很快行驶到申南大学的校门口，望思玛刚要离开，江峪又叫住了她，"等等，我有东西要送给你。"

"送给我？"望思玛缩回了车门把上的手，"不会是，因为我今天比赛表现特别好，给我的奖励吧？"

江峪从大衣的内侧口袋里掏出两张票，"下个星期，Lacrimosa 来这里开演唱会，我很早就抢到票了，和我一起去吧。"

Lacrimosa！望思玛简直不敢相信自己的眼睛！她最喜欢的乐队之一，来自芬兰的 Lacrimosa 又要来 S 市开演唱会了。

而乐队上一次来的时候，还是两年前，那时候，哥哥韦思奇还在，她永远都不会忘记哥哥承诺过她，要带她看一次 Lacrimosa 乐队的现场演出。

后来，哥哥食言了。

拿着 Lacrimosa 演唱会门票的望思玛，双手不禁颤抖着，这份礼物实在太意外了。那是她和哥哥两年前一直没有完成的愿望，她看着江峪，眼里包含着千言万语。

"我知道之前思奇想带你去看的。"江峪说，"现在，就让我代替他陪你看吧。"

望思玛想要谢谢江峪，眼泪却又先她一步流了出来。

第 33 章 无弦有音

临近年关，大街小巷早已张灯结彩，热闹繁华的街道两旁时不时传来此起彼伏的鞭炮声，自上周开始，春节就已徐徐拉开序幕。

今天是腊月二十四，也是年前最后一次排练，今天过后，姑娘们就要各自回家过年了。望思玛很早就到了排练房，她说要为这间排练房"掸尘"，母亲一直对她说，腊月二十四，掸尘扫房子，在这天"除陈布新"，就能把一切穷运和晦气统统扫出门，换来一年好运气。

莫龄虽说不是申南大学的学生，却一样跟着申南姑娘们捣鼓起来，"年前擦一擦，来年进决赛嘛。"

陶贝贝今天也没有迟到，她带上了自家的除螨仪，把窗帘和隔音棉全都吸了个遍。本来她安排家里的两个保姆来帮忙打扫的，但裴忻执意要队员们亲手做这些，所以一大清早，陶贝贝就让人把家里的吸尘器、除螨仪、空气净化器、地板蜡油还有平板地拖全都搬了过来，这阵仗，差点把保安室的老头都吓了一跳。

"真是科技改变生活啊。"莫龄感叹，"一个多小时就全部搞定了，地上这么油光锃亮，看来以后要换拖鞋进来了。"

"这提议不错，以后我就能光着脚打鼓了。"望思玛说。

"好了我们就开始吧。"裴忻将拖把放回了墙角，"今天最后一天，大家排练完早点回家。"

"太棒了。"陶贝贝拿着擦琴布顺着贝斯弦擦了几下，"今天排练完，终于可以偷懒几天了，我的天，一想到回家就能躺床上睡到自然醒，实在是太激动了。"

姑娘们各自准备就绪，裴忻也站到了话筒面前，跟望思玛对视了一眼，示意开始。

鼓声响起，为下个月决赛准备的新歌排练也正式开始了，这段时间，姑娘们一共创作了两首歌。与《重生之路》一起诞生的，其实还有另一支慢歌，今天排练的重点，除了两首老歌的二次优化外，就是这首新歌，莫龄将它命名为《无弦有音》。

就在新歌刚刚进行到前八个小节，排练房的门突然开了，门外站着一个上了些年纪的女人，女人穿着咖啡色的外套，身材中等，脚上穿着一双厚重的雪地靴。

姑娘们停下来，好奇地看着门外。

"妈，你怎么来了。"莫龄喊了一声。

"妈？"陶贝贝看了一眼莫龄，"是莫龄的妈妈。"

莫龄的神情变得不太自然，既有些意外，又有些害怕。

"阿姨快进来坐。"

莫龄妈妈并没有理会陶贝贝，她一脸严肃地站在门口，像是在等莫龄自己过去。

莫龄小心翼翼地将吉他取下放在了身后的琴架上，然后走过去，"妈，你怎么找到申南来了，有什么事我们回去再说吧。"

"龄龄，你为什么要骗妈妈？"莫龄母亲不悦，"你整天在这里浪费时间，你怎么可以这么不负责任，你连前途都不要了吗？"

"妈。"莫龄拉住了母亲，"我们回去再说吧，这是我自己的选择，跟乐队有什么关系。"

"为什么要回去说！"母亲更加恼怒了，"就在这里说清楚，为了玩乐队，研究生都没去考，你有没有脑子，你是想气死我吗？"

"妈，不是你想的那样。"莫龄再次解释道。

莫龄母亲委屈地哭起来，几个姑娘一时不知如何是好。

"莫龄，上个月的研究生统考，你没有去吗？"望思玛问，"是因为乐队排练？"

"当然不是！"莫龄回答。

"怎么不是！"母亲立刻反驳道，"你以前很听妈妈话的，你也答应妈妈要把研究生考下来，你现在都学会骗人了，你说你上个月都在干什么？一下课找不到人了，我还以为你去哪里补习，原来是跑到别的学校来组乐队，你怎么这么糊涂！"

"莫龄，考研这么大的事，你为什么不跟我们说？"望思玛不解，"如果真是为了这次比赛，放弃研究生考试，你让我们以后怎么面对你，这可是你的前途啊。"

"你们这些小姑娘，整天不把心思放在学习上，就知道玩音乐，玩摇滚，玩这些有用吗？有用吗？"莫龄母亲质问起来，"你们以后毕业了能靠音乐吃饭吗？就算靠音乐吃饭，你们一个月能赚几个钱？为什么不把心思放在课业上，以后找个像样的工作？"

"妈，你别说了，我们回家。"莫龄的双眼开始泛红，但她还是在竭力控制自己。

"我偏要说。"莫龄母亲仍在气头上，说话也更加咄咄逼人，"我还在想呢，你怎么突然说不想考研了，现在我想明白了，就是跟你们在一起之后，她才有这种想法的。"莫龄母亲挨个指了指在场的姑娘，"我就奇怪了，考研那天你为什么不回家，还跟我说发挥不好肯定没考上，昨天晚上遇见你们系主任我才知道，你是根本没去考。"

莫龄母亲再次痛哭起来，"我和你爸这辈子的精力全花在你身上了，你就这样对我们……"

"阿姨。"望思玛虽然不敢认同莫龄母亲的话，但她仍在想方设法安慰她，"今年五月，今年五月不是还有在职研究生考试吗？到时候让莫龄再去考，我们绝对不影响她。"

"阿姨，莫龄既然不想考，你就不要逼她了。"裴忻冷冷地说了一句，"如果自己的人生都做不了主，那她还能干什么呢？"

　　"什么不想考，龄龄不会有这种想法的。"

　　"我有！"莫龄的眼泪一下子落了出来，"从小到大，我哪件事没听你和爸爸的，我说要弹吉他，你们非让我学钢琴，我说我想学跳舞，你们非要我学奥数，我说我想报音乐学院，你们非让我考静中大学，我从来都不配有自己的主见，我所有的生活全都在你的强权支配下！"

　　"我还不是为了你好。"莫龄母亲道，"妈妈是过来人，不想让你走弯路，考个研究生，才能找更好的工作，妈不是还让你考教师证吗？对了，教师考试你报名了吗？"

　　"妈……"

　　"人生从来都不是只有一条路可以走，束手束脚的人生只会缺乏胆量。"裴忻又说道。

　　"你们这些小孩懂什么？"

　　"莫龄，只管向前跑，无论做什么我都支持你。"裴忻看着莫龄，眼神中透着一股坚定的信赖，莫龄也看着裴忻，饱含感动又不知所措。她想告诉裴忻，这一切都是她义无反顾的选择，她虽然成绩优异，但她也从来都没有后悔过。

　　"阿姨，"裴忻又说，"如果莫龄的一生总是由你们来决定，那对她将毫无意义，况且……"她走到了莫龄身边，露出少有的一抹浅笑，"即使不考研究生，我相信她也一定能比别人做得更好。"

　　莫龄母亲自觉大道理说不过这些伶牙俐齿的小姑娘，况且考研这事也成事实，无法挽回，也就不再歇斯底里发泄，除了接受，她也没有第二条路可以选，最后，莫龄把她送到了校门口，母亲一个人回了家。

　　"莫大神。"当莫龄再次回到艺术楼的排练房，忍了很久的陶贝贝也终于开口了，"你真是太酷了，是我偶像，是我偶像！"

　　"不求尽如人意，但求问心无愧。"莫龄莞尔一笑。

　　"无弦有音，我们继续。"裴忻说。

第 34 章 新年伊始

大年初四。

"陶贝贝女士,您所搭乘的MX0965航班马上就要起飞了,请您速到22号登机口……陶贝贝女士,您所搭乘的……"

22号登机口前,空乘小姐姐焦急地站在广播前催促着,而不远处,陶贝贝正用一百米冲刺的速度飞行而来,还差点撞上了别人。

"来了,来了!"陶贝贝在22号登机口前紧急刹了车,没想到脚底一打滑,差点摔个四仰八叉。

"陶女士,您当心!"

"不好意思,不好意思……"一进机场就淹没在化妆品柜台的陶贝贝,此时手忙脚乱地掏出登机牌,终于赶在最后一刻登上了飞机。

这周开始,她就要开始享受她的旅行假期了,而旅行的第一站,就是冰岛。为了能亲眼看到极光,陶贝贝的北欧之旅已经筹划良久,她从小就有周游世界的梦想,以及周游世界的……财力,如今二十多岁的她,早已跑遍了三十几个国家。

又是离飞机起飞仅差一步之遥,在陶贝贝旅行的生涯里,由于拖延症而没赶上飞机的事件比比皆是,就好比去年寒假,由于堵车,她没有赶上去迪拜的航班,结果晚了两天才和闺蜜碰头;再比如大前年的暑假,由于出门忘拿证件又没赶上去冲绳的航班,结果被几个朋友劈头盖脸一顿臭骂。

所以和陶贝贝相交甚笃的人都知道,和陶贝贝一起干什么都行,除了旅行。

不过陶贝贝后来也学会了一个人走南闯北,一个人的旅行虽然寂寞了些,但也充满了变数和惊喜。不用受制他人,也不用被人指指点点,走到哪就是哪,想吃什么就吃什么,这种自由自在的感觉独有一番乐趣,所以今年的旅行,陶贝贝仍选择一个人去冰岛。

S市没有直飞雷克雅未克的航班,所以陶贝贝的这趟航班是要先飞往阿姆斯特丹。

她买了头等舱,这会儿,她终于可以闭上眼睛美美地睡上一觉,一觉醒来,再转个机,时差也正好和冰岛的生活衔接得上,简直堪称完美。

每年的过年期间,S市的机场就极其忙碌,飞往全国各地乃至世界各地旅行的人不胜枚举,这几天的航班也比平时多出许多,陶贝贝的飞机在跑道上足足滑行了半个多小时才起飞,更何况,外面还下着绵绵细雨。

飞机平稳后,空姐很快送来了毛毯和枕头,还有一张菜单。

"哇，今天有龙虾。"陶贝贝看了一眼菜单，"牛排好像也不错。"

"你好，我要八道式 Tasting Menu（品尝套餐）。"

就在她看着菜单犹豫不决时，她听到了邻座和空姐的对话，余光也跟着瞄了过去，邻座坐着一个与陶贝贝年龄相仿的男孩子，穿着体面，气质也姣好，鼻梁上的金丝框眼镜给人儒雅又斯文的感觉。这样打扮的头等舱的客人，十有八九也是哪个有钱人家的公子。

空姐蹲在男孩身旁不停点头，"好的，请您稍等。"待邻座点完餐后，她起身拿走了邻座的菜单，又走到了陶贝贝身边。

"您好，陶小姐。"空姐同样蹲了下来，"您想吃点什么？"

陶贝贝指着菜单上的"深海贵妃蟹"道："就这个吧。"她用余光又瞟了一眼领座男孩，男孩也许是坐着无聊，两个手拨弄起了一个三角形的小塑料片。

"好的。"空姐双手接过了陶贝贝手里的菜单，鞠了一躬，然后起身又去到了后面乘客那里。

点完单，她盖上了毛毯，戴上耳机，继续闭目养神，这一程，有将近十一个小时的航程，现在她有足够的时间把昨晚的睡眠给补上。

窗外的天空逐渐暗下，飞机已飞了五六个小时，陶贝贝早已酣睡入梦，机上的广播突然想起，飞机遇到了强气流开始颠簸起来。

陶贝贝依旧沉浸在睡梦之中，领座的男孩拿着一杯酒赶忙从吧台走回座位，好巧不巧，就在他走到陶贝贝身边的时候，飞机再次颠了一下，男孩没有站稳，酒杯里的酒瞬间洒出了大半，不偏不倚，刚好落在了陶贝贝的毛毯上。

熟睡中的陶贝贝并没有感觉到，依旧躲在毛毯下昏昏而睡。

"小姐！小姐！"男孩很有礼貌地叫了几声。

陶贝贝耳朵里塞着耳机，没有听到。

"我说，小姐，醒醒。"男孩轻轻拍了拍她，"你的毯子……"

陶贝贝动了动身体，慵懒地翻了个身，"谢谢，我现在不想吃东西。"说罢，她努力挥了挥手，把头埋在了毯子里继续睡。

男孩手足无措，只好叫来了空姐。

又不知过了多久，陶贝贝终于醒了，大梦初醒的她伸了个懒腰，睁眼却发现身上柔软的毯子变成了一件男人的厚外套。

"咦？这是谁的？"陶贝贝瞪大了眼睛有些慌张，她左右环顾，周遭的人还在安静地休息。

"你醒了啊。"右侧突然传来一记轻柔的声音。

她转头看去，邻座的男孩已经起身站到了她身边，"不好意思，小姐，我的酒不小心洒在了你的毯子上，毛毯又不够，所以，呵呵……"男孩说着挠了挠自己的头，"对不起啊，不过，把毯子取走的是空姐，不是我，你放心好了。"

陶贝贝看了看身上的衣服，"这外套，你的？"

"是的。"男孩更加不好意思，"哦，不是我给你盖的，是乘务长姐姐给你盖的……"

"行，还你。"陶贝贝把外套从身上取下递给了男孩，"谢了。"

男孩害羞地接过外套，"那个……"

陶贝贝看着男孩欲言又止，"还有事？"

男孩的眼神从陶贝贝的脸上慢慢往下移，陶贝贝不自然地用手拉了拉自己的衣摆，"看什么？"

"你的鞋。"

陶贝贝伸出脚看了一眼自己的鞋，白色的球鞋上竟染上了一大块褐色酒渍。

"啊！我上周才抢到的限量版……"

"对不起啊。"男孩一脸羞愧，"多少钱，我赔给你。"

陶贝贝抬起头，对着眼前的男孩狠狠瞪了一眼。

大年初四。

名山路的酒吧一条街依旧热闹，裴忻约了十几个好友在此玩得不亦乐乎，这些朋友大多都是裴忻在地下音乐界的好友，有些更是这次亚洲校园乐队大赛的参赛选手。

"裴忻！来。"一个壮硕的平头小伙子举起酒敬了裴忻一杯，"这次去现场看了你们乐队的演出，有点能耐啊，我说你们那个吉他手，她叫什么名字来着？"

"是啊，裴忻。"平头小伙身边的另一个乐手跟着说道，"是叫莫龄吧，这技术，太让人意外了，还好跟你一个乐队。"

"莫龄……"裴忻吞了一大口啤酒，"我也很意外。"

"哎？她以前是玩乐队的吗？快说说你跟她是怎么认识的？"

"怎么认识的？"裴忻转动了几下手里的酒杯，思考了片刻，"我也不记得了，似乎，以前关系不怎么样吧……"

"你乐队里那么多美女，都有男朋友了吗？"一个染着金色头发的男生兴致勃勃问道，"你们那个鼓手，也挺漂亮，叫什么名字，有男朋友了吗？"

"别吃着碗里的想着锅里的。"

"那贝斯手呢？小姑娘挺可爱啊。"

裴忻摇摇头。

"吉他手也不错，技术比我都好了，有男朋友了吗？"

裴忻用犀利的眼神瞪了金发男一眼，"我的人你一个也别想碰！"

"好好好，既然裴大人都下令了，我不招惹……不招惹……"

"裴忻，今年何亚维的状态确实不好。"坐在她身边的姑娘举起酒杯与裴忻碰了一下，"哦对了，还没有恭喜你恢复自由身呢！现在你的队里全都是美女，也不用再担心感情问题。"女孩带着羡慕的眼神道，"女子乐队，想想还真是酷。"

"是啊，我们S市从来都没有女子乐队吧。"

确实，今年进决赛的六支乐队中，有两支是全女子乐队，除了裴忻的黑天鹅乐队之外，另一支是由商学院女生组成的罗星草乐队，作为今年最高调的黑马乐队，罗星草这些日子以来一直是音乐圈茶余饭后挂在嘴边的话题。

"我说，你们知道吗？"一个贼眉鼠眼的男生突然八卦起来，"罗星草的女鼓手赵小宜是我师兄的前女友，听说那女的和我师兄分手后还搭上了太音乐队的蒋澜。"

"蒋澜？你是说太音的贝斯手？"

"是啊。"

另一个姑娘好奇道，"她怎么会搭上太音的贝斯手，如果我没记错，罗星草的几个姑娘不是跟太音的秦焱焱闹得不可开交吗？"

"哎，女人嘛，吵来吵去还不都是为了男人？"贼眉鼠眼的男人依旧八卦不减，"说不定人家是想打入太音内部，然后来个反策。"

"有可能哦。"另一个姑娘迫不及待补充道，"我跟你们说，那罗星草的主唱，叫乔梦梦吧，听说还是这次赞助商的亲戚呢……"

"真的吗，那她们能晋级岂不是有黑幕？"

"难怪……"

"难怪什么？"裴忻突然冒出了一句，"她们很差吗？"

"她们很好吗？"平头小伙子坐在一旁突然反问道，"裴忻你不会连她们都赢不了吧。"说罢，小伙子咕咚几下喝光了杯子里剩余的酒。

裴忻看了看平头小伙子，只是笑而不语。

"来，干了它。"

大年初四。

莫龄小姐总是习惯六点半就起床，这样的生活方式，她已经坚持了十年。无论放假或是上学，无论在什么城市，无论什么季节，无论睡得多晚，无论人有多累，她都能在

第 34 章 新年伊始

那个点自然醒来，没有人能够打破它。

千万不要惹冬天说起床就起床的人，因为他们什么都干得出来。

莫龄就是如此，睡觉干脆，起床利落，做事绝不拖泥带水是她柔弱外表下的真正的样子，她的优秀源于她的极度自律。

每天早晨起床洗漱后，她会雷打不动地坐到自己的书桌前翻会儿书，然后摸一摸自己的吉他，母亲通常会比她起得更早一些，因为她要给全家准备早餐。

原本每个节假日的早上，莫龄都会跟父母聊聊身边发生的事，或是讨论时下的新闻热点，最近她低调了不少，因为母亲仍在气头上，对于没有去考研究生这件事，父母的新年过得十分低迷。从小到大，因为莫龄读书争气，母亲在家里的兄弟姐妹里都是最趾高气扬的那个，而今，莫龄的表兄妹都已在名牌大学读书，所以大年夜的团圆饭上，母亲也不再好炫耀什么，而是对莫龄的未来三缄其口，生怕大家问起什么。

"龄龄，今天包饺子吧。"母亲说。

"好啊。"莫龄回了一句，她这几天都不敢多答母亲的话，生怕她老人家又想到那些不开心的事然后埋怨她。

父亲一早就在厨房里擀饺子皮，拌饺子馅，跟母亲比起来，父亲更像是家里的大厨，而母亲的任务，就是掌管家里的财政大权。

"饺子馅来了。"父亲从厨房依次端出了三盘肉馅。

"爸，这么多啊。"

"可不是！"父亲擦了擦头上的汗，"本来我说包白菜的就行，你妈非要包三种，说你喜欢吃，这不，她早上五点就爬起来买菜了，白菜猪肉、韭菜鸡蛋，还有芹菜牛肉全都给你做了，没事，你妈说了，吃不完冻起来放冰箱，什么时候想吃就拿出来煮。"

"妈……"莫龄有些不好意思，她走到母亲身边，搂着她撒起了娇，"何女士，你不生气啦。"

母亲收拾完桌子，也跟着包起了饺子，"谁说我不生气了，只是这大过年的懒得说你。"

"那就是不生气了。"莫龄把头靠在了母亲肩上，"妈，你应该相信我，毕业之后我一定能找一份好工作。"

"不仅找个好工作，还要找个好对象！"母亲的口气中依然有些无奈，"这件事也怪妈妈，我要是盯你盯得紧点，也不至于让你这么没轻重。"

"哎，知道啦，知道啦。"

"都这么大的人了，包个饺子都包不好。"母亲看了看莫龄跟前的一盘饺子说道，"龄龄，你别包了，爱做什么做什么去吧，中午饺子煮好了我叫你。"

莫龄拿起自己包的饺子左看右看，"我包得很丑吗？也没有吧……"

"你妈妈的意思是，你今天不练琴了？"坐在一旁的父亲突然插了一句，"你不是每天早上都练琴的吗，想练的话就回房间去练吧，这里不需要你帮忙。"

莫龄看了看母亲，母亲又瞟了一眼父亲。

听父亲这么说，莫龄倒十分意外，"我……下午练琴好了。"她答得也有些唯唯诺诺。而母亲则继续专注地包着饺子。

"晚上你妈还给你炖了腌笃鲜，还会做你喜欢的椒盐虾……"

"什么时候比赛？"就在父亲准备把晚上大餐全部剧透出来的时候，母亲突然说话了。

"啊？"莫龄还没反应过来。

"你那个什么乐队的，不是进决赛了吗？"她说，"决赛是什么时候？"

"2月25日。"

"心思都不用在正途。"母亲摇摇头。

第 35 章 花火下的吻

幽邃的深冬之夜，细雨拍打地面，雨水溅起，整个城市蒙蒙一片。众人纷纷从体育馆出来，一把把伞踏入雨中，逐一绽开，虽然雨溅衣衫，面色却喜不自胜，刚才的两个小时，实在意犹未尽。

Lacrimosa 的演唱会落幕，这是 S 市难得的摇滚盛世，为了买到这两张票，江峪一直守到了半夜十二点，如今想来，一票难求也确实物超所值。

望思玛听得心潮澎湃，自哥哥走后，她已经很久没有听演唱会了。

"我从高中时就喜欢他们的音乐，唱作人提洛·沃夫还是你哥哥的偶像……"体育馆门口，江峪带走望思玛从拥挤的人群中穿过。

正门口的人愈聚愈多，由于出口被堵，身后的人开始相互推搡，望思玛一个不小心，脚下被什么东西绊了一跤。

"小心！"江峪回头一把拉住了她。

望思玛一头撞进了他的怀中。

清雅的檀香顿时扑鼻而来……

雪白的路灯洒下微亮的光，夹杂着漫天细雨敲碰着江峪手中的伞，江峪穿着厚实的外套，胸口柔软且温暖，一种熟悉的感觉顿时涌上望思玛心头。

"不好意思。"望思玛迅速站直了身体，虽然那已不是她第一次与他有近距离的触碰，但她的心仍如百浪翻滚忸怩不安。

她抬头看了看江峪的眼，江峪的眼眸子里有一片一闪而过的光芒，就在与望思玛对视的那一秒，那道温柔的光芒投向了别处。

周围的人熙来攘往，也许这多雨的季节，谁都不想多看旁人一眼。

"嗞——"江峪倒吸一口凉气，嘴角立刻带出一丝邪气的淡然，"我说，你头上的东西是要暗杀我吗？"

望思玛赶紧摸摸自己的脑袋，今天她戴了一个发箍，发箍上还有一圈尖锐的银白色铆钉。

"刺伤你了吗？江老师。"

"那倒不至于。"江峪回了回神，指向前面的马路，"你就在前面路边等我，不要走远，我去把车开过来。"说罢，他将手中的长柄伞交给了望思玛。

"老师，我跟你一起去吧。"

"路边等好。"江峪朝着另一侧的停车场跑过去。

"江老师……"

不一会儿，他的银白色小轿车缓缓停在望思玛面前，望思玛快速坐进副驾驶座，看到一旁湿漉漉的江峪，立刻从包里翻出了一包纸巾。

"老师，擦一擦吧。"

江峪看了一眼望思玛递来的纸巾，"我在开车，怎么擦？"

望思玛缩回手，"那，一会儿路口等红灯的时候再擦……"

"你帮我擦！"他双手握着方向盘，目光聚焦着前方的路。

望思玛犹豫了一下，虽然有些不好意思，但也没有拒绝，她抽出了一张纸巾，将右手伸到江峪的额头前，带着几分颤抖轻轻按压了几下，"你怎么没戴帽子？戴了也不至于整个头都被淋湿了。"

"帽子会湿。"

"帽子会湿？"望思玛不解，"帽子湿就湿吧，总比头发湿了好，现在是冬天，你这样会感冒的。"

"哪那么容易感冒！"江峪不屑，"我又不是你……"但这句话仅仅说完不到十秒钟，他就觉得鼻子里一酸，然后忍了半天没忍住，打了个很大的喷嚏，"阿嚏！"

"可不就感冒了嘛。"望思玛反驳道。

"这是过敏。"

望思玛又抽出了一张纸巾，然后侧过身轻轻擦拭起江峪的头发。

江峪的余光稍稍倾斜了几度，并未说什么，继续专注地开着车。

雨慢慢停了，窗外的天空闪现一片片绽放的烟花，即使隔着窗，依旧能听见外头隆隆的喧闹声。

望思玛虽然害怕爆竹，但对于看烟花，她还是十分喜欢的。小时候每逢过年，她都会趴在家里的窗户前，隔着玻璃看对面大楼的人放烟花，而每每有高升炮从她面前升起，她就会躲到哥哥或爸爸的身后，用两只手捂着耳朵，等待第二声响完。

"听说今天江边有烟花秀。"

"烟花秀？你……想不想去看？"江峪放慢了车速，"就在前面。"

望思玛看了看手机时间，"那……就看一会儿。"

江峪笑笑，将车驶进了左转弯车道。

车子停在江边的一块空地上，也许是今晚天气不好，江边并没有像往年一样挤满人，望思玛刚想开车门出去，一个巨大的爆竹声夹杂着噼里啪啦的鞭炮声，在离她不到二十米的头顶突然炸开。

"我的天!"她吓得迅速关上车门拍拍胸脯,"这枪林弹雨的,也太恐怖了。"

"我还以为你的胆子很大,看来也不过如此。"江峪见姑娘颇有几分傻气,邪魅一笑,"还是老实点在车里看吧。"

四周腾起白色烟雾,时不时还有爆竹屑从高空飘落。

"好吧。"她看看头顶,也只能待在车里。

就在此刻,左边的夜空又爆发出一阵巨大的响声,千姿百态的繁花顿时腾空而起,在黑色夜幕上释放出无数绚丽的流苏。

望思玛侧着头看向左边的夜空,"快看,好看!"

她刚指向窗外的天空,一股灼热的气息扑面而来,副驾驶座上的望思玛顿时无法呼吸。

堵住她呼吸的人,不是别人,正是江峪。

突如其来的亲吻如同疾风骤雨般让望思玛措手不及,她的身体变得僵硬不敢动弹,心脏也早已跳出身体之外。

过电的感觉再次侵蚀着身体的每个细胞,那柔软的唇如绵绵糖果让她既害怕又有些欢喜,感受着那张紧贴自己的脸,闻着他身上清雅的檀木香,她如同被甘霖浇灌了一般,想反抗却怎么也使不上力。

他浅浅地轻吻着她,眼神中装载着宇宙中所有的星辰,他不是没有吻过别的女孩,只是,望思玛给了他不一样的感觉。

"刚才你说……什么好看?"他的额头贴着思玛的额头。

"烟……烟花好看。"望思玛娇嗔地低下头。

"没有你好看。"他松了松领口,然后伸手从后面圈住了她,开始探索起来。

望思玛想要回应,于是她将那无处安放的双手搭在了江峪的脖子上。

就在他的鼻尖从她脸颊划过的那一刹那,望思玛又看到了江峪脖颈处的那一抹微红,曾几何时,她也看到过那个痕迹,那是一个吻痕。

"这是什么?"她用力推开他。

"怎么了?"江峪一脸茫然,眼神还停留在刚才的余温中。

"你有女朋友?"

"没有啊。"江峪更茫然,"哦不对,应该说,现在有了。"

"你有女朋友为什么还来招惹我?"望思玛勃然大怒,薛佳雯说得真对,长得好看的男人都只可远观而不可亵玩焉!

她立刻打开车门，想要拂袖而去，江峪一把拉住了她，"到底怎么了？我从来没说我有女朋友啊。"

"两次都在一样的地方，你做戏能不能做得专业点？换个地方会死吗？"

"什么做戏，什么一样的地方？"江峪听得一头雾水。

"你还不承认！"望思玛一只手拉着江峪的领口，另一只手指着脖颈处的吻痕，"这个草莓痕还挺深啊，花了你女朋友不少力气吧……"

"草莓痕？"江峪摸了摸自己的脖子，突然反应过来，一脸凝重地看着望思玛。

"对不起江老师，我不是你想象的那种人。"

"哦，"江峪不屑地舒了一口气，"那你是哪种人？"

"我……总之，是要和你保持距离的人。"

江峪"扑哧"一下，露出难得笑意，"望思玛，你确实不是我想象的那种人，你是比我想象当中眼神更差的人！"

"什么意思？"

江峪指着自己身上的那一抹红印，"你仔细看看那是什么？"

望思玛很不情愿地又往他的脖颈处瞟了一眼，"别告诉我你是去拔火罐了，我又不傻。"

"那是胎记！是个胎记！"江峪义正词严道，"我生下来就有了，我妈可以证明。"

"胎……胎记？"望思玛溢出满脸尴尬，"真的？"

"你近视这么厉害为什么不配副眼镜？"

望思玛摸了摸江峪脖颈处的痕迹，"呵呵，对不起啊。"

江峪长叹一口气，也不知道是该生气还是该开心。

"那，你真的没有女朋友啊。"

"本来今晚能有的，现在看来要断片了。"

望思玛悬着的心终于放下，刚才的一段热情就这么戛然而止，确实有点可惜。

"那，刚才那一小节，我重新来过。"她铆足了勇气说了句。

借着忽明忽暗的夜空，这一次，她没有犹豫，而是主动覆上了那朝思暮念的柔软之唇。

"嗯，不愧是你。"

倏地，江峪的右手托住了女孩的后脑勺，随后将她头上的铆钉发箍扯下。

被一个男人完全控制住身体，望思玛还是头一遭，惊慌之余，又陶醉其中，甚至有一种要失控的感觉。

就在她怔怔地闭上双眼，想要充分享受这份香甜的幸福时，江峪那躁动的手不知伸到哪里一划。

"咝……"他冷不丁地颤了一下。

"怎么了？"望思玛睁开眼睛，小脸微红。

"我说，你以前好像不是这副打扮吧...."

望思玛低头看去，她包上一颗略有磨损的铆钉愣是将江峪的手指划出了一道口子，鲜血流了出来。

"呀！你流血了。"两人的呼吸都有点急促，望思玛立刻翻包寻找那不知被她扔在哪处的纸巾。

"没事。"江峪笑笑，"你这全身上下可都是暗器啊……"

望思玛掏出纸巾给江峪擦拭伤口，"你怎么知道我以前是什么打扮？"

"我猜的。"

两年前，江峪在韦思奇的手机里看见过望思玛的照片。那时候，她确实不是这种风格的打扮，他没有对望思玛说过，只是告诉她自己是韦思奇的挚友。

"那你猜猜我身上还有什么？"

"还有什么？难不成还有匕首？毒药？"

望思玛摇摇头。

"你是个好姑娘，我知道不该有的你都没有。"

望思玛想了想，"不该有的……都没有……"

"一个连酒都不会喝的姑娘，还能有什么？"

"什么是不该有的？如果一个姑娘有文身，算不算不该有？"

"算！"

"我有！"望思玛立刻回了一句，"那，如果一个姑娘会抽烟，算不算不该有？"

"算！"江峪点点头。

"好吧，偷偷告诉你，抽烟我也会一点。"

"哦。"江峪风轻云淡地哦了一声，脸色并没有望思玛想象中那么难看。

"如果一个姑娘会爆粗口，算不算不该有？"

"还有什么不该有的，你会？"

"多着呢！如果我和你想象中清纯的样子相去甚远，那……我们就到此为止吧，咱俩不合适。"

江峪直勾勾地看着望思玛，冷漠的脸上还透有一缕藏不住的心思。

"老师，我先回家了。"望思玛说。

他一把将女孩拉入怀中，紧紧抱住，"我就喜欢你这种抽烟又有文身，关键时候还能爆粗口的清纯姑娘。"

说罢，他的唇再次吻向她，带着倔强、热情还有压迫性的力量。她的睫毛在星空下微微颤动，悸动、兴奋又带着冒险精神，这多雨的季节，年轻人的爱情果然也是湿漉漉的。

第 36 章 谁是键盘手

短暂的寒假悄然过去，随心所欲的日子再次结束，校园里恢复了以往的喧闹，背阴处的露霜还未化尽，但北风已不再凛冽刺骨，温度里有了浅浅的柔和，空气中也掺了一丝春泥的香气。

"为什么！为什么还有那么多课！"薛佳雯看着新学期的课表依旧心塞，"同样在申南读书，为什么我们系就那么惨！"

"可不是，下半学期朱大婶的课还多了 3 节。"坐在望思玛和薛佳雯前排的女生也忍不住抱怨起来，"今年真是一点盼头都没有了。"

望思玛看着课表倒是表现出了意外的淡定，"也还好吧，这学期不是还有一次采风吗？"

"也只有采风听上去有点意思，只是不知道去哪儿。"

望思玛合上书对着另外两人低头轻语，"跟你们说你们可别告诉别人啊，我上次听到朱大婶和另一个老师谈话，如果我没听错，今年的采风，我们去云南。"

"云南？哇！"薛佳雯面露欣喜，"那地方不错。"

"真的吗？什么时候？"另个姑娘也很激动，"望思玛，有没有听到什么时候去？"

"四月吧。"

"天哪！太酷了。"薛佳雯拍了拍大腿，"思思，到时候我们俩一间房，先说好了啊。"

"大婶的意思是前后要去十多天呢，如果那时候我们比赛还能晋级，我就不去了。"

"啊，你也太不够意思了吧。"薛佳雯失望，"好吧，不过你这次这么认真，我也希望你能晋级……"

望思玛笑笑，"如果不能晋级，那我就当去散散心了。"

"哎！说什么呢！"薛佳雯抓起望思玛的手臂，"思思你一定能晋级的，不过，如果你们晋级了，十心乐队可不就淘汰了嘛……哎，到底支持谁呢？"

望思玛拿起桌上的书轻轻敲了薛佳雯脑袋几下，"你这小样，不会是希望我们被淘汰，十心乐队晋级吧，我们两年半的感情还比不上一个负心汉吗？"

"没……没有啦。"薛佳雯赶紧摆摆手，"如果申南只能有一个乐队，那必须是我家思思的乐队……"

"算你还有良心。"

"那，今晚一起吃饭。"

"不了，我今天放学有事。"

薛佳雯略有不爽，"你就知道说我，你看看你，又是去蓝羽琴行吧，读书都没见你那么用功，难怪最近宿舍里总是弥漫着一股酸臭的味道。"

"酸臭的味道？"望思玛尴尬地举手闻了闻自己的衣袖，"你说我？"

"嗯。"薛佳雯点点头，带着嫌弃的眼神，"一股恋爱的酸臭味！"

望思玛脸颊泛起微红，"你胡说八道什么呢。"

"所以，今晚你又是去约会？"

"没有啦，裴忻今晚约我们去一家酒吧听歌，有一个不错的歌手在那驻场，我想去看看。"

"裴忻，裴忻，又是裴忻，现在倒好，还多了个江峪，思思你这样怠慢我，我会吃醋的。"

"行了薛佳雯，明晚作业我给你搞定，你就安心看你的电影去吧！"

"成交！"

闪耀的灯光，热情的鼓点，喧嚷的人群，空气中还弥散着烟酒的味道，南区的伶酒吧比望思玛想象中的更有意思。

寂寞的人跟着跳动的灯光和迷离的音乐来回走动，几个姑娘坐在吧台看着调酒师撩拨酒瓶，墙角的几个雅座，则是热恋中的情侣的专属区域，剩下的人，全都坐在舞台正下方，聆听着台上的灵魂歌手的独特嗓音。

而今天台上的那个女歌手，是裴忻专程去见的。

沙哑的嗓音，曼妙的身材，性感的打扮，面前还摆着一架电钢琴，女歌手林南希一直都是这里最受欢迎的王牌歌手。

黑白琴键，故事人生，她边唱边弹，行云流水般的音符从她的指尖倾泻而下，如珠落玉盘，百转千回，一曲风情万种的爵士乐被她演绎得淋漓尽致。

"她叫林南希，是这里最有名的爵士歌手。"莫龄说。

"厉害，她的爵士钢琴也弹得很有意思。"望思玛回应道，"我听说很多爵士乐都是即兴发挥的，真了不起。"

"爵士钢琴的即兴演奏需要大量的理论和现场实践做基础，刚才她演奏的布鲁斯风格，是以左手持续弹奏固定低音来衬托右手复杂的旋律。"

望思玛听得云里雾里，"是不是难度很大？"

"总之，除了音乐学院的几个大师，我没见过几个大学生弹得像她这样好！"

"大……学生？"陶贝贝一脸惊奇，"莫龄你说……她是大学生？看她这副打扮，我还以为她已经二十五六岁了呢。"

"她和思思一样大，是海洋大学的大三学生。"

"海洋大学？这次复赛第五名的黑河乐队就是他们学校的吧？"陶贝贝又问。

"是的，黑河乐队是海洋大学和工程大学的联合乐队，实力也是不容小觑啊。"

"她那么厉害，还好没在黑河乐队。"

"她看不上自己学校的乐队。"莫龄笑笑，"似乎，也是个心高气傲的人。"

望思玛看着台上的女孩着了迷，"所以，我们这次来的目的该不会是……"

"裴忻很早就注意到她了，她想拉林南希来我们乐队。"

霓虹的舞台灯光时不时照射在裴忻脸上，台上的林南希似乎也看到了裴忻，那一头银白色的短发永远是最引人注目的，她认识裴忻，S市高校最有实力的女歌手，也是自己最想一较高下的竞争对手之一。

林南希看了一眼白发姑娘，随后又将目光转移到自己的琴键上，她暗暗冷笑了一下，像是见到了梦寐以求的宿敌。

音乐停，全场掌声响起，林南希从钢琴旁站起来鞠了一躬，然后和吉他手、贝斯手、鼓手以及小号手依次握了手，最后，她缓缓走到台下，众人的目光也随着林南希的脚步移到了白发少女裴忻身上。

"你是……十心乐队……哦不，应该是黑天鹅乐队的裴忻？"

两人四目相对，无声地交流了几秒，裴忻从裤兜里掏出了烟盒，取了一支烟递给了林南希，"坐下一起喝一杯？"

林南希接过烟，点点头，随后坐到了裴忻对面的位置上。

"缺个键盘手是吧。"林南希为自己点了烟，姑娘们的面前立刻烟雾弥漫起来，"盛哥跟我说了，你想拉我去你们乐队。"

"你觉得我的乐队不配？"

林南希顿了顿，"配！"说完又深吸了一口烟，"没有男人的乐队确实不错，你们几个的演出我也看了，只不过……我有一个要求。"

"说吧。"陶贝贝又忍不住插上一句，"姐姐你这么厉害，能满足你的我们尽量满足。"

"如果是合理的要求，那也不算什么要求了。"望思玛说。

林南希呵呵笑了一声，"我对键盘手没什么兴趣，要我来，可以……我做主唱。"

"那不可能！"主唱二字话音刚落，莫龄就斩钉截铁否定了，"黑天鹅的主唱只能是裴忻。"

"那……我们可能没什么好聊了。"林南希准备起身离开。

"可以。"就在她刚要离开，裴忻开口了。

望思玛、莫龄、陶贝贝三个人惊讶地看着裴忻。

"裴忻你说什么呢？"

"是啊，你魔怔了吧。"

"比一场，看谁更适合。"裴忻说。

"呵呵。"林南希再次不屑一顾，"来我的场子找我比试，裴小姐你是特地来踢馆的吧！"

"随便你怎么想，如果你能来做键盘手。"

林南希终于忍不住放声大笑，"有点意思啊，怎么比？"

"你的爵士乐队，我的摇滚乐队，各唱一首，就在这个台上。"

林南希环顾了一下四周，"看到这里的客人了吗？这么跟你说吧，来这儿几乎都是借酒消愁的中年人，没有几个是真正来听歌的，你唱得好或不好，他们给的掌声都一样，而且，这地方消费不低，环境也不错，大多数人都只是来装模作样拍个照而已。"

"酒吧终究是酒吧，如果你真的喜欢音乐，就要去 Live House（室内音乐场馆）。"望思玛说。

"这样吧。"林南希把烟头摁灭在了烟灰缸里，"如果你们乐队能让这群死气沉沉的中年人嗨起来，我就去，如何？"

"你还想考验我们。"莫龄颇有不快，"不愿意就算了，我们乐队也不一定非要有个键盘手。"

"不用她们，我一个人就够了。"裴忻站了起来，"我先和你的人沟通下。"说罢，她走到台上，和台上的乐手们说起了话，随后又翻了翻吉他手面前的乐谱，像是要点首他们都能演绎的歌。

过了一会儿，裴忻走到舞台正中央，拿起话筒："大家好，我叫裴忻，是这个酒吧新来的歌手，接下来为大家演唱一首《Can't take my eyes off you》（我的视线无法离开你），如果大家觉得我比刚才的歌手唱得好，就站起来鼓励一下，站起来的人，一会儿请你们喝酒！"

"哇！"台下一阵欢呼。

"呵！"林南希翻了个白眼，对着身旁的望思玛道，"我以为多有能耐，没想到你们裴忻也会耍阴招。"

"你又没说不能贿赂他们。"

"你……"

《Can't take my eyes off you》是一首极其有名的老歌，旋律起伏跌宕又朗朗上口，曾被改编成二十多个版本，而这些版本中，由安迪·威廉姆斯所演唱的布鲁斯版则是最有名的一首，林南希平时演唱的，也是这个版本。

刚才一番交流，裴忻临时改编了其中的某些演奏方式，音乐响起，鼓手就起了一个更快的速度。虽说这仍是一首爵士风浓郁的歌曲，但是由于在速度上，和吉他、贝斯、鼓的演奏方式上做了临时调整，整首歌的节奏变得更加强烈而欢愉，裴忻浑厚富有力量的摇滚嗓音也与这首悠扬的爵士歌曲发生了奇妙化学反应。

台下面无表情的人们开始不自觉摆动着自己的身体，他们不再交头接耳，而是专心致志地盯着台上，脸上也露出了耳目一新的惊喜。

莫龄悄悄上了台，她坐到了那架电钢琴前，配合着舞台上的音乐，即兴融入了一段全新的钢琴伴奏。

裴忻不动声色笑了笑，闭上眼继续享受着周遭的一切。

林南希坐在台下，她看着台上的乐手们一个个全都沉浸在崭新的音乐中，连一向严谨的小号手也跟着摆动双腿像是随时要翩翩起舞。

裴忻用歌声诉说着坠入情网的年轻人心若波澜的恋爱历程，她的嗓音时而高亢，时而低沉，时而坚定，时而柔和，既像是春风拂面，又像是大海撞击礁石激起的千层浪。

音乐落下，台下掌声一片。

裴忻缓缓张开双眼，眼前的一幕早已在她预料之内，正襟危坐的人们全都站了起来，"再来一首，再来一首"的欢呼声更是不绝于耳。

看到舞台上和乐手们配合完美的裴忻，林南希也十分吃惊。

"我说，"她问莫龄，"我弹的是爵士钢琴，为什么觉得我适合你们摇滚乐队？"

"你在初中的时候就拿了双排键电子琴的冠军，高中时候为其他摇滚乐写过歌，裴忻都告诉我了。"

第 37 章 道不同不相为谋

　　《无弦有音》的排练再次开启，过不了几天，亚洲校园乐队 S 区的总决赛也将开启，这一次，姑娘们亦是铆足了劲要拿到晋级名额。

　　在最早的编曲构思里，《无弦有音》是没有键盘的，曲子刚作出来的那段时间，裴忻和莫龄始终对歌的编曲不太满意，总觉得缺了些特定的音效，后来在裴忻的建议下，莫龄把部分旋律改编成了键盘演奏，这样一来，整首歌的音色瞬间丰富了不少，在电脑模拟的合奏上，DEMO 给人耳目一新的感觉。

　　所以从那时起，她们就决定为黑天鹅乐队再招一位键盘手，有了可以模拟几百种音色的键盘，不仅演出效果大大提升，身为节奏吉他手的裴忻也可以在一定程度上解放双手，只要专心唱歌就好。

　　可乐手易寻，好的乐手却难觅，又何况是 S 市最稀缺的键盘手，裴忻私下见过不少姑娘，却一直没遇见适合黑天鹅的人。

　　对于林南希这个人，裴忻原本并不认识，还是她的好友盛哥极力推荐的，盛哥在 S 市某家传媒公司上班，认识不少像林南希那样有音乐才华的学生。

　　今天是开学后的第一个周末，裴忻约了林南希来试音，她所在的海洋大学离申南大学有五十分钟的车程，所以，她把时间定在了下午一点。

　　"如果我们今天配合得顺利，这首歌就用键盘的版本，如果林南希不合适，那还是按照之前的排练来做。"

　　"好。"大家点点头。

　　今天的艺术楼排练房也是异常热闹，四个姑娘早上就来到排练房，江峪也来了，他是专程来陪望思玛的。不仅如此，今天的排练房还多了一个新面孔，一个与姑娘们年龄相仿的男生，男生穿着干净体面的大衣，鼻梁上还戴了一副金丝框眼镜，他叫秦梓放，是陶贝贝刚刚官宣的男朋友。

　　大家好奇地打量着这个男生，如果她们没记错，放假前的陶贝贝似乎还是孤家寡人一个，缘分真是件奇妙的事儿，说来就来，一来便挡也挡不住，秦梓放就是那天在飞机上把酒洒到陶贝贝身上的男孩。

　　男孩的家人早年移民荷兰，那时的他正趁寒假去阿姆斯特丹看望祖父和祖母，待到飞机降落后，男孩特地要了陶贝贝的联系方式，说是想认识她交个朋友，于是，两人信息一来一回便熟了起来。

第 37 章 道不同不相为谋

让陶贝贝没想到的是，男孩特地买了双一模一样的鞋从荷兰阿姆斯特丹飞到了冰岛的雷克雅未克赔给陶贝贝，陶贝贝当时就感动了，几天接触下来，他们就确定了关系。

"说时迟那时快，简直太溜了啊，贝贝。"望思玛不禁感叹，"你这效率秒杀了我们所有人。"

"那是！"陶贝贝的目光紧盯着秦梓放没有挪开，"巧的是梓放也刚刚开始学吉他，我特地带他来跟大家学习学习。"

"咚咚咚！"有人叩响了排练房的门，大家的目光一致朝门口望去，秦梓放跑过去开了门，一个穿着略性感的姑娘背着键盘琴站在了门口。

"南希姐你来了。"陶贝贝也跟着迎上去，"我们乐队终于有五个人了。"

林南希环顾了下四周，将背后的键盘琴轻轻放了下来，问："你们平时……就是在这儿排练的？"

"是啊。"陶贝贝回答，"键盘琴架也给你准备好了，你看怎么样。"

"音响普通了点，环境还不错。"林南希说完走到姑娘们为她准备的琴架前，她打开琴包，将琴放在了上面，"谱子我看了，有些地方我觉得不好，所以改了，一会儿可以按我的来。"

裴忻没有回答，望思玛拨弄着面前的小军鼓察觉到了一丝尴尬的气氛，莫龄则递来了一瓶矿泉水，"休息一下，我们十分钟后开始。"

"十分钟？那正好抽根烟。"林南希说完从斜挎包里掏出了烟与打火机。

"南希，这里不能抽烟。"望思玛立刻阻止道，"四周都是隔音棉，我们乐队有规定，抽烟只能去楼下。"

"去楼下？"林南希的手停下来，不知道是拿烟继续抽还是把烟放回去，她看了看裴忻，犹豫了几秒，随后把烟和打火机放回了挎包，"那不用休息了，现在开始吧。"

"思思。"裴忻站在麦克风前示意了一下望思玛。

望思玛的鼓棒刚打了三下镲就被人喊了停，而喊停的人并不是裴忻，是林南希。

"你那个速度，是不是快了点。"

"没有吧，一直是 100。"望思玛虽有些粗心，但是对这段时间的排练成果还是相当有自信的，"每天都这个速度，虽然不是百分百精准，但也差不了多少。"

"我的意思是，慢一点儿会更好，你把速度放到 80 试试。"

"80？"望思玛一头雾水，"这么慢吗？"

"不用，还是 100 吧。"莫龄开口了，"南希，这首歌原本在创作的时候就是按照望思玛起的速度来的，我们先按原计划排练一遍，如果你有更好的建议，我们之后也可以讨论怎么调整。"

"是啊。"陶贝贝也忍不住吐槽,"这个速度挺好的,难道你对裴忻的编曲不满意吗?"

"那……行吧。"林南希答得有些勉强,脸色也比刚才阴沉了些。

望思玛的鼓再次响起,姑娘们也再次投入到激情的音乐中来。

刚开始,一切都按照原先的排练顺利进行着,只是当林南希的键盘音加入的时候,整首歌的效果似乎和姑娘们想象得不太一样。

"停!"裴忻终于听不下去了,"林南希,为什么不跟着谱子来。"

"你不觉得你们的编曲是有问题的吗?"林南希解释道,"这个地方的处理给人的感觉太仓促了,我觉得旋律上应该更舒缓一些。"

"你随意改动键盘谱子,吉他和键盘的音区全都重叠了。"裴忻有些恼怒,"你不觉得听起来很杂乱吗?"

"乱!但是,吉他可以改一下和弦啊!"林南希反驳道,也全然不给裴忻面子,"除了吉他和弦,鼓的速度也应该再调整一下,还有鼓的节奏。"

"键盘的音域本来就比吉他更广,如果配合得好,和声可以做得非常精彩,如果你和吉他的音区重叠过多,音效又没有调节好,吉他和键盘就会打架,听起来会很杂乱,如果你和吉他减少重叠音区,就能很好地取长补短,演奏出来的音乐也会更加丰富饱满……"

"是,裴忻说得没错。"莫龄继续补充道,"照理说,乐队里只要有一个键盘手,理论上讲是不怕任何乐手缺席的,因为它能模仿出几十甚至几百种音色,但真正的电声乐队并不是只有键盘手一个人才叫乐队,其他乐器存在必定有它的价值所在,你也是做乐队的,应该很明白其中的道理吧。"

林南希"呵呵"冷笑了一下,刚才还炙热的气氛一下跌入了谷底。

望思玛和陶贝贝只得静静待在一旁看着她们三人你来我往地辩论,毕竟,她俩的乐理也不够资格参加这场辩论赛。

"我觉得莫龄她们的编曲没问题,望思玛的节奏也没问题,有问题的是你。"坐在一旁沉默不语的江峪突然开口了,他双手交叉在胸前,鸭舌帽下的眼神带着一丝不屑,"你对她们的情境了解多少?你弹得也不过如此,口气倒是很大。"

"你!"江峪的话激怒了林南希,林南希一时间竟不知如何回怼,她从来都是个以自我为中心的人,很少听别人劝,在哪儿都要争第一。她在酒吧驻场的这段时间,因为她是台柱子,乐手们个个都十分迁就她,毕竟,大家在酒吧混口饭吃不容易,何必为了谁是主音谁是节奏而做无意义的斗争。

"要说的我都说完了,看来我们的音乐理念并不合。"林南希说,"和我想得一样,我这个做爵士乐的，确实不适合你们。"

"乐队讲究的是团体配合，并不是自我的突出，这和你做什么风格的音乐并无关系。"裴忻答。

"你们也就是水平一般的乐队，为什么不听从别人的意见。"

"因为你的意见，未必不一般。"

"既然如此，我们也没有必要再为编曲争执下去了。"林南希边说边开始整理自己的琴包，"曾经有不少优秀的乐队都邀请我加入，但我都拒绝了，只有这次我是专程提着键盘琴来的，知道为什么吗？"

排练房一片沉默，对于林南希的问题，大家虽然兴趣不高，但是心里多少也有些好奇。

"算了，我也不想跟你们再废话。"林南希背上琴，"有空来酒吧，我请你们喝酒，不像这里，抽根烟都没有自由。"说罢，她步履轻松地从艺术楼排练房走出去，"拜拜。"

"裴忻……"莫龄担心地看着裴忻。

裴忻依旧处变不惊，她走到桌子前，拿起了自己的天鹅马克杯接了一杯水喝起来，"这周谁值日？怎么饮水机都没有开。"

"哎呀，是我。"陶贝贝不好意思地挠挠头，"裴忻姐，一会儿我给你们点热奶茶如何？吃点儿甜食可以让心情变好！"

"我的心情一直很好，大家先排练，一会儿奶茶我请。"喝完水，她走到话筒前，"既然没有键盘手，那我们还用之前的版本，我们把《无弦有音》每一个细小的地方都处理好，细节决定成败，能不能参加全国比赛就看这一场了。"

"是啊，就凭我们四个人，我就不信不能晋级了！"望思玛说。

"就是就是！就那个嚣张的样子，来我们乐队指不定把我们搅得一团乱呢。"陶贝贝依旧激动，"也不看看这是谁的地方，比裴忻还嚣张，真是让我长见识了。"

莫龄偷偷拍了拍陶贝贝，"行了，大家加油吧！"

"加油！"姑娘们异口同声说道。

江峪抬了抬帽檐，对着望思玛露出了久违的微笑，陶贝贝弹着贝斯，时不时还对着秦梓放抛了个媚眼。

莫龄与裴忻也不约而同对视了一眼，对于彼此，她们一直都是最信任的。

第38章 博弈

蓝羽琴行的楼道里，江峪正和一位身着紫色连衣裙的姑娘说着悄悄话。

"江峪哥哥！"姑娘红着脸往前踏了一步，声音略有沮丧。

"陆露！"江峪不自觉向后退了一步，面部表情冷漠，像是做了什么对不起人家的事，"不好意思，我想你是误会了。"

姑娘不罢休，顺势张开手臂抱住了江峪的腰，"江峪哥哥，我是真的喜欢你，我来蓝羽也是为了你，给我一次机会……"姑娘的头贴在江峪胸前，话语中还带着令人怜悯的哭腔。

江峪不知所措，僵直着身体不敢肆意动弹，面对这突如其来的表白，他有一种说不出的无奈，毕竟这么长时间以来，他都把陆露当普通同事看待。

"对不起，我一直把你当妹妹看待，而且……我有女朋友。"江峪反手扒开姑娘的手，"你真的是误会了。"

不料女孩依旧不依不饶地说："江峪哥哥，没关系，你可以两个都交往着试试看，我就不信我会比她差。"

江峪摇摇头，这样的回答让他很是失望，他长叹一口气，提了提自己的帽檐快步离开了，从小到大，这样的事发生太多太多了。

而此时，楼梯上一层的阴暗处还偷偷站着一个人，姑娘穿着一身黑衣躲在楼道拐角处，刚才的那一幕，被她用手机拍下了。

"陆露，你这样不好吧。"见江峪离开，黑衣姑娘快速从楼上走下来，"江峪知道会更讨厌你的。"

"我不管了。"陆露哭起来。

她叫陆露，是蓝羽琴行的前台。她和江峪认识了有些年头，当年陆露从老家来到S市的第一份工作就是在鹈鹕音乐馆做服务生，后来因为鹈鹕音乐馆每天都是夜班，她不太习惯，江峪就介绍她到了蓝羽琴行。

从鹈鹕音乐馆开始，姑娘就偷偷地暗恋江峪，江峪这个人虽然不太爱说话，性格冷淡可并不冷漠，为人处世也沉着理性。前年过年，姑娘因为没抢到回老家的票，江峪特地拜托了他的女性好友将她顺路送回家。去年，大家一起去青海团建，由于崴了脚，江峪扶着她走了一段，最后还买了药送她。从此，姑娘对江峪的喜爱一发不可收拾。

"江老师虽然人很好，可是，他对每个人都差不多啊。"黑衣女孩说，"我知道这样说你会不高兴，但是，我确实没看出来江老师对你有特别的地方。"

"我不信。"陆露不甘心，"就算没有，我也可以追他啊，只要他没结婚，公平竞争总行吧！难道要因为不可夺人所爱，就让自己一辈子不开心吗？"陆露越说越激动，"真搞不懂他看上那个望思玛哪里？"

"说实话，她长得也还行吧，哦，我不是说你不好看。"黑衣姑娘急忙补充道，"同样都是美女，她能搞定从来不收女学生的江老师，看来手段比你厉害多了啊。"

"这个望思玛，表面看风轻云淡的样子，背地里不知道用了什么见不得人的手段。"

"话是这么说，但你要拿照片去搞事情，这……"

"没事，我绝不告诉别人是你拍的。"

没过多久，还在上课的望思玛就收到了一条短信，短信的内容正是陆露搂住江峪的照片，望思玛认识这个姑娘，她是蓝羽琴行的前台，是江峪的同事！

看到照片的望思玛顿时怒火攻心，把手机重重摔在了桌上，同桌薛佳雯更是吓了一跳，一把拿过望思玛的手机探个究竟，更让人生气的是，这张照片的下面还附着一句挑衅语：江峪哥哥是我的，看谁抢得过谁！

"呵呵，真是见鬼了！"望思玛狠狠合上了书。

"这么挑衅，望思玛，这江峪刚表白，敌人就给你扔了个王炸。"

"呵呵，今年刑太岁。"

晚上八点。

排练房只有裴忻一人，她负责本周的卫生，明天排练前，她要把排练房再打扫一遍，而这样的习惯，从黑天鹅乐队成立之初就定下了，姑娘们也都严格遵守着。

"哈喽！小忻忻！"门外传来一句熟悉的声音，"好久不见！"

还在扫地的裴忻无奈地闭上双眼，两手捏了捏自己的鼻梁，好不容易清净一会儿，这个甩不掉的小麻烦又来了。

"惊不惊喜？刺不刺激？意不意外？"站在门口的人正是太音乐队的秦淼淼。秦淼淼小心翼翼地对琴房四周张望一下，"小忻忻，莫龄姐姐她……"

"不在！"

"哇！太好了。"确认莫龄不在，秦淼淼一下从门口蹦了进来，情绪也更加高涨，"真难得，所以现在是我们的二人世界？"

"是吧。"裴忻漫不经心答了一句。

秦淼淼赶紧上前一把抢走了裴忻手里的扫把和簸箕，"让我来，让我来，打扫卫生这种小事怎么能让小忻忻做呢。"

裴忻摇摇头，转而走到桌前，拿起一块抹布擦起来。

"我来我来。"秦淼淼又跑过来夺走她手里的抹布，"我是男人，怎么可以让你干这种活儿呢？还是我来吧。"

裴忻摇摇头，"秦焱焱知道你来吗？"

"知……当然知道啊。"不太会说谎的他，才结结巴巴答了一句，两只飘忽不定的眼睛就已经出卖了他。

"看来这个学期你挺闲啊，如果我没记错，过两天就比赛了吧。"

"呵呵……呵呵……"秦淼淼礼貌又不失尴尬地笑了笑，"好像是啊。"他想岔开话题，突然看到了桌上一只漂亮的马克杯。"咦！这个杯子真漂亮。"

"别碰它。"他想要去拿，却被裴忻轻轻打了一下手。

秦淼淼立刻缩回手，脸上露出一副酸溜溜的表情，"还留着何亚维送你的东西啊。"

裴忻没有答话，默默把杯子移到了桌子的最里侧。平时除了唱歌弹琴，裴忻最喜欢收藏各种漂亮的杯子，这个杯子上印了一只天鹅，也不知为何，这个杯子对她意义格外重大，但并不是何亚维送的。

"别在我这儿浪费时间了。"她说，"咱俩真的不合适。"

"你又来了。"秦淼淼一屁股坐到了裴忻边上的凳子上，"不试试怎么知道不合适呢？难不成，你还是放不下过去吧。"秦淼淼那颗单纯傻萌的心再次被点起，"我有绝对的信心，至少，我对音乐很忠诚啊。"

"那倒是。"裴忻似笑非笑地点了点头，"但我还是觉得你应该把心思放在比赛上。"

"别啊！鱼和熊掌可以兼得，为什么要做取舍呢？除非……"

"除非什么？"裴忻好奇地问。

"除非……姐姐，你不会是……弯的吧？"

裴忻先是愣了愣，随后"呵呵"一声笑出来，"嗯！这个理由不错，很有说服力。"

"咚咚咚。"就在此时，有人敲了五楼排练房的门。

门口站着一个相貌俊朗的男人，男人戴着一顶鸭舌帽，表情稍显焦躁，"打扰你们了。"他走到裴忻面前，"你知道望思玛去哪里了吗？"

而此时的望思玛，正在欧特比听着疯狂的摇滚乐，由于早上收到的莫名信息，今天一整天她都闷闷不乐，放学前，她还因为没有答出预习课的内容被"朱大婶"数落了一顿。

烟雾缭绕的欧特比每天都驻扎着形形色色的社会人，有一心来听音乐的歌迷，有喝酒聊天的小白领，还有一身痞态的混混，总之，这是个鱼龙混杂的音乐世界，只要付上几十块钱，就可以在这儿待上一整晚。今晚受邀演出的是一支国内新崛起的重金属乐队，去年还登上过草地音乐节的舞台，这几个月也一直活跃在全国的 Live House 里。

欧特比拥有 S 市数一数二的硬件设备，但通风效果却不尽人意，望思玛听着听着便觉得有些胸闷，她想去外面透透气，欧特比门口的人行天桥，她已经很久没有走过了，望着底下车水马龙的车辆和周遭光彩耀目的霓虹，身处象牙塔的她才能感受到一点来自生活的急迫感。

她漫无目的地在桥上来回慢走，现在才八点半，离门禁时间还有两个小时，她还能在外面待一会儿。

一个醉酒男摇摇晃晃从望思玛身边经过，走着走着，他的两腿开始不太听使唤，于是停了下来回头看看望思玛。

"小姑娘。"男人看了几秒便朝望思玛走去，望思玛下意识后退了几步，"一个人出来玩儿啊？"

望思玛没有搭理他，转身就走，没想到这时的醉酒男好像来了精神，快步追了上来，"一个人寂寞吗？陪哥哥去喝酒怎么样？"

"神经病！"望思玛继续朝前走。

"这么晚了不回家，是在等陪你的小哥哥吗？"猥琐的醉酒男再次追了上来，"美女，你看我行不行啊？"

"快走，不然我喊人了。"望思玛开始小跑，右手还伸到斜挎包里像是要寻找什么东西。

"别……走啊。"就在此刻，神志不清的醉酒男从身后竟然一把抱住了望思玛的腰。

望思玛没有激烈反抗，她淡定地拿出一个小瓶子，食指压着瓶子的泵头朝着身后用力一喷。

醉酒男捂着自己的眼睛倒在地上来回翻滚，一副痛苦不堪的样子，"眼睛，眼睛……啊……救命……"此时的天桥上只有望思玛和醉酒男两人，桥下的汽车喇叭声早已盖过了男人的哭叫声。小瓶子是她在网上购买的防狼喷雾，这些年但凡在外，她都会放一罐在包里，虽然想着这种东西一定用不上，但好歹能让自己图个安心，可谁料，今天还真让它有了用武之地。

网上说这只是刺激眼睛的辣椒水，并不会给眼睛造成实质性伤害，但是看着倒在地上痛苦不堪的男人，望思玛一时间也不知如何是好。

"望思玛！"就在她想拿出手机打 120 的时候，一个熟悉的声音从天桥另一边跑来，"发生什么事了。"

向她跑来的男人是江峪，看见他，望思玛一颗悬着的心稍稍放了下来。

"思思，这人怎么了？"

"我打120，你打110，快。"

很快救护车和警车都来了，桥下围观的人渐渐多起来，男人被抬上了车，江峪则陪着望思玛一起来到警局。

医院很快给了回复，醉酒男冲洗了眼睛，也醒了酒，身体已经没有大碍了，幸好她那瓶"防狼喷雾"的成分还算安全，只是让人造成短暂的痛苦，并不会给眼睛造成不可弥补的伤害。

上交了辣椒水，录完笔录，望思玛在江峪的陪同下从警察局走出来。

"没收就没收吧，以后我在你身边，你就用不着这些了！"江峪提提帽檐，他想去拉望思玛的手，却被望思玛一把甩开。

"对不起，我应该早点来找你。"

"我也没指望你来。"

"你是在生我的气吗？你今天一天没接我电话，我下了课马上就到学校来找你了，要不是在琴房遇到裴忻，我都不知道你这么晚还跑到欧特比来。"

望思玛没有搭理她，她看看手机，现在已经十一点了，回去肯定又是逃不过宿管阿姨一顿唠叨。

"你少管我。"

"我担心你不好吗？"

"不用你担心。"

"你今天到底怎么了？"江峪拉住了望思玛的手臂，"把话说清楚啊！"

望思玛停下来抬头望着他，"把话说清楚，可以啊。"她拿出手机翻开了短信记录，然后伸到了江峪眼前，"你看这剧情，精不精彩？"

江峪接过手机，看着照片里的人正是自己和陆露，不知怎么的，今天上午在楼道里发生的事居然被人断章取义地拍了下来。

江峪忍不住骂了一句。

"所以，你不信我？"他又问望思玛。

望思玛低着头没有作答，她的心里是矛盾的，身为江峪的女朋友，她应该相信，但又不愿意轻易相信。

"行。"江峪失望地叹了句，"很晚了，先送你回学校，这件事明天再说。"

回到宿舍的望思玛一直心不在焉，整个晚上她都没有睡好，只要江峪承认，她今天甚至连分手的话都想好了，但是江峪并没有承认，她也不敢再逼问太多。

"你说，人一旦谈了恋爱是不是会变得特别敏感？"此时此刻，也只有薛佳雯还愿意陪她熬夜唠嗑，"要随时防着别人把他抢走。"

"可不得这样吗？"薛佳雯睡意蒙眬，"爱情本来就是要霸占的，别人有一点点私心都不行！"

"话是这么说，但如果别人真的来抢呢？"

"那就迎战啊！"

"迎战？那，你之前迎战过吗？"望思玛细声问。

"第一次是主动退出，后面两次，全都是博弈，所以我赢了。"薛佳雯说，"思思，以后谈着谈着你就明白了。"

第 39 章 赛前小事

排练时的望思玛错误百出，连陶贝贝都看出了她心不在焉的样子，这么久以来，望思玛始终保持着高涨的精神状态，这两天却给人低迷、不太好亲近的感觉。

"思思！思思！"音乐停，排练房里一下子变得很安静，陶贝贝反复叫着她的名字。

"啊？"望思玛游离的双眸这才回过神来，然后尴尬地看着大家，"呵呵，什么事？"

刚才裴忻噼里啪啦说了一通要改进的地方，她一个字都没有听进去，现在裴忻要求重来一遍，显然她也没有听见。

"再来一次！"裴忻又说了一遍。

音乐再次想起，《无弦有音》的排练仍在继续，大家打着十二分的精神备战三天后的决赛，唯有望思玛，依然没有修改刚才裴忻让她改进的地方。

"停！"裴忻被一阵不和谐的鼓点打得有些来气，她看了看望思玛，欲言又止。望思玛翻着眼前的琴谱一阵慌乱，她自己并不知道自己在干什么。莫龄担心地看着她，陶贝贝更是一脸茫然，"思思，你昨晚没睡好？"

"没有啦。"

"休息半小时。"裴忻道。

"哇，今天女王姐姐真好。"陶贝贝噘起小嘴，放下了贝斯，"这才排了十五分钟就休息了啊，上次我弹错几个音就让我反复弹十遍！裴忻对望思玛果然比对我好。"

莫龄给望思玛递来一瓶水，"修整下状态，一会儿继续。"

"谢谢。"望思玛接过水，脸上露出内疚的表情，"对不起，刚才不在状态。"

莫龄坐到望思玛身边，"这可不像你啊，是不是发生什么事了？"

望思玛默不作声。

"缝纫机没踩好又被朱大婶骂了？"

望思玛摇摇头。

"那，你爸妈又一哭二闹三上吊逼你去洗文身了？"

她又摇摇头。

"那……你这没心没肺的还能有什么事？"莫龄说着突然茅塞顿开，"哦……和江峪吵架了啊？"

望思玛没有回应，但眼神显然已经默认了，"幸好我已经想通了，放心吧。"

"想通什么呀，情侣吵架是很正常的。"莫龄笑笑，"望思玛，江峪这人呢不错的，做事有担当，原则性强，就是喜欢他的姑娘太多，让人太没安全感。"

"还真有那么点儿。"望思玛抬头看着莫龄，莫龄就像她肚子里的蛔虫，把她要说的全都说了出来，"有人发了一张他跟姑娘搂在一起的照片给我。"

"什么什么？谁跟谁搂在一起了？"一旁的陶贝贝似乎听到了什么，立马竖起耳朵凑了过来，"学校又有什么新八卦了，赶紧说出来让我开心开心。"

"是我，你开心了吧。"望思玛狠狠回了一句。

"啊？思思？你说江峪？"陶贝贝跟着义愤填膺起来，"没想到江老师定力这么差！思思我跟你说啊，帅的男人真是靠不住……"

"行了行了。"莫龄把陶贝贝推到了自己的座位上，"别在这儿火上浇油了，赶紧练琴，否则一会儿裴忻盯上的就是你了！"

陶贝贝不太情愿地回到座位，莫龄也坐回了望思玛身边，说："思思，给你讲个关于江峪的事儿吧。"

"什么事？该不会是他以前的情史吧？"

"不是不是，其实，在你还没有成为江峪学生的时候，江峪就喜欢上你了。"

"怎么可能？"望思玛一副难以置信的样子。

"真的！我的直觉不会错，也许，你们俩还有一些特殊的缘分在里面吧。"莫龄回忆起当时给江峪介绍学生的时候，江峪起初是断然拒绝的，因为望思玛是女生，而江峪又不想收女生，后来他在学生报名表上看到了望思玛的名字，当时也不知道中了什么邪，他竟然跑去吴老师的办公室，把这个女学生要了回来。

吴老师当然没意见，只是事后大家都很好奇，江峪为什么突然收了个女学生，而且这么紧张。

很快，江峪给莫龄回了个电话，"莫龄，这个学生我收下了。"

"是吗？那太好了，望思玛是我朋友，还要拜托江老师你好好教她，学得不好不用给我面子。"

"我会的，谢谢你。"

"谢谢？"当时的莫龄也是随口开了句玩笑，"谢我什么？是不是谢我给你介绍了个美女当学生吗？"

"是的……"电话那头的江峪沉默了几秒，"我喜欢她。"

"喜……"莫龄也顿了顿，电话那头的男人说，喜欢……望思玛？莫龄很吃惊，甚至怀疑自己会错了意，毕竟江峪在莫龄的印象里就是个禁欲系的男人，对熟人客客气气，对生人冷冷冰冰，即使再多女生投怀送抱，他也依旧不为女色所动。

"你认识思思？"莫龄好奇地问。

"不认识。"

"那……"莫龄一时半刻不知怎么接话，"呵呵，那你还挺有眼光的。"

后来，望思玛就很顺利地成了江峪的关门弟子。

"我本来还以为江峪喜欢男生呢。"说到这里，莫龄自己也忍不住噗笑起来，"思思，你的名字挺招桃花啊，江峪在报名表上看到你的名字就沦陷了。"

"哪有！"望思玛垂着脑袋，心情更加复杂，莫龄并不知道，江峪之所以认识她，是因为她是韦思奇的妹妹。

"也许，他是因为别的原因喜欢我。"说罢，她调整了自己的情绪。她的双眸中闪着星光，前方的路本是模糊的，现在，漫天迷雾正在慢慢散开，她似乎看到了悬崖峭壁上的一条栈道，这条栈道的尽头，就是她想要的世界。

隆隆的音乐声再次响彻五楼的排练房，望思玛将一切的不安与猜忌用力抛至脑后，此时此刻，她不想做形单影只的望思玛，也不想做坠入情河的望思玛，她只想做黑天鹅乐队的望思玛！女鼓手望思玛！

下一场"青春之战"马上就要打响了。

另一边的海洋大学，今天刚刚举行完一年一度的校运动会，说起这运动会，就不得不提到林南希，因为就在刚刚，她又经历了一场校园人际关系的"大厮杀"。

林南希不仅是位出色的校园乐手，也是系里女子两公里长跑项目的健将，在这之前，她已经连续两年拿下了该项目第一名，今年，由于某位同学受伤缺席，她还受邀参加了女子 4×200 米的接力赛。

接力赛由大三的八个系分两组进行，林南希所在的生物系是第二组登场，她原本对这场比赛充满了信心，但不料最后只拿到第七名的成绩。

林南希向来好胜心强，我行我素，在她十多年的学生生涯里，似乎从来都没有所谓的"集体观念"。与其说她不喜欢与人协作，倒不如说没有人愿意跟她搭档更为确切，今天的比赛，她原本是最后一棒，也是全队实力最强的一位，但是因为之前不愿意和队友一起训练，传递接力棒的时候发生了严重的失误，耽搁了几秒，最终被后面的队伍集体赶超，总成绩跌到了第七名。为此，林南希大发雷霆，把责任全都归咎于她的队友，怪她们传递时候的交接姿势不对，速度也不对，而她的队友们当然也不甘当背锅侠，纷纷向她炮轰，比赛结束后，这场"内斗"开始蔓延，全班同学群起而攻之，林南希很快就被所有人孤立了。

放学后，林南希在校园的楼宇间漫无目的地散步，她想散散心，缓解一下自己的情绪，但是，她在校园里的话题性实在太强，从她身边走过的同学们个个交头接耳地议论，说她自以为是，说她自私自利，说她摆不清自己的位置，还说她踩在别人的肩膀往上爬……这些都被她听了进去，但她隐忍着，唯一让她无法接受的是，有个不认识的女生说她"没有教养"。

"没有教养"四个字不仅伤了她的自尊，更潜移默化地骂了她的父母，林南希的父母都是本分善良的人，被人这样戳脊梁骨，林南希实在不想再忍，最后，她和两个素不相识的姑娘在校园里打了起来。

三个女生在校园里打群架，势必会引来一大群人围观，她们很快被叫到了教务办公室，林南希的父亲匆匆赶到学校，和老师、同学赔了不是，另外两名学生家长见自家女儿的脖子都被抓伤了，更加理不饶人，明着暗着讽刺林南希的爸爸不会教女儿，林南希不甘心父亲这么老实巴交地放低姿态，就和自己的父亲争论起来。

不料父亲血压一高，昏倒在地上。

今天，又是她闯祸的一天。

深夜，她和母亲守在父亲的病榻前，索性父亲没有大碍，只是母亲对她白天的鲁莽行为一直耿耿于怀。

"小南，你的脾气什么时候能改？"

"可是妈，今天明明是她们……"

"小南。"母亲有些无奈，"冲动很容易做错事，而且，以后你踏入社会光靠一个人是不行的，你已经二十多岁了，应该有自己的朋友。"

"我不需要什么朋友。"林南希说，"我只想快点毕业，然后出去挣钱……"

"是啊，初中、高中你可以不交朋友，只管一门心思念书，但是大学也是半个社会，很多事情需要你和大家一起完成，因为光靠你一个人的力量是不行的。"

"我知道了，妈，你先回去吧，我留在这里陪爸。"

"妈知道你是好孩子，心底里也很想交一些志同道合的朋友，只是方法不太好而已。"

"妈……"

林南希的母亲舒眉一笑，"之前你不是说想去一个女子乐队当主唱吗？"

"我没有……"林南希扭过头不屑道，"那个乐队不怎么样。"

"没有？没有你每天都在回看她们的演出视频。"母亲抚摸着林南希的手，"团队协作完成一件事会比你一个人去做更有意思，我倒觉得那几个小姑娘都不错。听说都是申南和静中的高才生呢，小南，多交交朋友吧，听听别人的意见也是件不错的事情……"

第 40 章 甜甜的生日

傍晚时分，望思玛从教学楼走出，清澈的素颜下透出一丝倦意，校园乐队大赛的S市总决赛就在明天，就算这样，今天的老师也没有对她高抬贵手，留的作业依旧繁重复杂。

"思思，你不去5楼排练吗？"薛佳雯问，"明天晚上就比赛了。"

"不去了，今晚裴忻让我们放松一下。"

"那……我明天穿什么呢？"薛佳雯开始念叨起来，"上个月我买的那条皮裙怎么样？酷不酷，穿着去看你们比赛会不会很长脸？"

望思玛笑笑，两个姑娘挽着手一起走下了台阶，这时，一个熟悉的身影出现在她们面前。望思玛看见一个瘦高的男人站在树下，他身着夹克，鸭舌帽的帽檐几乎挡住了整张脸，望思玛一眼认出了那个男人，他是江峪。

江峪见望思玛出来了，便迎面快步走上去。

"望思玛，为什么不接我电话？"江峪的口气中带着责备。

"接了说什么呢？"望思玛立刻收起笑容，"你一句话能说几个字？"

薛佳雯看了看眼前的陌生男人，又看了看望思玛，似乎明白了什么，她把望思玛拉到自己身后，"你不会就是那个江峪吧。"

江峪没有回答。

薛佳雯用力嗅了嗅空气中弥散开的香味，翻了个白眼，"虽然你身上喷了香水，但我还是能隐约闻到一股渣男味儿。"

"什么意思？"江峪一脸严肃。

"什么意思你自己心里不清楚吗？"

"行了佳雯，你先回宿舍吧。"望思玛沉着脸，"晚上记得帮我打一壶水。"

薛佳雯再次翻了个白眼，临走时还不忘吐槽了一句"朝三暮四，花心萝卜。"

"走，跟我回蓝羽。"薛佳雯一走，江峪就一把拉起望思玛的手。

望思玛想要挣脱，却怎么也挣脱不开，周遭的人投来八卦的目光，当年她最喜欢吐槽的校园狗血爱情剧如今发生在了自己身上。

"我不想去，你回去吧。"

"对不起，是我不好。"江峪的声音突然放高了几度，一把抱住了她，望思玛的脸贴在了江峪的胸口上。

周遭的人来来往往，原本聚焦在两人身上的目光纷纷自觉移开，望思玛尴尬得想要立刻挖个洞钻下去。

"咳咳！"一个路过的男人用力咳了几声。

望思玛扭头一看，咳嗽的正是刚刚给自己上专业课的老师朱大婶，朱大婶穿着一件中性的西装外套，夕阳下，里面那件闪着亮眼光泽的羊毛衫依旧引人注目，他与望思玛对视了一眼，露出了礼貌又不失嫌弃的表情。

朱大婶的身后跟着一个纤瘦的女生，女生是望思玛班级的班长，她的手中抱着一摞上课的资料，看见望思玛这么堂而皇之在校园内与男人搂搂抱抱，便露出佩服的眼神，资料下的小手还忍不住竖起大拇指，好像在说，"望思玛，你这丫头可以啊。"

最后，望思玛就被江峪这么一拽一拽地带到了蓝羽琴行，其实在事发的第二天，江峪就主动找到了那个姑娘，经过一番疾言厉色地劝说后，姑娘伤心欲绝，也没有脸面再留在琴行，于是主动提交了辞职书。

若是从前碰到这种小姑娘"投怀送抱"，江峪最多不理人家，或者当什么事都没有发生过，但自从遇到望思玛之后，他的反应便渐渐发生了变化。

一路上，不管望思玛怎么折腾，江峪就是拉着望思玛的手不放，直到走进琴行也是如此，大家都用异样的目光看着他们。

"江老师……你们……"门口的吴老师见到两人也是颇为激动。

"可以啊江老师，原来你的女朋友是你学生！"一位古筝老师走过来嬉笑道，"瞒了我们那么久，说说，你俩什么时候开始的？"

江峪抬手压了压帽檐，第一次带着女朋友，他也确实有些腼腆，但嘴角仍显出一抹笑意。

"我们琴行最帅的老师被你收服了，我的学生看来又要伤心了。"古筝老师走过来拍了拍望思玛，"挺好挺好，谢谢你啊，这些丫头终于可以一门心思上课了。"

"正式官宣了，这回够诚意吧。" 江峪低下头贴着望思玛的耳畔问她。

望思玛也低头抿嘴一笑，她的脸颊泛起一丝红晕，羞涩道："我……我们……去教室上课吧。"此时，她的余光还注意到了角落处站着的一个男人，男人穿着灰色的外套，面无表情却直勾勾地盯着望思玛，那个人，是蓝羽的钢琴老师王学胜。

自上次的假琴案不了了之后，牵涉其中的王学胜老师低调了不少，不仅对老板陈志忠百般讨好，还把芬雅订单的工作全部交还给了业务经理赵德钢，望思玛和江峪从他身旁走过的时候，王学胜老师还不自然地朝着江峪点了点头。

"走吧，小年轻的留下来上课，我们一起去吃火锅。"老板陈志忠很识趣地把大家叫上一起下馆子。

"火锅呀，我也想吃。"望思玛摇了摇江峪的手臂，撒娇说道，"不如我们跟大家一起去？"

"不行。"江峪表情严肃，"明天晚上你就要比赛了，再练习一下。"

"下馆子也花不了多长时间，况且，我还没吃饭呢。"她说。

"不行，我已经叫了外卖，你就留在鼓房吃。"

"外卖？"望思玛有点失望，"那不吃火锅，我们单独去吃酸菜鱼？"

"不行。"

"我请你吃还不行吗……"

"不行！"

不行、不行、不行……望思玛有些不悦，这个人刚刚跟自己和好，转眼又跟自己杠上了，这也不行那也不行，往后两人在一起，自己哪里还有话语权？

她气冲冲地走进鼓房，一屁股坐到了小桌前的凳子上。

江峪依旧摆着个木头脸，他轻轻关上教室门，然后走到架子鼓边，拿出了一个精美的白色盒子，盒子上还绑着紫色的绸带。

"这是什么？"望思玛瞟了一眼问他。

"蛋糕。"

"蛋糕？"望思玛转过头有些好奇，"你买的？"

江峪没有说话，只是静静地解开紫色绸带，然后打开盒子，盒子里装着一个漂亮的牛乳蛋糕，蛋糕上铺满了草莓和碎巧克力，旁边还立了一块白巧克力牌，巧克力牌上写着 Happy Birthday（生日快乐）。

望思玛看了看蛋糕，又看了看江峪，问"谁过生日？"

江峪玛耸耸肩，说："你说呢？"

"你？"望思玛这才反应过来，"你怎么不早说啊。"

"也是，早点说你可能就不生气了。"

望思玛想了想，"那倒也不至于，毕竟我也是有原则的人。"

"不像。"

"你！"望思玛用力掐了掐江峪的手臂，江峪又一把抓住了她。

"你等下。"他又走到架子鼓边蹲下来，随后从底鼓前方的小洞里掏出了两罐东西，望思玛当场就看傻了眼。

"这是……"

江峪把两罐饮料放到了桌上。

望思玛一看，是一罐啤酒，和一罐……旺仔牛奶？

"我喝酒，你就以奶代酒吧。"他说。

"旺仔牛奶？"望思玛拿起牛奶无奈道，"我又不是小孩子，你好歹买罐橙汁啊，还有，这底鼓里藏棉被我倒是见过不少，藏吃的我还是第一次见。"

"鼓房里不能喝酒，我怕打扫卫生的阿姨发现，就搁这儿了。"江峪依旧认真地说，"这可是我的酒柜，怎么？是不是很聪明？"

"嗯，终于让我找到了你的把柄。"望思玛哭笑不得，这画风，一点都不像冷冰冰的木头脸江峪做出来的事情。

"这是我第一次和女生过生日，也不知道应该怎么过。"

"我教你。"望思玛从一旁的纸袋里取出了几根蜡烛插在蛋糕上，随即又从包里掏出打火机点燃了蜡烛，她关上灯，周遭一下暗了下来，小小的房间里只有不断闪烁着的烛光，"江峪，闭上眼睛，许个愿望就可以了。"

江峪坐在蛋糕前沉默了几秒，说："许好了。"

"吹灭它们。"

江峪乖乖地深吸一口气，将蜡烛一同吹灭，房间里顿时漆黑一片。

"会实现吗？"望思玛还未起身开灯，江峪问。

"会。"她道。

吃过蛋糕，收拾完桌子，望思玛便坐在鼓凳上开始练习，今天的江峪似乎格外温柔，他搬了凳子坐在望思玛的身边，什么也没有说，什么也都没做，只是静静地看着她。

望思玛的发丝垂落在脸颊两旁，卷翘的睫毛下是一双灵秀的眼睛，只要坐在鼓凳前，她的瞳孔就会充满光彩。看着身旁专心致志打鼓的姑娘，江峪不由感觉自己平静的湖面上早已泛起烟波，女孩手中的鼓棒一起一落间，这个春天所有的悸动都涌上了他的心头，而且，愈来愈炽烈。

他有些把持不住，便从后面抱住了她，望思玛停了停，嘴角泛起一丝涟漪，她没有回应他，继续练着鼓，江峪的手顺着望思玛的手臂缓缓抚摸过去，然后握住了她的手，带着她一起敲打起来。

望思玛红着脸，那个总是用帽子遮光的冷峻少年就这样撞进了自己的世界，她喜欢他，但又道不出为什么喜欢他。

空气中弥散着淡淡的檀香，融合着大脑分泌的多巴胺，两人的节奏也变得缓慢起来，慢慢地，江峪把手移到了望思玛的小臂上，带着低沉的声音在她脸颊边说道："这里的伤口……留疤了吗？"

望思玛手中的鼓棒停了下来。

江峪想起了另一段往事：

那一年，他去韦思奇家找他打篮球，走进小区的时候，一个四五岁的小男孩正趴在远处的一辆卡车后面玩泥沙，不料，卡车司机启动了汽车，他见状立刻跑过去大喊"停下！"，可当时司机显然没有听见，就在千钧一发之际，一个姑娘冲了过来，她用力抱起孩子，向后扑倒在边上的花坛里。

孩子吓得哇哇哭了出来，倒车的卡车也刚好从孩子玩耍的泥沙处碾过，若不是姑娘刚才的出手相救，孩子很可能就被卷于车轮之下。一个后知后觉的老太太听到孩子的哭声才跑过来，她大骂司机不长眼睛，倒车前不检查周围情况，而司机却摇下窗户骂老太太只顾唠嗑，没有看好自家孩子。

兴许因为孩子哭得太厉害，老太太向姑娘道了一声谢后就带着孩子匆匆离开，全然没发现救人姑娘的手臂被草地上的建材废料划开了一条长长的口子。刚才抱孩子的时候，她重重摔了一跤，起身时，鲜血就顺着她的手臂流了下来，一滴一滴落到草地上，甚是吓人。

不远处的江峪本想上去给姑娘递一张纸巾，然而姑娘抬手看了一眼自己的伤口，笑了笑，然后头也不回地走了。

江峪未看清她的脸，只觉得她有几分胆识，流了那么多血还能笑得出来。

没过多久，江峪就接到了韦思奇的电话，韦思奇焦急地说不能出去打篮球了，因为妹妹出了点事儿，要陪妹妹去医院。

"要紧吗？需不需要我帮忙？"江峪问。

"她的手臂划伤了，血止不住，我和爸妈送她去就行。"

电话这头的江峪愣了愣，问："兄弟，你妹妹是不是穿了一件米色的连衣裙。"

"对，你刚才看见她了？"韦思奇的话还未说完，父母便催着他赶紧叫出租车，"江峪，先不说了，晚点聊。"

挂断电话后江峪才反应过来，刚才救人的那个姑娘，是韦思奇的妹妹。

而此时此刻，韦思奇的妹妹就坐在自己身边。

"疤？"经这么一提醒，望思玛想起了什么，她卷起自己的毛衣袖子，手臂上露出一条淡淡的八厘米左右的伤疤，"前两年不小心划破的，缝了九针，当时我妈都急哭了，后来我哥给我买过各种祛疤膏，已经淡很多了……"说着说着，她才反应过来，"江峪，你怎么知道我这里有疤？"

江峪站了起来，站到了望思玛的身后，他温柔地用双手抬起了望思玛的脸颊，女孩的目光中带着一丝娇媚，不断灼烧着男人的胸膛，男人借着一点点酒意，弯腰吻上了那让他朝思暮想的双唇之上。

过了良久，他松开了她，轻声道："你哥哥告诉我的。"

"我哥告诉你的？他跟你可真会聊。"

"可不是。"

"他还跟你说了什么？"

江峪斜眼想了想，"没有了。"

"我哥什么时候那么八卦了，我身上有疤也会对你说。"

"有疤又怎么样，你不是还有文身吗？文身不也是疤吗？"说到这里，江峪突然来了兴致，"我很好奇你的文身是什么样儿的，给我看看？"他抱紧了她，在背上？腿上？还是在……其他什么有意思的地方？

"不给！"

"就看一眼！"

"不给！"

……

第 41 章 决赛（1）

二月依旧春寒料峭，短暂的阳光只倾泻了一会儿便落向西方，而寒冷存在的意义，便是为了让人找到更温暖的事物。

今天，就是这温暖事物的开始，如火如荼的亚洲校园乐队大赛S市决赛终于拉开帷幕，黑天鹅乐队的姑娘们将迎来她们这个春天最重要的比赛。

经过前两轮的激烈争夺，最优秀的六支校园乐队已经逐一诞生，今天，唯有拿到前两名才能有资格去北京参加中国区的总决赛。

下午六点，所有的乐手都已准备就绪，离比赛的正式开始还有一个小时，裴忻在前一天的抽签中抽到了六号，也就是说，在六支决赛乐队中，黑天鹅乐队将会最后一个登场，而最后一个登场，也意味着她们将面临更大的压力和更长时间的等待。

化完妆，姑娘们开始闲聊，虽然她们表面上行若无事，还不忘打打闹闹、嘻嘻哈哈，但内心多少充斥着不安，连一向从容不迫的裴忻都在一个劲儿地喝水。

陶贝贝偷偷来到舞台边，她撩开舞台的幕布望向观众席，硕大的超级音乐中心又是座无虚席，手幅、荧光牌、荧光棒满满点缀在漆黑的台下，这次的决赛在整个S市都备受关注，门票在网上刚挂了一小时就被全部抢光，还有电视台和网络平台同步做现场直播。

"望思玛，望思玛！"陶贝贝一边跑回休息室一边嘟囔着，"我现在才知道我们的应援色！"

"应援色？那是什么？"莫龄好奇地问。

"哎呀！莫龄你平时不追星不知道。"激动的陶贝贝开始普及起她的饭圈知识来，"应援色就是指一个团体的专属颜色，是从日韩的饭圈里开始流行的，比如镇天魄乐队的应援色是红色，台下的粉丝就会穿红色的衣服，拿红色的灯牌和荧光棒，又比如太音乐队是湖蓝色，那粉丝就会穿湖蓝色的衣服，拿湖蓝色的应援物，更可气的是那个讨人厌的罗星草乐队，我今天才知道她们的应援色竟然是粉色，把我最喜欢的颜色抢走了，我以后再也不想买粉色衣服了。"

"是吗？那快说说，我们的应援色是什么颜色？"望思玛迫不及待追问。

"黑色！"

"什么？"她诧异。

"黑天鹅乐队的应援色是黑色，很意外吗？"裴忻说。

"虽然我喜欢黑色，可是，也没有黑色灯牌和黑色荧光棒啊，就算有，台下黑乎乎的一片谁看得到？"

"看不到才能安心比赛吧。"裴忻淡定补充道，"为什么非要有荧光棒？你们只要集中精神管好自己就行了。"

"好吧，这么说也没毛病。"望思玛拿着鼓槌继续敲打自己的双腿，"反正我坐在后面，什么也看不到，什么也听不到，只求老天保佑不打错就行。"说罢，她又给陶贝贝使了个眼色，细声问："哎，贝贝，十心乐队的应援色是什么？"

"是紫色，我刚刚还看到十心乐队都穿了紫色的衣服！"

"基佬紫……适合他们！"望思玛和陶贝贝对了一眼，然后捂着嘴笑起来。

"应援色是你定的吗？裴忻。"一旁的莫龄合上书。

"我可没空管这些无聊的事，服装系的朱旖旎老师选的。"

望思玛愣了愣，问："朱旖旎……等等裴忻，你说的朱旖旎，是教我专业课的那个朱大婶吗？"

"好像是。"

"为什么是他，他怎么就给我们乐队定了应援色？"

"哦！那天校长找我聊天，让我选个应援色，他好去让朱老师帮忙设计图案印衣服，我想反正朱老师也在，就一并让他决定了。后来那个朱旖旎说储藏室有很多剩余的黑色棉布料，于是本着节约开支、低碳环保、废物利用的原则，就让这些布料物尽其用了。"

"这也太抠了。"陶贝贝实在听不下去，"早知道我就买些好的衣服送给大家了，那布料搁了那么久没味儿吗？"

"你们两个排练的时候毛毛躁躁，对衣服倒是挺挑啊，这衣服上印了个很有设计感的天鹅，没那么糟。"

"行吧，就当下面黑乎乎的全是我们粉丝。"望思玛一脸嫌弃地吐槽着，"大婶真是唯恐我们太显眼，怎么不定个透明色，连布料都省了。"

舞台渐亮，音乐响起，晚上七时，决赛正式开始，主持人一番简单介绍后，第一支乐队罗星草登场了，男人的口哨声夹杂着女人的欢呼声，台下也变成了一片粉色灯海。

"天哪，她们什么时候这么受欢迎了？"后台拿着手机看直播的陶贝贝很是不爽。

而此时，吉他手莫龄也目不转睛地盯着自己的手机，就在刚刚，她收到了妈妈发来的信息：龄龄，加油，我和爸爸在电视前给你打气。短短一句话，已经让莫龄湿润了眼眶，她从小参加过大大小小无数的比赛，每一场比赛都不缺妈妈的鼓励，但唯独这次妈妈的支持最让她高兴，说是高兴，其实也是难过吧，毕竟，她不能成为妈妈想要她成为的人。

今天的比赛，每一位乐手都有一张赠票，莫龄把自己的赠票给了望思玛，望思玛便邀请了薛佳雯和江峪。

江峪坐在台下静静地等待女孩上台，虽然观众席的灯光昏暗，虽然男人压低了自己的帽檐，但仍然掩盖不住那张俊朗的脸蛋，左右两边的姑娘穿着朱大婶设计的黑色应援服，时不时找机会与他搭讪，江峪虽然有些不耐烦，但还是尽量克制住自己敷衍了几句，毕竟，比赛才刚刚开始。

"哼，真的是……"坐在江峪斜后方的薛佳雯又朝天翻了个白眼，"拈花惹草。"

见姑娘们不再"骚扰"自己，江峪摘下了自己的鸭舌帽，然后从前往后捋了下头发，他掏出手机，打开了前置摄像头，在忽明忽暗的场馆里，给自己拍了一张自拍照。

"我的天哪！"薛佳雯忍不住吐槽，"招蜂引蝶、自恋成狂，太油腻了……"她摇摇头。

望思玛的手机也刚好蹦出江峪的信息，信息里正是江峪在台下的自拍照，他歪着头，眼神还是一副目空一切的架势，"带上脑子，今天要是赢了，我就是你的了。"

"什么鬼。"望思玛害羞地关掉信息，"脸皮还挺厚。"

"思思，怎么？"陶贝贝突然探出脑袋，"很热吗？你脸红什么？"

望思玛吓了一跳，"你又乱跑，裴忻刚才在找你，还有半小时我们就要候场了，你就不能老老实实坐着？"

"我姑父和姑妈来了，我看看他们坐哪里？"

"真是受不了你。"

"思思，偷偷跟你说，今天底下有个评委还是我姑父的学生呢。"陶贝贝挡着嘴把头凑到了望思玛耳边。

"真的？评委是杜老师的学生？"望思玛眼睛一亮，"那……今天的比赛，你姑父也打过招呼了？"

"哪有，我姑父可是出了名的公正不阿，你给他一百万都收买不了他，那些评委根本不知道我是他侄女，而且，若真打了招呼，裴忻知道了还不把我从乐队轰出去？"

"说的也是，命里有时终须有，命里无时莫强求，听天由命吧。"

台前响起一片震彻天宇的欢呼声，罗星草乐队与黑河乐队表演结束，嘉北大学的镇天魄乐队登场了。

"看他们今年的状态，又是志在必得啊。"候场的太音乐队女主唱秦焱焱在幕布边感叹道，"第二名的争夺很激烈，我们也要加油了。"

"哦？一个德国安东·鲁宾斯坦国际长笛大赛的冠军还在乎这种比赛？"身旁的鼓手丁晓宝挽起袖口规整了自己的衣服，"你担心的应该是下个月的肖斯塔科维奇作品音乐会吧，跟我们交流的可是圣彼得堡音乐学院的同僚，个个都是正统的古典乐出身，跟这些外行人可不一样。"

"外行人？"秦焱焱与丁晓宝相视一笑，"摇滚乐也很有意思不是吗？上百人的交响乐团有上百人的气势，四五个人的摇滚乐队也有四五个人的风格，况且，你也不是放着几十万的定音鼓和马林巴不打，浪费时间在这儿和我们玩摇滚乐吗？音乐没有高低贵贱之分，只要不枉青春，开心就好。"

"哈哈哈哈……"丁晓宝终于忍不住笑了起来。

"对了，黑天鹅乐队的女鼓手很漂亮啊。"秦焱焱又补了一句。

丁晓宝点点头，"摇滚乐确实有那么点儿意思。"

第 42 章 决赛（2）

太音乐队在一片湖蓝色的欢呼声中登场了，秦焱焱和秦淼淼用极具特色的民族唱法诠释了他们的新歌《河洛之路》，这一次，他们将民乐和摇滚以一种独特的编曲融合在一起，不仅有来自加拿大的交换生芬尼特负责吹奏唢呐，乐队队长陆弦聆更是用键盘模拟出了琵琶、二胡和木琴等民族乐器的声音。

其实在中国摇滚的发展史册里，也不乏民乐和摇滚融合的表演形式，比如最著名的唐朝乐队，但是像太音乐队那样拥有男女双主唱的形式却并不多，女主唱秦焱焱的声音铿锵有力、高亢激昂，男主唱秦淼淼的声线阴柔婉转，透彻清亮，女刚男柔的强烈反差让人过耳不忘，为了能打败第二名的有力争夺者十心乐队，这次的他们，也是拿出了强大的回击。

"觉得他们怎样？"十心乐队的键盘手小安问何亚维。

"两年前就是手下败将了，你说能怎么样？"何亚维转身疑惑地看着键盘手小安，"你想什么呢！晋级的肯定是我们。"对此，他深信不疑，一旁的主唱闹闹也靠了上来，整个身体都贴在了何亚维身上，"就是啊，有我们阿维在，说不定今年能够打败镇天魄拿第一名呢！"

"呵呵。"何亚维毫不避嫌地搂了一下她。

然而事实上，第五支登场的乐队——十心乐队也确实出乎了所有人的意料，主唱闹闹一改以往暴露性感的着装，和男队员们一起穿上了保守的紫色卫衣，不仅如此，闹闹的唱功也有了质的飞跃，那声音与吉他、贝斯、鼓的撞击，产生了强烈的共鸣与互动，原本飘忽不定的气息稳固了不少。裴忻听得出，那些姑娘不曾留意到的小细节，现在已经细细揣摩过、推敲过，甚至埋头苦练过，相比之下，何亚维的吉他倒是没什么长进。

今年的比赛不仅让黑天鹅乐队崭露头角，就连申南综合大学都成了高校热搜词，因为，六支脱颖而出的决赛乐队中，有两支乐队的主要成员均来自申南。

而台下的粉丝中，有不少都是申南综合大学的学生，有趣的是，这些粉丝大半都是女生，她们穿着紫色的外衣，皆是为了十心乐队而来，而同为学校的校友，只有稀稀落落的一些人穿着黑色的应援服，他们是黑天鹅乐队的乐迷。

歌声落下，主持人上台以表感谢，台下响起女生们的尖叫声，这叫声，丝毫不亚于罗星草乐队的男歌迷。

"最后一支上台的乐队，是六支乐队中最年轻的一支，由四位女生组成，她们三位来自申南综合大学，一位来自静中大学。"主持人拿着手卡做着最后的介绍，"乐队成立于去年九月，初赛的得分……"

"怎么办？我想上厕所！"站在舞台边的陶贝贝已经紧张得两腿发软，"望思玛，你去不去，我想上厕所。"

"厕所在哪儿？现在去还来得及吗？"拿着鼓槌的望思玛同样一脸焦虑。

"别紧张。"莫龄安慰起大家，"平时怎么排练的，今天就怎么弹，一首歌也就四分多钟而已，你们忍忍，比赛完就好了。"

"真是受不了你们！"裴忻忍不住说了一句。

与此同时，台上的主持人带着激动的心情说道，"接下来，让我们有请，黑天鹅乐队。"

"来吧！"舞台边的裴忻伸出了右手，四个姑娘围在一起，也伸出了右手叠在一起。

"一、二、三、黑天鹅，加油！"姑娘们异口同声喊了一句，说罢，裴忻背着吉他第一个走上了台，莫龄、望思玛和陶贝贝一个接一个跟在了后面。

舞台微暗，观众席却是一片缤纷与欢腾，台下时不时传来"裴忻"与"黑天鹅"的呼喊声，姑娘们各司其职站到了自己的位置上，裴忻看着怀中的吉他，又看了看眼前的一切，她将右手举起放在了话筒上。

"大家好，我们是黑天鹅乐队！"

台下陡然响起一片更加疯狂的掌声，"裴忻""裴忻""女王"的尖叫声更是此起彼伏。

一束银白色的光从裴忻的头顶倾泻而下，将裴忻一头银白色的短发映得更加耀眼，她的神情自信而安然，环顾了一眼四周后，她扬起嘴角深吸一口气道，"今年……今年，我仍然在追梦，有人告诉我，这条路是难走的，他说得没错！当我满怀希望踏出第一步的时候，我就感觉到了这是充满艰难和挫败的一步，但我从没想过放弃，兜兜转转的三年后，我终于将自己找回，也找到了她们。"说罢，她回头看了看莫龄、陶贝贝与望思玛，"她们是最好的乐手，也是我最信赖的朋友。"

台下先是一片寂静，随后又响起一阵掌声。

裴忻停了停继续说道，"我们做音乐，不是为了站在更高更远的地方，而是为了重拾自己丢失的灵魂，找到那条回归自己内心的旅途……"

"什么情况，什么情况，可以开始了吗？我都快站不稳了！我好想上厕所啊……"一旁的陶贝贝埋着头，两只手紧紧握着自己的贝斯，"上台前没说有感言这一环节啊。"

"裴忻怎么了？说那么多废话……"望思玛两手握着鼓槌不敢动弹，心里却在不断打鼓，"天哪……再不开始我就要失忆了。"她努力静气凝神，回想着一会儿要起的节奏，"不对不对，我们的歌前奏是什么来着？"

三人之中，唯有最淡定的莫龄一直目不斜视地看着裴忻，她看她的眼神永远都是坚定和信赖。从认识到现在，莫龄是乐队最强大、最有安全感的后盾，任凭眼前的光影如何纵横交错，她都是动荡中唯一的安定。

"下面，带来我们的新歌——《无弦有音》。"一通出乎大家意料的感言后，裴忻终于发出了演奏信息。

终于到了决赛的那一刻，望思玛定了定神，随即在镲上稳稳地敲了四拍。

《无弦有音》的第一次公演开始了——

你的过去很辉煌，我总也跟不上

现在回头望，却要埋葬锋芒

青丝划过朱唇，雨水润了眼眶

你的指，是否遗忘，曾经它蛇欲吞象

你的琴，独断专横，没有弦，如何唱

向前奔，向前奔

捏一束太阳光，会照亮前方

即使没有琴弦，也能弹出芳华

只要你在身旁，就散发光芒

即使没有琴弦

也能歌唱，也能歌唱

……

裴忻那具有穿透力的金属嗓音如泣如诉，如霜如电，将铿锵有力的鼓声和激情悠扬的弦乐声连成一片奇异的音乐结界，如闪电般划破世界的苍穹。刹那间，乐手们的身体也随着歌声一起起伏，台下的人也融入了这音乐宇宙里的"平行世界"。

上天待裴忻是不薄的，给了她冷艳倾城的容貌和一副浑然天成、如大地般广阔的嗓音，她的高音圆润而有力、低音浓烈而稳定，气息流畅绵长，莫龄常常说，裴忻的嗓音受到了得道高僧的真传，内力深厚精纯，令人回味无穷。

舞台灯光随着她们的节奏反复切换，仿佛全世界的光都倾倒在了这片舞台之上。比赛的前一晚，裴忻并没有留在自己的宿舍，而是一个人去了排练房喝酒，令她没想到的是，昨晚莫龄也在，于是，两个姑娘就在申南艺术楼的排练房里喝着酒、弹着琴、聊着天，然后躺在地上睡了一夜。

第42章 决赛（2）

陶贝贝当然也没有闲着，虽然裴忻放了她一天的假，但姑父杜兴文却不敢让她怠慢比赛，一下课，她就被姑姑和姑父领回了家，然后开始了一对一的大师私教课。

望思玛今天的表现很好，上台前虽然忐忑不安，不过莫龄的前奏一响，她就能意外地冷静下来，所有失去的记忆也都跟着回来了，昨天给江峪过了生日后，她就一直在蓝羽琴行练鼓，一直练、一直练，这首《无弦有音》，她已经可以"倒打如流"了。

只有在人后极其努力，才能在人前毫不费力。这是望思玛特别喜欢的一句话，他以前看哥哥拼了命地练琴，哥哥就是这么对她说的。

今天，台下坐了许多黑天鹅乐队的朋友，比如裴忻的室友海伦，贝贝的男朋友秦梓放，望思玛的男朋友江峪和她的闺蜜薛佳雯，不仅如此，还有好几个服装系的同学，那些一起同窗三年都不曾说过一句话的同学。

在观众席一个不起眼的小角落，还坐着一个与她们年龄相仿的姑娘，姑娘穿着海洋大学的校服，坐在了黑河乐队的应援队伍旁边。

她双手攥着拳头，蠢蠢欲动的身体里藏着一颗焦躁又嫉妒的心，那绽放青春的瑰丽舞台，是她不可触及的梦想，那群她曾看不起的姑娘仿佛不费吹灰之力就站了上去，而自己却怎么也触碰不到。

姑娘开始后悔起来，这首歌已经被黑天鹅乐队演绎得相当完美了，若真要说出一个美中不足的理由来，那便是少一把键盘，确实，如果有了键盘的加入，这首歌绝对称得上是能与镇天魄乐队抗衡的最大武器。

音乐停，此起彼伏的掌声和欢呼声萦绕在整个超级音乐中心上方，四位姑娘站成一排深深鞠了一躬，难掩激动回到了台下。

"你赢了。"台下的林南希终于说出了这一句。

六支乐队依次完成了他们全部的表演，评委们也在紧张计算乐队的最后得分。

坐在第二排的望思玛不断回头张望，人群中，她终于看见了他，他提了提自己的鸭舌帽，露出双眸对她深情一望，她揉了揉自己的手腕，颇为得意地对他嫣然一笑，这笑容既含蓄又高调，如二月的阳光，在音乐中绽放。

"下面，是最激动人心的时刻……"

主持人拿着手卡上了台，马上，黑天鹅乐队的命运，就将一锤定音。

"思思，我好害怕，我感觉我快死了。"陶贝贝抓着望思玛的胳膊越捏越紧。望思玛也是如坐针毡，心脏也同样要跳出身体。

莫龄和裴忻一言不发坐在一旁，望思玛见莫龄将自己的右手搭在了裴忻的手背上，裴忻先是缩了缩，之后竟将自己的手掌顺势翻了过来，然后紧紧扣住了莫龄的手。

望思玛并未觉得奇怪，她一直觉得莫龄对裴忻的感情，和对自己不一样，不过就算是两位经验丰富的大咖，也会有紧张的时刻吧。

"下面我宣布各个乐队的最终成绩。"主持人继续说道，"1号罗星草乐队，得分566分。"台下稍许沉默，大家都知道，唯有得分最高的两支乐队，才能进入全国总决赛，所以，大家都屏住呼吸等待后面乐队的成绩。

"2号黑河乐队，得分569分。"主持人话音刚落，黑河乐队的乐迷们鼓起掌来，虽然黑河乐队想要拔得头筹几乎是不可能的事，但好歹也不是垫底的成绩，而且能坚持到决赛，大家已经非常满意。

主持人停了一会儿后继续念道，"3号镇天魄乐队，得分582分。"全场再次响起欢呼声，这压倒性分数，似乎也暗示了他们今年依旧是不可战胜的王者乐队。

"哇，厉害。"台下的太音乐队主唱秦淼淼忍不住赞叹起来，"幸好啊，我们的专业不是电声乐。"

"4号太音乐队，得分527分。"

台下一片死寂。

"思思你听见没，太音乐队才527分。"陶贝贝瞠目结舌，"怎么会？"

"虽然民乐与摇滚的融合这几年很受欢迎，但是陆弦聆的编曲实在太小众了，太音不是没实力，只是没赌赢罢了。"裴忻说。

"我们输了呢。"太音鼓手丁晓宝长叹一口气后笑了笑，"果然在队长的意料之中。"不仅如此，太音的乐手也都个个淡定自若，对于这个成绩，他们好像并不在意。

"5号十心乐队，得分580分！"

"好！"十心乐队的人一下从凳子上跳了起来，何亚维与闹闹，还有小安、阿藏、肖子凌抱在了一起，这跟镇天魄乐队不分上下的成绩，几乎实锤了他们会以第二名进全国决赛的事实。

"我们……这是要结束了吗？"申南大学的应援区一片欢腾，陶贝贝的眼眶却开始湿润，她接受不了自己乐队被淘汰出局的命运。

望思玛的眼眶也跟着有些泛红。

裴忻和莫龄十指紧扣依旧沉默不语，不到最后一刻，她们一定不会轻易放弃。

"最后是6号，黑天鹅乐队……"说到这里，主持人故意停了一停，他看向舞台，台下已是几家欢喜几家愁的局面，四个姑娘也纷纷闭上眼睛等待最后的成绩。

"黑天鹅乐队的得分……也是580分！"主持人大声宣布道。

这个分数引来台下一片惊呼，谁也没想到，六支决赛乐队中竟然出现了并列第二名的情况。

"我们，究竟是死是活？"陶贝贝问。

"今年亚洲校园乐队大赛 S 市决赛的第一名是镇天魄乐队，他们将代表 S 市参加下月在北京举行的全国总决赛。"

说罢，镇天魄的队员们起立向身后的观众席又深深鞠了一躬。

"基于第二名的两支乐队成绩并列，现在请 5 号十心乐队和 6 号黑天鹅乐队至后台做好准备，我们将在十五分钟后加赛一场，最终成绩较高的乐队，同样会代表 S 市参加亚洲校园乐队大赛的全国总决赛。"

第43章 决赛（3）

"加油，你离得到我就差一步了。"此时的江峪又发来了一条短信，望思玛看了一眼便吓得赶紧放回包里，"谁给你的勇气。"

"各位小姐，你们刚才的表现很好。"裴忻将大家召集在一起，"虽然最后的加场赛可以选翻唱歌曲，但是我想了想，还是用自己的歌——《弃过往》。"

"好。"对于裴忻的决定，大家并无异议，《弃过往》是黑天鹅乐队的第一首原创歌曲，对姑娘们意义重大，之前乐队的每场排练中，这首歌已经被优化了一次又一次。

"前几天新的编曲大家还记得吧？"裴忻问。

"记得，主旋律有变化，你的和弦走向要调整，我的音色失真度要调整。"莫龄回答，"思思要稳住速度，最后三个小节有几拍加花的地方变了节奏型，贝贝的根音和思思的底鼓要配合好，还有滑音的处理要记得……"

"哇，莫龄你好厉害。"望思玛一脸崇拜，"记得记得，我说，都到这个分上了，大神和女王，你们就放一百个心吧！"

"呵呵，"陶贝贝噘起了嘴，"我们又不是三岁小孩子。"

"那好，一会儿比赛结束，我们去吃海鲜自助，输了AA（平均分担费用），赢了我请。"

"这个可以有。"望思玛的眼睛一下发光，"这两天我都没吃什么好东西。"

"江老师虐待你了吗？"陶贝贝忍不住问道。

"呵呵，我减肥，减肥。"

十五分钟后，十心乐队重新登上了舞台，亚洲校园乐队大赛举办的这些年，鲜有在区域赛上发生成绩并列的情况，所以对于加场赛的要求，也并没有那么苛刻，每个乐队可以根据自己的风格改编其他乐队的歌。

这一次，十心乐队做了大胆的尝试，他们选择了世界上最伟大的乐队之一，Metallica（金属制造乐队）的歌。

复杂的编曲和大量高难度的吉他演奏，加上主唱极具爆发力的嗓音，这支"金属制造乐队"一直都是重金属风格的统治者！而十心乐队选择他们的歌，无疑也是想靠它背水一战。

"果然，他们简化了谱子。"莫龄说，"刚才我还在想，这首歌的吉他部分那么难，他们打算怎么处理，果然不出我所料，他们改了最难的那几个小节。"

"那个叫闹闹的主唱胆子还真大，男人都不敢唱James Hetfield（詹姆斯·海特菲尔德）的歌，她却敢唱！"望思玛调侃，"她就不怕唱破音？"

"虽然十心乐队做了改编，但已经相当不错了，只是女主唱的嗓子，不太适合这首歌！"莫龄继续说，"如果是裴忻的声音，或许还能把控住。"

"她的腹部发声技巧还有待加强，这么硬来，只会把嗓子扯坏。"裴忻接过她的话。

"可是，那么多适合他们的歌，十心为什么要选这首？这完全是没有金刚钻，硬揽瓷器活啊。"

"估计是何亚维特别喜欢Metallica吧……"陶贝贝猜测。

"那是我最喜欢的歌，我曾经说，要唱这首歌的……"

"用你喜欢的歌来打败我们？"望思玛听不下去了，"没想到何亚维做事那么绝，真是一点都不顾念你跟他的旧情！"

"打败我们？呵呵！"裴忻冷笑了一下，"就凭他？"

音乐落，十心乐队最后一首歌曲表演完成，接下来，就是黑天鹅乐队了。

姑娘们再次登上了舞台。

这一次，裴忻没有再说废话，而是直接给了望思玛一个眼神，一首崭新的《弃过往》奏响了超级音乐中心。

昨晚的痴绵早已尽

璀璨的霓虹逐渐落幕

铅华洗尽珠玑不御

过往的一切都抛弃

卑微的回忆裂成碎片

但是现在，怎能忘记

……

这是今年乐队大赛S市总决赛的最后一支参赛歌曲，所有人都在台下认真地聆听，难得出现并列第二名的盛况，比分还咬得不分伯仲，自然没有人愿意错过这场好戏，就连镇天魄乐队的粉丝也都驻足了脚步。

在这四个姑娘中，陶贝贝是最幸福的人，她与贝斯的缘分，也是那么水到渠成。那时候，她第一次被姑父领去看红爵士乐队的演出，看着台上英姿飒爽的姑父，她便对四弦琴产生了浓厚的兴趣，当时的她还分不清贝斯和吉他的区别，也听不出它们的区别，只是吵着要跟姑父学弹琴，有朝一日能站在舞台上闪闪发光。所以第二天，她就拿起了贝斯，跌跌撞撞走到了现在。

莫龄的吉他之路，比裴忻都要早，裴忻的歌声，曾夺走了她美好的爱情，也治愈了她薄凉的过去。她曾经那么喜欢何亚维，而现在，她却只愿凝眸身旁拨动琴弦的裴忻，当莫龄鼓起勇气跨出第一步的时候，她早已战胜了内心的恐惧。她要的，从来都不是何亚维施舍的爱情，而是和裴忻并肩歌唱的友情。

不乱于心，不困于情，不畏将来，不念过往，裴忻就是最能唱出《弃过往》故事的人，曾经一步一步走过的路，没有因为时间和距离而荒废，无论在哪里，她都是舞台上最亮的星。人生是一场赛跑，每一个人都在追赶自己的目标，何亚维为她按下了音乐之路的开始键，剩下的路，她必须自己走完，如此，才甚好。

还有那个坐在最后，总是被裴忻挡住光芒的鼓手望思玛，四个姑娘中，她是唯一一个不曾放下"过往"的人，有些过往可以与人分享，有些，只能独自承受。望思玛一直很好奇哥哥和裴忻的关系，但她从来都没有问过，也许，一切都只是误会，她喜欢这个乐队，因为裴忻美丽，因为莫龄聪明，因为陶贝贝最好相处，因为拿起鼓棒的她，终于找到了自己。

抛弃吧过去，抛弃吧过去
抛弃吧过去，抛弃吧过去
抛弃吧过去，抛弃吧过去
……

吉他与贝斯分毫不差地落在了望思玛最后一个鼓点上，台下的观众疯了似的欢呼起来。裴忻喘着气，看着台下热烈的反应，终于彻底放松下来。

"结束了。"陶贝贝难掩激动的心情，"吓死我了，幸好一个音都没有弹错。"

是啊，终于比完了，望思玛和莫龄同是百感交集。

在后台规整好了自己的东西，姑娘们再次回到了台下。

当主持人重新站回舞台的时候，台下立刻没了声音，大家的心都提到了嗓子眼。

"再次感谢十心乐队和黑天鹅乐队的精彩表演，经过刚才的角逐，两支乐队的成绩也已经出炉。"看着手卡的主持人笑了笑，接着说道，"下面我来宣布最终成绩，5号十心乐队，得分578分！"

台下仍是鸦雀无声。

"6号黑天鹅乐队，得分……585分！恭喜6号黑天鹅乐队成为本届亚洲校园乐队大赛S市总决赛的亚军！"

台下再次迎来翻云覆雨般的欢腾，唯有四个当事人还傻傻地杵在那里。

"是我们吗？"陶贝贝唯唯诺诺地问，"585分比578分高吗？"

"好像是。"望思玛回答。

"就是我们，就是我们，我们晋级了。"莫龄第一个反应过来，"裴忻你听见没，我们能去北京参加全国总决赛了。"

"是啊。"这一次，她主动握住了莫龄的手。

望思玛和陶贝贝抱在了一起，眼泪止不住地往下掉，组乐队的第一年，她们就被缪斯女神眷顾了，这是一种难以言喻的幸福。

席间，黑压压的人群中坐着一位身材略胖、气质略妖娆的中年男人，男人穿着黑天鹅图案的应援服，拿着一块刺绣手绢同样激动得直抹眼泪，"果然只有我设计的应援服，才给申南带来了好运。"他是望思玛的专业课老师朱大婶，朱大婶一边哭一边吐槽道，"望思玛你这个死丫头，架子鼓打得那么好有什么用，打版图纸画得跟鬼符一样……"说罢哭得更大声了。

江峪放低了自己的帽檐，分数一出来便起身离开了会场，今天这样的大日子，就该属于她和她的朋友。

灯光落幕，观众渐渐散去，几个大包小包的男生朝着姑娘们走来。

"恭喜你们，实至名归。"一个男人站在裴忻面前伸出右手，"裴忻，全国大赛见。"

"谢谢。"裴忻也伸出了手，与她说话的这个男生，是镇天魄乐队的主唱大明。

"哇，小忻忻你们太厉害了。"太音乐队的队员们也提着东西走过来，"等你们参加全国大赛，我到北京去给你们加油。"

裴忻笑笑。

"我们的运气果真一年不如一年，不过，让你们几个小朋友见见世面也好。"太音乐队的队长陆弦聆对着裴忻身后三个陌生的面孔感叹道，"对了，小心点这群豺狼虎豹啊。"说完他瞟了一眼身旁的镇天魄乐队。

"我说，这群业余的小朋友把你们打败了，身为音乐专业的研究生，你有没有一点点尴尬？"大明一把勾住太音队长陆弦聆开玩笑说道。

"确实挺尴尬的。"

"我们的赌约你不会忘了吧？"

"哎，看来这顿又是我请了。"

"走，喝酒去。"说罢，两个队长带着一群乐手，勾肩搭背消失在人海里。

"你们每年都敲我竹杠……"

"谁让你们每年都输……"

青春大舞台，众生皆奔忙，每个人都有鲜明的主张和个性，不要试图去改变他人，也不要委身迎合他人，人生最高级的活法，唯有战胜自己。

真实的生命，每一桩伟业都从跨出第一步开始，去做你害怕的事，害怕自然就会消失。

第44章 最后的简讯

从默默无闻的素人到校园里光芒熠熠的摇滚明星，望思玛和陶贝贝可谓走上了人生巅峰。短短几天，不仅身边的粉丝多了不少，连一向自视清高的舞蹈社和击剑社都抛来了联谊的橄榄枝，望思玛有一句没一句地应付，毕竟她对联谊没有多少兴致，陶贝贝却是积极得很，对于这种能结识诸多朋友的社交活动，她是一件都不肯放弃的。

"我来了，我来了。"穿过门口的人群，气喘吁吁的陶贝贝终于跌跌撞撞踏进了排练室的大门，"裴忻你看，又有人给我们投食了。"她把一个大袋子放到桌上，"刚才我进来碰到楼管阿姨，有人给我们订了奶茶外卖，但不知道是谁，我就去拿了！"

"奶茶，什么口味的，有没有红豆的？"望思玛眼睛一亮，"谁那么阔气天天请我们喝奶茶，我说裴忻，是不是你的粉丝？"

"也许是你的，或是贝贝的。"莫龄笑笑。

裴忻看了一眼陶贝贝，又看了一眼手表，"那也不能改变你迟到两分钟的事实。"

"可是我是去……"陶贝贝解释。

"一次两百。"裴忻面不改色，"规矩定下来就不能破。"

"哼……"陶贝贝噘起嘴。

"你要不想给也行，除非……"

"除非什么？"见裴忻突然有了让步的意思，陶贝贝来了兴致。

"除非这个月所有的排练，你保证一个音都不弹错，能做到的话，不仅不用交钱，之前罚的钱我也全部退给你！"

"嗯……"陶贝贝想了几秒，然后正气凛然回答，"行！那就罚两百，我请大家撸串！"

"啧啧啧……如果我没算错，陶小姐你已经贡献一千多了吧，我们小金库的钱都是你掏的。"望思玛两手插在衣服兜里，翻出两只空落落的口袋，摇晃着脑袋说道，"为了早上不迟到，我可是连熬夜通宵的病都治好了，果然啊，贫穷限制了我的想象力。"

"所以贫穷已经成功地让你超越了陶贝贝，有什么不好？"裴忻补了一句。

"行了行了，这大好日子的，就不要数落我了。"陶贝贝扮了个鬼脸，灰溜溜地走到自己的位置上，"昨晚我也练琴练到很晚的好不好……"

"那现在就证明一下吧……"

今年的亚洲高校乐队大赛，全国高校已筛选出30支优胜乐队，接下来，他们将通过激烈严酷的比赛，角逐出今年的全国冠亚季军。前三名的乐队，不仅能获得丰厚的奖金，还能拿到全国最大娱乐公司的造星签约，而最终得到冠军的乐队，将代表中国参加年中在日本举行的"梅格尔摇滚盛典"。

裴忻想要的，就是这唯一一个问鼎中国高校摇滚乐坛的名额。

"快看那个打鼓的，她是我们系的。"门口的男生隔着大门上的玻璃偷偷说道，"这个望思玛，平时上课不是睡觉就是听音乐，没想到私底下是个玩乐队的，不得了不得了。"

"可不是嘛。"另个姑娘接了话，"别看朱大婶上课老盯着她，私下对她可好了，这次的工艺模拟考，居然给她打了八十多分，还有还有，我还听到大婶跟系主任说要给她们乐队设计演出服呢，连面料都是他自费采购的……"

"真的吗？"薛佳雯站在门口的人堆里忍不住窃笑，"我们家思思果然最厉害……"

而此时，江峪却一个人默默守在门口，他的表情略带凝重，像是有什么话急着跟望思玛说。

又过了很久，门口看西洋镜的同学都逐一离去，排练结束的望思玛见四下无人，立刻扑到了江峪怀里，"你怎么一直待在外面？裴忻说你可以进来啊。"

"我不想让你分心。"江峪将女孩搂在胸前，温柔地抚摸起她的乌发。

"分心？那倒不至于。"望思玛挑了挑眉，"你也没那么秀色可餐，不用怕影响我。"

江峪提了提自己的帽檐，"思思，我有正事跟你说，是关于思奇的。"

听到"思奇"两个字，望思玛的笑容一下子就收住了，她看着江峪，表情严肃，"你要跟我说什么？"

"你知道徐鼎这个人吗？"他问。

"徐鼎……"望思玛迟疑了一会儿，这个名字在哪里听到过，"老师，你说的徐鼎，是安前路警察局的徐警官吗？"

"是的，就是当年负责调查你哥哥案件的那个徐警官。"

"我记得，记得。"望思玛迫切回答，"他怎么了？是不是我哥哥的案件有新发现了？"

"不，他……死了！"

"死了？"望思玛大吃一惊，"徐鼎死了？怎么会？那个警察才五十来岁吧，他是怎么死的？"

"自杀。"

"自杀？"她更加诧异，"为什么自杀？"

"抑郁症。"

望思玛沉默，在她印象里，这个叫徐鼎的警察是一位慈眉善目的老伯，大家都习惯叫他鼎叔，哥哥出事后，徐鼎警官一直都极力配合自己的父母调查案件。能帮的忙都帮了，还给父母看了哥哥出事时的监控录像，可惜最后还是不能改变哥哥是酗酒过度自己冲上马路的事实。

那时候的望思玛才刚刚上大一，自始至终，她都没有见过那段录像，父母说那太残忍了，看着画面里的儿子被车轮压过，对于血脉相连的亲人而言，简直是肝胆俱裂，最后警方判定和韦思奇一起喝酒的人并无连带责任，所以，那些与他一起喝酒的人从来都没有公开过身份。

对于这个事实的认定，望思玛的父母都不愿相信，韦思奇虽然因工作原因常常应酬，但老两口坚信，儿子做事一向懂得节制，喝酒更是如此，绝不会因为喝断片而搭上自己性命。

哥哥的死不仅让望思玛一家蒙受了致命的打击，就连身为好友的江峪都觉得蹊跷，这两年，他也一直在暗中调查这件事。

江峪告诉望思玛，韦思奇出事的前两天，曾发消息给他，让他来家里看点东西。

"看什么？"望思玛追问。

"我不知道，你哥哥没有说。"江峪沉着脸，"他只是说很重要。"

"很重要？那你当时为何不说？"

"对不起，当时我只是觉得他想给我看新入手的游戏，或是唱片、手办什么的，他打电话给我的时候我刚好在外地演出，我就随口答应他过两天去，没想到两天后他就出了事……"

"那你现在提起来，是不是发现了什么。"望思玛有些激动，"老师你快说啊。"

江峪掏出手机打开了简讯，"思思，你昨天给我发消息，最后面三个英文字母CXZ是什么意思？"

"这只是个网络表情符号而已，跟ORZ一个意思，看起来像是一个人跪倒在地上，低着头，情绪低落的样子啊……"

"是，你说的意思我知道，一开始我也以为是表情符号而已，但是你知道吗，两年前韦思奇发给我的简讯里也有CXZ这三个英文字母。"

"你是说，我哥哥给你发的最后一条简讯里有CXZ？"

"没错，可问题是两年前还没有开始流行这个表情符号吧。"

"那……你觉得它是什么意思？"望思玛越想越觉得不对劲，"难道他打错了？网上还有CXZ的其他解释吗？"

"网上是没有，但我觉得CXZ……应该还有个别的意思……"江峪停顿了一下，"比如……崔、星、子。"

"崔星子？"望思玛几乎不敢相信自己的耳朵，"你的意思是？我哥哥认识崔星子？"

"是的。"

"崔星子到底是什么人？哥哥为什么会认识她？"

"她是个生意人，你哥哥曾经说过这个女人很危险，思思……"江峪的双手扶着望思玛的肩膀，凝重的表情中又夹着一丝担心，"这两年你们没在韦思奇的房间发现过什么奇怪的东西吗？比如匿名信件、文件夹之类的东西？"

"信件、书籍，妈妈早就整理过了，从来没有听她提起过发现什么奇怪的东西。"望思玛努力回想着，"书架和写字台上的东西妈妈也都每星期擦一遍，然后放在原来的地方，我经常去哥哥的房间，他的吉他和键盘我都收得好好的，也没发现什么问题啊。"

"那电脑里呢？你有看过你哥哥电脑里的文件吗？"

"电脑早就收起来了。"望思玛说，"哥哥的电脑里大多都是音乐和电影，还有作曲软件，我有自己的电脑，爸妈又不怎么擅长用，所以就把哥哥的电脑放在书柜底下了。"

"思思，相信我，回去仔细找找，如果重要的东西都还在，说不定能发现你哥哥当年说的，那个重要的东西。"

"所以，你也觉得我哥哥的死不是意外，对吗？"

"对。"江峪低着头，黯然神伤，"至少我相信这不是意外，但我找不到证据，还是你的简讯提醒了我。"

"好，那我今晚就回去找。"

"另外，我想告诉你。"江峪再次把姑娘搂在怀中，"思思，我喜欢你，不是因为你是韦思奇的妹妹，而是因为我喜欢的恰好就是你。你不善言表，但待人于心，不管你哥哥在还是不在的时候，不管你穿着什么样的衣服，不管你是不是有文身，不管你会不会抽烟喝酒，我喜欢的都是我认为的那个你。"

望思玛欣慰一笑，"今天，你话挺多。"

江峪不好意思地提了提帽檐，"我说完了。"

"如果我哥哥还在，一定不同意我们在一起。"

"你怎么知道？"

"我哥哥就害怕我被狼叼走，他常常说，没人能比他把我照顾得更好。"

第45章 分数怪

"思思，你怎么回来了？"还在厨房做饭的母亲看见望思玛回来有些意外，"明天没课？还是你又有什么东西忘带了？"她边说边跟在女儿的身后盘问，"吃饭了吗？"

"妈，我回来找点东西就走，您忙您的。"望思玛脱完鞋，径直朝着哥哥韦思奇的房间走去。

"你找什么？要妈帮你吗？"见女儿走进儿子的房间，母亲更加好奇，"思思，你去你哥哥房间干什么？"

"对了，妈。"望思玛刹住脚步，"当年您整理哥哥的东西时，有没有见到什么奇怪的东西，比如……照片，信件或是……崔星子有关的东西……"

"崔什么……子？"母亲一脸好奇，拎起围裙的一个角擦了擦自己的手，疑惑地说，"你哥哥有哪些东西你不是也知道吗？思思，你到底要找什么？"

"算了，妈，我也不知道我要找什么。"她站在韦思奇的房间中央，向四周环顾了一圈，看见母亲愣愣地盯着她，她只好笑笑，然后勾搭着母亲的肩膀，将她慢慢领到韦思奇的房间门口，"妈，您去忙您的，我就看看有没有我以前落在这里的东西。"

"你又丢三落四了对不对，这里哪里会有你的东西，还有啊……"

"知道啦，知道啦。"望思玛准备关上哥哥房间的门，"我用哥哥的电脑复制一点音乐，保证不会弄乱他的房间，一片灰尘也不带走，你放一百个心好了。"

"你啊……那你弄吧，弄好早点儿回学校知道吗？"母亲说完便向厨房走去，刚走了两步突然又停下来，"算了，回都回来了，也不知道你要弄到什么时候，吃完晚饭再走，妈给你新炒两个菜……"

"哦……行！"望思玛关上了门。

寂静的房间里弥散着一股淡淡的书香，这是哥哥韦思奇的房间，他向来喜欢素雅的颜色，所以整个房间都刷了茶白色的墙漆。白天，柔软的阳光会穿透南面白色纱帘照射进来，然后照到柔软的大床上，大床上总会有一条被子，随着一年四季气温的变化，这条被子也会由薄到厚一点点改变。虽然这条被子不再会有人盖，但母亲依然隔三岔五将它拿出去晒晒。

一把木吉他立在墙角，一个裹着琴包的键盘置在架子上，旁边的书桌上还整齐摆放着哥哥用过的笔筒、台灯、便笺纸和节拍器，这里记录了哥哥生前生活的全部，满屋子都透着一尘不染而又透骨心酸的气息。

望思玛走到半堵墙宽的书橱前，她弯下腰，小心翼翼地打开书橱最底层的柜门，里面有一个黑色的电脑包，包里是哥哥曾经用过的笔记本电脑。

接上电源，打开电脑，屏幕上跳出输入密码的界面，这台电脑的密码她早就知道了，哥哥用爸爸妈妈和她三个人生日的几个数字组成了一串数字，这十二个数字从来都没有换过，就连电脑桌面都是一家四口的全家福。哥哥走后，望思玛也没再碰过哥哥的电脑，因为她知道，哥哥的电脑里有他最爱的东西，她害怕睹物思人。

确实，韦思奇的电脑很简单，除了上千首保存下来的歌，就是自己创作的几首音乐、几个游戏，还有家人的照片、毕业论文和一些和工作相关的文档。

望思玛认真查看了韦思奇的每一个文件夹，尤其是他在音乐公司任职后签订的合同和策划案，这些策划案大多与 S 市各种商演和歌手发片事宜有关。望思玛逐一浏览后，也并未发现什么异样，但为了保险起见，她还是把这些内容全部复制一份。

半堵墙大的书橱上层还有让望思玛特别关注的东西，打开玻璃门，一阵清雅的墨香袭来，那是哥哥身上才有的味道，哥哥不仅是音乐才子，更是位学霸。满屋子的书都是他的宝贝，从童话故事到学术专著应有尽有，这也是小时候的望思玛为何那么喜欢打开哥哥的书橱，然后在哥哥的书上画画的原因。

一本本书从小到大排列整齐，就连望思玛小时候看过的漫画，都被细心的哥哥安放在了指定区域，母亲隔三岔五就会把这里擦一遍，哥哥的房间，可以说比家里的任何一间房间都要干净。

关上书橱门，她移步到床边的书桌，书桌下有三个抽屉，最上面的抽屉里除了文具和学习资料外，还有一个长方形的小盒子，望思玛熟悉那个盒子，她最喜欢打开它，盒子里装了满满一堆三角形尼龙片儿，五颜六色，图案各异，那是吉他的拨片，每年的乐器展，哥哥都会买上一些收集起来。

这间十多平方米的房间，除了书橱里满满的书籍她没有一页一页翻开之外，望思玛已将哥哥房间里能藏东西的地方都找了一遍，包括墙上的全家福后，包括吉他的音孔、琴包的内侧袋，就连床底下，她都钻进去看了又看，却未找到江峪所说的重要东西。

收拾完之后，她出了房间，父母早已将热乎乎的菜端上了餐桌，看到望思玛颇为失落的表情，父亲便问道："思思，你到底在找什么啊，你丢三落四的毛病什么时候能改改？"

"没找什么。"

"你从小就喜欢把东西藏到你哥哥房间里，你看看，最后不仅你哥哥找不到，连你自己都找不到，现在要不是你妈妈每星期给你整理房间……"

说到这里，望思玛陡然想起小时候她把数学卷子藏在哥哥抽屉里的事儿。

第45章 分数怪

那是很早以前了，大概是刚念小学的时候，有一次，她的数学考了99分，全班第二，为了给哥哥一个惊喜，她把卷子藏到了哥哥书桌的抽屉里，哥哥回来后，她吵着要哥哥回房间找那个东西，然后她自己偷偷躲在门外偷看，但是当哥哥拉开自己抽屉的时候，却什么也没发现。

她一边走进来一边嘲笑哥哥眼神不好，就连放在最上面的99分卷子都看不到，但哥哥说，确实没有卷子，还让她自己来看，最后望思玛去看的时候，那张数学卷子就这么凭空消失不见了。

看到不翼而飞的卷子，小小的望思玛一下子就哭了，长这么大，这是她难得一次数学考第二名，本来还想在大家面前显摆一下，没想到把卷子弄丢了，她明明清楚地记得抽屉里摞着满满的书，而她的卷子就放在这些书的最上面。

哥哥看望思玛哭得伤心，也假装陪她伤心了一会儿，但是过了没多久，哥哥又忍不住笑了起来，他告诉望思玛，其实这个抽屉里住着一只"分数怪"，专吃不满100分的卷子，只要她对着抽屉保证下次考一百分，分数怪就会把卷子吐出来。

望思玛的脸上挂着两颗豆大的眼泪，她对着哥哥的抽屉大喊："我下次保证考一百分，请怪物叔叔把卷子还给我！"

望思玛这一嗓子，哥哥韦思奇笑得更欢了，当望思玛再次转身的时候，分数怪已经把数学卷子吐了出来。

从那时起，望思玛就对哥哥的书桌产生了浓厚的兴趣，很长一段时间，她都幻想分数怪到底长什么样，而哥哥呢，依然喜欢在抽屉下面的空隙里藏点东西，然后跟妹妹开玩笑，为此，望思玛已经被骗了很多次。

慢慢地，望思玛觉得这件事蹊跷，因为她的东西时常落进抽屉后面的缝里，她也就破了案。

"抽屉！"饭桌前的望思玛茅塞顿开，她放下碗筷，赶紧跑回了韦思奇的房间。

哥哥的书桌下有三个抽屉，望思玛从上到下逐一将它们拉了出来，当她拉到第二个抽屉时，果然有了意想不到的收获。

望思玛一屁股坐到地上，从第二格抽屉的缝隙里取出了个粉红色的小东西，"天哪！这不是我当年藏起来的小熊发卡吗？"望思玛清楚地记得这个坏掉的发卡是她自己藏进去的，目的就是要"嫁祸"给哥哥，然后骗哥哥给她买一个新的。

可后来藏发卡这事儿她自己都给忘了，由于藏得很深，也不影响抽屉使用，所以没人发现这小小的抽屉后面还"暗藏玄机"。

望思玛用手抹去了发卡上的灰尘，轻轻放在了书桌上。

随后，她又拉出了第三格抽屉，第三格抽屉里是哥哥早年用过的电子设备，几个mp3（音乐播放器），几部过时的手机，还有被他用坏的无数副耳机。

拉出抽屉，望思玛俯下身把脑袋探进去，黑乎乎的抽屉夹层里确实有一个奇怪的东西，被胶带粘在了抽屉格的最里面，望思玛伸手把它掏出来，这是一个透明的自封袋，里面还装着一块亮闪闪的小铁片。

打开自封袋，望思玛将里面的铁片取了出来，铁片的一头有个盖子，打开盖子，她才发现这个亮闪闪的小东西竟是一个优盘。

她的心扑通扑通跳得厉害，像是所有的真相都快要浮出水面，望思玛把优盘插入了电脑，里面一个共有六个文件：三段视频，一个音频，一张照片，以及一个电子表格。

好奇的望思玛先打开了视频，里面的内容也确实让她大吃一惊，因为，那三个视频皆是十心乐队早期的演出，看到视频里青涩的裴忻，她再次想起之前从哥哥书里掉出来的十心乐队的演出门票。那张门票的背面有裴忻的字迹，现在加上哥哥的优盘里藏着十心乐队的演出视频，显然，哥哥和裴忻有着千丝万缕的关系。

随后，她又点开了照片，照片上一男一女两个人，男人西装革履，身材略胖，搂着一个身着深蓝色职业裙，脚踩恨天高的女人，只可惜照片拍得很模糊，而且都是背影，望思玛并不知道照片里的人是谁，只是从穿着上来看，更像是有点年纪的中年人。

优盘里还有一个电子表格，望思玛一点开就跳出了输入密码的弹窗，这是一个加密的文档，她试了几个可能的数字，却没有一个成功，望思玛感到脊背一阵发凉，女人的第六感告诉她，这个表格里也许就有江峪所谓的重要信息。

"你再不吃饭，菜都要凉了。"父亲在客厅不断催着她，言语中表达出不满。

"来了，来了。"望思玛将哥哥的优盘拔下放进了自己兜里。

第 46 章 警局邂逅

望思玛将优盘交给了江峪，江峪看到三段十心乐队的演出并没有表现出想象中的惊讶，韦思奇工作之后一直很关注 S 市的乐队发展，印象中，十心乐队的裴忻曾几何时还咨询过他发专辑的事。

但是当江峪看到那张男女背影的照片时，他却困惑了。这显然是一张偷拍的照片，照片中的男人他并不认识，但里面的女人，他盯着看了很久。

"我觉得她就是崔星子。"他说。

"真的吗？你怎么认出她的。"

"认不出，这只是我的猜测。"江峪说，"你哥哥给我发的简讯里有 CXZ 三个字母，或许，他就是想跟我说崔星子的事，哦对了，你们比赛那天，你不是见过她吗？你觉得是不是她。"

望思玛对着照片仔细揣摩了半天，复赛前她确实遇见过一个叫崔星子的女人，女人盘着头发，身着一件灰色羊绒大衣，脚下还踩着红底高跟鞋，只可惜当时硕大的墨镜挡住了女人的半张脸，望思玛并没有看清楚女人长什么样。

"经你这么一说，好像是有点儿像……"

"先不管这个了，思思，我们先去安前路警察局。"

"安前路警察局？关于徐鼎警官的事？"

"没错。"

很快，江峪拉着望思玛来到申南大学附近的安前路警察局，警察局离欧特比不到一公里，今天不知怎么的，多了许多办业务的人，一进门，前台的保安就拦住了他们。

"请问，两位是报案还是办理业务？"

"我们不办业务，也不报案。"江峪说，"我们有事咨询，关于你们这儿徐鼎警官的，听说他出事了，请问是真的吗？"

"嗯。"保安大哥脸色一沉，"我说，你们是他什么人？来这里找谁？"

"先生，"望思玛连忙解释，"我们没有约任何人，是我，之前家里有个案子是徐鼎警官负责的，他突然走了……"

"如果是这样的话，您的案子，所长会另外派警官跟进的，不需要你们亲自走一趟。"

"徐鼎警官对我们家很照顾。"望思玛接着说，"请问，他真的得了抑郁症吗？你们有调查过吗？会不会是其他原因……"

"这位小姐。"保安的神色一下谨慎起来,"这跟你的案子没有关系吧,如果是问徐警官的事,还是请回吧,如果不是他的亲属或案件相关人员,对不起,我们这里不能透露任何信息,况且,你问我,我也不知道啊。"

"可是……"

"怎么了,李叔。"就在此时,从案件受理台后面的办公室走出来一个年轻男人,男人穿着制服,头发平短精干,面容严肃,手里还拿着一摞资料,他走到望思玛和江峪面前,"两位是来办理什么业务的?"

"我们是来询问点儿事的。"

"肖警官。"一旁的保安看到男人走过来,赶紧点点头打了个招呼,"这两位不是来报案,也不是来办业务的,他们在问徐警官的事。"

"徐警官?请问,你们是徐警官什么人?"年轻男人问。

"徐警官两年前办理过我们家的一起案件,虽然已经结案了,但我们家一直对案件有异议,所以,徐警官也答应帮我们一直关注下去,没想到……听说徐警官出了意外。"

"已经结案了?"男人说,"还是两年前?那……我可能不能受理您的案件了。"说着说着,眼前这位姓肖的警官突然与望思玛身边的江峪对视起来,江峪也若有所思地打量起面前的这个男人。

"等等,"警官指了指江峪,"你是不是……江峪?"

"你是……"江峪盯着警官,确实觉得有那么几分面熟。

"我是肖米杰啊!肖米杰,记得吗?刑事司法学院的肖米杰!"

"哦,原来是你。"江峪一下恍然大悟,马上摘了鸭舌帽,"你还真当了警官。"

"是啊,好久不见。"警官拍了拍江峪的肩,"太巧了,居然能在这儿见到你。"

"你们……认识啊?"望思玛更是意外。

"这位是……"

"我来介绍下,这位是我女朋友,望思玛。"说罢他转过头,"这位是我的校友,司法学院的学长肖米杰,如果我没记错,毕业后我们就没见过面了。"

"可不是。"肖米杰乐呵呵道,"我看这样吧,今天我刚好处理完一件案子,一会儿值班的同事来了我就能走,我们一起吃个饭如何?"

"好啊!"

一个小时后,肖米杰来到申南大学附近的一家比萨店,此时,江峪和望思玛已经在那里等了好久,脱下警服,穿着便装的肖米杰显得很年轻,少了几分距离感,又多了一丝亲和力。

第46章 警局邂逅

"真是怀念以前一起打球的时光。"肖米杰举起手里的茶杯,"江峪,怕晚上有突发情况,我就不喝酒了,来!以茶代酒干一杯。"

"好。"

"我说,毕业后你在干什么呢?是不是在电视台?"肖米杰问。

"电视台?"望思玛好奇,"江峪,你大学学的是什么专业?"

"他啊,"肖米杰笑笑,"他以前在传播学院学的新闻专业,还以为他会当记者或是主持人呢。"肖米杰放下茶杯,"不对啊,江峪,你都没跟你女朋友提起过母校吗?兄弟,你现在在做什么啊?"

"打鼓。"

"打鼓?"肖米杰投来五味杂陈的眼光,"你真的还在打鼓?"

"有问题吗?"

肖米杰摇摇头,"说到做到,果然还是你,依我对你的认识,要是不打鼓了,反而让我觉得意外呢。哦对了,话说回来,你们这次来警察局,是想知道关于我师父的什么?"

"你师父?徐鼎?"

"是的,你们说的徐鼎警官是我师父,毕业后我一直跟着他。"说到此处,肖米杰语气变得有些沮丧,"这两年,我师父压力很大,一方面是工作强度大,一年到头也没几天休息,另一方面是家里的父母身体不好,所以他整个人都很低迷。去年他告诉我他得了抑郁症,我也知道他一直在吃药,只是没想到还是出了意外。"

"那,他是怎么走的?"

"服药,他服了过量的安眠药。"

"节哀,肖警官。"听闻这样的消息,望思玛的心也跟着沉重。不仅因为她知道徐警官是好人,更重要的是,关于哥哥的案件,现在连最后一个能帮上忙的人也没有了。

对于徐鼎警官的死,乍看之下是抑郁症惹的祸,但肖米杰总有几分困惑萦绕在脑子里,师父虽然患有中度抑郁症,但平时靠吃药基本都能控制住病情,况且,师父向来是有责任心的人,怎么可能轻易地抛弃妻女和患病的父母一走了之?他所认识的师父,并不是这么没有担当的一个人。

昨日是徐鼎警官的追悼会,警察局里的很多同事和领导都去了,追悼会结束后,徐鼎的太太单独把肖米杰拉到一旁,因为肖米杰是徐鼎一手带起来的,两人也都是干实事的人,所以,不管是徐鼎,还是他太太,都对肖米杰很是信任。

徐太太告诉肖米杰,前段时间,丈夫的银行卡上突然多了三十万,丈夫说这是跟着朋友买理财产品赚的,一部分留给女儿念大学,一部分给父母养老,剩下的,就让她存起来。当时她还质问他买的什么理财产品，可以赚那么多，而徐鼎却一直含糊其词，后来太太百般追问，他才说了一个叫什么"新贷"的软件。

事实上，根本没有什么叫"新贷"的理财软件，肖米杰昨天查了一个晚上都没有查到，显然，那是徐鼎随口编的。

"老徐是个死脑筋，据我所知他从来都不买什么理财产品的，而且，警察身边接触的人本来就鱼龙复杂，真伪难辨，一不留神还会掉进别人布的陷阱里。以前，经常有人找老徐帮忙，老徐拒绝了，对方就把钱偷偷塞到我们家的信箱里，老徐没办法，只好拆了自己家的信箱，然后把钱交到所里去调查，但这次……小肖，我也是想有个保险而已。"

这是徐鼎太太的原话，这也是她拜托肖米杰查这笔钱款的原因，如果钱真的是通过正规途径得来的，徐太太自然会妥善使用。

"我查了给师父汇钱的那个户头，那个户头是私人账户，汇钱的人叫罗宏飞，是芬雅集团的区域销售总监。"

"芬雅集团？"江峪和望思玛相视一眼，"芬雅集团的人居然给徐警官打钱？"

"怎么？你们也关注芬雅吗？"肖米杰问。

"当然，之前芬雅的一批次品流到市面上，我们琴行的学生买到了，为了这件事，琴行受了很大的影响。"江峪说，"我们身边玩乐器的人，没有不知道芬雅事件的。"

"确实，芬雅是大公司，出了这样的事，几十年的牌子都要不保了，听说为了这件事，芬雅开除了好几个管事的，连股价都是一路暴跌。"

"或许，徐鼎和这个罗宏飞刚好是朋友，在一起投资也不是没可能啊。"江峪说。

"确实有这个可能。"肖米杰接过话，"但你知道吗？你们刚才说的芬雅假琴案就是我师父负责的。"

"什么？"

"严格来说，这批琴并不是假琴，而是芬雅内部的人以次充好，通过其他途径把这批要销毁的琴卖了出去，然后中饱私囊。"

"你确定？那批琴是芬雅自己生产的琴？"望思玛追问。

"当然，这是我师父调查后上报的结果，证据确凿，我并不觉得有问题，假琴案早就结案了，我现在只想知道罗宏飞给我师父打钱的真正原因。"

"学长，"江峪想了想，又问，"你觉得这两件事会不会有关联？你就没有怀疑过你师父？"

"你是说，芬雅的琴还有内幕？而我师父收了芬雅的钱，草草把这事给结了？而那三十万，就是赃款……"

"是不是有些天方夜谭？"

"江峪，我们调查案件讲的都是证据"，肖米杰一脸诚恳，"抛开我对师父的认识，但凡拿到确凿证据，我就会相信。"

第 47 章 雨天

"高铁票定好了吗？"蓝羽琴行楼下的餐厅里，江峪剥了一只基围虾放进女孩碗里，"本来想陪你去的，可惜那天商演推不掉。"

"不用，我又不是小孩子，还会走丢不成。"

"我是怕你没带脑子。"

"江峪老师！"望思玛放下即将入口的大虾。

"不说了。"江峪一脸坏笑，"快吃虾，对脑子好。"

这几天的望思玛特别疲惫，身边发生的事让她死了很多脑细胞。一方面比赛在即，裴忻要求大家每天按时到排练房练习，另一方面，因为徐鼎警官去世，望思玛连续几天都没睡好，她整日耷拉着眼皮请求江峪找肖米杰警官帮忙追查哥哥的案子，但江峪却拒绝了她，理由很简单，当下她应该把心思放在比赛上。

今天是比赛前最后一个周末，江峪一早就拉着她上课，比赛的这几个月里，望思玛成功从小白进阶成为一名真正的鼓手，不仅技术进步飞速，舞台经验也积攒了不少。不过，若想成为一名拔尖的女鼓手，她还有很长一段路要走，至少在 S 市，比她打得好的人比比皆是。

"快吃，吃完去游乐园。"江峪习惯在比赛前带她去他们第一次约会的地方放松一下。

今日天气阴沉，游乐场里的人也不是很多，几个热门项目排个十多分钟的队就上去了，江峪和望思玛的保留项目，就是过山车。

"啊——"两人手牵着手，从三十多米的高空俯冲而下。这里的过山车，望思玛坐了不下七八次，但还是坐不腻，即使失重的那几秒会让人心惊胆战，但她还是愿意一次又一次地体验。因为，她能在过山车上看到另一个江峪，江峪平时总沉着脸，不仅话少，还不爱笑，唯有在疾速飞驰的过山车上，他才能放肆呼喊，笑得像一个孩子。

"几点排练？"下来依旧意犹未尽的江峪问她。

"七点。"

"还有两个小时，我们可以……"

"我不想坐大摆锤。"望思玛打断了他的话，"要不，换个别的坐坐？上次坐得我都快吐了。"

"谁说要坐大摆锤？"还未等姑娘把话讲完，江峪拉着她的手往另一条道走去。

旋转木马的上下两层大平台上，停着几十匹颜色各异的马，它们三两一组绕成一个大大的圈，静待一批又一批游客。

"我看这个也不错，坐这个好了。"江峪说。

那是一座巨大的，闪烁着璀璨灯光的双层旋转木马。

望思玛站在旋转木马前，看着眼前灯光璀璨的双层大圆盘，不由生出一丝恍如隔世的奇妙感觉。她儿时特别喜欢坐旋转木马，当时她还在上幼儿园，全家每次去游乐园一定先玩这个，妈妈陪她骑在一匹最大的马上，爸爸和哥哥各自骑一匹……那样美好的时光，她现在都能时时想起。

只可惜，儿时常去的那个儿童乐园早就被拆掉了。

江峪搂起她的肩膀，"去吧，找个好一点的角度给你拍照。"

"不用了。"

"确定？"

"是啊。"

"那走吧，早点回学校准备排练的歌。"

望思玛没有挪步，她好奇地问江峪，"你不问我为什么吗？"

"不去就不去，需要理由吗？"

"你倒是挺省心的。"她说。

"说实话，我也不想坐这个，太幼稚了。"江峪抬了抬帽檐，"网上说女生都爱坐这个，看来不是。"

"小时候，我觉得旋转木马是整个游乐场最好玩的项目，每个坐上它的女孩，都有纯真美好的幻想。"望思玛一边说一边倚靠在一旁的围栏上，"长大后吧，我才发现，旋转木马其实是世界上最残忍的游戏……"

江峪看着她。

"它们虽然在奔跑，彼此追逐，却有着永恒的距离，就像两个相爱的人同时坐在旋转木马上，一个在前面跑，一个在后面追，然后周而复始地旋转，明明离得那么近，却怎么也抓不到对方。"

"哈哈。"江峪忍不住笑出声，"你读书读傻了吧，跟莫龄学的？"他笑了，"什么两个相爱的人离得那么近，却怎么也抓不到对方，大小姐，坐个旋转木马而已。"

望思玛缓了缓神，双手绕过他的领口，"江峪，我现在都不知道你为什么会喜欢我。"

"你是有多不自信才好奇这种问题？"他道，"那你呢？"

"我什么？"

"为什么会喜欢我？"

为什么会喜欢你？望思玛心中一阵嘀咕：为什么？这还用说？还不是因为你的美色？难道是什么智慧幽默又多金之类的俗气理由？

　　"呵呵。"看着眼前比她神情更严肃的男人，她不好意思地转过身去，"可能你是第一个能让我把鼓学好的人吧。"

　　"哦——"江峪一副恍然大悟的样子，"这个理由真social（社会）。"

　　"Social？"望思玛转身辩解，"那你说，是什么？"

　　"比较帅。"他说。

　　望思玛羞涩地低下头，"帅你个头，自恋狂。"

　　男人将头侧到望思玛耳边，"跟你很般配。"

　　此时，他们的头顶被乌云笼罩，一阵大雨突然倾泻而下，还未等两人跑到最近的遮挡处，身上已经被浇了个遍。

　　"太邪门了。"望思玛说，"出门前薛佳雯提醒我带伞的，我嫌太重就没有拿。"她翻出包里的纸巾递了一张给江峪，"每次我带了伞，天气就很好，阴天都会变晴天，但只要我不带伞，十有八九要下雨，比天气预报还准。"说罢，"阿嚏！"一声，她打了个重重的喷嚏。

　　"你还有这本事？"

　　"阿嚏！"望思玛又打了一个喷嚏。

　　"这十几度的天气，衣服湿了肯定要感冒，不行，你大后天还要去北京，不能生病。"江峪看了看手表，"我家离这里三公里，这样，去我家把衣服和头发吹干，再回学校应该来得及。"

　　"可是……"姑娘有些犹豫。

　　"你怕了？"

　　"……"

　　"到了之后你自己上去吹，我在车里等你。"

　　车子一路行驶，穿过游乐场偏门的几条小路，很快就到了江峪家楼下，这是一个非常幽静的小区，虽谈不上特别高档，但绿植很多，环境也特别美，若不是天空下着大雨，这个小区看着非常有生活气息。

　　"我把钥匙给你。"江峪把裤兜里的一串钥匙交到望思玛手中，"吹风机在卫生间镜子后面的第二格柜子里，里面还有新的毛巾，我忘记在哪一格了，你自己找找。"

　　"江峪，一起上去吧。"她说。

　　"你不怕我吃了你？"

第47章 雨天

"我怕你感冒。"

江峪领着望思玛来到自己家，这是一幢十四层的楼房，他的家就在这栋楼的十楼。电梯门一打开，望思玛的心就开始扑腾扑腾直跳，倒不是因为她害怕江峪，而是，这是她第一次去男生家里，而且还淋了个落汤鸡，着实有些尴尬。

走在前面的江峪颇为淡定，一进门，他便把望思玛带到卫生间，然后从镜子后面的柜子里拿了吹风机和一条未拆封的毛巾，又从自己卧室的衣柜里拿出了一件白衬衫。

"赶紧把头发和衣服吹干，你的毛衣也湿了，这件衬衫我买来还没穿过，你可以先穿这个，不要着凉，需要什么就喊我。"说完，他走出卫生间，从外面关上了门。

小小的卫生间一下子变得非常安静，镜子上方的灯光彩夺目，脚下的地砖干净得都能反光，架子上的洗漱用品摆放得井井有条。四周的瓷砖上还印了许多音符的图案，望思玛喜欢这个瓷砖，这些跳动的蝌蚪文错落有致地点缀在简洁的小房间内，委实给私密空间增添了几分情趣。

江峪的家很暖和，望思玛脱下毛衣，换上了江峪的衬衫，这件衬衫笔挺宽大，套在望思玛身上却有一种慵懒的小性感，兴许是衣服在衣柜里放久了，望思玛感觉自己的身体周围弥漫着一股江峪身上淡淡的檀香味。

她吹着头，看着镜子中的自己，半干半湿的头发丝一根根垂落在脸上，配上简约的白衬衫，望思玛这才发现这样的自己也很好看，江峪说得对，她才二十几岁，学的还是最时尚的服装专业，为什么总要穿乌漆麻黑，还没有任何设计感的衣服。

"江峪。"姑娘打开门喊了一句。

江峪立刻飞奔过来，"需要什么？"

看着江峪湿漉漉的头发，望思玛竟生出几分怜意，"你冷吗？进来一下。"

江峪走到她跟前，乖乖地等待女孩"发落"，女孩拿起手里的吹风机，踮起脚，然后轻抚起他的头发来。

春风拂面，吹风机暖暖的风吹在江峪的脸上，看着面前裹着自己白色衬衫的漂亮姑娘，江峪努力表现出面不改色和临"危"不乱之势，而眼里却不禁流露出一种难以遮掩的爱意。

女孩的手微微颤抖，她不敢直视江峪，满房间的檀香仿佛带着某种诱惑，每一次不经意的对视，对彼此都是一种挑逗。

望思玛的脸红极了，江峪一动不动地看着她，直到他的头发一点一点干透，而此刻的江峪，已然压制不住波澜不惊下那颗翻江倒海的心，他猛地夺走望思玛手里的吹风机，扔进一旁的台盆里，随后，她又将望思玛狠狠拉进自己的怀中。

望思玛一惊,"江……"

话还未说完,她那毫无防备的娇艳朱唇已被男人牢牢压住,烈火般的灼烧感蓦地蔓延到她的脖子上,望思玛想要挣脱,突然发现江峪的力量是如此之大,他的双臂紧紧扣着自己,根本无法动弹。

一丝凉意袭来,望思玛还未来得及推开,江峪的一只手忽然解开了她的领口,然后将她推到一侧的墙上,暧昧的空气夹杂着温柔的檀香,向她的身体宣告想进一步占领的意图。

"对不起……可以吗?"他在她的耳边低语。

望思玛喘着气,仍然不断推着他,"江峪……江峪,一会儿……要排练。"

江峪挣扎了几秒,随后慢慢控制住自己的身体,他停了下来,说道:"幸好,差一点就来不及了。"

第48章 六十一键

"左边一点，对对，再往上一点……"

"不对啊，这样就斜了，陶贝贝，你不觉得左边应该再往下一点吗？"

"到底是往上还是往下嘛！"陶贝贝双手举着一张硬卡纸，脚下踩着凳子，晃晃悠悠地在墙边微微挪动着，"各位姐姐，这样可以了吗？我快撑不住了。"

"行了！"

陶贝贝用力拍了拍卡纸的四个角，背后的双面胶牢牢粘在了墙上，"哎呀，妈呀，我的手都快断了。"说罢从椅子上跳下来，看着墙上刚帖上的那张卡纸兴奋道，"虽然贴墙上土了一点，但毕竟是我们乐队的第一张奖状嘛，还是越看越喜欢的。"

"嗯，那天学校老师还拍了很多照片，过两天我一起打印出来……"

"你们还挺自恋啊。"裴忻来了一句，"如果我没记错，上台前你们都吓得要上厕所吧……"

"此一时，彼一时嘛。"望思玛乐了起来，"主要是陶贝贝，一上台就想去厕所，我是被她传染的。"

"我那是水喝多了，望思玛，有本事下次演出前你不要去厕所啊。"说罢她向望思玛扮了个鬼脸。

"对了裴忻，去年十心乐队也有奖状吧，怎么没见你贴出来过？"

"第二名有什么好贴的，无聊。"她转过头拿起自己的吉他拨弄起来，"是校长要求贴的，贴完就赶紧排练吧，你们已经浪费了整整十五分钟。"

"知道了，知道了。"姑娘们各就各位。

音乐奏响，姑娘们的排练再次开启，这次的全国赛，她们依旧以《无弦有音》来征战，为了让这首歌的编曲达到最佳演奏效果，姑娘们前后已经改了不下几十遍。昨晚，裴忻和莫龄讨论到深夜两点，四个姑娘的磨合虽然较几个月前有了天壤之别，但想要精益求精，一鸣惊人，这首歌的编曲还有很大改善空间，而望思玛和陶贝贝目前的技术还支撑不起这首歌最精彩的几个小节。

今天的排练房门口挤了好些乐队粉丝，裴忻前两天到教导主任那投诉他们，所以最近也没有人再敢送奶茶了，大家只是站在门口乖乖地看着，然后偷偷拍几张照片挂到学校的网站上。

伴随着房间内望思玛铿锵有力的鼓声，一墙之隔的楼道里也传来一阵脚步声，一个女孩从下面走上来，面容严肃，不苟言笑。她身着一件宽大的迷彩外套，厚重的面料包裹着娇媚的身躯，头上是一顶黑色针织帽，下身一条紧身牛仔裤，当她走到五楼时，排练房门口的人纷纷投来好奇的目光，这个好奇的目光并不是给眼前这位面容姣好的姑娘，而是给了她身后背着的一把大琴。

姑娘径直朝排练房走去，门口的学生也不自觉地给她让出了一条道。

姑娘伸手想要扣响排练房的门，但手刚刚举起来却慢慢放了下去，里头的排练还在继续，她决定等一等。

"咚咚咚！"音乐停下，她敲了敲门。

"谁啊？"离大门最近的陶贝贝朝窗口望去，透过门上的玻璃，她隐约看到一个熟悉的面孔。

她走过去开了门，门口立着的，确实是狭路相逢的"老朋友"。

陶贝贝当场就石化似的愣在那儿，有那么四五秒，两人就定格一样站在门口，一动不动，最后还是门口的姑娘一只脚先踏了进来。

"我问你们……"姑娘开口了，话刚说了半句她突然觉得不太妥当，于是将后面的话咽了下去，支支吾吾重新说道，"不是……我是说，请问，你们乐队还……需要人吗？"

房间里的四个姑娘诧异地看着她。

"请问……你们乐队还需要人吗？"门口的姑娘提高了几分嗓门又问了一遍，"我……想来应征。"

"我们不缺主唱，"望思玛回了一句，"上次莫龄不是跟你说过了吗？"

姑娘尴尬地笑了笑，"不是主唱。"

门口站着的人不是别人，正是之前和黑天鹅闹得不愉快的海洋大学女歌手林南希。

林南希看了一眼望思玛，又看了一眼裴忻，裴忻没有回话，只是冷冷地打量着她，"我是说……键盘手。"

"可以啊，"莫龄答了一句，随后走过去关上排练房的门，"南希，好久不见，最近你们的课不忙吗……"

"莫龄！"一旁的陶贝贝有些不乐意，"她上次明明嫌弃我们弹得不好，还乱改我们的编曲，你怎么能答应她。"

"对不起。"一旁的林南希开口了，"这次，是我想成为你们乐队的键盘手。"

"你不会是开玩笑的吧。"望思玛又道，"成为我们的键盘手，然后乱改我们的谱子，排练全程自顾自，根本不听别人的节奏，现在我们乐队好不容易进决赛了，你又来分享我们的胜利果实，我说，你是不是有点过分了。"

第48章 六十一键

林南希听着有些羞愧，她攥紧了自己的拳头，觉得自己像一个被审判的"罪人"，不仅理亏，还尊严全无，但是眼前的这一切，她都意料到了，踏进排练房之前，她就已经做好了心理建设，不管能不能被接受，她都决定要试一下。

"我知道每一首完整的乐曲都是乐手们通力合作才能展现出来，之前是我一意孤行，太个人主义了，我向你们道歉。"说到此处，林南希的拳头攥得更紧了，"我不是没有集体意识，我只是……只是……抱歉。"

"呵呵。"莫龄笑笑，"其实也没有那么严重啦，每个人都有自己的性格和风格，我们只是在找最适合黑天鹅乐队的人，思思和贝贝虽然学音乐没多久，但是她们两个真的很努力，进步也很快，南希你也很优秀，不必为上次的事跟我们道歉。"

"我看了你们上个月的总决赛，我很感动。"她垂下头，"我非常想和你们交个朋友。"

今天的林南希和两个月前的样子简直是判若两人，一向傲娇的她，怎么突然变得低三下四，卑微谦和，望思玛甚至觉得眼前的这个人都不是林南希，她很好奇这段时间姑娘到底经历了什么。

"你身后的琴重不重，要不要坐下来先喝口水。"四人之中，只有莫龄在努力缓解现场的尴尬气氛，"大家都是玩音乐的，本来就是朋友，不是吗？"说着说着，她又看了裴忻一眼，"是吧，裴忻？"

裴忻面不改色，她放下手里的吉他，意味深长道了一句，"不要只会说。"

一旁的莫龄浅浅一笑，她翻了翻面前的乐谱，"那先不喝水了，我们继续排《无弦有音》，大家还记得加键盘的那个版本吗？"

"嗯。"

"记得。"

陶贝贝和望思玛回答。

林南希也没有再答话，她轻轻放下身后的琴，打开琴包，把键盘架在了角落的支架上，她没有带任何乐谱，接上电源后，只是稍微转了转上面的几个旋钮，然后就默默地站在了琴旁。

"天哪，她不会又想玩即兴吧？"望思玛惴惴不安，"一会儿把我的节奏带偏了岂不是很丢人，不能听键盘、不能听键盘、不能听键盘……"她不断暗示自己。

"思思，开始吧。"莫龄说。

"嗯。"

"嚓、嚓、嚓、嚓"鼓手起了个稳健的速度。

音乐响，《无弦有音》奏起，望思玛的鼓，陶贝贝的贝斯，莫龄的吉他加上裴忻天籁般的歌声再次充盈着这栋艺术楼。

……
青丝划过朱唇，雨水润了眼眶
你的琴，是否遗忘……

四人的配合已经相当默契，就在众人不经意间，就在第一段主歌结束的那一刹那，小小的房间内突然响起一阵清朗的琴声。一双纤纤玉手落在黑白交错的琴键之上，指尖荡漾的音符如破茧欲飞的蝴蝶，穿梭在琴声和歌声之中，指下的六十一个琴键就像六十一个精灵，穿过凝固的空气，穿过门上的玻璃，绕过门口熙攘的看客，转而又滑进小小的排练房中。

副歌起，一阵美妙的黑管声代替了钢琴音，那也是来自键盘的吟唱，低沉的管乐如同一位温文尔雅的绅士，与六弦琴交叠出梦幻般浪漫的空间，音符涤荡在音乐的灵魂中，每一拍都透露着激情与狂妄，林南希的琴声饱经风霜，却又心迹澄清，莫龄的内心充满了惊喜，继裴忻之后，竟还有第二个能与她琴瑟交融之人。

慢慢地，键盘又在不经意间改变了音色，林南希化身小提琴手，拉出悠扬自由的诗歌，圆润明亮的音色包裹着望思玛每一记敦实的底鼓声，又与陶贝贝的贝斯缱绻相依。

望思玛一边打鼓一边看着对面站着的林南希，她与酒吧的爵士钢琴手林南希截然不同，更不是上次那个刚愎自用的林南希，站在黑天鹅乐队里的林南希，是那么和谐美好，在她的衬托下，甚至连裴忻的歌声都变得万顷碧波，气吞山河。一向词穷的陶贝贝也忍不住在心里赞叹，这女生弹的哪是音乐，简直就是一幅画啊！

音乐落下，排练房里一片寂静，望思玛和陶贝贝四目相对，尴尬中又掩饰不住身体的激动，尤其是望思玛，她的身体如过电般亢奋，这个林南希，简直是为黑天鹅夺冠而生的嘛。

"谱子我前段时间就背下来了，这算是我们的第一次完整的合作，但我觉得还是有几个小节不太好，可以修改。"林南希率先打破沉寂，小心翼翼道，"你们觉得呢……"

莫龄点点头。

"我的天，还有需要修改的地方吗？"陶贝贝这才缓过神来，"我觉得没有任何瑕疵了。"

裴忻清了清嗓子，然后走到饮水机边，用黑天鹅马克杯接了一杯水，虽然她的表情依旧高冷淡漠，但细心的莫龄还是发现她嘴角的一丝上扬。

众人看着裴忻，仿佛在等她做最后的决定，裴忻喝完一大杯水，这才发现大家都目不转睛看着她。

"你们干什么？"她问。

"我觉得加了键盘好了很多呢。"望思玛答，已然是忘了排练前自己说过的话。

"我都觉得我们要拿全国赛第一名了。"陶贝贝紧跟着说了句，"太好听了，女王大人，你说是不是？"

见裴忻没有作答，陶贝贝又扯着嗓门撒娇道，"是不是嘛。"

一旁等待"面试"结果的林南希露出一抹笑意。

"好了啦，贝贝，现在就看林南希能不能协调出时间来和我们一起排练了。"莫龄说，"还有就是，全国赛的时间很紧，你要和我，还有裴忻三个人花时间把之前所有的歌都修改一遍，你有问题吗？"

"没有问题，任何时间我都能协调出来。"

"那好，我们继续排练……"

深夜十点，夜幕降沉，艺术楼已处于一片黑暗之中，唯有小道两旁的路灯一直延伸到申南大学校门口，望思玛陪着莫龄走出来，这样高频次的排练，大家早就习惯了。

"裴忻都不怎么搭理林南希，你说她是不是还很讨厌林南希？"望思玛忍不住提了一句，"只是看她今天弹得好，没找到理由拒绝？"

"有吗？今天答应让林南希留下的，不就是裴忻吗？"

"裴忻……她什么时候答应了？"

"裴忻只是喜怒不形于色……"莫龄仰天长叹，"她啊，比你们更希望林南希来……"

第 49 章 葵舞台（1）

一千五百公里外的北京，是每个摇滚乐手的梦想之地，这里聚集了来自天南海北最优秀的乐队，最先进的演出场地和最浓郁的摇滚气息，每年还有超过一千场的独立音乐现场演出，而万物初始的春天，也是校园乐手们开始造梦的时节。

望思玛第一次感受这座城市，她很早以前就想来北京，那里有她最喜欢的几支国内乐队，她曾坚定地认为只要去北京旅游，第一站不是故宫就是全聚德，然而未想到，而今的她，已经站在了赫赫有名的音乐圣地——葵舞台上。

这次的北京之行，她们还多了一个新伙伴——林南希。

作为空降兵，当林南希的名字出现在比赛名单上的时候，引来了不少非议，申南大学和海洋大学的学生更是在论坛上掀起了一场骂战。申南的学生说林南希不劳而获，踩着裴忻的劳动果实往上爬；海洋大学自然不甘示弱，他们反复强调，是申南用了卑劣的手段策反了自家最有实力的乐手。

林南希倒是实在，顶着"倒戈"的帽子，在学校论坛的帖子下方直接回复：别说，申南食堂的红烧肉，真的是太香了。

对于这些闲言碎语，裴忻当然是不会理会，莫龄也是一样，虽然她和林南希都不是申南的学生，但申南的学生对她显然包容更多，静中立校百年，从未诞生过一支学生乐队，对于两校多年来各个领域的友好合作，双方的同学和老师都对莫龄鼎力支持。

一路上，望思玛和陶贝贝都不敢跟林南希说话，林南希心高气傲，比起裴忻有过之而无不及。望思玛和陶贝贝的段位太低，裴忻的段位又太高，所以，林南希也只有和莫龄还能搭上几句，莫龄对她算得上十分有耐心，但只要对裴忻有利，莫龄对谁都能很有耐心。两人就音乐的问题聊了一路，用莫龄的话讲，林南希是坐享其成还是雪中送炭，舞台上自当见分晓！

主办方给了五个姑娘三间房，陶贝贝和望思玛一间，莫龄考虑了一下，把唯一的单人间给了裴忻，自己和林南希睡一间。

"今晚大家各自回房休息，明天吃完早饭，七点半在大厅集合。"莫龄说。

"知道啦！"姑娘们各自回了房间。

陶贝贝刚进房间，就一屁股栽进自己的那张床上，然后把脑袋埋在被褥里叹息道，"累死本小姐了，就让我死在床上算了。"

望思玛重重拍了下她的屁股，"贝贝快起来，你有没有看见楼下的烧烤店？"

第49章 葵舞台（1）

一听见"烧烤店"三个字，陶贝贝立刻翻过身来了个鲤鱼打挺，"烧烤店？有吗有吗？哪里哪里？"

"就在楼下拐角，刚刚车子进来的时候我瞄到的，还挺大。"

"哎呀……"

两个姑娘看了看对方，给了彼此一个邪魅的眼神异口同声道，"就咱俩。"

另一个房间，莫龄在桌前规整自己的行李，虽然这次的北京之行只住两晚，但她还是会把所有衣服放在她认为最合理的地方，打开随身的双肩包，莫龄从包里拿出一本厚厚的书放在床头柜上，林南希见了摇摇头，带着鄙夷的口吻"哼"了一声。

"南希，我看你都没带什么行李，一会儿缺什么就拿我的。"

"你带书干什么？你有空看吗？"

"我早上起床会看一会儿。"莫龄答，"放心，不会打搅你的，我去外面看。"

林南希站到窗口，开了窗，现在已过傍晚，天色暗了大半，阴冷的空气里飘着绵密的细雨，她点了一支烟，凝视起空旷的远方。

房间里很快充斥着呛人的烟味，莫龄忍不住咳了两声，明显，她适应不了狭小房间里云雾缭绕的二手烟。

林南希看到有些不适的莫龄，最终还是掐灭了烟头，"我晚上不回来，你一个人睡，也不必去外面看书。"

"南希，"她问，"你是不喜欢和别人合住吗？如果是这样的话，我可以跟裴忻商量下……"

"我和北京的姐们儿约了见面，今晚……算了，总之，我不在。"

"南希，你整晚都不回来吗？可是明天一早……"

"七点半我会准时出现在楼下的。"她说，"我对北京可比你们熟多了。"说罢，她背起自己的键盘和手提包头也不回地走了。

看到林南希离开的背影，莫龄开始不安，她在犹豫要不要和裴忻说，但又生怕裴忻以不遵守乐队规矩而处罚她，现在这个节骨眼，和平相处对大家来说实在是太重要了。

规整完自己的行李，她决定去望思玛和陶贝贝的房间转转，但是叩了很久的门，里面都没有应答。

正在楼下撸烤串的望思玛突然接到了莫龄打来的电话。

"思思，你和贝贝跑哪去了？"

"我们在楼下吃烧烤，莫龄，你要不要一起来？"

"不了，刚才在火车上我已经吃饱了，你们吃完就赶紧回房间，不要在外面乱跑，明天一早还要比赛……"

"知道啦！别告诉裴忻啊！"

酒店里来来往往许多年轻人，这些年轻人穿着时尚，发型前卫，皆是来自全国各地高校的参赛乐手。

"咚！咚！咚！"刚洗完澡的裴忻听见有人敲门，她本以为是莫龄她们，于是穿着睡衣，裹着湿漉漉的头发就开了门。

"裴忻。"

门口站着一个身高有一米八五的大个子，大个子身着黑色皮衣皮裤，气宇轩昂，目光如炬，头顶还戴了一个镶着链条的皮质八角帽，"真的是你啊，裴忻，好久不见。"

裴忻转过身，立刻从墙上拿下一件外套披在身上，"去年比赛不是刚见过？"

男人笑笑，"为了在全国赛的舞台上见你，今年W市的比赛都要了老子半条命，还好成功了。"

"不错，看来你们很有实力。"裴忻说罢要掩上门。

"哎！哎！"男人坚实的臂膀瞬间挡了下，"裴忻，不知今年是否有幸请你一起吃饭？"

"我挺忙的，还是下次吧！"

"下次又要明年了，你去年就是这么说的！"男人的口气中带着不甘，"裴忻，我都追你这么久了，你当真一次机会都不给我吗？"

裴忻冷酷地点点头，两人就这么杠了几个回合，最后裴忻才关上房门。

其实，这层楼的许多乐手裴忻都认识，毕竟每年的全国赛上大多都是这些乐队，好比刚才这位大个子，他是来自W市奇门乐队的主唱邦萨，邦萨是少数民族人，拥有一双深邃炭灰的眼睛，粗犷的性格里带有草原男人独有的洒脱，自去年在决赛场上见到裴忻，邦萨就对她一见钟情，尽管当时的裴忻还有何亚维陪伴左右，但他却毫不忌讳地表达对裴忻的爱慕之情。

让裴忻没想到的是，一年过去了，邦萨依旧对她念念不忘，甚至还愈演愈烈。当然，在这个以琴斗乐，以男性为主导的摇滚赛场上，才貌双绝的裴忻还拥有许多类似邦萨一样的追求者。

"咚！咚！咚！"裴忻的房门又被叩响了，刚想为自己点上一支烟的裴忻不耐烦地开了门，"我没把话说清楚吗，邦……"

门口站着的人是莫龄。

"你怎么了？"莫龄问。

第49章 葵舞台（1）

"没什么。"裴忻打开门，转身朝着里屋走去，门口的莫龄跟着进来关上了门。

莫龄手里提着一个精致的小盒子，小心翼翼地放到房间的玻璃圆桌上，裴忻看了一眼盒子，温柔一笑，"这里也有吗？"

小盒子里装的是裴忻最爱吃的日式抹茶蛋糕。说来也巧，裴忻最爱的那家西点品牌刚好在她们下榻的酒店对面开了一家分店，来之前莫龄就查好了，所以整理完行李，她第一时间下楼买了一块。

打开蛋糕盒，抹茶的清香扑鼻而来，平时，裴忻对自己的身材管理是相当严格的，一日三餐，荤素比例，热量把控，但是在抹茶蛋糕面前，她也可以短暂地忘记原则，纵情沉浸在抹茶的香甜里。

裴忻一小勺一小勺地挖着面前的抹茶蛋糕，吃着吃着，见莫龄就这么傻傻地看着自己，她不自觉地扫视了一下桌面，确实只有一把小勺，"你站着干吗，怎么不给自己买一块？"

莫龄笑笑，"你喜欢吃的话，明天我再给你买。"

"不用，如果我没记错，这块蛋糕三十五，一会儿转给你。"

莫龄脸色一沉，道："何亚维给你买的时候，你也打钱给他吗？"

裴忻愣了愣，又抬头看了一眼莫龄，只见一向和颜悦色的莫龄脸上竟露出一丝沮丧，莫龄这么一说，裴忻自己都有些吃惊，反问道："你跟那个渣男比什么？"

莫龄不再说话，仍然只是静静地看着裴忻。

北京的夜色如浓稠的油墨，深邃得化不开，时间过了晚上十一点，酒足饭饱的望思玛和陶贝贝早已酣然入梦，莫龄在床上辗转反侧，看着另一侧空荡荡的单人床，不由对明天的比赛生出几分担心。

走廊的最里面是裴忻的房间，此时的房间，大灯还亮着，裴忻抱着被子，蜷缩着身体，看着窗外墨黑的星空。傍晚莫龄分房间的时候，裴忻其实并不想一个人睡一间，尤其是在外住宿，她更加惧怕黑暗，原本分房卡的时候她想说的，可是莫龄似乎更想和林南希睡一间，最后还是因为好面子而没有说出口。

一个人睡在一间陌生的房间里，裴忻同样辗转难眠，最后，她鼓起勇气给莫龄发了个消息。

"睡了吗？"

莫龄床头柜上的手机闪了一下，她拿起手机，是裴忻。

"还没有。"

隔壁的裴忻犹豫了一下，继续道，

"新的歌，回头碰一下？"

"好，"莫龄继续答复，"这么晚了，你怎么不睡。"

"快睡了，只是，没有夜灯。"

此时的莫龄才想起裴忻怕黑的事儿，那时候裴忻住院，一睁眼没看到光她就会叫起来，所以，当时的莫龄开着灯守了她一夜。想到这里，她起身按了按床边的一排开关，确实，主办方安排的这家酒店客房没有安装夜灯。

莫龄看着另一张空荡荡的床，立刻拿着手机回复道："你要不要睡到我的房间里来，刚好……"但文字打到一半，她又逐一删了，因为裴忻并不知道林南希今晚不在这里，若是让她知道键盘手彻夜未归，第二天想必又是一顿责备。

"你的房间，是大床房吧？"莫龄问。

"一米八宽。"

莫龄笑笑，"如果你不介意，我们也可以挤一挤。"

三秒后，裴忻回复道——

"可以。"

第 50 章 葵舞台（2）

次日清晨七点二十，裴忻与莫龄下楼来到酒店大堂，此时的大堂还很冷清，只有休息区的沙发上坐着两三人，莫龄一眼认出了林南希。

"早，南希。"整个晚上悬着的一颗心终于落下来。

林南希看见两人，点了点头。

过了没多久，望思玛拖着睡眼惺忪的陶贝贝也下了楼，"贝贝你走快点！"她一手拎着陶贝贝的贝斯，一手拽着陶贝贝的手臂，身后还背着自己的鼓槌包，跟跟跄跄挪步到其余三人身边，"呵呵，幸好没迟到。"

"昨晚做什么了？"裴忻随口问了一声，"蹦野迪去了？"

"没有啦。"陶贝贝立马振作了精神，"换了新环境，有点失眠。"

"失眠？你不是站着弹琴都能睡着吗？"

其余人憋声一笑。

今天的比赛在下午一点举行，而演出的地点——葵舞台就在酒店不远的地方，虽然比赛下午才进行，可早上的行程依旧紧凑，三十支乐队先要依次上台调音，其余时间还要换衣服、化妆和吃午饭。

葵舞台的主会场可容纳几千人，之所以叫它葵舞台，是因为这栋刚落成不久的建筑就像一朵盛开的向日葵，十分独特，不仅如此，这座新建的大舞台，每周还会迎来世界各地的音乐家和歌舞剧团在此演出，是时下最热门的网红打卡地。

七点半的大街上已然喧嚣一片，马路上的车排起长龙，望思玛把头凑到莫龄耳边小声道，"昨晚怎么样？"

莫龄一副极不自然的样子答，"什么怎么样？"

"我是说林南希，你俩不是一间房吗？她有没有抽烟、喝酒，或者打呼噜影响你？"

"没有。"莫龄低下头，"昨晚我没在自己房里睡。"

望思玛吃惊地看着她。

"到了，"莫龄指着眼前的巨大建筑，停下脚步，"葵舞台。"

核验了参赛证，姑娘们被引导进了二楼后台，三十支乐队百来号人此时已到了一小半，前几天的电脑抽签，裴忻抽到了第十四号，她们将是第十四支上台的乐队。

"嘿，裴忻。"一路上，不少乐手都认出了裴忻，对于能在北京的全国赛上遇见她，大家并不感到意外，只是看着裴忻身边几个陌生的姑娘有些吃惊。

"S市的摇滚乐队这么快就更新迭代了？"

"她不是何亚维乐队的主唱吗？那几个乐手怎么变成了四个文弱姑娘？"

"所以，你们就是黑天鹅乐队？"一个肤色黝黑，身材清瘦的男生朝着裴忻走过来，"不错，能和美女一起比赛真让人期待。"

"可不是？"另一个染着棕黄色头发，一身机车装的男孩跟着玩笑道，"前天晚上我还在跟肖子凌玩游戏呢，他说你把何亚维甩了，真是替他难过。"

裴忻冲他看看，继续往前走，在标着"14"的一处号码牌前停了下来，她将身后的背包扔在小桌上。

"到了，我们的候场区在这里。"

莫龄、陶贝贝和林南希把各自的琴靠在墙边。

"望思玛！"此时，又一个陌生的声音从远处飘来，望思玛下意识回头望去，只见人来人往的过道处突然站着一个男生，男生约一米七五的个儿，大背头上打着厚到能反光的发蜡，身上穿着一套浅绿色格子西装，眼皮上还涂了层淡绿色的眼影，男生眯着眼睛喊道："望思玛，是你吗？望思玛？"

望思玛使劲打量着男生，似熟非熟地答了一句："你是……"

"我是柔柔啊。"男生开心得双脚离地蹦起来，"你不认识我了吗？初中同学，坐你前面的，张大雨张柔柔！"

望思玛恍然大悟，"你真是柔柔？"

"柔柔"用力点点头，毫不避嫌地拉着望思玛的两只胳膊转了个圈儿，"哇，这也太巧了吧。"

是的，他就是张柔柔，这个一脸脂粉气，说话阴柔的男生本名张大雨，是望思玛的初中同学。刚才第一眼看见他的时候，望思玛并没有认出来。记忆里，张大雨是个不折不扣的小胖子，说话细声细语，做事缩手缩脚，每次回答问题脸都会涨得通红，被同学欺负的时候就知道大哭，所以同学就给他取了个外号叫柔柔。柔柔块头大胆子小，性格还很娇气，没想到转眼六七年过去，他还真出落成那么个"亭亭玉立"的大小伙子。

"我说，你怎么在这儿？"张柔柔很好奇，"难道，你做了乐队经理人？"

望思玛还未来得及回答，张柔柔就翘着兰花指从包里翻出一张唱片递了过来，"我们乐队的专辑，赏脸听一下啊。"

"哇！"望思玛接过唱片，投去崇拜的眼神，"你们乐队？你组乐队了？"

张柔柔挺着纤弱的身板得意地点了点头，"风乐队，我是乐队的小提琴手。"

望思玛这才恍然大悟，中学时的张柔柔，确实拉过几年小提琴，还在班会上表演过《梁祝》呢，只是这小子一向低调，考了高中以后也没再联系过大家。

"对了，还没告诉我你在哪个学校呢？你们乐队叫什么？"

"我考了申南，我们的乐队叫黑天鹅。"望思玛答，"不过，我不是经理人，是乐队的鼓手。"

"鼓手？你居然还会打鼓？"张柔柔一脸不可思议，"女鼓手，这也太 man（硬汉）了吧，一会儿我要在台下看你打鼓……"

"呵呵，好。"

时间过得很快，三十支乐队依次上台调音完毕，黑天鹅的姑娘们换好了行头，化了精致的妆容，静静等候下午的开场。

葵舞台的上座率逾九成，来观摩的观众中大多是当地的在校园学生，还有不少圈内著名的音乐人。这些专业人士每年都会关注来自全国各地脱颖而出的杰出乐队，更会给予他们众多演出资源，以此推动中国新生代原创音乐水准，比如，两次被引荐去国外演出的镇天魄乐队。

比赛开始前一星期，裴忻带着姑娘们通过网络重播看了许多晋级乐队的比赛，就实力而言，今年各城市推选的乐队实力确实良莠不齐，但半数乐队都毫不逊色，能力也亦在黑天鹅乐队之上。

S 市的罗星草乐队虽然没能晋级决赛，但裴忻和莫龄始终对她们记忆犹新，排练的时候也会时常提起，她们整齐划一的完美配合是黑天鹅姑娘们至今未能企及的。

"裴忻！"又一支熟悉的乐队向她们走来。

是大明，大明带着镇天魄乐队慢悠悠地来到后台，"我的小天鹅们，来得真早。"

裴忻翻了个白眼，"说人话。"

大明眼前一亮，依次从姑娘们的眼前晃过，他指了指裴忻身旁的姑娘，"你是吉他手莫龄，鼓手望思玛，贝斯手陶贝贝……"

只见了三次面，大明就记住了姑娘们的名字，"你是……"但是当他走到林南希身边的时候却突然停了下来，"你是……我好像在哪里见过你吧……"

林南希轻叹一口气，转身整理自己的东西，这熟悉的话术，想必又是渣男搭讪女生的惯常套路。

"你不是伶酒吧的那个爵士歌手吗？"大明一拍脑袋终于想起来，"是不是？"

林南希回头看了看他。

"可以啊裴忻。"大明对着裴忻露出无比崇拜的表情，"啧啧啧，这个人也被你挖到了。"

"哦？大明学长也知道林南希吗？"一旁的陶贝贝没忍住插了一嘴。

站在大明身后的镇天魄乐队吉他手阿轩也跳了出来，"之前有朋友说伶酒吧的女歌手特别厉害，我和大明去过几次，确实挺厉害，大明哥还买了全场的单，可惜林小姐贵人多忘事。"

"所以……"大明看了看林南希身旁的琴包，"林小姐是裴忻乐队的键盘手？"

林南希坐在椅子上，从包里拿出一把磨甲刀，低着头修起自己的指甲来，"下次来酒吧，报我名字给你们八折！"

下午一点，主持人宣布比赛开始，一号乐队在葵舞台奏响了全国赛的第一支曲目，与区域赛不同的是，全国赛的比赛机制更加灵活多变，除了今天 30 进 20 的原创音乐淘汰赛，晋级的乐队还要依次经历老歌翻唱赛、风格编曲赛和现场创作赛……可以说越往后，难度也越高，当然，也越有意思。

同时，这次的北京之行也让姑娘们大开眼界，三十支乐队风格多样，除了高难度的演奏技巧外，许多乐队对乐器的选择和编曲的方式更是创意无限。

去年第五名的"蓝精灵乐团"，擅长中西合璧的演奏方法，不仅在吉他、贝斯、鼓的基础上加入西式管乐巴松和中式管乐洞箫，主唱更是运用了中英文双语演唱，一上场，欢呼声便源源不断。

第七个出场的"红桃 K 乐队"是 J 市最有名的全女子乐队，虽然技术上稍欠火候，但青春的形象与浑厚流转的车库吉他演奏依然给观众带来强烈的感官冲击。

还有第九个出场的"珠玑乐队"，琵琶、二胡配上吉他、贝斯、鼓，歌词古今贯通，字字珠玑……

"十四号参赛队，候场准备。"正当姑娘们沉浸于新奇特的摇滚乐中，场务拿着对讲机匆匆跑到十四号休息区，"黑天鹅乐队！现在去舞台边等候，马上就到你们了。"

姑娘们背起琴，拿起鼓棒，聚在一起……直到舞台上的主持人终于说出了她们的名字——"黑天鹅"。

"一、二、三，加油。"姑娘们的手交替叠在一起，几个月的努力，终于换来这闪耀的一刻。

崭新的《无弦有音》奏响葵舞台。

吉他、贝斯、键盘、鼓，加上裴忻浑厚、坚韧有力的嗓音，这首带着姑娘们各自灵魂的歌曲也站到了国内校园乐队的最高舞台上。

裴忻散发着她所向无敌的女神光芒，莫龄的独奏在高手云集的当下依旧引人注目，林南希的键盘乐如同一个大乐团，让五人的舞台演奏出二十人的华丽效果，陶贝贝的技术愈发稳健，贝斯与鼓的配合度也越来越高。

坐在最后面的望思玛，是五个人中成长最快的，她不再是从前那个惧怕舞台、否定自己的望思玛，现在的她，完全享受着属于自己的节奏世界，新编曲的《无弦有音》里，莫龄和裴忻特意为她留了一段军鼓独奏，这段独奏虽然只有短短八个小节，但她却很好地支撑了起了第二段的间奏，她的惊艳，都来自她背后默默地努力。

音乐停，台下掌声一片，乐手们互相对视，然后报以激动的笑容，当前面四个人齐刷刷地看向身后的望思玛时，望思玛终于感受到，自己终究成了一名真正的鼓手。

15个城市，30支乐队，今天只能留下20支。

这场长达五个半小时的淘汰赛，最终，S市的镇天魄乐队以第五名的成绩毫无悬念地晋级到了下一轮，黑天鹅乐队也以第十四名的成绩拿下了翻唱赛的资格。

北京之行，首战告捷。

第51章 葵舞台（3）

"裴忻，大家一起吃个饭吧。"散场后，镇天魄乐队的主唱大明带着乐队风风火火地走来，"难得我们都在北京，晚上我们吃火锅，你们几个一起啊。"

"不了，"裴忻拉上琴包拉链，"她们都挺累的，你们自己去吧。"

沉浸在晋级喜悦中的陶贝贝听到"火锅"二字立马把脑袋凑了过来，"老北京铜锅涮肉吗？我不累啊，谁说我累了？那边打鼓的同学，你累吗？"她把头转向一旁的望思玛。

望思玛憋着笑，把鼓槌包背在自己肩上，"好像……是有点累，吃点肉祭祭五脏庙也不错啊。"

"你看吧。"大明笑笑，"你的小姐妹都饿了，你就不要虐待她们了。"说着，又看了看莫龄身边的林南希，"还有这位林大美人，在伶酒吧没机会，这次来北京，总要赏个脸一起吃饭吧。"

"走。"大明身后的贝斯手山羊也答了一句，"哥给你们做主，今晚热气羊肉，男人买单，美女免费……"

"镇天魄请我们吃饭，就当交个朋友嘛，顺便打听打听小道消息。"陶贝贝在莫龄耳边吹起了风，"学习点复赛经验，知己知彼，百战百胜。"

热情的男生们顺势帮陶贝贝、林南希、莫龄和望思玛提了琴包和鼓槌包，莫龄与裴忻对视了一眼，然后拉着裴忻一起跟在了后面。

对于镇天魄这样一支常胜军而言，每年晋级亚洲校园乐队全国赛可谓家常便饭一样，不管经历了多少届，不管换了多少位乐手，这所以理科为主的大学在地下音乐界不断创造着神话，前年，他们受邀欧洲音乐节参与交流演出，去年，他们还拿到了音乐节最受欢迎大学乐队奖，今年，他们出了乐队的第三张数字专辑……能取得如此斐然的成绩，嘉北大学的领导自然是给予了鼎力支持，比如他们的校长，更是聘请了国外音乐学院的老师亲临指导。

主唱姜大明三年来一直都是乐队的灵魂人物，小伙子虽然颜值一般，但性格不错，化了标志性的眼线之后颇有日本视觉系的气质，再加上深沉如雷，锋利如刃，唯我独尊又君临天下的霸气声线，使得他在圈里十分受欢迎，算得上是黑暗系风格的男神。

主音吉他阿轩出身于书香门第，虽然大家对他的家庭还不甚了解，只听说他的父母是教育行业的大人物，但他平时为人低调，做事努力，当年刚进大学时就因为卓越的吉他技术被邀请进了镇天魄乐队，更为乐队贡献了不少难得的演出资源。

同样，乐队的节奏吉他手阿旗和贝斯手山羊实力也不容小觑，节奏吉他手阿旗从高中就组了自己的乐队，进了大学后，每天练琴更是超过5小时，是乐队里进步最大的一位；贝斯手山羊则是去年全国大赛最佳贝斯手的获得者，也是陶贝贝的姑父，Simon 杜最得意的门生之一。

还有他们的鼓手郑晓天，不仅长相出众，还是嘉北大学那一届的高考状元，妥妥的学霸，高中时期就作为民乐团的队长代表中国出国交流，不仅架子鼓玩得溜，还擅长中国大鼓和扬琴演奏，是五个成员里最受女生欢迎的乐手。

作为一支理工科出身的乐队，镇天魄乐手的实力完全不亚于专业出身的太音乐队，为了保持常胜不败的佳绩，他们在背后付出的努力是常人难以想象的，裴忻常说，镇天魄是将摇滚乐玩到癫狂的王者乐队。

"所以，你也是杜老师的学生？"饭桌上，镇天魄的贝斯手山羊见陶贝贝对杜兴文侃侃而谈便好奇地问她。

陶贝贝想了想，勉强点点头，"不算学生，我只是他侄女……"

"侄女？"惊到下巴都要掉下来的山羊立刻托起啤酒杯，对着陶贝贝作揖道，"这顿饭吃得真有质量，我先干了，你随意……"

陶贝贝嗫嚅地抿了一口啤酒，一旁的望思玛和莫龄看得愣了神。

"两周以后是老歌翻唱赛，规则你们都知道吧。"山羊就此打开了话匣子，"按照这次的比赛成绩依次抽签，然后准备两天时间，在主旋律不改动的情况下可以根据自己的演奏风格稍做调整。"

"没错，按照以往的打分标准来看，建议不要在曲式上做大改动，是吧裴忻。"吉他手阿旗跟着说，"去年你也在，应该很清楚。"

裴忻点点头。

"曲式和风格不能大改……所以，下场比赛，归根结底就是看……"

"就是看主唱的驾驭能力。"

陶贝贝大松一口气，"太好了，终于能缓缓了。"

"缓什么？"裴忻斜眼看着陶贝贝，然后放下筷子夹着的一片牛肉，"乐队是我们所有人的，你们要敢偷懒，我就把你们当肉涮了。"

莫龄和林南希相视一眼，随后低眉笑笑，仿佛在说：总之，只要有你就没什么悬念了。

几个回合后，男生们多少有些喝高了，见姑娘们不再拘谨，便你一言我一语聊起了八卦。

"哎，我说，何亚维这小子真是会玩！"说话的人是大明，大明借着酒意口无遮拦起来，"我上回还见他带了个女人去酒店……"

坐在对面的姑娘们顿时鸦雀无声，裴忻继续在铜锅里捞着刚刚扔下去的大白菜。

大明的话还未说完，一旁的鼓手郑晓天就用手肘狠狠顶了顶他，"肉都没了，赶紧添点啊。"

"你顶我干什么。"昏昏沉沉不知所云的大明手一挥说道，"肉不就在你后面吗？你小子没手啊！"

"都吃完了。"

"吃完了你再叫点啊。"他提高了几度嗓门，"哥的话还没说完呢。"他用食指指了指对面的几个姑娘，带着有些嫉妒又有些猥琐的眼神继续说道，"那女的，还是个熟女，没想到何亚维口味还挺特别，和哥喜欢的类型一样……"

饭桌上的气氛更尴尬了，望思玛和陶贝贝拨弄起自己的手机来，尽力表现出一副对八卦置若罔闻的样子。

林南希喝了一口酒，不屑地笑了笑。

莫龄转头看了一眼裴忻，裴忻依旧淡定自若地捞着锅里的蔬菜，"藕片呢？藕片怎么没了。"最后，由于她什么也没有捞到，不得不把桌上的一杯啤酒一口闷下。

"服务员，再给我们上一份藕片！"吉他手阿轩赶紧叫了服务员，"对了，再来两盘羊肉……"

"裴忻，你也不要再喝了。"莫龄放下裴忻想要再次满上的酒杯，"明天我们还要赶火车，晚上早点回去休息。"

"休息？吃饱了才能休息啊！"

大明见裴忻兴致高昂，也就更加刹不住车，"何亚维有什么好？稍微赚了点钱就去找乐子，你跟他分手是对的，我觉得邦萨这小子就很好啊，虽然人憨憨的，起码是个老实人，对了，他是不是追了你一年了？"

"邦萨！"裴忻这才想起昨晚邦萨来找她，她将酒杯重重地摔在桌子上道，"所以，我的房间号，是你小子告诉他的？"

"呵呵。"大明心虚地应了一声，"邦萨是我兄弟，这不帮兄弟一个忙嘛，说不定也是帮你一个忙。"

"你真多事！"裴忻答。

"谢谢你们款待，我们也该回去了。"莫龄挽起裴忻的手，表情很是难看，她在裴忻耳边低语了几句，像是施了什么魔法，倔强的裴忻听后立刻神情一紧，然后乖乖站了起来，一步一步跟在莫龄后面回了酒店。

一路上，姑娘们吐槽起镇天魄乐队口不择言，而就在此时，望思玛的手机收到了江峪的简讯，江峪已经在第一时间知道了黑天鹅乐队晋级的消息，但同时，他也有一件更重要的事要跟望思玛说。

警官肖米杰自得知自己的师父徐鼎跟一个名为罗宏飞的人有金钱往来，便依据线索一路追查下去，这不查不知道，一查还真查出个名堂来。

肖米杰说，罗宏飞不仅给徐鼎打过两笔巨款，私下还经常密会一个女人，这个女人人称"崔姐"，而她的真实姓名，就叫崔星子。

望思玛听到"崔星子"三个字的时候，心里重重一沉，两年前哥哥给江峪发的信息里就透露了"崔星子"的信息，还有哥哥电脑里那张形似崔星子背影的相片。这次，芬雅琴行的罗宏飞竟然也跟崔星子有着不一般的关系，种种疑问在望思玛脑海挤成一团，她看不清，也猜不出，思绪如同乱麻。

高铁一到S市站，望思玛就带着行李赶去蓝羽琴行，穿着便服的肖米杰警官已经等候多时，他拿出了一份文档。

"崔星子是个生意人，手中资产过亿，也投资过很多产业，但是多以娱乐文化类为主，比如你们学校附近的欧特比酒吧。"

"欧特比？"望思玛似乎猜到了几分，"去年我们乐队的队长裴忻放了欧特比的鸽子，这个女人就带人到我们学校来找她麻烦！"

"难怪。"肖米杰继续说，"欧特比有三个老板，崔星子就是其中之一。"

"这里还有一份。"肖米杰又将文件后面的几张纸拿了上来，"还记得罗宏飞是芬雅琴行的高管吗？这个崔星子……可是罗宏飞的老板，芬雅集团的幕后股东！"

"我的天。"

"果然和崔星子有关！"江峪恍然大悟。

"你指什么？"肖米杰问。

"假琴！"他攥了攥手里的拳头，"崔星子和罗宏飞串通一气，把外面黑工厂的假琴通过自家工厂发出去，从中牟利，后来东窗事发，他们就买通徐鼎警官以次品外泄的理由欲盖弥彰，草草结案……"

"江峪，这件事是不是和我师父有关我还要继续调查下去，没有证据你也不要妄下结论。"

"对不起。"望思玛将手搭在江峪腿上，"肖警官说得对，况且，我哥哥和她的关系也没有查清楚，这个崔星子一定还有很多我们不知道的事。"

"思思，你哥哥曾经说过，崔星子很危险。"江峪把手搭在望思玛的手上，一脸凝重，"这件事就交给我和米杰，记住，你还是个学生，还有很多自己的事，千万不要妄自行动。"

"好。"

第52章 高管落网

就在望思玛去北京的那天，徐鼎的太太将自己丈夫的手机交给了肖米杰，希望肖米杰查出徐鼎户头里三十万汇款的真实来源。

肖米杰通过科里的技术专家，很快恢复了师父徐鼎手机里被删的聊天记录，在密密麻麻的信息里，他找到了五十多条与罗宏飞的私密记录。

这些简短的文字清晰地记录了老警官徐鼎受贿并且将芬雅假琴的调查结果翻盘的全部证据。肖米杰看后大吃一惊，全然不敢相信自己最尊敬的师父竟然会做出这种知法犯法的事来。

在芬雅假琴案东窗事发后，这起棘手的案件很快便落到了徐鼎手里。徐鼎是警局里资历最老的警官，对制假案有着丰富的刑侦经验，之前处理的案件，只要在他手上，必定能水落石出，真相大白，而徐鼎秉公执法，铁面无私的形象也一直是局里后辈们的榜样。偏偏这一次，老警官没能抵挡得住三十万的诱惑，贪念一时，毁尽一生。

"我师父的母亲得了癌症，这半年来病情一直不稳定，长期的医药费和化疗费，还有房子的按揭早就让我师父心力交瘁……现在想来，我才明白我师父的抑郁症为什么会越来越严重。"

"徐太太的工作也不稳定，女儿还在上学，前几个月徐警官的父亲又查出了帕金森综合征，这才使得这个家的开支入不敷出，哎，一切都是因为钱。"

肖米杰点点头，"在他穷途末路的时候，突然有人能给他三十万，也许这就是压倒他灵魂的最后一根稻草。"说罢，他摇摇头，"我师父拿了钱一定很痛苦，否则怎么会就这样结束自己的生命呢。"

"事已至此，你打算怎么做？"江峪问。

"所有的证据我都会一并交于所里。"肖米杰湿润的眼眶里带有一丝疲倦，"我是警察，所有的犯罪我都不会姑息，只是……这个罗宏飞牵扯到的人太多，我一定要把事情调查清楚，然后把这些混蛋亲手抓起来。"

回家路上，望思玛挽着江峪的胳膊也是一言不发。

"思思，你在想什么？"

"在想徐警官的事。"望思玛叹了一口气，"这两年我父母一直因为哥哥的案子盯着徐警官不放，想必，他也承受着很大压力吧……"说到此处，她感到一丝愧疚，"我父母不知道他得了抑郁症。"

第 52 章 高管落网

"这不关你的事,就连警局的同事,还有肖米杰他都没有告诉,你不用自责。"

"一方面因为抑郁症,一方面因为受贿而后悔,所以徐警官才用这样的方式逃避了现实,也是可怜。"

"可怜的不只是徐警官,还有他的太太和女儿,徐鼎也就那么一下,就了结了,然后再也感受不到痛苦,而他的太太、女儿还有父母,可能要花很久很久才能从痛苦中走出来,又或者永远都走不出来,你说谁更痛苦?"

望思玛再次叹了一口气。

次日凌晨,肖米杰带着警队队员,顺着芬雅高管罗宏飞的手机定位,在 S 市郊区一处挂羊头卖狗肉的作坊里,顺利查获了一批镶有芬雅商标的假琴。

警察破门而入的时候,"工匠们"正在给一批假琴浇筑琴号,看到警察来了,起初还装作什么都不知道,声称只是拿了钱给老板做事而已,直到警察在内屋的资料室里找到了芬雅最核心的工艺图纸,还有一些内部才能看到的流转资料,他们才知事情已经败露,然后不得不抱头求饶。

人赃俱获,包括罗宏飞在内的十几人被悉数带回了警局。

见事情已经无法挽回,罗宏飞也不得不将自己做的一切交代出来。

身为芬雅集团的高管,这些年来他一直和外部制琴工厂有不可告人的利益往来,他利用职务之便,将芬雅内部最核心的制琴工艺图偷偷复制出来,然后高价卖给这家制假工厂,工厂很快复刻出了一批又一批假冒的钢琴和电声乐器,但由于芬雅的琴本身售价就高,又对发货渠道管控严格,很难通过其他工厂销售出去,于是,罗宏飞就买通了芬雅物流仓储中心的老大邱飞飞,这才使得一批批假琴以"芬雅仓库"的名义发到了客户手中。

"所以,每卖出一台假琴,你和仓储中心的老大邱飞飞就能从中捞一笔是吗?"

"是的。"罗宏飞对自己的罪行供认不讳。

"这件事,还有其他人参与吗?"肖米杰再次质问起罗宏飞,"除了物流仓储中心,还有没有你们集团的其他领导也参与了这件事……"

"没有了。"罗宏飞斩钉截铁地说。

"真的吗?要不要再想想,这么大的案子,集团内总有几个厉害的人在后面帮衬你吧。"

"呵呵。"罗宏飞突然笑了笑,"这位警官,你指的是谁?我不明白,刚才我已经说了只有邱飞飞,难道你觉得还不够吗?"

"我们查看了你的通信记录,你和芬雅集团的股东崔星子关系也不错吧。"

说到此处，罗宏飞突然眉头一锁，"你什么意思？崔总只是我领导而已。"

"领导而已？你们每个月打电话要超过五十次，是不是有点太频繁了？"

"她是我老板，每天的工作我都要汇报给她，公司其他总监级别的人也是，这有什么问题吗？"

"我是说……"肖米杰依旧不依不饶，"你在外面干的这些勾当，崔星子不知道吗，你每个月从假工厂走了那么多货出去，多少会影响你手里原来的业务吧，你老板这么聪明，难道就没有怀疑过？"

"我手里业务确实很多，即使把订单放出去一部分，每个月还是可以完成指标。"罗宏飞虽然低着头，眼神却飘忽不定，"我只是把每个月多余的几个单子分了出去，几个股东都不知道，只有邱飞飞知道。"

"行，暂且相信你。"肖米杰翻开桌上的一沓资料，"据我所知，你已经结婚了，不过，我们从邱飞飞的口供里得知你们在一起很多年，大家都是男人，我就直接问了，邱飞飞是你情妇，对不对？因为你们有婚外情关系，她才肯这么帮你……"

罗宏飞顿了顿，闭上眼睛，用拇指和食指拧了拧自己的鼻梁骨，"是啊，不过……"他说话有些底气不足，"这件事求你们不要告诉我太太……"

肖米杰审问的这段时间，罗宏飞自始至终都没有提到崔星子，虽然肖米杰现在愈发认为这件事的背后和崔星子脱不了干系，但任凭肖米杰如何盘问，罗宏飞就是避而不谈，从罗宏飞的眼神中可以看出，对于崔星子这个人，罗宏飞是有顾及的。

警局外，江峪已经等候多时，见肖米杰出来了，便马上走上去询问，"怎么样？"

"该承认的承认了，至于谁是幕后主导，他没有说。"肖米杰有几分失落。

"那，他手下的假琴分销商都供出来了吗？"

肖米杰点点头，"说了，不过说了几个无关痛痒的，放心，我也派人盯着崔星子了，一有什么情况马上向我汇报，芬雅这件案子，我一定会调查到底的。"

"我说老肖，这几天你也累了，赶紧回家补个觉去吧。"江峪拍了拍肖米杰肩膀。

肖米杰耸耸肩、转了转脖子道，"确实是挺累，不过累了也不一定要睡觉，一会儿有空吗？打球去？"

"行啊，不愧是干刑侦的，体力不错。"

很快，两个男人就来到了申南大学篮球场，申南有两个标准篮球场，其中一个在周末对外开放，自从和望思玛在一起，江峪就经常到这里打球，久而久之，他和这里的学弟们也相熟起来。

肖米杰一米八十五的个儿接过篮球拍了几下，然后凝视前方，身体下蹲，胯下运球，瞬间侧身越过江峪，跑到篮筐下，他的双腿一发力，手腕轻轻一抬，将球对准篮筐推了过去。

"行啊你。"江峪连声赞叹，"不愧是当年的篮球队队长，一点没退步。"

"你也一样，当年挡我的路数也一点没变，早就被我看穿了。"他笑着走到篮筐下拿了一条毛巾擦了擦汗，"江峪，我一直很好奇，打鼓那么好玩吗？能让你这么轻易地放弃新闻专业？"

"不然呢？"

肖米杰又笑笑，"我有朋友在国家新闻出版广电总局，你又是学新闻专业的，要不给你介绍介绍？打鼓毕竟不是一份适合一辈子的工作，当作兴趣爱好发展倒是不错。"

江峪站在六米开外，举起球，用力将球往前方一抛，篮球打在了篮板上，随后弹到了筐边，转了个圈后最终落到了篮筐里，"打鼓有什么不好，至少能让我高兴，如果连自己喜欢的事都做不了，那短暂的人生还有什么意义？"

"是啊，对大多数人来说，只做自己喜欢的事其实是一件很奢侈的事，所以从学生时代我就很羡慕你，不用因为考虑谋生而牺牲自己的梦想，每个人都有自己的命，有的人在起点拼了命地跑，而有的人，一开始就出生在了终点，什么都不做就是一种躺赢，你说是吧。"

江峪没有作答，拿着篮球紧接着又是一个快步上篮，这一次，篮球稳稳地落进篮筐，然后重重地落在地板上。

"如果望思玛以后想做个职业鼓手，我倒是可以考虑换个工作试试。"

"是吗？"肖米杰哈哈大笑起来，"你能落在一个女人手上，也算是千古奇事了，古人说世间万物相生相克，真是一点都不错。"

"你胡说什么呢？老子也不弯啊。"

"不不不，我只是想说一物降一物，能让你这根木头动心，这姑娘还真是有两把刷子。"

第53章 考研

　　从北京回来的第二天，姑娘们就投入到紧张的排练中，两周后的下一场比赛是翻唱赛，所有的乐队都会在比赛前两天通过电脑抽取参赛曲目，根据以往的经验来看，入选的曲目大多会比较冷门，网上也鲜有完整的乐谱，所以这样的比赛更能考验乐手们的扒谱能力和主唱的应变能力。

　　为了应对这场比赛，姑娘们在网上学习了不少扒谱技巧。裴忻是主唱，但凡有歌词她就能完整地演绎出来，即使是英文歌也能轻松驾驭；莫龄与林南希从小学习键盘，两人都拥有超乎寻常的敏锐听觉，听曲扒谱对她们而言也完全不在话下，特别是林南希，她在初中时就拿到了全国双排键电子琴的冠军，不仅能清晰记住所有她听过的声音，还能迅速用键盘模拟出这些音乐的音色。

　　当时的裴忻一心想把林南希招进乐队，便是看上了她这样惊艳的能力。

　　"我觉得思思的鼓谱还算简单，至少鼓声和弦乐声很容易区分，我就比较悬了，那天真想把我姑父带在身边。"说到此处，陶贝贝开始惴惴不安，"我还以为会给谱子呢，哪知道要自己扒，是谁骗我说复赛是考验主唱的，明明就是考验我的嘛！"

　　"对于镇天魄来说，扒个谱子就像吃饭那么简单，只要主唱发挥好，绝对没什么问题。"一旁的林南希突然插了一嘴，"对于我们乐队而言，则是恰好相反，哦，不对，是对于你们两个而言……"

　　"哎、哎，南希，你可不要吓唬她。"莫龄见林南希说话有些生硬，便站了出来，"贝贝，你不用担心，裴忻说了，等曲目确定后，我们帮你们把谱子扒出来。"

　　鼓凳上的望思玛今天出奇地冷静，对于下一场比赛，她倒是一点也不紧张，甚至还有那么一点点期待，因为在这之前，她已经在江峪的"胁迫"下扒出了不少曲子的鼓谱，下场比赛，她也正好能检验这段时间"特训"的成果。

　　"还是大神和女王最好。"陶贝贝噘起嘴，"哪像某些人，只会说风凉话。"

　　林南希斜着眼看了看陶贝贝，然后继续调试着音色。

　　"莫龄，你和裴忻都大四了，过了六月就要毕业找工作吧，如果……"一向乐天派的陶贝贝突然想到了个极其伤感的话题，"我是说，今年运气好，有你们两个在，等你们毕业了，我们这个乐队再也找不到你们这么优秀的乐手了，可能就要解散了吧。"

　　听到这里，望思玛也默不作声，平日里心情没有跌倒谷底的时候，她是不会去想这些"生离死别"话题的，组乐队之前，她还坚定地认为自己除了薛佳雯是不会有其他朋友的，不曾料想现在多了这几个姑娘能与她朝夕相伴。

象牙塔里的时光清浅，而友情却早已地固根深，相遇是缘，但也终有一别。

"我……"裴忻见气氛越来越感伤，终于磨磨叽叽地吐了几个字出来，"我没打算那么快毕业。"

"不毕业？"陶贝贝不解，"裴忻你准备留级了吗？"

"你！"女王对着陶贝贝翻了个大大的白眼，"去年年底我拿到了保研资格，我会在申南继续读两年研究生。"

"保研？研究生？"望思玛一秒钟前还惊喜地盯着裴忻想要祝贺她，但很快她就觉得事情有些不对劲，她的目光从裴忻身上移到了莫龄身上，既吃惊又尴尬地看着她，要知道，莫龄可是为了黑天鹅乐队而放弃了研究生考试。

气氛在裴忻这句话落下后变得更加诡异，林南希见大家突然陷入沉默，便忍不住问了一句，"怎么了这是，裴忻在学校多待两年，你们好像没有想象中那么高兴呢。"

林姑娘这么一说，原本就徘徊在冰点的气氛又往下跌了几度。

"说什么呢，当然高兴了。"莫龄先开了口，"你们别以为裴忻只是唱歌好，我早就知道她是金融系的学霸，这次拿到保研资格也算是实至名归，现在好了，明年还能继续跟你们做乐队。"

莫龄的脸色永远都那么温和，对于裴忻，她有一种发自内心的宽容，不管裴忻做了怎样的决定，她都会替她高兴，而刚才还说自己要读两年研究生的裴忻，此刻的眼神却飘忽不定。

这一天的排练，所有人都老老实实的。

"本来年前我就想说的。"晚上，裴忻和莫龄走在申南的黑天鹅湖边，今天的排练由于大家配合度很高而提前结束，莫龄在申南大学排练了无数次，却一次都没有认认真真驻足欣赏过这个校园的美景，而今天排练一结束，裴忻就在大家的注目礼下，陪着莫龄离开了艺术楼。

"你还记得过年那会儿你是怎么说的吗？"

"当然不记得，我一年说那么多话。"

申南大学中央湖的湖畔，莫龄与裴忻一前一后走着，莫龄转过身对着裴忻嫣然一笑，"你说的，人生从来都不是只有一条路可以走，束手束脚的人生只会缺乏胆量，所以，我现在才能做主自己的人生。"

"是吗。"裴忻轻轻回了一声。

忽然，莫龄看见湖边有一个凉亭，她加快脚步朝着凉亭走去。

"凉亭风太大，我带你去食堂吃点东西吧。"裴忻停了停，似乎不想再往前走。

"不用。"莫龄没有听从裴忻的建议，顶着三月的寒风，她还是走进了凉亭，然后站在亭子最中央看着眼前大片的黑天鹅湖，"晚上的湖边，很美啊！"

"很美吗？"裴忻环顾四周，除了几盏路灯和眼前宁静的湖面，周围完全没有任何能称得上"美"的景致。

"只要是安静的地方，我就觉得很美。"

裴忻嘴角一斜，"难怪。"

"对了，还没有恭喜你保研了。"

"谢谢。"

"忻，之前我就觉得考研对你来说是最好的选择，你那么在乎乐队，一定不想就这么结束吧，念了研究生，你就能和望思玛、陶贝贝继续留在申南，留在黑天鹅乐队。"

裴忻陷入沉默。

"今年我们很幸运，第一次组乐队就进了全国赛，大家虽然起点不同，但目标都是一样的，尤其是望思玛和陶贝贝，我知道她们都很需要你，你也很需要她们。"

裴忻看着莫龄，她有一肚子话想要倾诉却一个字都说不出口。

"总之，等北京的比赛结束，我就要去实习了。"

"你想好了？"

"是的，我不会参加五月份的在职研究生考试，现在的我，只想早点出来工作，早点从家里搬走，然后过属于自己的生活。"莫龄说这话的时候，流露出如释重负的轻松感，"我记得你还跟我妈说过，即使我不读研究生，我也能比别人做得更好。"

"是啊，只不过现在的工作不好找，我爸爸有一家律师事务所，如果你不介意的话，毕业之后我想把你推荐过去，薪资待遇什么都好说。"

"我想靠自己。"莫龄婉言谢绝了裴忻的好意，"其实我想做一个旅行作家。"

"作家？"

"是啊，边旅行边写作，走到哪儿写到哪儿，把一路上的风景和逸事，通过文字记录下来，然后写成一本书。这个想法我已经酝酿了很久，我也和出版社的朋友聊过，他们都很支持我，书一成稿，他们就会帮我申报选题。"

"哦。"

"你也觉得很不错是吗？"莫龄问。

"嗯。"裴忻点点头，"旅行要多久？"

"半年吧，我选中了一条大西北的路线，贵州、青海、然后西藏……"莫龄像是打开了话匣子,"毕竟不像你家里有矿,我这个穷作者只能穷游,如果快饿死了,我就提早回来……"

"那……你一直在外旅行,我是不是就不能经常见到你了?"说到此处,裴忻自己都觉得有些不好意思,目光立刻从莫龄脸上平移到一旁的树梢上。

"嗯?"莫龄有些质疑自己的耳朵,一向高冷不苟言笑的裴忻怎么能说出那么让人心潮澎湃的话来,"你说什么?"

"啊……我是说,不错。"裴忻的眼神在柔和的路灯下显得特别让人怜惜,"你妈妈会同意吗?"

"同意了,每次回家她都跟我吵,在我们断绝母女关系的一个月后,她还是妥协了。"

裴忻点了一支烟,打火机的微光下,女孩纤长的手指夹着细细的烟,举到嘴边又浅浅吸了一口,这一口,她闷了好久好久才慢慢释放出来。

指尖升腾的烟雾糅合着裴忻的沉默在阴冷的黑夜里流转,那头银白色的短发在路灯下依然耀眼。裴忻既是一个百炼成钢的男人,又是一个柔心弱骨的小女孩,她讨厌在人前表露出无助、沮丧的一面,除非曾经的何亚维,或是现在的莫龄。

莫龄从小家教甚严,对抽烟、喝酒的姑娘有着深深的偏见,直到大一时她遇见了裴忻,那些自认为不可动摇的原则才变成了自己的错知错见,傲慢、高冷、抽烟、喝酒……但凡能与裴忻挂钩的标签,她都能无条件地容忍再容忍。

"喜欢你的男生那么多,你就没想过再谈一个?"莫龄从凉亭中慢慢走出来,额前的刘海被凉风刮得凌乱,她本不想那么八卦的,但好奇心还是驱使她情不自禁问了出来。

"没有。"

"真的?一个都没动过心?"

"没有。"

"每天跟我们几个女生在一起,不腻吗?"

"没有。"

"那,你放下何亚维了吗?"

"他是谁?"

莫龄被裴忻的话一下堵了回去,她嘴上没说,心里却生了一丝窃喜,"这么晚了,你们学校食堂还有宵夜吗?"

"当然有。"

第 54 章 他的前任

"还是不行吗？"

"不行，密码不对。"

蓝羽琴行里，望思玛和江峪正坐在笔记本电脑前，任凭望思玛按了多少组数字，屏幕上依然不断显示着"密码错误"四个字。

之前在哥哥房间的抽屉底下找到的那个优盘，望思玛一直带在身边，她试了不下百次，还是猜不出那个表格文档的密码来。

哥哥留在优盘里的信息不多，其中有三段十心乐队早期的演出视频，那些视频很早就在网上传播开来，他们也看了好几遍，并未发现任何问题。

还有一张只有背影的相片，相片里是一对男女，两人衣着干练，举止亲昵，单从背影看仿佛有些年纪，江峪猜测那个女人就是崔星子，而她身边的男人是谁，却一直是未解之谜。

"我试过我们家里所有人的生日，都不行，就连我哥和我爸妈的银行卡密码都试了。"

"你再想想，思奇有没有特别喜欢的数字，或者……对他来说特别重要的日子？"

望思玛思考了许久，依旧没有头绪，"我哥哥喜欢 7 这个数字，但是这样的排列组合有上千个，根本没有办法一个个试。"

正当两人陷入谜团的时候，门外突然传来一个女孩的声音。

"江老师，上周打电话约您的段小姐来了，在 V9 教室等您。"说话的人是蓝羽琴行新来的前台姑娘阿青。

"知道了，麻烦你先招呼一下，我一会儿就过去。"江峪拔出优盘，合上电脑。

待前台姑娘走后，江峪摸了摸望思玛的脑袋，然后把自己的脸凑了上去，"给我乖乖练鼓，晚上带你去看电影。"

望思玛捏了捏江峪的下巴，摇了摇说道，"真是不巧，晚上 7 点我有排练。"

江峪有些失望，"你们乐队真是走火入魔了，你们那个裴忻是不是疯了？一分钟都不放过你们，每天除了上课就是排练，一点私人时间都不留给你，这不是魔鬼吗？"

望思玛扑哧一声笑了出来，"她就是魔鬼，要不是她那么变态地训练我们，我也站不到北京的舞台上。"

"哦？你这三脚猫水平的鼓手能站在北京总决赛的舞台上，难道不是因为我教得好吗？"江峪有些不乐意，"是谁逼着你每天练基本功的？是谁给你优化曲谱的？又是谁一周三次陪你练鼓还不收你一毛钱学费的……"

"哟。江老师您这是怎么啦？"望思玛见江峪吃起裴忻的醋，突然生出一丝喜不自胜的嘚瑟感，"裴忻可不像你还有邪念，人家对音乐可是有鸿鹄之志且心无旁骛的。"说完，她朝着江峪的脸颊亲了一口，"不过呢，我还是最喜欢江大师。"

"那是，你又不是那谁！"

"什么那谁？"望思玛紧贴着江峪的脸颊继续说道，"你别看裴忻那么霸道，有时候我觉得裴忻也挺孤独的，虽然乍看之下她什么都不缺，但其实吧，她现在也只剩下我们了。"

"只剩下你们？有莫龄应该就够了吧。"

"莫龄？"望思玛不解，"什么意思？"

江峪笑笑，"行了，不开玩笑了，我还要去见客户，一会儿回去小心点，到了学校给我回个消息，听见没。"

"嗯。"

江峪走出鼓房，顺着蓝羽琴行的走廊来到V9教室，前几日有一位自称演艺公司老板的段小姐找到蓝羽琴行，想要洽谈合作六月份的音乐艺术节活动。这个艺术节活动已经在S市举办了多年，每年都能吸引大批乐迷参与其中，只是这次，主办方特地找到了蓝羽琴行，还特别提到了蓝羽琴行的江峪老师。

老板陈志忠自然不会放弃这么好的合作机会，于是，就把这个项目全权交给了江峪。

江峪推开门的时候，段小姐正在和陈老板谈着艺术节策划方案，见江峪进来了，段小姐便笑着站了起来。

"江峪。"

江峪心里就冷不丁地打了个寒战，眼前的这位姑娘面容姣好，身材高挑，穿着一袭品质感十足的粗花呢裙装，手里还拿着一个H标的橙色手包。

一见江峪，姑娘便分外亲切，"好久不见。"

"梓音？"江峪很意外。

女孩走到江峪面前，从上到下认认真真打量了一番，"阿峪，你真是一点没变。"

这位姓段的姑娘名叫段梓音，她有着令人羡慕的背景，她曾经就读于美国伯克利音乐学院，她年纪轻轻就在香港成立了自己的演艺公司，她连续两年承办了S市的音乐艺术节，当然，她还有另一个身份，那就是江峪的前女友。

江峪杵在原地没有接话，陈老板见两人本就相识更加喜出望外，"原来你们认识啊，那太好了，江峪，来来来。"他招呼着江峪赶紧过来，"今年艺术节段小姐想推荐我们成为官方合作伙伴，具体方案我看过了，所有的演出器材我们琴行都可以提供，时间上也没问题，置换的媒体资源也很好，机会难得，你跟段小姐聊聊具体的。"

说罢，陈老板捧着自己的暖水壶笑嘻嘻地走出去，临走时还不忘在江峪的耳边说了句："去年我们被黑弦比了下去，今年可得好好把握。"

陈老板走后，教室里只剩下江峪与段梓音二人，段梓音走到江峪面前，还未等江峪反应过来便一把抱住了他，"想我了没？"

江峪本能地向后退了退，但女孩抱得用力，他没能挣脱。江峪低着头，面色凝重，"松开。"

"我不。"女孩把头倚在江峪肩上，"我回来了。"

"你回来关我什么事？"

"我不走了，我再也不走了。"女孩用力拥着面前的男人，"你不就是喜欢音乐嘛，我可以陪你，今天起，你想做什么我都陪你。"

"哦？大可不必。"江峪轻声说了一句。

"阿峪，我知道当时没跟你商量就去香港工作是我不好，但我也是迫不得已……"

"你到底说不说正事？"

"你就是正事啊。"

"那说完了没？"

一个身影恰好路过半掩的教室门口。

房间里的女孩突然踮起脚，朝着江峪的唇上吻去，江峪本能想要回避，心里却"咯噔"了一下，他百感交集，同时又害怕与姑娘有更多的身体接触。

他看见了门外的人，僵直的身体瞬间反应过来，他的双手伸向身后，不想姑娘仍紧紧地抱着，甚至抱得他喘不过气来，而门外站着的姑娘此时早已目光如炬，仿佛一点星火就会引起大爆炸。

他扒开了腰上那道"枷锁"，"思思！"他追了出去。

走廊上，望思玛甩开了江峪的手，"滚！"

"不是你看到的那样！"

"第一次我忍了，这是第二次。"望思玛从未觉得自己可以如此愤恨，她用自己都觉得可怕的犀利目光狠狠地瞪着江峪，"你已经没有机会了。"

说完，她走了。

江峪自知百口莫辩，显然刚才的那一幕望思玛是误会了，他想解释，他想追出去，但双脚却因为周遭的好奇目光而没有再挪动。

教室里的段小姐看到眼前的这一幕也惊了一下，她有些难过，又有些幸灾乐祸，嘴角随之挂出一丝隐隐的狞笑。

"江峪。"她走过去。

"怎么了，怎么了。"隔壁办公室听到动静的陈志忠老板把脑袋探了出来，"外面什么事情这么吵？江峪，是你学生吗？"他朝门外看看，看到了江峪身后的段梓音，脸色立马转晴道，"哦，是段小姐，有什么需要我们帮忙吗？"

段梓音看了看江峪，摇头，"条件什么都好说，江峪先生提的要求我们也都能满足，我关注你们琴行很久了，你们的资质不比其他琴行差。"

"那是啊。"听到段梓音的夸赞，陈老板走出来，"我们蓝羽在这里开了几十年了，这条街没有人不知道我们琴行的，很多街坊邻居都把孩子送到我们这里学音乐，有不少还是慕名从外地赶来的呢。"

"我知道……"

"江老师是我们这里最受欢迎的老师，不仅自己有乐队，还有很多经验丰富的学生，我们蓝羽随便拿出几个乐队，在全国都是可圈可点的。"

"呵呵，我知道。"段梓音挽住江峪的胳膊，身体也故意贴近了他，江峪不自然地后退一步，还向她翻了个白眼。

"陈老板，我们很聊得来，这次的艺术节我也很放心交给你们蓝羽。"

"那太好了，你们继续聊，继续聊，有需要我协调的尽管吩咐。"说着，他识相地退回了自己的办公室。

几十公里开外的申南大学。

望思玛便没有那么好的兴致了，刚才，她拦了一辆出租车赶回学校，一路上她已经很努力了，但还是抑制不住内心的失落，终究哭了出来。

莫龄与陶贝贝看到泪眼婆娑的望思玛也急切地围上来。

在两人的轮番追问下，望思玛才把刚才在蓝羽琴行撞见的事告诉了她们。

"这个江峪，真是看不出来啊。"陶贝贝义愤填膺地骂道，"外表一本正经，没想到竟是个渣男。"

"思思，他们真的……吻了？"莫龄也觉得不可思议，"很难想象江峪会干这样的事儿！"

"思思都看见了，还能有错？"陶贝贝越说越来劲，"思思，你别难过，这事儿交给我，看我陶贝贝不骂死他！只要你一句话，我让他在琴行身败名裂都行。"

"行了，贝贝，你就别添乱了。"莫龄把陶贝贝推到了身后，"如果今天实在没有状态，就不要硬撑了，还是先回宿舍吧。"说完，她看看裴忻，"你说是吧，裴忻？"

今日裴忻的目光尚算柔和，看着被男人伤透心的望思玛，她突然想到了当年那个可怜的莫龄，而现在的莫龄，此时还安慰着望思玛。回神后，她转向一旁的林南希，"林南希，今天就把键盘上的鼓机开着吧。"

林南希耸了耸肩，然后重新调试起面前的键盘，键盘立刻发出"动次打次"的节奏来。

"不用。"望思玛用外套的衣袖抹了抹眼泪，"不用开鼓机，我可以自己打。"她打开鼓槌包，拿出了鼓棒在军鼓上拍打了几下，"我不会影响乐队排练的。"

"你真的不用勉强……"莫龄再次关切道。

望思玛摇摇头。

"裴忻都给你放假了，你不好好珍惜？"

"不用。"

"真的不用？你确定？"陶贝贝再问。

"你们几个好烦，我都说了可以，再不开始我又要哭了。"

"思思……"

只见望思玛抬起头，硬是把快要流出来的眼泪给憋了回去。

裴忻看着伤心的望思玛，她是想要安慰她的，只是她从来都不知道安慰别人应该说点什么，"那最好了，排练现在开始吧。"

第55章 密码

今日的排练尚算顺利，结束后的望思玛没有立即回寝室。她的眼圈还有些红肿，若是给薛佳雯看见了，又是一顿劈头盖脸地逼问，排练的音乐震得她有些头疼，现在她只想安静地待一会儿，但是在校园里，真正能让人清静的地方很少，于是，她选择留下来跟裴忻一起打扫卫生。

莫龄和林南希各自打车回了学校，陶贝贝也提着奶茶回了宿舍，加入黑天鹅乐队半年以来，望思玛很少有机会和裴忻单独在一起，裴忻高冷，她又慢热，两人都是能少说一句绝不多说一句的性格，话不多的两人在一起总免不了冷场，所以莫龄在乐队充当着润滑剂，陶贝贝时时为乐队燃起热情之火就显得尤为重要。

姑娘们业务能力虽然参差不齐，但对于乐队的工作从来都不会怠慢，每次排练，裴忻总是第一个到艺术楼，然后开窗通风，为饮水机插上电源，为大家摆好琴架和椅子；莫龄则会在新歌排练前为大家打印好所有曲谱，还会在容易出错的地方为望思玛和陶贝贝标示出来；陶贝贝为人热情大方，虽然琴弹得一般，但每次都会给大家订好晚饭或夜宵，还有姑娘们最爱喝的热奶茶；就连最后加入的林南希，也是大神一样的存在，只要不跟裴忻吵架，便是对乐队最大的贡献。

唯独望思玛，她自觉没用，只要心情一低落，就会胡思乱想，也爱钻牛角尖。而今她更加确信，自己这个小透明真是废到极致，既没运气又没实力。

她拿起抹布擦起了排练房的凳子，擦完之后又拿了个拖把开始拖地，而这些事原本是每个周末排练结束后才需要做的。

"今天不需要做那么多。"望思玛拿着拖把拖过来，裴忻顺势抬起了自己的一只脚，"打扫完就早点回去吧。"

"不用，我一会儿再把饮水机清洗一下。"拖把顺着裴忻脚下一直拖到桌子边，"很久没清洗了吧。"

"也是。"

望思玛的目光从饮水机平移到桌上，桌上有五个水杯，望思玛很早以前就对裴忻的白色马克杯颇感兴趣，不是因为这个马克杯有多好看，而是因为那个水杯上印了一只黑色的天鹅。

"我下楼一趟。"裴忻说。

"等等。"望思玛喊住了她。

"我是说，你有烟吗？"

裴忻咧嘴一笑，从兜里掏出了烟和打火机，"你会抽？"

望思玛摇摇头，随之又用力点了点头。

"一起吧。"

两人来到楼下，四周寂静无声，她们在艺术楼对面的树下欣赏起这撩人又孤寂的夜色。

裴忻点燃了一支细细长长的烟，烟在她那纤细修长的指尖斯文地燃烧着，缕缕上升、萦绕周身，是那么悠然，那么淡定，那么和谐。

望思玛也深深吸了一口，但伴随而来的并不是身体和心灵的惬意感，而是刺激喉咙的浓浓烟雾，她快速把香烟从唇间取下，咳了两声。

"你这种也叫会抽？"

"这烟也太浓了，我得慢慢适应。"

裴忻吐了个烟圈，"别勉强自己。"

望思玛再次拿起香烟小心翼翼吸了一口，这一次，她只吸了一小口，没有被呛到。

"裴忻，桌上的马克杯是你自己买的吗？"

"不是，是别人送的。"她答。

"那……是谁送的？"望思玛又问。

"你对这个很感兴趣？"裴忻好奇，"总之，不是何亚维。"

"我知道。"望思玛迟疑了一下。

裴忻摁灭了烟蒂，见烟盒里还有最后一根烟，于是打火机的火光再次点亮了黑暗的校园，望思玛见她肤若凝脂的脸上露出了一道同为失落的痕迹，"一个男孩子送我的。"

"男孩子？"

裴忻点点头，"以前喜欢过我的一个男孩子，人很好，只可惜，我们没有缘分走到一起。"

"为什么，因为那时候你有何亚维了吗？"

"他和何亚维一样喜欢音乐，会弹琴，会作曲，还会和我分享喜欢的乐队，你说的那个马克杯，就是他在我生日的时候送给我的。"

"他还真有眼光。"望思玛低着头轻声答了一句，"那……他现在还在追你吗？"

望思玛这么一问，刚想把烟送上唇边的裴忻停了下来，看着食指与中指夹着的香烟静静燃烧，眼角仿佛流出了一抹潮湿的晶莹，"不追了，他已经不在这个世界了。"

不在这个世界了？望思玛的面色一下子变成灰色，心里被"不在"二字重重锤了一击，"裴忻，你说他已经……过世了？"

第55章 密码

"是啊。"

"他是怎么过世的？"

"出了车祸……两年前……"

望思玛震惊得像半截木头般杵在那儿。

裴忻看着反应过头的女孩不解，问："你怎么了，今天这么好奇吗？"

她这才明白为什么哥哥的书里会掉出一张十心乐队的演出门票，为什么哥哥的优盘里会有十心乐队的演出视频，为什么排练房的桌上会有一个黑天鹅马克杯，因为，申南大学的歌后，黑天鹅乐队的队长，她眼前的姑娘裴忻，是哥哥韦思奇生前一直深爱着的人。

"思思，你知道为什么我要把乐队取名为黑天鹅吗？"

望思玛知道，但她摇了摇头。

"因为那个喜欢我的男孩子，最喜欢黑天鹅。"

望思玛的眼泪又抑制不住地流了下来。

"还记得吗？当时我们在湖边，你说你也喜欢黑天鹅，那时候起，我就觉得我们之间有一种特别的缘分，这种缘分很难描述，像是……"

"像是什么？"

"像是，看到你就会让我想起他。"裴忻浅浅一笑，"我和他虽然认识的时间不长，但我知道他是个正直的好男人，在组乐队这件事上，他给过我很多建议，我们也一直保持着最好的友谊。"

"你说的他那么优秀，我跟他一点都不像。"

"你和他都是默默努力的人，嘴上从不争强好胜，却一直用实际行动让别人惊艳。"

"裴忻，被这样的男生喜欢，一定很幸福吧。"

"是啊，只不过，我本以为你的江老师也是这么待你的。"她把烟头丢进了一旁的垃圾桶，话题也再次回到了望思玛身上，"思思，想开点，你要真想扔垃圾，扔的时候就别犹豫。"

"裴忻，你的生日是几月几号？"

"生日？"她确认了一遍，"我的？"

"你的生日，几号？"

这突如其来的，与当下画风不符的问题愣是把夜幕下的裴忻给问住了，"八月四号，怎么，你要提前给我准备生日礼物吗？"

"当然，你和莫龄、贝贝，哦，还有林南希，你们所有人的生日我都会记着。"

"我就说嘛，你很像他。"

"狮子座，我看着也像。"

望思玛回到宿舍的时候已是深夜，其他三位舍友早已拉上帘子呼呼入睡，望思玛没有睡意，手机里还有二十多个未接来电，显然那是江峪打过来的，她没有回复，甚至还把手机扔在了外面的写字台上，此刻，她窝在被子里看着自己的笔记本电脑。

她打开了哥哥的优盘，点开了那个神秘的文档，屏幕里跳出了红色的密码框。

0804，望思玛输入了四个数字，对话框再次跳出"密码错误"四个字。

20000804，她加上裴忻的出生年份又输入了一次，依旧没有成功。

哥哥惯用的密码，除了家里人的生日，就是加上家人的名字拼音。

她想了想，轻触电脑键盘又试了一次，这一回，她输入了"Peixin0804"几个字符，就在刚刚按下确认键的那个瞬间，她的眼前跳出了一张密密麻麻的表格，优盘里那个神秘的加密文档被打开了。

第 56 章 犯罪档案

第二日一早，望思玛带着哥哥的优盘来到安前路警察局，肖米杰看到望思玛独自前来很是意外，询问来意后，他立刻将她带到了警察局的调查室。

肖米杰插入优盘后，望思玛输入了密码，谜一样的表格文档被打开，里面显示了一长串人名和大量的交易记录。

肖米杰在电脑系统里将这些人逐一排查，发现他们都有一个共同的特点，那就是这些人几乎全部都是从事器乐销售或音乐教育的工作，有 S 市几大乐器经销商、琴行、培训机构的人，还有部分兼职的在校学生。

这些人名里，望思玛一眼就认出了其中一个，那个人叫王学胜，是蓝羽琴行的钢琴老师，很早以前，她就发现王老师接手的芬雅乐器大有猫腻。

"望小姐，这个资料你是怎么拿到的，是谁给你的？"

"是我哥哥的东西。"

"你哥哥？之前听你说过，你哥哥已经过世了是吗？"

望思玛点点头，"前些天我在家里找到的遗物，他藏得很好，之前我们谁都没有发现。"

"这个文档，记录了参与过芬雅假琴案的所有经销商和参与者。"肖米杰一脸严肃，"没想到你哥哥还有这些资料。"

文档里不仅有蓝羽琴行的钢琴老师王学胜，还有 S 市其他几十家琴行的销售负责人，比如大名鼎鼎的黑弦琴行销售总监李廷杰，比如芬雅集团的高管、物流中心的负责人罗宏飞和邱飞飞……

望思玛指了指表格中的另一个名字，"肖警官，你看这个人。"

"曾先生？"

"其他人都是全名，只有这个人，连全名也没有，只显示曾先生三个字，之前我知道一个叫曾先生的人，还想把假琴卖给鹈鹕音乐馆援助的学校。"

"是吗？那个人叫什么？"

"何亚维，我们学校的学长。"

"你确定吗？"

"嗯，亲眼所见，这个优盘里还有何亚维乐队的演出视频。"

"望小姐，我记得你说过，你哥哥是两年前意外去世的吧，刚刚我看了这个表格的建档时间，也是两年前，如果表格里的内容你没有修改过，那么也就是说，这些人两年前就参与了芬雅的制假案。"肖警官越想越觉得不可思议，"望小姐，这可不是一件小事。"

"未曾修改过，这是我哥哥的东西，我不会做任何改动的。"

"你看。"肖米杰指着屏幕中的表格，"开单时间、乐器型号、件数、销售金额、交付款时间，就连罗宏飞高价卖出的芬雅核心工艺的专利图纸售价都有清楚的记录，我更好奇的是，这些机密文件你哥哥又是从哪里弄来的？"

"我不知道。"望思玛摇摇头。

"对于我们警方来说，光凭这张表格就抓人定罪是完全不可能的，这份名单的真伪我暂时还持中立意见，接下来我需要时间去整理，然后和同事一起把事情调查清楚。"

"明白，肖警官。"

"至于这个……"肖米杰打开了那张照片，"这个人是不是崔星子，我要拿去给局里专业人士鉴别，还有她身边的男人是谁，我们也要通过这个女人的社交圈来排查，如果真是江峪猜的那样，这个背影是崔星子，那……你哥哥当时一定是发现了什么重要的事。"

"肖警官，你觉得我哥哥的死，会不会和这个优盘有关？"

肖米杰抬头看着她，"你哥哥是因为醉酒闯到马路上才出的意外吧。"

"这是你们给出的调查结果，但是，我哥哥从来都不酗酒，他是个很懂得节制的人，是你们不信。"

"警察和法官当然不会因为这些而推翻证据，虽然人的性格脾气，还有来自社会的评价都具有一定参考性，但归根结底是要讲事实的。"肖米杰将优盘里的文档打印下来，逐一插进了新的文件夹里，"望小姐，请给我点时间。"

他又递给望思玛一张名片，"如果还有别的线索可以直接联系我。"

望思玛接过名片，放进了包包的内侧袋里。

肖米杰拔出优盘，合上电脑，"对了，江峪不是交代过，这些事你不要自己去调查吗？你只是个学生，还是个姑娘，遇到事情第一时间跟警察说，否则很容易遇到危险。"

"我不怕危险。"

"真有危险的时候，你怕不怕都没用了，懂我的意思吗？"

姑娘依旧一脸无畏，"我连死都不怕。"

"你这小姑娘。"肖米杰无奈一笑，"对了，江峪呢，这么重要的资料，你怎么没让江峪陪你一起来？"

"我不需要他。"望思玛听到江峪二字瞬间脸色骤变，起身准备离开，"肖警官，我先走了。"

他目送她离开了警察局。

肖米杰知道，这件案子已是越来越复杂了。

又是令人"炸毛"的服装工艺课，"朱大婶"拿着笔记本电脑，翘着独有的兰花指快步走到了讲台前，后面的班长抱着很厚一摞卡纸小心翼翼放到讲台上，那是大家上周刚刚交上去的设计作业。

望思玛的目光再次被朱大婶羊毛外套里带有丝绸光泽的紫色衬衫吸引去，"华丽、高贵、浪漫，不愧是我们学校最花枝招展的设计大家。"

薛佳雯翻了个白眼吐槽道，"什么浪漫，你看他穿得……Y染色体都快从身体里蹦跶出来了。"

望思玛忍不住扑哧笑出了声，前后的同学也跟着捂嘴笑了出来。

"咳咳。"朱大婶清了清嗓子，随手翻了翻讲台上的一摞卡纸，"上半学期的作业我都看了，很多同学的设计过于强调艺术性而忽略了工艺性，怎么？你们是只想纸上谈兵吗？还有人物的动作和手势，我说过多少次了，手势是为了加强服装效果，突出服装特征为目的的，你们再看看你们的作品，给我画个圈是什么意思？"

教室里一片寂静，大家个个端坐在位置上，连头都不敢抬一下。

朱大婶向台下扫视了一眼，叹了一口长到不能再长的气，"你们高中的素描都是怎么学的，家长塞了多少钱才让你们进的申南大学服装设计系？我现在都不敢随便发火，烟我都戒了，就怕点火时把你们这群草包点着了……"

"你以为我们想？"底下的薛佳雯嘀咕了一句，"早知道你的课这么煎熬，老娘才不会考申南呢，当年考隔壁静中也妥妥的！"

"谁在下面唱对台戏？"朱大婶越说越生气，"有本事到上面来说，我倒要看看这次你拿了几分。"

又过了一会儿，见台下不再有人说话，朱大婶调整了一下情绪，抽出了设计作业里的最后一张纸放在讲台上，并示意班长把其他作业发下去。

"好在你们这群人里还有带脑子的同学。"

望思玛暗自骂了一句，"什么带脑子，这句话真的是太令人生厌了，带脑子，带脑子，不带脑子我们天天在这儿给你演丧尸剧吗？"

"望思玛。"朱大婶突然叫出了她的名字。

望思玛愣了一下，看看四周，乖乖站了起来。

"这次的设计作业，拿最高分的是望思玛，我给她打了97分。"

望思玛一脸懵圈，周遭的同学震惊之余仍是一言不发，"大婶……哦不是……大神……哦，不是不是，我是说，朱老师，你说我？"

朱老师眯起眼睛，脸色突然来了个一百八十度大转弯，"没错，就是在说你。"说完他挥挥手，示意望思玛坐下。

他举起了讲台上唯一的那张作业，解释道："你们看看望思玛的这幅作品，从人物比例，到手势摆放，再到设计的款式和颜色搭配，我说的知识点她全部都运用到了。"

望思玛仔细瞅着自己的作品，说实话，她实在没有看出来朱大婶说的知识点自己到底体现在哪里，不过从几米外的远处观看，整张设计图的整体效果确实尚可，只是朱大婶给她打了个全班最高分，有点让她受宠若惊。

"我刚刚就说了，所有的设计都不是纸上谈兵，你们是科幻剧看多了，还是仙侠剧看多了，我的主题是后现代风吗？还是古装风？做出来的衣服你们会穿吗？"

薛佳雯投来无法置信的目光。"望思玛，你这是要咸鱼翻身了啊！"

"呵呵，我也不知道他是什么时候瞎的。"望思玛给自己找了个台阶下，毕竟自己那么平凡，怎么配得上这么传奇的分数？况且那张作业，还是上交的前一天晚上通宵赶出来的。

对于自己的人生，望思玛一直有这样一个疑问，老天爷好像总喜欢跟她对着干，从小到大，每次她要认真学习的时候，总得不到好的成绩，反而摸鱼打鸟自我放飞了，老天爷就会赏她个意外之喜，中考如此，高考也是如此。

行走江湖，全靠运气，真是应了那句：一认真你就输了。

"哎妈呀，75 分。"拿到设计作业的薛佳雯一脸庆幸，"我还以为朱大婶会给我不及格呢，太好了，算他还有点人性，不枉我跟你一起赶了个通宵。"

望思玛把自己的和薛佳雯的两张作业放在一起看了又看，确实，自己画的那张要比薛佳雯的更细腻一些。

"你的这个模特。"薛佳雯指着望思玛的作业上的人，"面似梨花发如雪，腰如杨柳骨亭匀，两眉如剑带杀气，我说……你画的是裴忻吧。"

"是啊，就是她。"望思玛看着自己的作品乐呵呵道，"我觉得托尼老师给她整得不错，就照着她的样子画了，薛佳雯你什么时候开始吃墨水了？"

"那是，当年我也是班上的语文课代表，只是服装设计耽误了我成为一代文人。"

"呵！说人话。"

"行！今日皆大欢喜，我们中午吃什么？"

"你不是说我咸鱼翻身嘛，那……就点一个咸鱼茄子煲怎样？"

"好，再来个一掌定乾坤！"

"一掌定乾坤……那是什么？"

"萝卜炖猪蹄啊。"

"嗯……这个也好。"

第57章 缘尽余生

光阴勾留，浅纸浓墨寄哀怜
急景凋年，白驹过隙罗预间
花信如期，含羞不再
金钗细合落下来
情路熹微，静候绽妍
一抹沁香拂心田
你不怨，我不悔，奈何情路太颠连
我未走，你未留，情生情灭已尽头
我浅酌于春，就一壶动情，承三生缘浅
我盛情于夏，解衣香鬓影，求一晌贪欢
我怆恻于秋，望愔愔暮霭，怜灯枯月残
我凌寒于冬，祭往昔如尘，御铁骨霜寒
……

当黑天鹅的姑娘们演奏完这首新歌《缘尽余生》，坐在墙角的望思玛不禁落下了眼泪，这是她们的第一首古风歌曲，对于这首歌，望思玛简直太喜欢了。

古风的歌词配上摇滚的编曲，柔美中不乏力量，细腻中彰显狂野。当莫龄拿到歌词的时候，她甚至不相信自己的眼睛，颤抖的双手和激动的心让她久久不能平静，她甚至想都没想就改了自己的编曲，只为了迎合这段让她欣喜若狂的文字。

"天哪！天哪！真的是你吗？"陶贝贝也是格外激动，"望思玛，真的是你写的吗？"

望思玛被夸得有些不好意思，她点点头，"你们不给点修改意见？"

"不用。"裴忻舒了舒眉，"虽然难记了些，但已经很不错了。"

是的，刚才那首黑天鹅乐队的新歌《缘尽余生》，是望思玛填的歌词，那是她第一次为乐队的歌填词。

当初裴忻只是半开玩笑地想让她试一下，没想到她把歌词交出来的时候，裴忻惊得笔都掉到了地上，她拉上莫龄，两个人就在没有任何伴奏的情况下唱了起来……

望思玛的创作技巧稍显稚嫩，但填词功底却让大家眼前一亮，最后，裴忻和莫龄推翻了原有流行摇滚的编曲，将这首歌的风格重新定义为"古风摇滚"。

林南希的键盘可以模拟出几十种民族音乐，这些俏丽的音色中，裴忻选择了"箫"，琴箫合鸣，再加上中国鼓的演奏技法，音乐出来的那一刹那甚至有一种穿越古今的奇妙之感。

"思思，你这是要抢莫龄饭碗了吗？"陶贝贝忍不住又嚷起来，"你这是憋了多久才写成这样？"

一旁的莫龄哈哈大笑，"是才好呢，这样我就能专心编曲了。"

望思玛笑而不语，但很快，她又沉默起来，虽然排练让她感到一丝快乐，但此时的她，心里挂着沉重的顾虑。

排练结束后，望思玛和裴忻留在了排练房，这一次，望思玛主动邀请裴忻谈话，莫龄本想留下陪着两人，但由于末班车时间快到了，加上下雨又不好打车，她才在望思玛的劝说下回了静中。

"江峪还在楼下吗？"裴忻问望思玛。

"无所谓。"

艺术楼的楼道里，下楼的莫龄也遇到了等候已久的江峪，江峪的外套已经湿透，刚才一阵猝不及防的大雨浇得他十分狼狈，他没有戴帽子，散乱的头发粘在额头上，浇灭了男人往日的傲娇与帅气。

"她还没有下来吗？"看到莫龄，江峪立刻跑了过去。

"你和望思玛到底怎么了？"莫龄颇为担心，"她说的，可是真的？"

江峪没有说话。

"那个姑娘是谁？"

"我前女友。"他答，"我都不知道她回来了，那都是过去的事了，真的不是思思看到的那样。"

"这……我信你也没用，你还是亲自和思思解释吧。"

"思思不接我电话。"江峪的语气里透着失落。

"是啊。"莫龄叹了一口气，"换了谁都不想接电话。"她背起琴，"我觉得望思玛是个很有意思的姑娘，虽然她总是认为自己的存在感要低一些才好，但事实上，她却是一个从心底里渴望光芒万丈的人，而且……她越来越具备这样的能力。"

"但是她害怕，她不自信。"

"我也不知道她为什么要埋没自己，可能，她有什么难言之隐吧。"

她的难言之隐江峪自然了解，那是因为她的哥哥，自己的好友韦思奇，望思玛才如此讨厌这个圈子的人，她想远离，却又一次次地陷入。

"她小心翼翼地维护着你们的感情，生怕自己做错了什么，这么久以来，望思玛一直压抑着自己的性格来迎合你，你说她善解人意，可你是否知道，善解人意的背后，很多时候她自己并不开心。"

"她对我，总是不够信任。"

"你也不让她放心吧。"莫龄笑笑，"很晚了，先走了，祝你好运。"

五楼的排练房里，望思玛打开了电脑，昨日，她将哥哥优盘里的表格复制了一份，当她把表格展示在裴忻眼前的时候，裴忻再一次瞠目结舌。

她看到了"曾先生"的名字，这个曾先生，就是何亚维。

两年前，何亚维为了勤工俭学，就在业余时间做起芬雅乐器业务员。当时的他，还是阳光上进充满斗志的热血青年，每天一下课就赶去其他学校挨个寝室推荐音乐课程和乐器。这样昏天暗地的日子过了没多久他就熬出了头，由于积累了人脉和经验，他开始只接大客户的单子，这样一来，事半功倍，也无须再每日辛苦地奔波。

"这个手机号码，确实是何亚维曾经用过的。"

"两年了，他骗了你两年，他说他在勤工俭学，其实一直在知法犯法！"

裴忻神情严肃，她从上到下将名单上所有的名字都看了一遍，疑惑道，"做这张表的人是谁？什么居心？"

"居心？"望思玛急了，"裴忻，你不相信吗？"

"这种无凭无据，仅凭一张谁都能制作的表格，你让我相信什么？"她的口气有些生硬。

"几个月前我们就发现何亚维以曾先生的名义企图把假琴卖给鹈鹕音乐馆，当时就跟你说了，只是你不愿接受事实而已。"

"不是说那是芬雅的次品外流吗？"裴忻的话语中带着不安，倏地，她越想越蹊跷，"思思，你跟我说实话，这张表，到底是谁给你的？"

望思玛摇摇头。

"我在十心乐队的这三年经历了很多事，尤其是社会上那些表面仁义道德，背地男盗女娼的龌龊，我见得比你多得多，曾经有很多人都想算计我和何亚维，但是我们都挺过来了。"说到此处，裴忻打开了面前的窗户，阵阵夜风也随之划过她的脸颊，"我与他虽然分手，但也不至于希望他卷入这种事情里，望思玛，你小心被人利用。"

望思玛的眉宇紧锁，各种矛盾的心情不断绞缠着她，犹豫了一会儿，她道："韦思奇。"

裴忻似乎没有听清楚那三个字，又好像她听清了但却没有反应过来，她转身，一脸

第57章 缘尽余生

茫然地望着望思玛。

"韦思奇。"她提高了声线,"这张表,是在韦思奇电脑里找到的。"

裴忻的脑子"嗡"得一下变成一片空白,"你说什么?"

"你说有个很好的男孩,他曾经喜欢过你,追求过你,跟你分享喜欢的乐队,还送你黑天鹅水杯,那个人……就叫韦思奇吧。"

望思玛走到裴忻眼前,平和的眼神里难掩复杂的情绪,"裴忻,对不对?"

裴忻睁圆眼睛惊讶地看着她,像个木雕,慢慢地,她抬手扶住了望思玛的肩膀,凛若冰霜质问道:"你怎么认识韦思奇的?"

望思玛张了张嘴,双眸不安地看着眼前的白发女孩,她犹豫,嘴又紧紧闭上了。

"你是他什么人?"她向望思玛又走近一步。

望思玛仍然没有回答。

"思思,告诉我。"

此刻,排练房的门突然被推开,一个衣服湿漉漉的男人走了进来,"裴忻,韦思奇是我朋友。"

说话的人是江峪,刚才他在门口听到了两人的谈话。

"韦思奇的朋友?"裴忻诧异,"到底怎么回事?"

就在今天下午,肖米杰把望思玛破解文件密码的事儿告诉了江峪,他得知表格里记录里了两年前所有替芬雅内鬼贩卖假琴的人员名单。

他很快赶了过来,一来想跟望思玛解释那天发生的事,二来就是想了解韦思奇留下的名单。

望思玛见破门而入的江峪,下意识地后退了一步,她不想见他,也不想同他说话。

"事情就是这样。"江峪说出了自己同韦思奇相识的事实,也因为偶然间看到兄弟的优盘里有十心乐队的演出,才知道韦思奇和裴忻竟然还有这样的关系。

"那么,你觉得这份名单可信吗?"江峪问她。

"可信。"裴忻不假思索地回答,说"可信"二字的时候,她丝毫没有犹豫,看得出来,裴忻对韦思奇是相当信任的,"如果真如名单上写的那样。"

裴忻这么一说,望思玛忐忑的心也稍稍好过了些。

"我虽然相信何亚维,但我也相信韦思奇,只是,现在我真不知道应该怎么办。"她道,"如果何亚维真的做了犯法的事,我裴忻绝对不会包庇他。"

"裴忻,我哥……哦,不是,我是说……"望思玛险些说漏了嘴,"那个韦思奇不是出意外死了吗?我是说,你有没有怀疑过,也许他的死根本不是意外,而是跟这份名单有关？"

"不是意外？"裴忻疑惑。

"他知道了谁是芬雅最大的嗜血鬼，谁把芬雅的核心技术卖给了制假商，谁在其中牟取暴利，又是谁与这利益集团脱不了干系……所以……"

"所以他不是出了意外，而是有人蓄意报复？"

"嗯！"

"望思玛……"

"思思，让警察来查。"江峪想拉住她，她又刻意躲了一下。

裴忻不敢贸然下结论，她的心很乱，收拾完东西后，便先行离开了艺术楼。

排练房里只剩下望思玛和江峪四目相对。

"思思。"他再次走过去想要拉住她，她猛地甩开，走到了另一边。

"别碰我。"

"我承认，你看到的那个姑娘，是我以前的女朋友……"

望思玛没有作答，这样狗血的剧情，她已经连听的欲望都没有了，可是，什么都不说似乎又显得自己过于被动。

"我没想到她为什么会突然出现……我早就……"

"你们俩还真是郎才女貌，天造地设呢。"望思玛打断了他的话，甚至不想给自己听解释的机会，她对着他笑了笑，"和你在一起，我从来都不知道什么叫安全感，因为我从来都没有，江峪，我有点累了。"

"是你从来都不信任我。"江峪露出了委屈的眼神，"就像你从不听别人解释一样。"

"我从小就不爱跟别人解释，所以，我也不愿意听别人解释。"

"你表面与人没有距离感，内心却拒人千里之外，思思，你这个样子会失去很多朋友的。"

"呵呵。"望思玛冷笑了一声，这一声，和他平时认识的温柔姑娘判若两人，"优秀啊江老师，明明是你渣在先，现在反倒教育起我来了！"

"我……"江峪急了，"是你不相信我在先。"

"没错，我累了，不想再信你。"她继续道，"江峪，我们到此为止吧。"

"你说什么？"江峪脸色骤变。

"我不想跟一个和前任纠缠不清的人继续交往，即使你们一清二白，即使你们保持纯洁的友谊，我也非常介意，与其让自己不开心，不如就把这份担心扼杀在摇篮里……"

"思思……"

"对不起,我有洁癖,容不下零星半点垃圾。"

"望思玛!"她终于将他惹怒,"你确定不听我解释?"

"确定。"

他看着她,愤怒地点了点头,后退了两步,随后夺门而出。

望思玛目送他的背影消失在楼道里,也没有追过去,她知道,她和他的关系,终究还是戛然而止了。

第58章 曾经的裴忻

申南的学生餐厅里,望思玛特意挑了一个安静的座位,今天她约了裴忻一起吃午饭,裴忻爽快地答应了,她似乎也有很多话想对望思玛说。

一份饭,几个菜,望思玛吃得甚欢,裴忻不吃主食,只让阿姨浅浅地打了两份蔬菜。

"你这样会营养不良的。"望思玛把自己面前的糖醋排骨推到了裴忻面前,"要是在我家,你早就被我妈追在后面唠叨个不停了。"

"我是易胖体质。"她说,"再吃两口我的脸就会肿起来,上台不好看。"

"别啊。"望思玛觉得不好意思,"你一米七多的个儿才九十多斤,让我这种体重到一百斤的人该怎么活?"说罢,她夹起一个鸡翅膀,放进自己的嘴里,"啊,真香。"

"下场比赛是翻唱赛,晋级后就要准备风格编曲赛了,我和莫龄说了,晋级了,就用你填词的那首歌。"

望思玛用力咽了咽还没有嚼几口的肉,激动道:"真的吗?缘尽余生那首歌,真的有那么好吗?"她有些得意。

"嗯……也没有你想象的那么好,只不过,莫龄的编曲还不错。"

"哼。"望思玛朝裴忻翻了个白眼,"我说呢,你跟莫龄,还真是穿一个裤头的灵魂CP(情侣)。"

"哦?"

"可惜了,你要是男人多好!"

"男人?"她疑惑,"怎么说?"

"如果你是男人,应该会和莫龄谈恋爱吧。"

"你整天想什么呢?"

"难道不是吗?你看莫龄姐姐看你唱歌时那崇拜的小眼神,我的天哪,真是哪哪儿都完美,我都怀疑她上辈子是你的情敌,抢了你老公,这辈子还债来了。"

裴忻的笑容突然有点尴尬,"你还是多吃点吧,吃完晚上有力气打鼓。"

望思玛吃着饭菜,又看了看认真嚼青菜的裴忻,她斟酌了一下,问道,"对了裴忻,有件事我一直想问你。"

"问。"

"那个……"她开口,"可以跟我说说你和韦思奇的事儿吗?"

"你很感兴趣?"裴忻抬头,"你可不是那种喜欢听八卦的人。"

第58章 曾经的裴忻

"说说嘛。"望思玛撒起了娇,"你看我现在孤家寡人一个,除了听听你们的恋爱史,也没有别的闲事儿了,说吧说吧,我绝对不告诉陶贝贝这个大嘴巴。"

裴忻笑笑,望思玛这么一问,她便放下筷子,回忆起她与韦思奇刚刚认识的时候,两年的光景真是须臾一瞬,很多事就好像上个月刚刚发生似的。

两年前——

那是一个风和日丽的早上,当裴忻赶到S市体育馆售票处的时候,又被告知音乐会的票已经卖空了,就在前一天晚上,她熬到十二点,只为抢她最喜欢的吉他手克莱普顿的演奏会门票,可惜了,她弹吉他的手速了得,抢票的手速却慢得十分窝火。

今天她又一早赶到体育馆,想在线下售票点抢到最后一波门票,不料,地铁在半路因故延迟,她起了个大早,赶了个晚集,这回又是手慢无。

她失落地在售票口外来回踱步,期盼着有人会来退票,但凡有一张票,不管什么位置,她都能接受,而就在不远处,几个小伙子也因为没有买到票而一筹莫展。

"要票吗?"一个穿着夹克衫的中年男人朝人堆走了过去,"小伙子,票都卖完了,我这儿有,要不要?"

裴忻看着那个中年男人,他一手拿着钱包,一手拿着票,显然,是个黄牛。

"多少钱?"小伙子问他。"你这票是C区的吧。"

"880。"

"这么贵?售票处才680块。"小伙子不悦,"你这可是明摆着宰人啊。"

"最后一张了,已经贱卖了,刚才那两个男孩,我可是980卖出去的,这是最后一张了,全世界都绝无仅有,你要不要?"

裴忻激动地走上前去,小伙子见有人来了,马上掏出自己的手机,"要要要!"

小伙子扫了支付码,黄牛确认后,把票递给了他。

拿了票的小伙子高高兴兴离开了,裴忻刚要转身离开,只听见身后的黄牛又喊了一声,"克莱普顿演奏会的票,最后一张,卖完回家了啊。"

什么鬼,刚才不是最后一张了吗?怎么还有一张,这套路……裴忻猛地再次转身,朝着黄牛方向走去。

就在此时,不知哪里出来一个身影,先裴忻一步站到了黄牛面前,男人手指夹住了黄牛手上的票,盛气凌人道:"这张我要了。"

男人二十五六岁的样子,上身穿着格子衬衫,下身一条牛仔裤,脚上一双白色运动鞋,看着很是精神。

"哎!"裴忻加快步子跑上来,"你干什么?"

253

"不好意思了，谁让我的腿比你长。"男人笑笑，转头问票贩子，"先生，这票怎么卖？"

票贩子一脸得意："1080，最后一张，卖完我就回去了。"

"什么？1080？你刚才明明卖给别人980块啊。"裴忻觉得不可思议，"你这是坐地起价，钱也太好赚了。"

"行！"男人没有犹豫，他拿起手机，往票贩子的手机上扫了扫，只听见"嘀"的一声，1080元打了过去。

"你！"裴忻的气不打一处来，她对着男人责问道，"刚才大叔明明看着我说的，你凭什么抢我的票？"

男人拿着票，正反面来回翻了翻，"你叫什么名？我看看上面有没有写。"

"女士优先没听说过吗？"裴忻越说越生气，"跟女人抢东西，真是太没有风度了。"

"这可是克莱普顿的音乐会门票，我为什么要有风度？"

"你。"裴忻又被怼了回来，她可怜巴巴地看着票贩子，票贩子看看她，又看看男人，摇摇头，"我也想赚钱，可这回真是最后一张了。"

最后，裴忻没有买到克莱普顿的音乐会门票。

幸运的是，克莱普顿演唱会的当天，裴忻还是去了现场，因为通过她父亲的关系，从某个赞助商那里要到了一张票，而且还是VIP票。

裴忻拿着票激动地来到场馆，她走到了观众席的最前面，寻找自己的VIP座位号。

哪知屁股刚坐下，就发现身旁坐着的人似曾眼熟，一个男人穿着一件格子衬衫，惊奇地望着她。

"怎么是你！"两人看见彼此，异口同声。

真是冤家路窄，裴忻的好心情瞬间跌了一半，她看着尚未开始的舞台，冷冷问道："既然你有票，为什么要跟我抢？"

男人靠近了一些，好奇地问："你上哪儿弄到的VIP票。"

"要你管！"

"估计又是我们公司哪个不靠谱的给卖了。"

于是，两人就这么认识了。

S市体育馆的地理位置其实很尴尬，周遭连个吃饭的地儿都很难找到，唯一能填肚子的地方，只有五百米外一家平时门庭冷落，一到演出时就挤破脑袋的点心店。

音乐会结束后，裴忻的肚子饿得咕噜咕噜叫，她早上只吃了一块杂粮糕，随后就开始跟十心乐队排练了，一天都没有好好吃过东西。

绕了半天，她才找到这家传说中的点心店。

第58章 曾经的裴忻

而此时的点心店几乎已经坐满，服务员环顾了一周，确认已经没有空桌子，于是，她问裴忻愿不愿意跟别人拼桌。

裴忻摸摸发慌的肚子，用力点点头。

服务员领着她来到拐角的一个小桌子坐下，刚坐下，对面的人就差点将嘴里的小馄饨喷了出来。

而比他更惊讶的，是裴忻。

"又是你。"裴忻说。

没错，在这家小小的点心店，她又遇到了那个抢她黄牛票，又坐在她边上看演出的男人。

"真是冤家路窄。"

"狭路相逢嘛。"男人忍不住笑出来，"小姐，这么有缘，这次不请你都不行了。"

裴忻本想离开，但五脏六腑的哭诉还是战胜了脑袋瓜里的挣扎，"就这一顿二十几块的点心店你也好意思请我。"

男孩笑笑："我叫韦思奇，你怎么称呼？"

出于礼貌，裴忻还是应付了一句："我叫裴忻。"

"我身边喜欢克莱普顿的都是男生，女孩子喜欢倒是很少见。"男孩突然聊了起来，"我们公司是这次音乐会的赞助商之一，所以我才能进VIP区。"

裴忻没有搭理他，男生继续自言自语。

"不愧是克莱普顿，曾获得十个格莱美大奖，是20世纪最成功的吉他手，哦，不对不对，21世纪也是。"

裴忻依旧没有说话。

"三十岁就在滚石杂志评选的一百大电吉他手里位列前十，真的是太牛了。"

"是二十九岁。"裴忻插了一句。

"我说的是虚岁。"男孩莞尔一笑，裴忻斜着眼，嘴角却略微扬了扬，周遭的气氛顿时变得柔和了些。

"你玩音乐吗？"男人问。

"吉他。"

"哇，酷，那……有机会切磋切磋。"男人继续侃侃而谈，"相比克莱普顿现在的音乐，其实我更喜欢他早期的布鲁斯摇滚，他在奶酪乐队那几年出的专辑真是无人企及，现在听来还都是经典之作。"

"我也是后来才看了他在1999年的那场不插电演唱会，这位以电吉他闻名于世的大师，原生吉他弹得也同样无人出其右。"

"真的？你也在网上看了那场不插电演唱会？"听裴忻这么一说，男人越发激动不已，"这张演唱会专辑可是他们历史销售成绩最好的专辑。"

"除了首屈一指的涅槃乐队，也只有克莱普顿所在的奶酪乐队能让我记忆深刻。"

看着面前与他兴趣相投的女孩，男孩像是见到了梦寐以求又志同道合的姑娘，"裴忻，你若不介意，我们交个朋友吧，之前抢了你的票，我郑重向你道歉，这家点心店确实随便了点，下次我邀请你吃顿好的，地点你来选。"

裴忻犹豫了一下，加了他好友。

"对了，你还是学生吧，在哪个学校念书？"

"申南。"

"申南？这么巧。"

"怎么？你也在申南吗？"裴忻好奇。

"呵呵，我早就毕业工作了。我妹妹在申南，她今年刚刚考进来的，我上次从你手上抢走的那张票，其实是送给我妹妹的，她因为晚上还要做作业，今天就没跟我一起吃晚饭。"

"哦。"

"她也很喜欢音乐，下次介绍你们认识啊。"

"好。"

……

餐桌前的望思玛静静听着裴忻的回忆，韦思奇说得没错，他的妹妹确实在申南，而且此刻就坐在裴忻的对面。

"后来，他一直在追你是吗？"望思玛问。

裴忻点点头，"当时我和何亚维的关系很好，根本没想过要离开他，不过韦思奇从来都没有给我压力，我们会经常分享有意思的音乐，就像朋友一样，所以，我更像是把他当成自己的哥哥。"

"是啊，他不会夺人所爱的。"

"什么？"

"哦，没什么，没什么，我说，他是怎么认识何亚维的？"

"我会把十心乐队演出的视频发给他看，他也会给我一些建议，有些建议，对我现在都有很大帮助，只是……"

"什么？"

"有过一阵子误会吧,算了,也没什么,思奇是个胸怀大志,有大局观的人。"说着说着,裴忻的眼眶略有湿润,"只是不知道她妹妹是谁,在哪个系念书,现在好不好,他走的那年她刚刚考进大学,现在应该大三了吧,时间过得好快。"

第 59 章 债务

"哎妈呀，你可真会挑地方。"薛佳雯气喘吁吁跑到学生餐厅，绕了一大圈，终于在柱子后面找到了正在吃饭的裴忻和望思玛，"思思，有人……有人……"薛佳雯拍着胸口，一口气怎么也喘不上来。

"你慢点说，跑什么。"

薛佳雯拿起望思玛的茶杯咕噜咕噜一口闷下，指着自己宿舍的方向，"思思，有人找你。"

"有人找我，你给我打个电话呗，我吃完饭就回去了，还特意来抓我，你是生怕我被谁吃了吗？"

裴忻挑了挑眉。

"给你打电话了，你没接啊，发信息你也不回。"

望思玛摸了摸口袋，掏出手机一看，确实有几个未接来电，而且全都是薛佳雯打来的，"呵呵，我手机静音了，不好意思啊。"

"有个男人来找你！"

"男人？"望思玛的第一反应自然是想到了江峪，"薛佳雯，你怎么不把他轰走？我们已经分手了，你知道我不想见他的。"

"怎么，真不跟他联系了？"裴忻笑笑，内心仍是将信将疑。

"那人不是江峪，我不认识他。"

"不是江峪，那是谁？"望思玛也好奇，"是不是我爸？一个四十几岁的中年男人？"

"哎呀不是，你爸我还不认识？"薛佳雯答，"一个看着比我们大几岁的男人，他说他是警察，找你来问点事儿。"

"警察？"

"思思，你跟我说，你最近总是那么晚回来，你到底在干什么。"薛佳雯越说越不安，"警察怎么会无缘无故来找你了解情况呢？你是不是摊上事儿啦？"

"我在干什么你又不是不知道，除了排练，我哪儿都没有去，还能在外面搞事情？"她淡定回复，"那个警官，有没有说他叫什么？"

"说了，叫肖……什么来着的……"

"肖米杰？"

"哦，对对。"薛佳雯一拍脑袋，"就是叫肖米杰，怎么，你认识？"

"认识，看来，他真是来找我了解情况的。"

"那你快去吧，我一会儿还要去买颜料，就不陪你了。"

"好。"望思玛转身，"裴忻，这个肖警官一直在查芬雅假琴案的事，包括你看到的那张韦思奇留下的名单，今天他来找我可能是查到了什么，你要不要一起来？"

裴忻同意了。

两人匆匆回到望思玛所在的宿舍楼，肖米杰已经在门口等待多时。

"望思玛。"

"肖警官，这么着急来找我，是发生什么事了吗？"

肖米杰点点头，同时看到了望思玛身边的白发女孩，"这位是……韦思奇视频里那个唱歌的姑娘吧。"

"对啊。"望思玛退到了裴忻身后，"我来介绍下，她叫裴忻，韦思奇的朋友，现在也是我们乐队的主唱。"

"发型变化很大，差点就认不出来了。"肖米杰笑笑。

望思玛把肖米杰拉到了一边，挡着嘴在他耳边轻声提醒道："肖警官，韦思奇是我哥哥这件事，还请替我暂时保密，裴忻只知道他是江峪的朋友。"

"怎么，你觉得这姑娘也有问题？"

"没有，总之，先替我保密吧。"

"好。"

随后，肖米杰与两个姑娘在楼前的一个空旷处攀谈起来。肖米杰告诉望思玛和裴忻，两年多以前，何亚维在芬雅做兼职业务员的时候，曾欠下过一笔巨款，这笔巨款高达四十五万，似乎是被客户骗的钱。

"四十五万？"望思玛觉得可怕，四十五万对于任何一个未毕业的学生来讲，都是一个天文数字。

"裴小姐，当时你跟何亚维关系不错吧，这件事你知道吗？"

裴忻点了一支烟，摇摇头，"不知道。"

"你确定？"肖米杰又询问了一遍，"何亚维背了四十多万的债务，一个字都没对你说过？"

"没有。"裴忻又答，"他从没对我说过，但是当时有一阵子他特别消沉，情绪也很焦躁，我一直以为他做兼职太辛苦，还要兼顾乐队排练，所以心情才会不好。"

"那你当时有没有劝他不要工作了，安心把书先念好？"

"当然，但是他不听劝，他需要钱，需要很多钱。"说到这里，裴忻也很无奈，"每个人的家庭情况都不同，何亚维没有父亲，他的母亲早年得了重病，一直瘫痪在床，申南的学费又高，所以他一直过得很辛苦。"

"他可以跟学校申请助学金啊，或是助学贷款也可以。"

"不是每个人都愿意跟别人倾诉自己困难的。"她说，"我也想帮他，可是何亚维没有接受，又过了一段时间，他好像缓过来了，我也就没有多问。"

"呵呵，因为他很有可能还清了那笔债。"

"你想说什么？肖警官。"

"或许那笔钱，就是靠贩卖假琴谋得的利益，当然，这也只是根据现有证据给出的大胆猜测，你们也可以权当没听过。"

"何亚维突然还清了四十多万的债务，韦思奇的贩假名单里又有何亚维的名字，这其中不会没有关联，韦思奇若是没有真凭实据，他一定不会冤枉别人。"

"冤枉……"裴忻的眼神中带着几分困惑，"他曾经提醒过我，让我小心何亚维，说他不简单……当时我只是单纯地以为他对何亚维有误会，毕竟……"

"毕竟，何亚维是他的情敌，你觉得因为你的关系，韦思奇想用小伎俩诋毁何亚维，然后把你抢过来是吗？"

"如今看来，我真是不了解何亚维，真是可悲。"裴忻掐灭了烟头，扔进了一旁的垃圾桶里，"我甚至还没有你们了解他，如果表格真的是韦思奇留下的，如果何亚维确实做了那些不法勾当，那我无话可说，他理应受到应有的惩罚。"

"裴忻。"望思玛一只手轻轻握住了裴忻的胳膊，"他已经变了，早就不是你认识的何亚维了。"

"损公肥私，损人利己……制假贩假这块肥肉，真是欲壑难填哪。"肖米杰无奈道。

"这个世界还真是小，我很早之前就认识韦思奇，没想到他还是江峪的朋友，对于他的意外，我很难过，也请你一定要把真相找出来。"

"那是一定。"

"对了，还有一件事我不太明白。"裴忻看着肖米杰，又望向了望思玛。

"裴小姐请讲。"

"为什么韦思奇和芬雅的事，你会跟望思玛说，她似乎跟这件事，没有太大关系吧。"

"哦。"肖米杰的眼神飘忽了一下，"江峪一直很关心好朋友的案件，望思玛又是江峪的女朋友，况且，她之前和莫龄也为芬雅假琴案的破案提供过帮助，我答应过他们，有调查进展也会同步给他们。"

"好吧，这关系有点远，理由也有点牵强……"裴忻低头叹了一句，"复赛的抽签结果昨天出来了，思思，这些事交给警察吧，我们把精力放在比赛上。"

"好，我懂。"

第60章 本能（1）

两天前，20支入围乐队在电脑前抽取了下一轮比赛的参赛曲目，黑天鹅乐队抽到了一首英文歌曲，这首歌来自爱尔兰的一支国宝级乐队，中文译为《动物之本能》，每一个音符都散发着浓郁的英式摇滚风。

相对其他乐队抽到的歌曲，黑天鹅可以说是相当幸运了，因为这首歌的难度并不大，且旋律悠扬，朗朗上口，特别适合女孩子来演唱，姑娘们花了两天时间就把整首歌的谱子扒了下来，还根据自身的情况稍做了改动。

同时，她们也再次踏上了声势浩大的葵舞台。

这首《动物之本能》在比赛曲目中是第16首，所以这次，她们将在第十六个登场。

换了精心挑选的服装，化了精致的妆容，姑娘们早早就在后台准备就绪，此时离比赛正式开始，还有两个小时。

"哎哟，主办方也真是的，每次都那么早把我们喊来，这才几点！"坐着一动不动只能靠打游戏续命的陶贝贝第一个不耐烦起来，"我这都已经打了四盘了，把我眼睛打瞎都开始不了。"

"这也怪不得人家。"莫龄说，"这么多乐队比赛，早点集合才能依次试音，若是有什么突发情况，也好及时调整嘛。"

"确实有突发情况，有一支乐队因为人员变动弃赛了，20支乐队变成19支，你说有没有意思？"望思玛看着参赛乐队名单忍不住感慨，"世事无常啊，就这么弃赛也是心大。"

"也许，人家本来就有自知之明，垫底的分进的复赛，还不如提前退赛，留个好名声。"

"大家还是管好自己吧。"裴忻听不下去了，"我们也是从垫底的分走过来的，就不要对别人的决定指指点点了。"

"行。"贝贝捂着肚子，脸色也有些苍白，"现在还早，我去下洗手间，否则一会儿又排长龙了。"

"快去吧，一会儿贴张暖宝宝就好。"

陶贝贝顺着指示牌往洗手间方向走去，原本生龙活虎的陶贝贝今天跟蔫了的花一样萎靡不振，来的时候望思玛就看出了端倪，追问之下才知道这世间能干倒陶贝贝并不是别人，而是她的"大姨妈"。

陶贝贝扶着墙慢慢悠悠地一路走，走着走着，一侧的过道里突然冒出一个人，两人都没看见对方，撞在了一起。

"哎哟——"陶贝贝一下被撞到了墙边，捂着自己的肩膀，"咝——"

撞到她的是一个男人，男人戴了一副半遮阳的墨镜，侧着身体说："小姑娘，你不要紧吧。"

被这么一撞，陶贝贝的脑袋更加昏昏沉沉，原本打游戏就打得头晕目眩，现在连走路都要飘了，一想到自己要赶着上厕所，只得扶着墙道："没事没事。"

男人穿着深灰色西装，鬓角略带银白，脸上的皮肤也不光滑，下巴处还有一颗大大的痣。虽然陶贝贝看不见他的眼睛，但从相貌和声音听起来，应该是一个不下五十岁的男人。

陶贝贝说没事，这个中年男人便看也没看就走了。

走了五六米，她的耳后突然传来一个女人的声音，"你怎么现在才来。"

陶贝贝回头一望，只见男人朝着女人屁股上轻轻一拍，"刚才在打电话，事情一会儿给你办妥。"

女人没有答话，把手伸到后面，将自己屁股上的那只咸猪手推开。

"真是……老当益壮。"陶贝贝无奈感叹了一声，自己的小腹也跟着抽疼了几下，"哎，哎，真是见鬼。"她朝洗手间快速走去。

舞台后方，裴忻和莫龄挨坐在一起休息，莫龄从包里拿出了一包巧克力威化，问："要不要？"

裴忻摇摇头。

"早上就吃一个鸡蛋，你不饿吗？要是在我家，你肯定被我妈骂死。"

"你妈也这样吗？"

"嗯？"

"和望思玛的妈妈一样。"

"当然，不吃妈妈准备的早饭，所有的妈妈都生气吧。"莫龄浅笑，"难道你妈妈不是？"

"我先去那边转转。"对面正嚼着口香糖的林南希拿了包烟，突然起身离开了。

"林南希，我也去，我也去。"一旁的望思玛也坐不住了，她起身拍了拍屁股道，"在这干坐着简直太无聊了……我去看看门口都卖什么应援物。"

裴忻接过莫龄手里的威化。

"如果我妈妈逼我吃太多东西，肯定会被我埋怨死。"

"那样不好。"莫龄说，"你妈妈会伤心的。"

"伤心？她又没做过早餐，她一直都是饭来张口，家里的三顿饭也是阿姨弄的。"

莫龄摇头窃笑："原来如此，人比人真是气死人。"

裴忻拆了巧克力威化的包装袋，里面有两块，她使了个眼神，想分一块给莫龄，"来。"

"专门给你留的，你吃吧。"

"你想把肉都长在我一个人身上？"裴忻问，"赶紧的，帮我分担点热量。"

莫龄乖乖拿走了其中一块威化。

"这还差不多，望思玛这丫头都说我们是穿一条裤头的。"

"穿一条裤头？"莫龄脸上泛出一抹腼腆，"是吗，她……又在胡说八道什么。"

"你觉得她怎样？"

"谁？望思玛吗？"认识裴忻这么久以来，莫龄第一次听到裴忻问自己另一个人怎么样。

"不能说天赋异禀吧，但至少，比你我想象中要努力，是一只值得投资的潜力股。"

裴忻点点头，对于莫龄的这个评价，她表示赞同，"这丫头，失恋第二天就跟个没事儿的人一样，有点意思啊。"

"是啊，也是出乎我的意料，只能说每个人心里的事都是分轻重的，有些重要，有些不重要，重要的人和事你时时会想起，不怎么重要的，失去了也就失去了，无所谓，可能……江峪在她心里本来也没有那么重要吧。"

"那我呢？"裴忻咬了一口威化冷不丁问了一句。

被裴忻这么一问，莫龄的脸"刷"一下就红了，"你什么？"

"我在你心里……"裴忻把头靠了上去，"算是有多少分量？"

莫龄的眼眸左右晃了几下，心脏扑通扑通直跳，一时半刻竟说不出话来。

裴忻看着一脸懵圈的莫龄，忍不住幸灾乐祸道："是不是吓着你了，其实我是跟你开玩……"

"笑"字还未说出口，莫龄打断了她，她看着她，片刻道："裴忻，我对你怎样你不知道吗？我是真心喜欢你啊！"

气氛凝固了几秒。

"啊？"裴忻的笑容里略带吃惊，"哦。"

这一次，莫龄终于鼓起勇气，"怎么？"见裴忻只憋了两个字出来，继续问，"那个……我是不是吓着你了？"

"倒也没有，我们本来就是好知音。"

"只是好知音吗？"莫龄对裴忻的回答似乎不太满意，"裴忻，我对你，就跟你对何亚维一样……"

这是莫龄第一次鼓起勇气说出肉麻的话来。

裴忻的心也扑通扑通跳得厉害，从小到大，多少男人在她面前阿谀奉承、卑躬屈膝，大家都排着队来讨好她，迎合她，希望引起她的注意，而她呢？从来不把这些人放在眼里，而今，莫龄这突如其来的"告白"，让坐怀不乱的她却慌了神，不仅因为莫龄是女生，而且，自己还是她曾经的"情敌"。

这……也太戏剧化了。

裴忻没有继续回应，莫龄的双眼坚毅地盯着裴忻，又盯了好久，她严肃的神情才变得柔和下来，最后"扑哧"一声笑出来。

"裴忻，是不是吓着你了，我跟你开玩笑呢……"

裴忻看着她，有点尴尬，内心五味杂陈。

终于熬到了下午，葵舞台的复赛也终于拉开序幕，主持人在台上依次宣布本次比赛规则与入围名单，今天的主题以"翻唱"为主，各个乐队已在两天前抽取了曲目，对于这场比赛，所有乐队的感觉都是一样的，那就是"势在必得"。

大家坐在后台静静地等待上台，原本跟兔子一样活蹦乱跳的陶贝贝今天尤其安静，甚至连打游戏的兴奋劲都没有了，幸好望思玛给了她暖宝宝，此刻她只想赶紧比完赛，然后找张大床舒舒服服睡一觉。

"贝贝，你怎么样，我再去给你买瓶水吧，后楼梯那有个自动贩卖机。"

"谢谢。"陶贝贝摸了摸自己的肚子，"望思玛的暖宝宝已经让我好很多了。"

"不行，我们离上台至少还有一个半小时，反正大家都要喝水，我还是去买几瓶吧。"说罢，莫龄朝着后楼梯方向走去，走的时候，她还不忘带着自己的琴。

葵舞台的后台构造比较复杂，这九转十八弯的后楼梯也是上次来的时候误打误撞找到的，相比大厅里的自动贩卖机和小卖部，后楼梯倒是既安静又清幽。

莫龄一个人走在空旷的楼道上。

走了几步，她觉得有些不对，这安静的楼道里好似传来几声急促的脚步声，莫龄停了停，那奇怪的脚步声也跟着停下，莫龄迈步走，那奇怪的脚步声也会紧随其后。

莫龄规整了下肩膀上的琴包背带，随后一个转身，后面空空如也，什么人也没有。

走到贩卖机前，莫龄按下了购买按键，就在这时候，她从贩卖机的反光玻璃上看到，自己的身后站着两个戴黑色墨镜的人。

她刚想回头，一双大手从后面捂住了她的鼻子和嘴。

她被强行带到了楼梯口，手无寸铁的莫龄吓得全身发抖，她想叫出来，却怎么也使不上力。

她挣脱了男人的手,满脸恐惧地喊道:"你们是谁?要干什么?"

男人没有回答。

莫龄吓得大喊:"救命——"

还没说完,其中一个男人又捂住了她的嘴,另一个人在后面拉开了她的琴包拉链,莫龄见吉他被抢走,本能地使出全身力气去夺。她的手死死抓着了吉他的指板,由于用力过度,琴板上的琴弦断了两根,手指还被最细的那根琴弦拉出了几道血口子。

一个瘦弱的女孩怎么可能抵得过两个五大三粗的男人,最后,其中一人举起莫龄的琴,狠狠地朝地上砸去。

莫龄眼看着心爱的吉他在自己面前经受着如此摧残,几乎崩溃,"哐哐哐"三下,吉他面板被砸得粉碎,弦桥琴马都断了,那把陪她征战了整个校园摇滚乐队大赛的电吉他就这么毁了,还毁得如此不堪。

男人砸完吉他,另一个捂她嘴的人也松了手。

"你们是什么人,为什么要抓我!"莫龄既惊恐又愤怒,"为什么要砸我的琴!为什么?"

"为什么?"男人冷笑了一声,"小姑娘,你之前做过什么事你自己不知道吗?年纪轻轻非要多管闲事,这次只是警告你,下次就没那么好运了。"

莫龄颤抖的身体已经喊不出话来,她想去拿地上那把破碎不堪的吉他,不料男人又从身后狠狠推了她一把。

莫龄从楼梯上滚了下去。

第 61 章 本能（2）

过了很久，19 支乐队的比赛几乎快要过半，莫龄拿着琴，跌跌跄跄回到了乐队的休息区，这一去，她用了将近一个小时。

其余四个姑娘见神情恍惚的莫龄跌跌撞撞地回来，全都焦急地围上来。

"莫龄，你怎么了。"望思玛看到莫龄的脸颊沾着灰尘，额头上还有个大大的包，"莫龄，你怎么受伤了，你摔跤了吗？疼吗？"

陶贝贝拿来了纸巾，擦拭起莫龄头上的血渍。

莫龄看见四个好友围在身边，终于忍不住哭出了声："吉他，我的吉他……"

裴忻轻轻取下了莫龄身后的琴包，小心翼翼地拿出了莫龄的吉他，当她看到那把破碎不堪的吉他时，整个人都震惊了，"这哪是摔跤摔的……"她拉着莫龄的胳膊，恼羞成怒，"告诉我，是哪个该下地狱的人干的？"

莫龄摇摇头，"我不认得……"

"裴忻，马上就轮到我们了……怎么办？"陶贝贝在一旁急得跺脚，"我们……我们要不退赛吧，先送莫龄去医院……"

"贝贝，不可以。"莫龄立刻阻止了她，"我们好不容易走到今天，好不容易来到北京，怎么可以说退赛就退赛，你这样太不负责任了，今天就算少一把吉他，也得上。"

她与裴忻对视了一眼，这一眼，充满了不甘，又充满了信任，彼此心照不宣。

裴忻点点头，"用我的吉他。"

"那你呢？"望思玛问，"我们这次特地加了一把和声吉他，少了的话会不会……"

"没事，我能解决。"说罢，她朝着另一边的乐队休息区走去。

另一边的休息区坐着刚刚比赛完的奇门乐队，主唱是邦萨。

裴忻走到邦萨面前，"能不能帮个忙。"

邦萨见想念已久的梦中情人专程来找他，立刻从凳子上飞身跃起，两只眼睛也眯成了一条缝，"帮！帮！帮！什么忙都能帮，让我上刀山也可以。"

后面的队友一边看热闹，一边已是笑得人仰马翻。

"我的吉他坏了，能不能向你们乐队借一把？"裴忻看了看邦萨，表情诚恳，这一眼，已经是她最大的极限了，"我本想找镇天魄的，可他们在我们后面比赛，借琴不太方便。"

"借琴？"邦萨听完想都没想直接走到后面，"听到没？"他对着自家乐队的吉他手祁天真喊道，"你小子愣在那儿干什么？还不快拿出来。"

"哦哦哦。"奇门乐队的吉他手祁天真立刻把琴拿到了裴忻跟前,"请慢用,请慢用。"

"谢谢。"裴忻拿过祁天真的吉他道了声谢,又向邦萨点了点头。

"哎!谢什么?"邦萨挥挥手,"就借一把吉他吗?我还以为什么事儿呢!贝斯要不要借?你们鼓棒带了吗?"

"谢了,比完就还你。"裴忻拿着琴回到了自己的休息区。

对面的邦萨见女神给了自己这样一个表现机会,立刻精神抖擞,笑得合不拢嘴,远远地,还不忘给裴忻抛去几个粗犷的媚眼。

刚好,前台的主持人念到了黑天鹅乐队的名字。

"莫龄,你可以吗?"

"可以。"

"好!开始了。"裴忻道。

五个姑娘手叠着手,随着一声坚毅的"加油",她们再次站上了葵舞台。

所有进入全国赛的乐队都是每个市里首屈一指的团队,而上一次比赛留下的十九支乐队更是强者中的强者,抽到的比赛曲目虽然难易不同,但在乐手们各自的手里也被演绎得各有千秋。

莫龄站在裴忻的右后方,今天她将背着裴忻的吉他征战舞台,但是当她弹到第一个音的时候,她便发现自己有些不对劲。

自己的指头传来一阵刺痛,甚至手腕和小臂也使不上力气,她这才意识到,刚才楼梯上那一跤,她受了很重的伤。

比赛仍在继续,歌曲才刚刚开始,之前还无精打采的陶贝贝此刻像换了个人似的神采飞扬,却不知另一边的莫龄快支撑不住了。

光影交错的舞台,金色的光打在莫龄脸上,她痛得直流汗,汗水从她受伤的额头一直流到脸颊,又顺着脸颊流到脖颈,又顺着脖颈流到衣服里。那细细的吉他弦勾着她受伤的手指,带来一阵阵钻心刺骨的痛,而这样的痛,她还要在舞台上忍耐四分多钟,并且,还要带着笑容。

莫龄的拨弦力度越来越轻,第一段……第二段……第三段……最后还有十二小节的吉他独奏,裴忻在最前方弹着吉他深情款款地演唱,莫龄站在后面看着她,她是那么努力,那么用心,莫龄不想辜负自己,更不想辜负她。

"最后的独奏,一定要撑住。"

四、三、二、一,独奏响起,莫龄闭上眼睛,她要拿出最后的力气感受这个舞台,鲜血顺着她的指头一滴一滴流下来,落在震动的琴弦上,跳了几下,又落在地上……

第61章 本能（2）

让她绝望的是，只弹了四个音，她的手指便没有了知觉……

莫龄，已经尽力了。

忽然，一阵细腻、高昂、清亮的琴声从她的后方传来，恰好接上了刚才自己弹断的最后一个音，舞台上出现了第三把吉他。

"不，那不是吉他。"

莫龄睁开眼，这才意识到此刻"弹"第三把吉他的人，不是别人，而是林南希。林南希指下的六十一键生出一道道蜿蜒流畅的平行线，崭新的"电吉他声"继续萦绕舞台，是的，任何你意想不到的声音，林南希都可以从黑白分明的键盘上弹奏出来。

站在身后的林南希早已听出了莫龄的异样，莫龄对自己向来吹毛求疵，怎会有今日差强人意的表现，如果这样，莫龄一定是遇到了麻烦，所以，林南希临时修改了音色，将莫龄没有完成的独奏，以一种全新的方式演奏了出来。

最后十二小节演奏完毕。

音乐落下，台下掌声响起，五个姑娘深深鞠了一躬。

莫龄心怀愧疚，她拔下吉他电源，第一个走回了后台。

"莫龄。"裴忻很是为她担心，"你没事吧。"

"我没事。"莫龄强颜欢笑，她的手指依然感到一阵剧痛，"刚才是我紧张了，没弹好。"她将自己的右手放在身后，生怕大家担心。

"没关系。"

裴忻把借来的吉他还给了奇门乐队，又走到林南希面前道了声："刚才，谢谢。"

"哦。"林南希回了一声，"小意思。"

两人相视，微微一笑。

只剩下最后四支乐队比赛了，用不了一小时，复赛的结果就会揭晓。

休息区有一张桌子和五个椅子，望思玛把四张椅子排在了一起，让陶贝贝将就着先躺着，陶贝贝刚一下台就倒在了椅子上，这会儿已经呼呼睡上了。

莫龄坐在椅子上，此刻，她撩开了自己的衣袖，发现鲜血已经浸湿了整个袖口，见裴忻走过来，她马上拉上了袖口，低着头，一言不发。裴忻没有觉察到莫龄手上的伤，只知道她还未从刚才的惊恐中恢复过来。

望思玛吵着要报警，莫龄阻止了她，她害怕自己的原因会给乐队带来再次的伤害，林南希也去后楼梯转了一圈，那个自动贩卖机所在的楼道还是个监控死角。

"莫龄，你今天有没有遇到什么人？暗示你去后楼梯。"对于莫龄的遭遇，望思玛的心里有许多疑团，譬如，他们为什么要找莫龄麻烦？葵舞台人流量这么大，他们是怎么知道莫龄会独自去后楼梯的？"

莫龄想了想，是有一个人告诉过她，不过不是今天，而是上次来葵舞台的时候。

"上次我在大厅买水，一个做保洁的大叔突然站到我后面跟我说，不必都挤在这里排那么长的队，休息区后面拐两个弯，再顺着走廊走到尽头有一个楼道，那里有一个很大的贩卖机，平时都没人，只有我们员工会在那里买，当时我怕大家着急，沿着保洁大叔指的方向找到了那个贩卖机买了水。"

"当时那里也没有人吗？"望思玛问。

"有。"莫龄回忆，"我走到那个楼梯口的时候，那里还站着一个女孩想买水。"

"是谁？"

莫龄摇摇头，"不认识，背着琴，应该也是来比赛的乐手，她还跟我打了招呼。"

"那，你们都说了什么？"

"她问我们第几个表演，我说第十四个，她说他们是第二十七个。"

"就这样？"

"嗯，她说她不着急，就让我先买了，买完我就回来了……"

"听着也没什么奇怪。"林南希说。

"莫龄，那……"

"思思，让莫龄休息一下吧，她也累了。"裴忻打断了望思玛的话，"让莫龄静一静，晚上回酒店了我们再聊这件事。"

"好。"

莫龄坐在椅子上，头枕在了身后的墙上，有些头晕目眩，刚才从楼上滚下去的那一跤，不仅崴了手，就连头也重重磕了一下。

剩余的几支乐队很快比完了，休息区的乐手们都在相互鼓励，相互打气。

"裴忻，这首《动物之本能》唱得不错啊，我看了一下，你们晋级的机会还是很大的。"镇天魄乐队的主唱大明走过来，"英伦摇滚很适合你们，你们几个小女生平时干吗要做那么重的音乐。"

"是啊，找准自己的位置最重要，仅凭喜好就挑战高难度很容易适得其反。"大明身后的吉他手阿轩也站了出来，乐呵呵道，"不过，你们把最后一段吉他改成了键盘，也算是耳目一新吧，弹得不错。"

"谢谢。"裴忻答，"我从不强人所难，黑天鹅能做什么风格的音乐，我比你们更了解。"

第 62 章 本能（3）

望思玛的手机突然响了，她拿起一看，是个陌生电话。

"喂。"

"思思。"电话那头传来一个熟悉的声音，是江峪。

望思玛没有回答，她不想与他说话，只想马上挂断。

"思思，你等一下，思思！"电话那头的江峪很着急，"听我把话说完。"

望思玛迟疑了一下，又把电话放到自己耳边，她努力让自己的语气变得轻松一些，随后问道："原来是江老师啊，您找我什么事儿？"

"思思。"江峪的语气低迷，"你还不肯原谅我吗？"

"我比赛呢，大家都很忙，没别的事我就挂了。"

"我在看你们的比赛直播。"江峪又喊了一下，"你们全都表现得很好，你也是。"

"谢谢，没什么事我挂了啊。"

"对不起思思，我知道，我从来就没给过你安全感。"

"都是过去的事儿了，没关系，我们以后还是朋友。"

"对不起。"电话那头的江峪又说了一遍，"是我不好。"

"不是说没事儿了吗。"望思玛努力隐藏着自己的情绪，"没事儿，真没事，有机会我还是会找你学鼓的。"

"思思，原谅我好不好？"

电话那头的姑娘听了突然心生一丝感慨，一向与裴忻一样趾高气扬的江峪，竟也会说出如此卑微的话来。

"江峪。"见江峪有些不知好歹，望思玛的语气也变得尖锐起来，"我早就跟你说清楚了，我们分手了，今天我比赛，不要跟我说这些废话……"说完她挂断了电话，嗓门提高了好几倍，这"废话"二字，把一旁的陶贝贝都吵醒了。

"分数出来了吗？"陶贝贝一下子从凳子上坐起来，"入围了吗？入围了吗？"

"没有。"望思玛答。

"啊！"陶贝贝大惊失色，双手托着自己泛红的脸颊道，"我们被淘汰了吗……天哪，我对不起我姑父，这回我没脸回家，更没脸回学校了……"

望思玛朝她头上轻轻一拍，"是没有公布。"

裴忻看着一惊一乍的两人，又看着一旁静坐的莫龄，她蹲下身子，打开了刚才莫龄帮自己收拾的琴包。她拿出了自己的吉他，如同抚摸自己的孩子那般抚摸着它，从琴头到指板，从琴箱到旋钮……每一处她都喜欢至极，每次重要比赛，她都会拿着它去应战，这么多年来，这把吉他早已是她灵魂的一部分。

　　她的手反复感受着每一条弦的能量，声在指上，指在弦上，她摸着摸着，突然停下来，今天指腹的感觉有些不同，裴忻把琴身抬高看了一眼，不看不知道，一看竟发现原本闪亮的六根弦上突然出现了一段段暗红色印记。

　　她顺着其中一根弦从上至下擦了擦，白色的擦弦布上出现了一道深深的红印子。

　　裴忻有好几把电吉他，这把火红色的吉他是她的挚爱，她从不让任何人触碰，就连何亚维都没有用过，唯独这一次，她不假思索地借给了莫龄。

　　这是——

　　"血。"

　　她猛一回头看着莫龄，此刻的莫龄正把头靠在墙边休息，双手也缩在了袖笼里。

　　"莫龄。"裴忻放下吉他冲上去。

　　莫龄看着她。

　　"把你手的给我看看。"

　　莫龄慌了神，右手往外套袖子里又缩进去几厘米，"裴忻你干什么，看我手干吗？"

　　"你把手给我拿出来。"裴忻焦急道。

　　"我手上又没东西，你看什么。"

　　"你拿不拿？"裴忻用力抓了一下莫龄的手腕，兴许是抓到了刚才莫龄挫伤的地方，只听见她轻声叫起来。

　　裴忻吓得立刻缩回了手，"莫龄。"

　　"难道裴忻发现我的手受伤了？"莫龄心里开始怪罪起自己来，她看了看墙边的吉他，"天哪，该不会是血流到琴弦上了吧……那可是裴忻最爱的琴……"她越想越不安，"早知道刚才回来应该先看一眼的，我……我这是做了什么？"

　　裴忻看着心神不宁的莫龄，有些生气，"快把手伸过来，让我看。"

　　一旁的望思玛、陶贝贝和林南希听见动静也凑了过来，"怎么回事？"

　　莫龄见手上的事瞒不住，只得慢慢伸出了自己的右手，只是她的手指还未伸出，裴忻便看见了那血迹斑斑的毛衣袖口。

　　"血——好多血——"陶贝贝叫起来。

　　"莫龄你流血了！"见衣袖上那么多血，望思玛也被吓了一跳。

　　裴忻帮着莫龄一点点卷起衣袖，几根血淋淋的手指出现在她面前，她的手掌和中间

第 62 章 本能（3）

三指的指腹上有好几道深得可怕的血印子，就在刚才，她想抢回自己吉他的时候，手被弦拉伤了，吉他六根弦细如丝，稍稍一用力就如同刀口般锋利。

莫龄看着自己一滴滴慢慢往外渗血的手倒也淡定，"又流血了，帮我拿张纸巾好吗？"

林南希立刻递来了纸巾。

莫龄将纸巾铺在自己的手掌上，然后用另一只手轻轻一按，纸巾上立刻吸出了块块血印，"对不起，把你的琴弄脏了，我赔一把新的给你……"

"赔什么赔？"裴忻带着责备又痛心地说道，"手受伤了为什么不说？"

"我怕我上不了台，拖大家后腿。"莫龄忍着痛依旧平和道，"只是没想到后来……我还是拖后腿了，多亏了南希，才没把比赛搞砸。"

"你还真是把自己当成中流砥柱了呢！"裴忻越听越生气，"这种事都敢瞒我，你是想让我开了你吗？"

莫龄笑笑，"我真没事，刚才也没流那么多血。"

"裴忻你看，莫龄的纸巾都湿透了。"陶贝贝看着纸巾上的血渍一点点扩散忍不住喊起来，"这可怎么办？"

"琴弄脏就弄脏，琴弦换了就好，你的五根手指若是有事，你一辈子就完了！"

"完就完了吧，反正毕业了也不会再弹琴了。"

"你这叫什么话？你不是想当作家吗？手指坏了怎么拿笔，怎么打字。"

"裴忻……"

"走，去医院。"说罢，裴忻一手拿着吉他，一手扶起莫龄，"思思，你们留在这里等结果，结束后把莫龄的琴带回酒店。"

"嗯。"

很快，裴忻在葵舞台工作人员的帮助下，打车去了医院，其余三个姑娘则留在了后台等待结果。

等待的时间总是十分漫长，就像裴忻在骨科诊室门口等待莫龄的检查结果一样，她的手刚刚做了简单的包扎，现在正在放射科拍片。

三分钟后，放射科大门开了，莫龄从拍片室慢慢走出来，后面还跟着一个医生，"你是家属吧，拿好单子，十五分钟后取报告。"

舞台上，亚洲校园乐队大赛全国赛的复赛成绩刚刚出炉，十九支乐队将淘汰九支，留下最后十支参加半决赛。主持人拿着手卡兴奋地上了台，后台的乐手们则心如擂鼓等待命运的安排。

"第一名，南糖门乐队，得分569分。"台下响起疾如雷电的欢呼声，南糖门乐队是去年亚洲乐队大赛中国赛区的总冠军，在校园摇滚这片舞台，他们以一种无可匹敌之势统治了多年的摇滚江湖，这次也依旧以逆天的成绩拿下了复赛头筹。

"第二名，华旸音乐学院乐团，得分 561 分。"华旸乐团是华旸市最好的学生乐团，六位乐手均来自音乐学院各系，与太音乐队一样都是专业乐手，实力也不分上下，只不过，华旸乐团似乎更受幸运女神眷顾一些。

主持人看着手卡，继续公布成绩。

"第三名，镇天魄乐队，得分 560 分。"不愧是镇天魄，S 市最值得骄傲的乐队，从未让人失望过，镇天魄乐队常年包揽全国大赛的前五名，去年更是拿到第三名的好成绩，也是黑天鹅一直渴望超越的目标。

"第四名，蓝精灵乐团，得分 558 分……"

"第五名，珠玑乐队……"

"第六名，猎户星乐队……"

不是她们，不是她们，依旧不是她们，眼看着晋级的名额越来越少，望思玛手心里的汗越来越多，陶贝贝甚至捂上了耳朵不敢再往下听。

"第七名，爆音乐队……"

依旧不是她们，望思玛失落极了，裴忻不在身边，莫龄也不在身边，此时此刻，她真正感受到了什么叫"没有安全感"，她和陶贝贝一样，像极了流落街头被人遗弃的孩子，随时处在崩溃的边缘。

"第八名，黑天鹅乐队，得分 551 分……"

主持人话音一落，望思玛和陶贝贝互相看着对方，然后"哇"的一声大叫起来抱在一起，"终于到我们了！"

林南希长舒一口气，垂头窃笑了一下，她刚要提醒望思玛别忘了带上莫龄的琴，就被望思玛和陶贝贝紧紧搂在了一起。

"南希姐，好在有你。"

"南希姐，你的键盘太无敌了，我简直爱死你了。"

"南希姐，你救了莫龄，救了我们乐队。"

"南希姐，你收我为徒吧，我不想弹贝斯了，我要弹键盘……"

林南希被这两个姑娘的彩虹屁夸得一下子蒙了，想说点什么矫情的话竟然还找不出词儿来，"咳咳，放手，放手啊，你们快把老娘掐死了！"

另一边，裴忻将莫龄的 X 光片拿给了医生，医生放在灯台上看了又看，不慌不忙道："还好，没伤到骨头，只是肌肉拉伤造成的水肿，好好养着吧。"

"谢谢医生。"裴忻悬着的心终于放下了。

此刻，她的电话也响了，莫龄就坐在她身边，那是陶贝贝打来的，她打开了免提。手机里传来一阵嘈杂的响声。

"裴忻，我们晋级了。"

"莫龄没事吧？"

"喂，裴忻听得到吗？快告诉莫龄我们成功了。"

"我们第八名，第八名……"

"对了，晚上我要吃全聚德烤鸭……"

"不行，今天要去新开的茶餐厅……"

"晚上我还要去三里屯。"

"不是跟你说后海更好玩儿吗……"

"……"

电话那头的两个姑娘已经开心到不知所云，裴忻知道，她们成功了。

她心里犹如波涛翻涌，激动之情同样掩饰不住，看着眼前虚弱又坚强的莫龄，她感到了深深的震撼。莫龄带给她的，不仅是乐队的前进，更是一次次的感动。

"这次你再不好好养伤，我就把你开除。"裴忻张开双臂，将莫龄拥入怀中。

第 63 章 莫龄的误会

回到学校的第一天,申南的小迷妹小迷弟们便像蝴蝶似的全都围了上来,三个姑娘在一群又一群人的拥簇下终于挤回了艺术楼的排练房。

陶贝贝找了一张报纸把大门的窗户封了起来,这回,她们终于有了个清净之地。"还好莫龄被他们学校的老师接走了,否则就外面那声势,她铁定又骨折了。"

"哎,我说陶贝贝,当明星的感觉怎么样啊。"望思玛耸了耸肩,露出一脸贼笑。

"简直……简直是太爽了啊!"陶贝贝兴奋道,"我终于能感受到我姑父那种成功的喜悦感了,简直是众星捧月,唯我耀眼啊,啧啧啧。"

"你跟杜大师比,是不是早了点,不过嘛……现在这人气,也八九不离十了。"

"哈哈哈哈。"

两个姑娘坐在排练房里肆无忌惮地自恋起来。

裴忻拿着马克杯接了一杯热水,"一会儿你们回宿舍好好休息,今明两天都不排练,后天晚上别迟到。"

"什么?不排练?"陶贝贝眼睛一亮,"裴忻姐姐你说真的?"

"我一直跟你开玩笑吗?"

陶贝贝摇摇头,又瞅了瞅望思玛,望思玛的脸上露出了同她一样的期待,"不排练听见没?那还回宿舍休息个鬼呀。"

"当然是逛街!买衣服!做头发!看电影了!"

于是,两个姑娘勾搭着从大门口冲了出去。

赢了复赛,裴忻依旧是心事重重,一方面莫龄的手受了伤,恢复时日较长,二来,这次去北京前肖警官跟她说的事儿,她也一直记在心里。

手机拨号界面的一串数字已经被她按完删,删完按,反反复复了好多次,她一直在考虑要不要打那个电话,最后,她还是鼓起勇气拨了过去。

"喂,我是裴忻……"

幽暗的灯光下,舒缓的音乐撩动着周遭暧昧的氛围。这是一家很惬意的咖啡馆,沙发很大很软,抱枕一个个放在四周,墙上还有许多前卫新潮的饰物,来这里的人都有一个特点,那就是要抛开凡尘杂事,只求片刻放松。

裴忻提前半个小时就到了,她原本很喜欢这儿,这里曾是何亚维向她告白的地方,从爬满藤蔓的大门口进来,就有一种与世隔绝的感觉,这里的时光走得很慢,就算上帝

第 63 章 莫龄的误会

到了这里也好像会故意拨慢时钟。

下午的电话打得急促，裴忻一时半会儿也没想到还能把他约在哪里，所以就定了这里。

何亚维知道裴忻不喜欢别人迟到，一下课，他就赶到了这里。

昏黄的灯光，何亚维盯着裴忻的白色毛衣，还有她最喜欢的橙色丝巾缠绕在她包包的提手上。

"这件衣服，就是你们比赛时穿的衣服吧。"

裴忻没有回答。

"好看。"何亚维的视线从裴忻的衣服移到了她的脸上，"喝点什么？"

"老规矩。"

于是，何亚维点了两杯拿铁。

"北京之行，一定很开心吧？"气氛虽有些尴尬，但男生还是先起了个头。

"算是吧，谢谢关心。"

"你们几个挺厉害的，我也看了比赛直播，恭喜你们进了复赛。"

"那又怎样？以前的十心乐队，不也进复赛了吗？"

"那可不一样，哎？我就纳闷了。"何亚维终于找到机会问出了他一直以来的困惑，"你是怎么认识莫龄的？你知道她是谁吗？"

"当然，你以前的青梅竹马嘛。"

"所以你们就这么认识了？她的吉他是你教的？"

裴忻冷笑了一声："我没教她。"她顿了顿，"是她在教我。"

"她教你？区域赛我就觉得奇怪，她怎么到你的乐队去了，真是让人意外。"

"你意想不到的事还有很多。"

"裴忻，今天找我，是有什么事吗？我一会儿……一会儿还要……"

"一会儿儿还要约会去是吧。"裴忻答，"行，我就长话短说。"

咖啡馆服务生送来了两杯咖啡，服务生虽然是个男的，但说话的语气却很温和，"两位慢用，小心烫口。"

裴忻点点头。

"以前你给芬雅做业务员的时候，有没有欠过巨债？"

"巨债？"何亚维猛地一抬头。

"四十五万。"

一口滚烫的咖啡从何亚维口中吐出来："你说什么？"

"我说，你有没有欠过别人四十五万？"

"你胡说什么呀！"何亚维的语气由温柔突然变得厉色，"谁跟你说的？"

"你只要回答有没有？"裴忻再次问。

何亚维一怔，问："你从哪里听到的？没有！我从来没有欠过别人钱！"

裴忻有些失落，"你说的，是真话吗？"

"当然，我保证。"何亚维回答得很是果断，"现在你能告诉我，是谁在背后造我的谣吗？"

"你别管谁告诉我的，总之，是我听到的。"

"裴忻，若是当年我真的欠了那么多钱？我现在哪能这么安心念书？"

"因为你还清了那笔钱，何亚维，我很好奇你最后是怎么还清的？"

"够了！"何亚维一拍桌子。周遭的人投来好奇的目光。

裴忻停下。

"刚才我已经说了，我没有欠过钱，更别谈什么还清，你千万不要相信别人挑拨离间的话。我何亚维没有欠过四十五万，以前没有，现在没有，以后也不会有，懂了吗？"

裴忻默不作声，她没有告诉何亚维那四十五万的事是警察告诉她的，她只是想知道，两年前，在何亚维身上到底发生了什么。

"你还听说了什么？"

"没有，只是这件事而已，我想着那时候你心情低落，而我却一门心思想着乐队，没有真正关心过你，后来你心情好点了，我也就忘了这事。"

"当时我母亲要做手术，后来手术挺成功的，我也就没有太多心事了。"

"好吧，希望是我多想了。"

"裴忻，你以前都是两耳不闻窗外事的，怎么现在又关心起钱来了。"

"我没有。"

何亚维叹了一口气，"我也听说了。"

"听说什么？"

"听说你已经保送研究生了，还没有恭喜你呢。"何亚维收起了声音，"把心思放在学习上不好吗？对了，最后我再提醒你一下，我们既然分手了，我的事你就不要插手了，还有你们乐队的姑娘，让她们老老实实组乐队，千万不要凑别人的热闹，知道吗？这是来自学长真诚的建议。"

说罢，何亚维起身走到吧台结了账，然后大步流星离开了咖啡馆。

门外，何亚维焦急地看了看手表，他打了一辆出租车，很快消失在茫茫暮霭中。

第63章 莫龄的误会

咖啡馆的对面站着一个姑娘,姑娘的手指上绑着绷带,脸上还贴了一个宽宽的创可贴,刚才她打车去学校找裴忻的时候,正好看见裴忻出门,于是,她一路跟到了这里,本想给裴忻一个惊喜,可裴忻进咖啡馆没多久,何亚维就跟来了。

她知道,那是裴忻和何亚维曾经约会的地方,难不成,裴忻是要和何亚维和好了吗?

第 64 章 肯尼亚草原

申南的门口停着一辆红色的玛莎拉蒂，玛莎拉蒂里坐着一位年轻的翩翩公子，公子穿着浅色高领运动衫，眉清目秀，鼻梁上还戴了一副金丝框眼镜，很是斯文。他双手抓着方向盘，不断朝校园里头张望。大门口来来往往的男孩女孩们都情不自禁地多看两眼，随后交头接耳纷纷议论起来，似乎是想知道哪个学院的姑娘那么有本事，能坐到这辆跑车的副驾驶座上。

那位令人艳羡的姑娘从远处飞奔而来，她迅速打开车门，一屁股坐了进去，"不好意思，你等很久了吧。"

"你跑那么急干什么？"

"我……我这不是怕迟到嘛……"说话的人是陶贝贝，而驾驶座上坐着的人正是她的男朋友，秦梓放。陶贝贝看了看手表，有些不好意思道，"我们约的，是不是一点？"

秦梓放点点头。

"不好意思啊，迟到了一会儿儿。"

"一会儿儿？"

"呵呵。"陶贝贝开始撒起娇来，"迟到了一个半小时，一个半小时，呵呵……梓放，下次我肯定早一点儿化妆，你别生气啦。"

秦梓放笑笑，"没事，我都习惯了，所以故意晚了一小时十五分钟出门，刚刚好。"

"这么说，你也是刚到？"

"当然，这里又不能停车，万一给警察贴条了，你又要交罚款了。"

"也是。"陶贝贝把包放到了后排座位上，"车开得怎样，我从外面瞅着你，很帅啊！"

"6速手自排变速箱，静止加速到时速100公里仅需4.3秒，极速可达310公里……还不错，不过，你们女人买车，其实根本不在乎这些，只是因为它是玛莎拉蒂吧。"

"那是，那些眼花缭乱的性能我是一个都听不懂，但是有一点我能肯定，那就是贵的车，至少不会差到哪儿去吧。"

"系好安全带，走吧。"秦梓放踩下油门，红色的跑车立刻从校门口飞驰而去。

这辆血红色的玛莎拉蒂是陶贝贝在一个多月前用自己户头里的存款买的，花了她一百多万，一百来万对于大多数二十岁出头的学生来说可谓是天文数字，甚至连几个零都得掰掰手指头，但对陶贝贝而言却也不是那么天方夜谭的事儿。

她本来就是个富二代，稍微熟点儿的人都知道她是 S 市大名鼎鼎的贝斯手杜兴文的侄女，但她父母是做什么的却没有一个人知道。

"我说，你能不能早点把你的车开回去？"秦梓放开着陶贝贝的车有些无奈，"你打算一辈子不跟你姑父姑妈说吗？"

"再等等，再等等。"陶贝贝露出为难的表情，"我姑父前几天刚跟我爸投诉说我乱花钱，若是现在让他知道我又买了辆车，我爸肯定又要骂我，等下个月，下个月我爸心情好点了我再告诉他。"

"那你还急着买。"

"这不是咱俩那天冲动消费吗……"

"什么冲动消费呀！"秦梓放摇摇头，"我那是刚需，我买车是用来比赛的，这是我的梦想，哪像你，买了车又不开，放着还贬值，你姑父家有那么多车位吗，这不是乱花钱是什么。"

"所以我这不让你开我的车来接我吗？你说市中心每天都堵成这个鬼样子，你那辆跑车买来有啥用，让你家阿姨开着去菜市场买菜吗？油门都踩不到底，还不是一样放着等贬值？"

"陶贝贝，你想不想去非洲？"秦梓放的话题突然来了个一百八十度大转弯，陶贝贝一口水差点没咽下去。

"非洲？Africa？"

"嗯。"秦梓放淡定地点头，"每年放假都被我爷爷奶奶叫去阿姆斯特丹，北欧我都待腻了，其实我最想去非洲看野生动物，你这么想象啊，千米长的角马群为主的野生动物为了生存，365天不间断迁徙在塞伦盖蒂草原和马赛马拉草原之间，那场面，我的天……这该有多壮观！"

"听着不错，是比在这里整天看钢筋围墙有意思。"

"你再想想，刚出生的小角马躺在平原上，母角马焦急地舔舐着孩子让它赶紧站起来，因为后面的非洲狮会闻着血腥跑过来，没能站起来的小角马就会成为下一个猎物……"

"啊……别说了！"陶贝贝捂起了耳朵，"秦梓放，你怎么爱看这个，太凶残了。"

秦梓放一手开着车，一手把陶贝贝的手从耳朵上拿下来，"这些都是大自然弱肉强食的生存规律，没什么好害怕的，你不也是鸡鸭鱼肉无肉不欢嘛……"

"这怎么能一样，我可是人。"

"人又如何，人还是从古猿进化的呢，之前还有科学家说人是从古鲨鱼进化而来的……总之，这个世界就是适者生存，你看了之后才能体会到我们人类经过几百万年的进化，最后能站在食物链顶端是多么强大和不容易。"

"那什么时候去？"

"这么说，你是愿意跟我去了？"秦梓放心中一喜。

"嗯……听着虽然血腥了点，但是大草原不错，最重要的是，还能看到野生的长颈鹿和大象，梓放，到了那边，还得包一架直升机吧。"

"这些就交给我吧，你回去准备材料，我们这几天就去申请签证，然后我还要订机票和酒店……"

"这几天？可是，再过半个多月乐队就要复赛了呀！我怎么能去旅行呢？"

"不打紧，我们赶在你比赛前回来就好，绝对不影响你比赛，而且，我们家贝贝这么辛苦，总得好好放松一下是不是？"

陶贝贝犹豫了一下，"嗯，也是啊。"

确实，按照陶贝贝的想法，秦梓放说得也不是全无道理，距半决赛还有足足三周时间，签证等上六七天，往返肯尼亚满打满算也就十二天，回来刚好能赶上比赛，而下一场又是风格编曲赛。陶贝贝算了算，新曲子都排了不下五十遍了，肯定没问题……

回去后，她编了好多个理由向裴忻请假，但是无论她怎么说，裴忻都只有两个字：不行。

"不行，不行，就是不行……"

"陶贝贝，你神游什么呢？"

陶贝贝一下子从梦游中惊醒，原来此时此刻，她还在排练，刚才一直在想肯尼亚旅行的事儿，想着想着她就发起了呆，而这漫不经心的样子正好给裴忻抓了个正着。

"睁着眼睛都能睡，你是马吗？"裴忻问。

"马……角马……大迁徙……"

其余人忍不住笑了出来。

"啊！不是不是！"她一下子反应过来，刚才确实神游了一番，因为她还没有想好怎么跟裴大人交代自己要去非洲旅行的事儿。

"对不起，刚才失误了，这段重新来过。"

"贝贝，你是怎么做到一心二用的，教教我呗。"望思玛开起了玩笑。

陶贝贝吐了吐舌头，"就你话多。"

最后，直到排练结束回宿舍，陶贝贝都没有跟大家提起旅行的事。

今天的排练少了一把吉他，莫龄的右手手指上缠着纱布，两个星期内她都不能弹琴，望思玛本想让她好好休息，但莫龄不肯，她一早就到了排练房。望思玛常说莫龄跟裴忻已经越来越像，对编曲有着精益求精的执念，但莫龄并不这么想，她只是想多见见裴忻，只有这样，她才会觉得安心。

"裴忻，我听思思说，警察在调查何亚维，因为什么事？"

"假琴，芬雅的假琴，他是那家公司的业务员。"

"这个我之前就听说了，芬雅的假琴案不是已经结案了，说是次品外流吗？"

"有人贿赂了警察，这件事才草草结案，但是后来有人找到了当年贩卖假琴的人员资料，那个名单里，就有何亚维，还说他欠了四十几万……后来还清了。"

"四十几万……"莫龄吃惊，"裴忻，你信吗？何亚维会做贩假的事，还欠了那么多钱？"

"我知道我不应该相信，可是……可是那个揭发他的人，也是我朋友，我相信何亚维，但我也相信他。"

"何亚维这个人，我从来都不了解他，只觉得他有时候过于自卑，有时候又过于自负。"莫龄摇摇头，"没想到还捅过这么多娄子。"

"是啊，我也不了解他。"

"那你朋友呢，他有确凿的证据没，如果何亚维真的犯了法，他就一定要为自己的行为承担后果。"

裴忻沉默了一会儿，道："我朋友，出了意外……过世了。"

此时，倒完垃圾的望思玛刚好走过来。

"对不起。"莫龄道，"又让你想起伤心的事了。"

"没事。"裴忻看着窗外，"当时他闯到马路上，被迎面驶来的货车撞倒了，那辆车的车速很快，他又没在人行横道上，所以就……"

站在门口刚要打招呼的望思玛突然停了下来。

"说起这件事，这两年我一直心有不安，当初若不是何亚维喊他去喝酒，他也不会醉酒，他不醉酒，也不会在马路上横冲乱撞，更不会被车撞倒……"

"啪嗒"一声，什么东西落了下来。

裴忻和莫龄回头一看，是望思玛，望思玛手里的扫帚掉在了地上，正愣愣地站在门口看着她们俩。

"裴忻，你说什么？"望思玛走过来，"你说的那个朋友，是不是韦思奇？韦思奇被车撞的那天，何亚维也在场？是何亚维喊他去喝酒的？是不是？"她的口气中带着深深的戾气和质问，裴忻从来没有见过这般表情的望思玛。

"没错，韦思奇出事的那晚，何亚维也在，因为那天就是何亚维把他喊出去喝酒的，没想到韦思奇却喝醉了。"裴忻回答，"望思玛，你怎么了？江峪的这个朋友，你似乎挺关心？"

"我……"望思玛刚想开口说"韦思奇就是我哥哥，我就是韦思奇的妹妹"，可话到嘴边还是忍住了，"我……我只是觉得这个人……很可怜。"

第 65 章 自首

"咚咚咚！"正当望思玛不知所措之时，有人在门口敲门，"思思。"

排练房门口站着一个男人，男人的穿着一如既往，头上是一顶让望思玛熟悉不过的黑色鸭舌帽。

那个男人，是江峪。

看到江峪的望思玛很是尴尬，双眼不自然地从他脸上快速移开，责问道："你来干什么？"

"思思，我……"他上前几步，欲言又止。

一旁的裴忻和莫龄相互对视一眼，想要识相地离开，却被门口的江峪突然叫住："莫龄，麻烦你们等一等。"他道，"今天……我还有别的事。"

"别的事？"莫龄问，"找我们的？"

江峪没有答话，他看了一眼望思玛，然后慢慢走了进来，"是关于何亚维的。"

莫龄刚要开口，一旁的裴忻先她一步上来问道："关于何亚维？江峪，你是查到什么了吗？"

莫龄小心翼翼退到裴忻身后。

"肖米杰上次来找过你们了吧，后来我托了几个做贷款的朋友帮我查，确实查到了关于何亚维借款的事情。"说罢，他从大衣的内侧口袋中掏出了一张纸，"这是当年何亚维跟柏信网的借款凭据，我复印了出来。"说完，他把纸递给了裴忻。

"三十五万……"裴忻看着借款单上的数字不由震惊，"何亚维真的欠了那么多钱。"

江峪又从内侧袋里掏出了另一张纸，"你再看看这张。"

裴忻接过纸立刻打开，只看了一眼，便露出了比刚才更加吃惊的表情，"还清了？"

望思玛将脑袋凑了过去，对着第二张纸同样反复打量着，"看上面的落款时间，借款和还款不到一个月？"

"白纸黑字，他还骗我说根本没有这回事。"

"我觉得这件事不简单，裴忻，你知道何亚维在哪里吗？"

裴忻点点头。

"走吧，这件事迟早要查清楚的。"

四人驱车来到了十心乐队的排练房，这间排练房离申南大学并不近，但因为是主唱闹闹介绍的，且设备很先进，他们最终才定在了这里。

主唱闹闹一看黑天鹅乐队来了，马上露出一副极不友善的表情，上来就对着何亚维一顿劈头盖脸谩骂："你还真是个贱骨头，分手那么久了还联系着呢，我们在哪儿排练你都要告诉她，怎么，怕我唱得不够好让她来指导一下？"

"你给我说话注意点！"何亚维尴尬地瞪了一眼闹闹，"我不知道她会来！"

闹闹依旧不依不饶，她气势汹汹地走到裴忻面前，抬着头，趾高气扬道："裴主唱带着全市第二名的优秀乐队亲临寒舍，是有什么事儿吗？是想看笑话，还是来看前男友？"

"裴忻，还真是好久不见。"一旁的键盘手小安见气氛上头立马站了出来，"早知道你们过来，我们就一起吃饭了，要不这样，晚上我们一起去喝酒？"

裴忻的瞳孔下移了几毫米，对着十心乐队处变不惊道："不用了，我只是找何亚维一个人！"

"你要不要脸？"听到裴忻专程来找何亚维，主唱闹闹又跳了起来，"你算什么东西，你说来找他就找他，他现在是我男朋友，请你不要太过分，不要以为带人来我就怕你了。"

裴忻依然没有正眼看闹闹，她沉默了几秒，对着后面站着的何亚维道："关于那四十五万，你需不需要再解释一下？"

听到四十五万，何亚维的身体像是一下被冷冻了一样不敢动弹，"哦。"他紧张地开始结巴，双眼向身旁的队员不自然地瞟了几眼，"是……是我兄弟借钱这……这事啊。"

"什么四十五万，裴忻，这地方是老娘我包下的，这里不欢迎你，赶紧给我……"

"再多说一句当心我撕烂你的嘴！"裴忻对着闹闹冷酷地说了一句。

"你……"

"闹闹！"何亚维打断了他，"别吵了，小安，你先带着大家去楼下吃饭，一会儿我去找你们。"

"何亚维你是想死吗？"闹闹见何亚维没有向着自己，气得直跺脚。

"闹闹，你听我说。"何亚维抓起了她的手，"乖，放心，他们来找我是关于我一个兄弟的事，这些事说清楚就好了，黑天鹅的人以后就不会来找我们了，我保证。"

闹闹看着何亚维，冷静了片刻，随后拿着包和十心乐队其他几人从排练房走出去，出门前，还带着义愤填膺的眼神对裴忻翻了个大大的白眼。

其他人走后，十心乐队的排练房只剩下何亚维、裴忻、望思玛、莫龄和江峪五人。

裴忻将两张贷款单和还款的单据扔在了何亚维面前，何亚维拿着单据张大了嘴，他迅速将纸张揉成一团扔在地上，"裴忻，这是从哪里弄来的？"

"四十五万，怎么解释？"

第 65 章 自首

何亚维脸上的惊恐中还带着一丝崩溃,"给我妈看病用的,后来我赚钱还清了。"

"何亚维,你到现在还不说实话吗?"一旁的江峪听不下去了,"这还钱的人虽然是你,但是警察调取了你两年前去柏信网消贷的监控录像,那时候真正帮你还钱的人叫罗宏飞,别告诉我你不认识罗宏飞,他可是这次芬雅假琴案的主谋之一,是你的直接领导!"

"那又怎样?罗宏飞和我有私交,陪我去不行吗?"

"警察从罗宏飞身上查到了你将芬雅的订购单发给造假工厂的记录,两年多来你从没有收手,每个月都有大大小小的账进户头,你账户里平白无故多了很多钱,这笔钱比你从事正当的芬雅销售提成要多得多,甚至翻了几十倍。罗宏飞已经全都交代了,你当年就是靠贩卖假乐器还清了这笔钱。"

何亚维瞬间没了声音,他双腿发颤,一下子瘫坐到了地上,抱头痛哭道:"对不起,我不想的,我不想的,求求你们别揭发我,我妈妈她一个人啊……"

"何亚维,去自首吧。"站在一旁的莫龄也投去了怒其不争的叹息,"听说那位肖警官之所以不来找你,而是让江峪去找裴忻,就是想让你自己去自首啊,他们是真的为了你好啊。"

"不行,我不能去自首。"何亚维的哭声越来越悲惨,"那样我的人生就毁了。"

"你早知人生会毁,为什么要卖假琴?你都这么大的人了,不知道售假要判多大的罪吗?"裴忻忍不住再次责骂起他,她的眼中也溢出点点晶光,眼泪早已在眼眶里打转。

"都怪我信了那个贼老头的鬼话才落得这样的下场。"何亚维哭泣,"当时如果我不接驵荟商贸的单子,或许什么事都没有了。"

"驵荟商贸?"

事情还要从两年半前讲起。

那时,S 市有一家乐器经销商叫驵荟商贸,这个新开业的小公司也不知道通过什么途径找到了当时刚刚接手芬雅订购业务的何亚维,然后向他订购了一些乐器。

当时的何亚维对每一笔订单都很用心,一来一往的公关,也很快跟当时驵荟商贸的采购经理成了朋友,合作了几次也十分顺利。

不久后的一天,驵荟商贸给了何亚维一笔订购大单,单子金额高达三十五万,这对于何亚维这个初出茅庐不知社会险恶的小子而言可谓是天降财神,如果这笔单子做成,他将得到上万元的提成。

可驵荟商贸的内部流程走得十分缓慢,驵荟的老板突然出差,合同因为不可抗力的原因一拖再拖,无奈,急功近利的何亚维先向驵荟承诺可以先发货后月结,并在驵荟的诱骗下向"芬雅"提供了一份虚假的订购协议。

两个星期后，芬雅给驲荟商贸提供了货物，但三十五万的订货款却迟迟没有打进专门的户头，当何亚维再次去驲荟商贸追款的时候，他发现这家公司早已人去楼空。

他这才发现自己被骗了。就这样，何亚维一个银行存款不到五位数的贫穷大学生，欠了芬雅集团三十五万巨款。

罗宏飞曾经威胁他不还清钱就把他送到警察局，并将这件事告诉校长和同学，走投无路的何亚维只好在网上搜寻各种高利贷公司解燃眉之急，最后，他找到了"柏信网"。只是令他没想到的是，高利贷公司利滚利，三十五万不到三个星期就滚到了四十五万，他自知无法填补这巨大的黑洞，好几次想要轻生，最后一想到病榻前的母亲还是怂了下来。

"所以你就答应罗宏飞做他假琴生意的中间人？"裴忻蹲在何亚维身前，抓起他的领子质问道，"何亚维，是你自己把自己送进地狱的。"说罢，她又狠狠地将他推倒在地上，"你对得起谁？你叫你妈怎么办？"

莫龄立刻跑上去拉住了她。

何亚维的心理防线彻底被击垮了，他再次失声痛哭起来。

"我当初就应该相信韦思奇的话，我还说他对你有误会，还在他面前为你解释，原来最傻的那个人是我才对。"

"何亚维，你告诉我，你上头的人，除了罗宏飞，还有谁？"江峪问。

何亚维一边哭一边摇头。

"芬雅假琴这条利益链的幕后主使到底是谁？"他再次追问，"是不是一个叫崔星子的人？"

听到"崔星子"三个字，何亚维的脸又僵了一下，他的双手撑着地板，双脚带着身体向后挪了几步，带着哭腔否认道，"没有，不是，就是我一个人的错。"

"你是芬雅的业务员，不可能不知道芬雅的股东崔星子吧，有人还看到你和崔星子在一起。"

"你……你们一定是搞错了。"何亚维极力否认，"我自首，我去自首，你们别再问了，我不能再让我妈受伤害！"

彻彻底底哭了一场，背负了两年多的秘密也终于得以释放，绝望过后的何亚维稍稍放松了些。他抹了抹自己的眼泪，跟着裴忻和江峪走出了十心乐队的排练房。

"我还有最后一个问题。"身后的望思玛突然喊道。

其余四人停住了脚步。

"学长,韦思奇死的当天,你是不是也在场?"

"韦思奇?"何亚维愣了愣,带着颇为复杂的神情问道,"你是他什么人?"

"我朋友。"一旁的江峪插了一句,替望思玛解了围。

"那天我约他喝酒,想与他和好,没想到他喝醉了,最后自己冲到了马路上。"

第 66 章 真面目

很快，何亚维贩卖假乐器被抓的事在学校里传得沸沸扬扬。S 市的高校音乐圈里也议论纷纷，有人传言何亚维沾染了赌博，欠了几十万赌债因此铤而走险，也有人说何亚维是为了付清申南高额的学费和母亲的医疗费才犯了错误，更有人说他是为了能配得上裴忻才这么做，因为裴忻的父亲，裴启山律师从来都看不起女儿的这个男朋友。

"这么一来，裴律师更看不起何亚维了。"

"可不是，听说何亚维干这个勾当已经两年多了。"

"两年多？那得卖掉多少假乐器？难怪警察让他留下来配合调查，你们说如果是真的，他会判多少年？"

"啧啧啧，一失足成千古恨，好好的人生就这么毁了……"

"咳咳。"几位老师从学生后方经过，"你们哪个系的？胡说什么呢？"

碎嘴的姑娘们回头一看，立刻识相地收住了话，低头快步离开，而刚才说话的那位，是何亚维他们系的任课老师之一。这几天，他们系因为这件事炸成一锅粥，尽管老师们都对这件事避而不谈，但学生间的以讹传讹依旧绘声绘色。申南最大的新闻也从黑天鹅乐队晋级变成了何亚维因贩卖假乐器被警方带走。

"小忻忻！"有人在后面轻轻拍了拍裴忻的脑袋。

裴忻转身，太音乐队主唱秦淼淼突然站在她面前。

"好久不见，想我了没。"秦淼淼顶着一头卷发，一见到裴忻两眼就眯成了一条线，"吃饭了吗？"

裴忻刚要再次转身，秦淼淼一把拉住了她，"哎……别呀…小忻忻你就那么讨厌我吗？"

裴忻叹了一口气，"倒也不是，只是羡慕你特别闲。"

"不是特别烦就好。"秦淼淼跟在后面继续解释，"至于闲嘛……那得看对谁了，如果是对小忻忻你的话，我每天可是都闲得很。"

"但是我很忙。"裴忻转过身，"再不走信不信我把你翘课的事儿告诉你姐。"说完，她掏出了手机。

"哎，别，别，我挑今天来还不是因为莫龄姐姐不在嘛……"秦淼淼见裴忻搬出秦焱焱马上慌了神，他绕到裴忻跟前，摆出一副可怜兮兮的样子来，"姐姐真的一顿饭的机会都不给我吗？我可是从早上就没吃东西了，饿得已经前胸贴后背了，你看我最近越来越消瘦，都是因为惦记你，我才营养不良的，就一顿饭！我发誓，吃完我就走，保证走！"

裴忻看了看手机，无奈，"仅此一次，别得寸进尺。"

"好！"

申南的食堂，秦淼淼拿着裴忻的饭卡点了满满一桌菜，裴忻见他狼吞虎咽的样子不由好奇地问："是你姐姐没给你饭钱，还是你们学校的厨子撂挑子了？"

秦淼淼一边啃着鸡腿一边道："都不是，我早上刚打完球，饿着呢。"话一出口，他马上意识到自己一不小心说了个大实话，立刻把头低下继续乖乖吃饭。

这个点虽然已经过了饭点，但食堂里用餐的学生依旧很多，大家好奇地看着裴忻和对面穿着音乐学院制服的秦淼淼，两人那不和谐的搭配像极了神话小说里的女神和小屁孩。

"我听说了……"

"听说什么？"

"何亚维的事儿。"他答，"小忻忻，外面传的，是真的吗？"

"差不多。"

"真的？"秦淼淼对裴忻的反应有些捉摸不透，"何亚维真的卖假乐器被抓了？你……一点不生气吗？"

"你再不快点吃，我就要生气了。"

"总之，换作是我，再大的利益放在我面前，我都绝不会干，姐姐你放一百个心好了。"说完，秦淼淼抱起饭碗，鼓起腮帮子，一筷子一筷子将饭菜送进自己嘴里。

而校园的另一边，望思玛正在黑天鹅湖边的亭子里与江峪见面。

"我说你怎么就那么犟呢？"见望思玛迟迟不肯听自己解释，江峪十分无奈，"那天我真的不知道她会那样，我对她没有感情，真的没有感情。"

"行了江峪。"望思玛带着平和的心情说道，"不是你的问题，是我自己的问题。"

"思思。"江峪不解。

"我没有骗你，是我过不了自己那关。"望思玛的表情有些严肃，"是我还没有准备好。"

"你要准备什么？"

她顿了顿，一只手搭在面前的围栏上，今日阳光正好，波光粼粼的黑天鹅湖上，几只黑色的大天鹅正缓缓游向岸边，向学生们讨要黄瓜和菜叶。

"从小到大，我都生活在哥哥的光环下，虽然父母对我们一视同仁，但是跟我成绩又好又有才华的哥哥相比，我就像个毫无用处的人一样，别人永远只记得我们家里有一个优秀的男孩，却很少有人提起这个家还有一个小女孩。"

"之前拿你开玩笑，你哥哥还生气了，看得出，他把你保护得太好了。"

"小时候，父母和哥哥就怕我早恋或是被欺负，所以初中念的女子班，高中念的是女子高中，有喜欢的人不敢去表白，有想要的东西不敢去争取，就连你也一样，我到现在都不知道什么是真正的喜欢，有时候感觉喜欢你还真是一件挺麻烦的事儿，我是不是很可笑？"

江峪摇摇头。

"与其这样，还不如跟现在的裴忻一样，心无旁骛，一心组乐队会比较快乐。"

"思思，你一点都不需要自卑啊，你又漂亮，胆子又大，鼓打得好，你的专业老师不也表扬你了吗？说你的设计很好，你为什么要看轻自己呢？最重要的是……我那么喜欢你……"

"你说得没错，确实是打了鼓后，我才发现自己稍稍能看得起自己了。"她笑了笑，"我哥走后没多久，我就决定去学鼓，当我把这个想法告诉爸妈的时候，他们是很反对的，后来，我绝了三天的食，爸妈没办法，最后才同意把原来要给我买电脑的七千块钱买了鼓。当时亲戚朋友都不理解，说我不懂事，但从小到大，我只做过这么一次倔强的决定……"

"你是为了你哥哥才打鼓的？"

"不，我是为了我自己。"她继续说，"我喜欢打鼓，每天做梦都幻想自己可以成为一名顶尖的鼓手，而遇见你之后，这种感觉越来越强烈。也许，我喜欢的是鼓，而不是你！因为喜欢看你打鼓，所以对你感觉不同，因为自己学了鼓，才有信心与你在一起，只不过……"

望思玛转过身，那双灵动温情的眼睛直勾勾地看着江峪。"只不过你还是会让我分心。"

"对不起。"

"没事，现在我的心里，只有一件事，就是和乐队一起赢下所有比赛。"

"谁都看得出你的努力。"江峪与望思玛对视了几秒，随后又看向湖面，湖面上游弋的黑精灵扑腾了几下翅膀突然飞到了对面的小木屋里。

"既然这样，思思，让我留在你身边继续教你。"

"江峪……"她有些愧疚。

"就像朋友一样，或者，只是一个老师。"

"不用了，你那么忙，应该去陪真正需要你的人。"

"可是你也很需要我啊。"

"不需要。"望思玛回了一句，目光从江峪脸上迅速挪开。

"那你哥哥呢？"

"我哥……"

"思奇的事情还没有调查清楚，肖米杰是警察，也不会什么事都第一时间告诉你，现在何亚维也牵扯进来了，事情越来越复杂。思思，让我帮你，就当是帮我兄弟，也是帮你哥哥。"

她犹豫了片刻，轻声道了一句——

"谢谢。"

而此时，望思玛的手机突然响了，是肖米杰发来的简讯，她打开信息，看到了一张女人的照片。

"这是……"她愣了愣。

"崔星子。"江峪说，"她就是罗宏飞的大领导，芬雅幕后的股东之一，崔星子。"

照片上，只见一个身材姣好的中年女人站在一个灯光旖旎的酒店长廊下，她盘着发，穿着深灰色的筒裙套装，脚下还有一双十多厘米高的高跟鞋。她精致的妆容里透着妩媚与精干，虽然鼻翼处已有两道浅浅的沟壑，却掩饰不住她曾经的美丽和如今的风韵犹存。

"没错……确实和区域赛那天，我在洗手间看到的戴墨镜的女人一样，还有之前，她就在前面的亭子里打了裴忻，对，我肯定，她当时就是穿着照片上这套衣服，真是没想到这个四十多岁的女人那么心狠手辣。"

"这个女人平时很低调，公开场合从来不露面，我和米杰在网上找了很久都没有找到关于她的资料，只是听米杰说她特别有钱，还投资了很多文娱相关产业。"

"那这张照片是哪来的？"她问。

"我给的。"远处突然传来熟悉的声音，望思玛转过头，见裴忻带着莫龄和陶贝贝匆匆走来。

"你们三个怎么来了。"她颇感意外。

"思思，这么大的事你们怎么都不告诉我？"陶贝贝一脸生气，"要不是我今天听到裴忻和莫龄的谈话，我都不知道在你们身上发生了这么多事。"

"贝贝……"

"何亚维学长居然做了那么多坏事，还有你们在找的那个崔星子，思思你知道吗？复赛那天我看见她了，她的男人还撞了我一下！"

"你看见她了？"望思玛惊奇，"我们在葵舞台比赛的时候，她也在？"

"嗯，虽然没有看清楚她的脸，但从背影我断定就是她！"

"等等。"江峪面露不安，"既然复赛的时候崔星子就在，那推伤莫龄，还把她琴砸坏的人，应该就是她了。"

"她为什么要这么做？"

"因为莫龄当时帮蓝羽琴行揭穿了她手下的人制假售假的勾当……崔星子这是在警告她。"江峪沉思了片刻，"我们还把何亚维送到了警局，何亚维随时会把她供出来。"他越说越不安，"思思，你们几个千万要小心，你们搅黄了她的生意，她不会善罢甘休的，我怕她报复你们。"

第 67 章 不辞而别

雨天，总是带给人一种骤然失落的感觉，没完没了的雨水冲刷着劣迹斑斑的世界，看似纤尘不染的校园实则早已物欲横流，这番阴冷潮湿的体感连带着心情也跟着下沉。

肖米杰与江峪再次来到申南综合大学，这一次，他们带来了更多关于崔星子的信息。

"崔星子名下确实有不少资产，她年轻的时候白手起家，从一个默默无闻的前台小妹开始做起，做过秘书，又做过乐队的经理人，随后攒了点钱投资了酒吧，几年后又开了自己的公司，直到前年她以 28% 的股权成了芬雅集团最大的股东之一。"

"米杰说得没错，这个崔星子特别有投资眼光，欧特比就是她和曾经合作的乐手一同做起来的，当时她还重金找了几支享誉国内外的摇滚大腕儿，营业不到三个月，欧特比就名声大噪，成为 S 市最有名的摇滚乐交流圣地。"

"照你这么说，崔星子的人生轨迹可以说是相当励志了，可是，就她这样一个前途光明的人，为什么还要卖假琴？"望思玛百思不解，"光是欧特比和她在芬雅的收入，足以让她过上衣食无忧的生活了。"

"思思，世界上没有人会觉得自己的钱已经赚够了。"肖米杰笑笑，"这种人我见得太多了，人的欲望是无止境的，就像高山滚石一样，一旦开始坠落，那就再也停不下来了。"

"是啊。"江峪接过话，"制假贩假的暴利已经让太多人原形毕露了，这可比在欧特比甚至芬雅赚得多多了，你别看何亚维手里每单能拿万把块钱，到了上层的崔星子手里可都是几百万甚至几千万的大单，她一旦尝到了甜头，怎么还能看得上自己本本分分的生意？"

"肖警官，这么说，你已经找到崔星子贩假的证据了？"望思玛问。

"这倒没有。"肖米杰尴尬地收起笑容，"罗宏飞和何亚维口风都很紧，两人审问过程全都对她避而不谈，我们就算找到电话和资金往来也没有足够的证据指证她，这也正是我最伤脑筋的地方……"

"那她老公是做什么的？"望思玛突然想起，"之前贝贝不是说在葵舞台见过她和一个男人吗？看看从她老公那里查，能不能查出什么？"

"我们查过了，她没有老公，她是单身。"

"单身？那陶贝贝看见的是……"

"不清楚，我们有尝试过调取葵舞台的监控，说来也巧，那个地方刚好是盲区。"

"所以，今天你们来，就是为了告诉我们崔星子多有钱？"裴忻看了看手表，有些坐不住想要离开，"既然这样，我还是回排练房吧，有需要你们再叫我。"

　　"哎，等等。"肖米杰叫住了她，"裴小姐，当然不是……我还有别的事……想咨询一下你。"

　　"什么事？"裴忻又坐了回来。

　　"是关于何亚维的。"肖米杰和江峪对视了一眼，然后支支吾吾道，"你之前和何亚维在一起，他从来没有提起过崔星子吗？"

　　"当然，你不相信我？"

　　"哦，不不不。"肖米杰赶忙摇摇手，"我当然相信你，只是……"

　　"只是什么？"裴忻有些不耐烦，"我说你能不能爽快点？"

　　见肖米杰欲言又止，一旁的江峪便起身对望思玛说："思思，我们去外面走走吧。让肖警官和裴忻单独聊聊。"说罢，还向望思玛使了个眼神。

　　望思玛虽不知道这眼神的意思，但还是识相地站了起来，不料却被身旁的裴忻拉了回来，裴忻生气道："有什么就直说，我行得正坐得端，好像我有很多事瞒着大家似的。"

　　肖米杰犹豫了几秒，继续说道："那好，不过这事儿说的不是你，而是何亚维。"

　　"何亚维？那你让望思玛走什么？"

　　肖米杰打开了随身的笔记本电脑，桌面上有一个文件夹，里面有若干张何亚维和崔星子的照片，"何亚维和崔星子的关系不一般，我们查到了他们两年间不下二十次的开房记录……"

　　"开……开房？"听到"开房"二字，望思玛的脸立刻变得铁青，是的，她没听错，二十多岁的年轻小伙子和四十多岁的成熟女人，确实让人一下没缓过神来。

　　"是不是太扯淡了？论年纪，崔星子都能当何亚维他妈了！"望思玛简直不敢相信自己的耳朵，她转头尴尬地看了看身旁的裴忻，裴忻倒好，依旧是一副处变不惊的冷漠表情。

　　"这个渣男，真恶心。"望思玛气得发抖。

　　"这件事，我也是刚听说。"裴忻冷静地答了话，"他可真是影帝。"

　　"我们还查到，崔星子特别喜欢包养年轻的小伙子，她身边的人，可不止何亚维一个。"

　　"一个愿打一个愿挨，供需双方互相吸引本来就是一件很正常的事。"裴忻的口气依旧平静无波澜，"难怪一个月不到就还清了债务，看来何亚维那四十多万的债务，可都是靠身体力行偿还的呢，不容易。"

"裴忻……"裴忻这么一副事不关己的样子，反倒让望思玛开始担心起她。今天肖米杰当着大家的面揭穿何亚维的丑陋一面，这好比往裴忻脸上打了一记重重的耳光。毕竟，在与何亚维关系中始终处于主导地位的裴忻，到头来反倒成了被玩弄的傻子。

望思玛知道，裴忻性格高傲又极度爱面子，这突然冒出的二十多次开房信息，让裴忻的面子哪里挂得住？肯定连杀了何亚维的心都有了。望思玛愈加后悔刚才没能听江峪的话先行离开。

"谢谢你能告诉我。"就在大家都不知道该如何接话的时候，裴忻露出了淡然一笑，"还要烦请肖警官尽快查明真相，最近市面上的假乐器越来越猖獗，不仅是芬雅，还有别的品牌，我父亲的律师事务所已经接到好几起法律咨询了。"

"应该的。"

"裴忻，那我们走吧，莫龄差不多到排练房了，不要让她久等。"望思玛说。

"好。"

两人从申南后门的咖啡馆走了出来。

雨幕下，望思玛打着伞，对于刚才的那一幕，她是深有感触的，被心爱的人背叛确实不是一件容易接受的事，"裴忻！"

"嗯？"

"他一开始就配不上你。"望思玛说。

裴忻没有作答。

周遭的雨越下越大，草地上刚窜出嫩芽的绿植在夹缝中摇摇晃晃，一副楚楚可怜的样子，黄昏和黑夜仿佛提前来临，让楼宇间的学生和老师们个个愁眉紧锁，行色匆匆。若不是一会儿儿能在温暖、明亮又被安全感包裹的排练房待着，想必望思玛和裴忻也是十分厌恶这种天气的。

终于回到了艺术楼五楼的排练房。

打开门，莫龄小姐就带着最温柔的笑容迎接大家，这个点，排练房早已打扫得一尘不染，桌上还泡好了香气四溢的花茶，而见到莫龄的裴忻，嘴角也悄悄上扬了一下，那是只有莫龄才享有的特权，望思玛也是在偶然间发现了这个颇有意思的"小秘密"。

雨珠密集地打在排练房窗户的玻璃上，一墙之隔的排练房就像个结界，把所有的烦恼和污秽都隔离在外，留下的，只有最单纯和无邪的东西。

"莫龄，你跟裴忻说了吗？"键盘前的林南希一边涂着指甲油一边轻轻吹气道，"这个红色真不错，显手白，望思玛你快来看看。"说完，她举起一只手对着望思玛。

"裴忻，今天的排练，没有贝斯手。"

"怎么回事？"裴忻似乎没听清楚莫龄说的话，"什么叫没有贝斯手？贝贝生病了？"

"呵呵，也不是啦……"

莫龄走到裴忻身边，为难地说出了陶贝贝的"壮举"。

就在一个小时前，她接到了贝贝的短信，此刻的她，已经搭上了前往肯尼亚的航班，也就是说，她在没有打过任何招呼的情况下去了非洲，而之后的两个星期，她都不能参加乐队排练。

当知道这个消息时，莫龄简直被逼出了一身冷汗，贝斯手在比赛前突然飞去国外旅行，这让乐队后面的排练怎么进行下去？

"她知道你一定不同意，所以一直没敢跟你说。"

"我当然不会同意。"裴忻答，"责任心被草原上的畜生吃了吗？"

"她知道你会是这个反应，所以才出此下策。"

"既然这样，我尊重她的选择，明天起我们重新招贝斯手，不用再管她。"

"哎、哎，裴忻。"见裴忻生气，莫龄马上为陶贝贝解释道，"陶贝贝是不太懂事，电话里我已经骂过她了。"

"骂有什么用？若是我早点知道，定让她上不了飞机。"

"说实话，这半年我们排练的任务那么艰巨，确实都没让她喘一口气，贝贝本来就向往自由，喜欢四处旅行，玩心虽然大了点，但轻重还是知道的。她跟我保证了，保证半决赛之前肯定回来……你就原谅她这一次吧……对了，她还是背着琴去的，说是要在草原上边看动物迁徙边练琴。"

"练琴？行吧，那祝她能在破草地上找到电源插头……"

"哈哈哈哈！"望思玛也忍不住笑起来，"真不愧是心比天大的陶贝贝，我很好奇她是自己一个人去的？"

"跟男朋友，就是那个秦梓放。"

裴忻翻了个大大的白眼，"又是一个姓秦的，果然姓秦的都是想到一出是一出。"

林南希仔细欣赏了一番自己的新指甲油，随后将十根手指在键盘上依次滚了一遍，淡然道："既然大家来都来了，少把贝斯也没办法，我们把自己的那部分多练几遍不就行了。"

"谁说我们没有贝斯了？"裴忻看着说话的林南希，"你不是也行吗？"

"对哦！"望思玛这才反应过来，"我们有南希，南希的琴可以模拟出各种音效，上次比赛莫龄的吉他独奏你都可以弹出来，贝斯肯定也没问题！"

"是啊南希。"莫龄双手合十，诚恳地望着南希，"拜托啦。"

林南希缩回了自己的手，顿了顿，弱弱地点了点头，"既然这么说了……也不是不可以。"

很快，音乐响起，她们再一次投入到黑天鹅的摇滚世界中去。

第 68 章 裴忻的表白

何亚维与负责售假案的警察周旋了许久，最终，他只承认了两年前驷荟商贸虚假签订订购协议，被骗走三十五万货款的事。同时，他向柏信网借高利贷，并在罗宏飞的引导下继续从事芬雅乐器销售工作，每个月拿相应的"奖金"。

何亚维将两年来贩卖假琴的责任全都推给了罗宏飞，他表示自己当初也是受人蒙骗，对芬雅假琴的事情根本不知情。

而另一方罗宏飞的表现更是令人匪夷所思，他将何亚维所有的责任全都揽了下来，并承认这两年多一直在欺骗何亚维，并将他谈下的芬雅订单发给了假工厂从中牟利。

突如其来的一致口供打了肖米杰一个措手不及，他根据当年的派单表找到了几位受害者，而当年购买到芬雅假琴的消费者也因为害怕麻烦而没有过多追究，由于缺乏关键证据，最后的何亚维只交了一笔高昂的罚款，大摇大摆从警察局里走了出来。

肖米杰很不甘，他断定何亚维身后一定有人帮他搞定了这些事，同时又威胁罗宏飞将所有的责任揽下。

何亚维"沉冤得雪"一事很快又在校园传开，申南大学教务处还特地在学校的论坛上发布了公告，用了很长的篇幅描述了整件事情的来龙去脉，以还学生清白，正学校清誉。

据说何亚维刚被带去警局的时候，只有他的几个室友知道，后来其中的一个室友告诉了其他人，最后以讹传讹，谣言四起，"何亚维贩假被捕"成了各大高校师生茶余饭后的谈资。

现在何亚维以"受害者"的身份重新回到学校，学校自然十分慎重，还处分了当时编造谣言的几个祸头，并警告全校学生不要再将不实信息传播出去。

望思玛自然知道事情没那么简单，但处理结果既已出来，她也无可奈何，只希望肖米杰警官能够早日查清哥哥的案件，若哥哥的死真与芬雅假琴案有关，她也一定不会善罢甘休。

何亚维回学校的第二天晚上并没有回十心乐队的排练房，而是在艺术楼的楼下徘徊了很久，莫龄在五楼看见了他，见他站了很久，最终将他带了上来，她知道，他一定是有话要对裴忻说。

何亚维上来的时候，整个人都很颓废，经历了起起落落的一个月，他早就没有了往日的精神。乐队的四个姑娘都在，即使事不关己的林南希都感到唏嘘，这好好的一个有志青年，怎么就沦落到被老女人包养这一步了。

第68章 裴忻的表白

"裴忻，你们不要再查下去了。"何亚维攥着发抖的拳头，表情严肃而又惶恐。

"你在求我？"

"是，就当是我求你。"

"就算求，你也不配。"裴忻丝毫没有原谅他的意思，她的每一句话都带着深深的痛，"不好意思了，但凡有能把你抓进去的机会，我是绝对不会放过的！"

"裴忻，你就那么恨我吗？好歹我曾经是你男朋友，你真的一点情分都不讲？"

"男朋友？"裴忻的目光移到了他脸上，又慢慢移走，她在何亚维的耳边清清楚楚说了几个字。

何亚维颤抖着身体后退了两步。

裴忻却依旧不依不饶，"哦，对了，之前都不知道你有这种喜好呢，下次有富婆介绍给你啊。"

何亚维闭上双眼，他用力平复心情，最后带着哀怜的口吻说道："裴忻，我说最后一遍，不要再追查芬雅假琴案的事了，否则你们几个都会有危险。"

"哦？你会把我们怎样？"望思玛上前一步质问道。

"我当然不会把你们怎样，但别人我就不好说了。"

"你威胁我们？"

何亚维长叹一口气，"莫龄，之前是我何亚维对不起你，但这件事不是开玩笑的，崔星子不是普通人，我惹不起，你们更惹不起。为了你们的人身安全，也为了你们乐队着想，还是好自为之吧。"

说完，何亚维走出了排练房。

莫龄望着面不改色的裴忻，淡定道："裴忻，又浪费了二十分钟，我们抓紧排练吧。"

"那个……"望思玛投来了好奇的目光，"莫龄，刚才……何亚维说对不起你，那个垃圾对你做了什么？"

"没什么，他是我曾经的男朋友而已。"

"男……男朋友？"望思玛张大了嘴，"我的天，那你和裴忻……你们不就是……"她指了指莫龄，又指了指裴忻。

"敌人的敌人就是朋友，真是精彩！"一旁的林南希像看电视剧似的悠然一笑，"女人的友情还真是有意思呢……"

"行了，其实也不是你们想象的那样……"裴忻解释道。

望思玛走到莫龄身边，用手肘轻轻顶了顶莫龄，"我还以为咱俩认识得最早呢，原来你和裴忻早已相交甚好，欺瞒我那么久，你可知罪？"

"知罪知罪。"莫龄笑笑,"小望大人,明天晚上申南食堂大份红烧肉亲自赔罪,不知可否?"

望思玛噘起嘴,"既然这样,罢了罢了,再加一份糖醋排骨就算两清。"她忍俊不禁,"也是大份的!"

"成交。"

"什么呀。"林南希突然插了一句,"我也是知道你秘密的,你怎么不收买我?听者有份。"

四人相互看看,哈哈笑了起来。

今天排练顺利结束,望思玛回了宿舍,林南希也打车回了自家学校。

裴忻又将莫龄留下来。

莫龄的手渐渐康复,相比前两天又灵活了许多,裴忻从家里带了几支活血药膏,这几日但凡莫龄来排练房,她就会亲自给她抹上,如同长姐照顾自己的妹妹一样。莫龄喜不自胜,这也是她为何手受伤了还要坚持来排练房的一大原因。

"这个药膏还真不错。"裴忻托起莫龄的手,将药膏分别挤在她的手指和手腕上,随后轻轻揉起来,"这是我爸一个医生好友亲自调配的,可比普通的药管用多了。"

"嗯。"莫龄感受着裴忻的手指在自己的手指来回轻抚,温暖瞬间从指上间向身体扩散,她动了动自己的指头和手腕,温柔地说:"裴忻,谢谢你。"

"谢什么,你的手已经消肿了,等你手指上的伤口结痂脱落后,就能弹琴了。"

"不用等那么久,现在用拨片也能弹。"

裴忻将莫龄不安分的手再次抓回,"别勉强,排练的时候我看到了,你的手腕一用力就会疼,明天你人来就好,不用带琴。"

"好。"

莫龄温柔地望着裴忻,裴忻的指头上仿佛有光泽在流动,眼睛里闪动着一万种晶莹珠宝的光芒,雨后的校园还是有一丝阴冷,莫龄的脸颊却泛起了潮红。

"裴忻……"

"嗯?"

"我能八卦一件事吗?"

"不可以。"

"……"

莫龄痴痴地望着她。

过了十几秒,裴忻还是松了口,"仅此一次。"

第68章 裴忻的表白

莫龄依旧傻傻地望着她,"喜欢你的人这么多,你就没有对别人动过心?"

裴忻的手在莫龄的手指上突然停下,隔了几秒,又再次轻抚起来,"有。"

"真的吗?"莫龄的心一下子被勒得死死的,挣扎了片刻,故作兴奋道,"什么时候的事儿?是你们学校的吗?也是玩音乐的?"

裴忻有些不屑,"是玩音乐的,琴弹得不错。"

"秦淼淼?"

"咳咳……"裴忻愣了愣,"怎么会,比那小卷毛靠谱多了。"

"是嘛。"莫龄的心霎时从山顶落到了谷底,但还是打心眼里为裴忻感到高兴,"你都跟何亚维分手那么久了,也是时候再谈一个了。"

"谢谢你的关心,我考虑下。"

"那……对方知道你的心意吗?有女朋友吗?"

裴忻摇摇头。

"难怪,若是他知道裴忻喜欢他,肯定不会拒绝。"

"哦?你这么肯定?"

"裴忻,如果我是男人,我也会喜欢你。"莫龄情不自禁地说。

"哈哈哈……"裴忻忍不住笑起来,"你还是不要做这种奇怪的假设了,如果你是男人,那世界上就没有女人了。"

莫龄低头,"我就知道我太弱了。"

"不会啊。"裴忻笑笑,"我从没觉得你弱,反而我倒希望自己是男人。"

"你?男人?"莫龄也忍不住笑出声来,"你总是能让别人有安全感,在我心里已经是半个男人了,我只是想知道,你刚才说的让你心仪的男人……究竟是谁?"

"男人?我刚才有说我喜欢的那个人是男人吗?"

"没有啊,难道……不是吗?"莫龄好奇地看着裴忻,温热的感觉从身上直冲天灵盖,她整个人都热起来,"不是男人……那……"

"是个小姑娘。"她道,"她很厉害,很有才华,她会弹吉他,会弹钢琴,会写书,会作曲,为了乐队连研究生都没有念,即使受伤了也不告诉别人。她对我很好,总是默默陪在我身边,虽然她是女孩,但我却能像喜欢何亚维那样喜欢她,全世界,只有她最信任我。"

第69章 小卖部

"妈，我回来了。"望思玛一只脚刚踏进自家大门，身后的双肩包就被她扔在了地上，她摇摇晃晃往自己房间的床上慵懒一躺，闭上眼睛深情吐槽一句："哎妈呀，累死老娘了。"

母亲在后面捡起她的包挂到了衣架上，随后又从门口的鞋柜里拿出拖鞋屁颠屁颠走进她的房间，看着瘫倒在床上的女儿心疼道："穿上鞋子，洗手吃饭。"

跟母亲的温柔可欺不同，望思玛的父亲则是一个固执又不太好沟通的老人家，他周末习惯坐在客厅里看报，看电视，然后在饭桌上盘问望思玛一周的校园生活，比如上了什么课，什么时候考试，组乐队有没有影响学习，晚上几点睡觉之类，还有就是，什么时候把背后的破文身给洗掉？

对于父亲的灵魂拷问，望思玛早已学会了从容应对和见招拆招，她拿着那张全班最高分的设计稿，还有乐队晋级的照片在父母面前来回晃悠，脸上露出一副自命不凡的小表情，三句两句就把老爷子安抚了。

"你女儿现在可是申南大学的风云人物，不仅品学兼优，还才华横溢，拿得了画笔，挥得动鼓棒，可以说是文体两开花，是不是很厉害？"

"厉害？"父亲看了她一眼，"毕业后找份稳定的工作，自己能养活自己才算厉害。"说完，他抿了一口小酒，"组乐队我不拦你，你也就是运气好，大学里玩玩可以，以后可别当真了。"

"来了来了。"母亲端来一盘刚刚蒸好的葱香鲈鱼放到了望思玛面前，"这鱼是你爸下午现杀的，新鲜得很，肚子这块没骨头，你多吃点……"

望思玛从鱼肚子处夹了一块肉，放到父亲碗里。

"哎，哎，你自己吃，给我干吗？"父亲举起碗，想要把碗里的鱼夹给女儿。

"不用不用。"望思玛把碗往自己身上靠了靠，"老爸，谢谢你啊，不反对我组乐队。"

母亲收拾完厨房也坐了下来，这是三口之家一周一次的聚餐，母亲一早就去买菜，父亲则习惯去对面的大卖场给望思玛买一些爱吃的零食。

"我觉得组乐队挺好的。"母亲一脸自豪地看着女儿，"我把直播链接发给一起跳舞的街坊看，他们都夸你厉害，还让我拉你出来跟他们合影呢。"

"是吗？"望思玛更加得意，"合影就算了，记得让那些阿姨给我们乐队多投点票。"

"投了投了。"母亲马上应声道，"那些叔叔阿姨夸你的时候，你爸还给人家塞了很多小核桃呢……"

第 69 章 小卖部

"咳咳。"父亲看了一眼多话的母亲，用力咳了几声，"别胡说八道了，那是人家上次旅游回来送了几斤桂圆给你，我还人情债，快吃鱼。"

母亲乐了，"死要面子。"

"对了丫头。"父亲突然想起了什么重要的事。

"怎么？"

"你身上的东西洗掉了没？"

"没有。"望思玛答得干脆，"又要给我扣上女流氓的帽子吗？"

母亲心头一紧，她害怕这其乐融融的家庭气氛热不过十分钟又要陷入僵局，毕竟父女俩每次聊到文身都要大吵一架。

"随便你，万一嫁不出去就当一辈子老姑娘吧。"今天不知发生了什么，父亲言辞竟不再像以前那般严厉，"快，把鱼吃了。"

"不会，喜欢我的人多着呢……"望思玛夹起一块鱼肉放到嘴里，她从小到大都不爱吃鱼，但父母总是想尽一切办法骗她吃，大人们总认为爱吃鱼的小孩才聪明，这也是为什么她的成绩总是和他哥哥的差一大截的原因吧。

"我们思思变了。"母亲说。

"变了？什么变了？"她不解，"瞅着又胖了？"

母亲摇头，"变得自信了，敢在这么多人面前表演了，不像以前，让你在亲戚面前背首唐诗都会吓得哇哇哭，还有上中学的时候，让你在班会上念作文你都担心得两天睡不着觉，再看看你现在，台下几千人，你都表现得那么好……"

被母亲这么一夸，望思玛不好意思地笑起来，"那是因为我坐在最后，乌漆麻黑的没人注意到我……"

"坐在最后面也很厉害，妈虽然不懂音乐，但打鼓的声音我还是能分辨出来的。"母亲对女儿这半年多来的变化甚是欣慰，"你念了三年大学，很久没看到你这么开心了，你们乐队那几个小姑娘，下次让她们来家里吃饭。"

"哦。"

吃完饭，母亲在厨房洗碗，望思玛想去搭一把手，却被母亲轰了出来，在这个家里，父母从来都不需要她做什么，只需要好好念书，然后平平安安生活就好。

"老爸。"她走到父亲跟前，"之前查哥哥案件的徐鼎警官死了，你知道吗？"

父亲放下手里的报纸，点点头，"听说了，受贿，加上抑郁症，最后畏罪自杀，真是造化弄人。"

"爸，你没怀疑过吗？"

"怀疑什么？"

"哥哥的死，徐警官根本就没有查清楚。"

"我跟你妈从来都不相信思奇是自己撞上去的，但是事已至此，人证物证都在，我们也不得不接受这个现实。"

"人证……是谁？"望思玛问。

母亲在厨房似乎听到了父女俩的谈话，她关掉了水龙头，走到厨房门口，静静听着。

"一群毛头小子，具体名字我不记得了，里面还有你们学校的人。"

"何亚维？"望思玛迫切地问道，"是不是何亚维？"

父亲想了想，"一大串名字，也许有吧。"说完他突然回过神，"丫头，你怎么突然问起他们的名字，你快跟我说，你在搞什么？"

望思玛沉默不语。

父亲的记忆回到了哥哥出事那天，他打电话回来说晚上朋友有约，不回家吃饭了，母亲那天的心脏一直异常，像是预感到什么一样，在床上翻来覆去睡不着。果不其然，下半夜他们接到了120的电话，才知道哥哥出事了。

哥哥出事时，那条路正在施工，来来往往几乎没什么人，旁边只有一个小卖部的门口安装了两个摄像头，后来警察调取了录像。可惜的是，一个摄像头出了故障，另一个摄像头只拍到了哥哥突然出现在马路上被大货车撞飞的画面。

肖米杰在调取韦思奇案件案宗的时候确实看到了两个摄像头的记录，和望思玛父亲知道的信息一模一样，也就是说，案件发生时最关键的角度没有拍下来。

由于画面过于血腥和残忍，父母怕望思玛接受不了，所以一直没有让她去看那段录像。当然，父母自己也接受不了，他们只看过一次，从此每个晚上都噩梦缠身。

望思玛去过那条路上的小卖部，店门口发生了那样"不吉利"的事情后，小卖部也很快搬走了，据说老板家的老房子正好拆迁，他们就举家回了老家，之后杳无音信。

今天望思玛又来了，小卖部早已变成了一家洗车店，她在洗车店门口站了很久，对着眼前飞驰而过的车辆，她只得叹息命运的不公。

洗车店开进一辆白色小轿车，司机下了车，几个小伙子便拿着高压水枪走了上去，一阵强大的水汽向她身上扑来，她用手挡住了一边的脸，一个转身，撞上了旁边的人。

一股熟悉的淡香瞬间充斥鼻腔，这个味道清雅悠然，仿佛能过滤一切尘埃，净化人世百味，唤醒了她内心最柔软的记忆。

是江峪，是江峪身上独有的檀香，她抬头，他望着她，随后将她拉向一旁，"你的眼神还是不太好使。"

望思玛下意识后退几步，道了声"谢谢"，好奇地问："江老师，你怎么在这儿？"

"我经常来这里。"

"你知道这里是什么地方吗？"

江峪看向了车来人往的大马路，道："当然，天堂与深渊同在的地方。"

望思玛低着头，"你说的对，我还有事，我先走了。"

"等等。"江峪一把拉住望思玛的胳膊，"肖米杰约了我去师娘家坐坐，要不要一起？"

"师娘？"

江峪点点头，"徐鼎警官的太太。"

"我去做什么？我又不认识她。"她不理解。

"我也不认识。"

"那你去做什么？"她更不理解。

江峪贴近望思玛的耳畔，随后严肃道："去找另外一个监控摄像头。"

……

很快，江峪带着望思玛在徐鼎警官家楼下和肖米杰见了面。

徐鼎的家在一处老式小区的四楼，两室一厅的家里住着徐鼎年迈的父母和妻女，自从徐鼎走后，家里的重担全都落在了这个中年女人身上。徐太太白天要上班，家里就由钟点工照顾公婆，不仅是公婆，她还要照顾一个尚在念书的女儿。

对于肖米杰，徐太太一直是信任的，尽管自己的丈夫走错了一步，但错了就是错了，邪不压正，她也从来没有怪过别人。

肖米杰是自己丈夫一手带出来的徒弟，论品行绝对是个正直的警官，所以，除了接受现实，她也别无选择。

当然，肖米杰对于师父一家也是十分用心，他隔三岔五就去师父家看看，买上一篮子水果，或是拿去一些局里的援助款，有什么要维修或是更换的，他也会第一时间过去帮忙。

"你师父这些年查了这么多案件，唯独在芬雅的事情上没能坚守住。"徐太太看着墙上老公的遗照不由唏嘘，"老徐啊，一世英名毁于一旦。"

"师娘，我师父平时查案的时候，都会跟您说吗？"

"会吧，但我也只是随便听听，不敢乱发表意见。"

肖米杰突然提起了身边的望思玛，"这位是我的朋友望思玛，刚才跟您介绍了，两年前她的哥哥出了交通意外，而那起案件就是我师父受理的。"

"哦？"徐太太看了看姑娘，"孩子，有什么可以帮你吗？"

"阿姨，当年我哥哥出事的时候，马路上有两个监控探头，其中一个最重要的出了故障，肖警官帮我调取了当时的调查报告，里面记录了徐警官把这个摄像头的视频拿去修复，一开始的报告里说能够修复，但转而又说破坏严重没有修复成功……"

"两年前……"徐太太想要回想一些和案件有关的记忆，可回忆来回忆去，都是一些杂乱琐碎的生活。望思玛说的这起案件，她根本没有听徐鼎提起过。

"对不起啊，姑娘，这么细致的事，我就帮不到你了。"

"徐太太。"江峪站了起来，"这起案件对这个女孩很重要，我和米杰查过当时装探头的小卖部，发现他们根本不是拿了动迁款才走的，而是有人私下给了他们十五万让他们搬走……"

徐太太想了想，叫出了正在房间里做作业的女儿。

徐鼎的女儿刚上高中，穿着十分朴素的模样，见到客人也是很有礼貌，进屋时还给他们拿了拖鞋。

"玲玲，你爸爸的那台电脑帮忙拿出来。"

女儿面带疑惑，但还是乖乖地从卧房里拿出了一台笨重的笔记本电脑，随后又乖乖地回房做作业了。

"老徐所有能带回家的工作资料应该都在这个电脑里，密码是他名字的拼音，你们有需要的话，可以看看。"徐太太说，"不过，这是老徐留给我和女儿的东西，你们看看就好，电脑，我就不方便让你们带走了……"

"谢谢。"肖米杰接过电脑，将它放在了客厅的桌上。

此时，另一间房间里传来了老爷子的咳嗽声，那是徐鼎的父亲，徐太太听见声音，立刻放下手中的抹布，然后去厨房接了一杯热水，"米杰，你帮忙照顾下你的朋友，我先进去看看。"

说完，她快步走进了另一间卧房。

第 70 章 真正的凶手

　　师父曾经问过他一个问题："这个世界上，对与错的界限真的需要那么绝对吗？"

　　当时他回答："警察的世界只有黑白分明，没有灰色地带。"

　　师父又说："人是一种复杂矛盾的综合体，我们每天都在好坏、善恶、贫富、贵贱、吃亏享福间挣扎。所谓对错、是非总是因人而异，因事在变，用非黑即白的态度看待世界，有时候很难找到答案。"

　　他又答："不管世间万物如何变化，人心和动机总是不变，我肖米杰做事的标准只有一个，那就是要对得起自己的良心。"

　　师父看着他，眼里充满欣慰，"米杰，说得好。"

　　有一年春节，肖米杰与师父徐鼎在局里值班，一个与徐鼎年龄相仿的中年男人带着自己的妻儿来警察局看望徐鼎，这个男人面相和善，穿着朴素，言语谦虚，对待徐鼎的态度十分恭敬，肖米杰本以为他是师父的朋友，没想到他竟然是师父以前抓过的一名"盗窃犯"。

　　十年前，男人在走投无路的时候动了邪念，一只脚踏入了黑暗的深渊，好在当时的徐警官将他及时拉回，放了他一马，还尽己所能垫付了他儿子的一笔医疗费。

　　自此，男人懊悔不及，发誓痛改前非，不再铤而走险做违法之事，这才有了如今磊落轶荡的生活。

　　肖米杰问师父，他当时明明在盗窃，为什么不秉公执法？你这样对其他的罪犯是不公平的。

　　徐鼎说："确实不公平，但他的孩子快病死了，我于心不忍，我也为人父，不想把事情做绝。"

　　他又问："如果对方当时没有悔过自新，而是越走越远，你岂不是背了个姑息养奸，玩忽职守，纵容犯罪？"

　　徐鼎笑着拍拍他的肩膀，"世界太复杂，你不赌上一把，自己也会觉得痛苦。米杰，到了我这个年纪，你就会知道，让别人有路可走，自己才能进退自如。"

　　如今，师父的赌局输了，最终酿成了大错。

　　肖米杰深知师父做事谨慎，即便是自己被逼无奈也会提前给自己留一条后路，凭借自己多年的刑侦经验，他在师父徐鼎的电脑里终于找到了蛛丝马迹，果不其然，那个"后路"，就是肖米杰和江峪在找的重要证据。

徐鼎电脑里的资料很多，三人一开始并未发现什么。但是肖米杰还是对 D 盘里某一处不起眼的文档起了疑心，这个文档名为"初中语数外复习资料"，光从名字来看，应该是女儿学习用的资料，里面就是几十张试卷截图，肖米杰回想起师父曾经跟他说过，女儿的作业都是他太太在管，而他也从来不允许女儿碰他的电脑，所以这个文档，他看了很久。

图片创建的时间是三年前到半年前，试卷的截图也不是他女儿，最后，他在这个文档里面发现了一个被隐藏的视频文件。

这个视频文件创建的时间是两年前的 12 月 26 日，而文件名则是 1225。1225 对应的 12 月 25 日，正好是望思玛哥哥韦思奇出事的那天。

三人点开了那个视频，第一眼看到那个视频，肖米杰就有种不祥的预感，眼前呈现的正是当年小卖部门口另一个"故障"摄像头拍摄到的画面，果然，当年所有人都认为那个摄像头出故障，视频无法观看的时候，徐鼎警官却暗暗找人将其恢复了，并且，没有告诉任何人。

这段录像有两小时三十分钟，对应的时间正好是 12 月 25 日 0 点到凌晨 2 点 30 分，而录像结束的前两分钟，也就是凌晨 2 点 28 分，正是韦思奇被货车撞死的时间点。

画面里，三三两两的男人勾肩搭背跌跌撞撞从远处走来，这其中就有看似已经酩酊大醉的韦思奇，他走在人群的最前面，后面还跟着一个熟悉的身影。就在众人不注意的时候，那个穿着黑色羽绒服的熟悉身影突然用力撞了一下韦思奇，摇摇晃晃的韦思奇被撞到了路中央，然后跌倒在地上……

就在此时，一辆大货车从左侧飞速驶来，飞速地从他身上轧了过去。

见到这一幕，望思玛整个人都已瘆得发颤，这是她第一次真正意义上看到哥哥出事的监控视频，她曾经在脑海里想过几千几万次，却从来想不到这场面是如此血腥残忍。

她没有因为害怕而闭上自己的双眼，也没有吓得叫起来，而是直勾勾地盯着电脑屏幕看了又看，反复再反复，她在那短短的十秒间不断回放，疾之如仇，目光如炬，好像随时要冲进电脑屏幕杀掉那个推倒哥哥的男人……

"思思，不要再看了。"一旁的江峪见望思玛状态不太对劲，想要抓住她那只紧紧握着鼠标的手，不料望思玛仍旧紧盯眼前的屏幕，把江峪的手拍了回去。

"是他……"望思玛轻轻说了一句。

说这话的时候，她表情冷淡，气息平和，这让江峪和肖米杰反倒更加担心，因为，那个撞倒他哥哥的人，不是别人，正是自己的学长，裴忻和莫龄的前男友，十心乐队的队长——何亚维。

第70章 真正的凶手

那天何亚维说，他亲眼看到韦思奇喝醉酒走到了马路上，然后被车撞倒……然而事实却天差地别，他撒了谎，而且是弥天大谎，韦思奇根本就不是自己冲上马路的，而是被他自己撞过去的！

"为什么？"她轻声低语，"难道就因为我哥哥知道他卖假乐器，何亚维就要杀他灭口吗……"

望思玛看了不下十几遍，最后，她终于松开紧握鼠标的手，关掉视频，露出了一丝冷冷的表情看着肖米杰，"肖警官，能判死刑吗？"

肖米杰摇摇头，他能体会她的心情，却不能回答她的问题，"这件事，就交给警察吧。"

"肖……"她仍是不甘心。

"思思。"江峪打断了他的话，"这么重要的证据足以让他受到法律的制裁，既然视频已经告诉我们真相了，就让法律还你们公道。"

"可是……"

"思思，你明天不是要去北京吗？"

"北京……"望思玛这才反应过来，她今天回家本是要整理行李的，因为明天一早她就要和裴忻她们赶去北京参加半决赛，现在却鬼使神差来到徐鼎警官的家里。

"你这个样子明天怎么去比赛，早知道，我真不应该把你带来这里。"江峪很后悔，他万万没想到会在洗车店门口遇见望思玛，也万万没想到在徐鼎的电脑里真能找到当年被遗漏的视频，若不是前阵子肖米杰重新审查这起案子，他是绝不会想到唯一的证据就在这里。

"放心，不会影响比赛的。"望思玛答，"那么久了，我等得起。"

江峪知道，此时她的心里一定如惊涛骇浪般翻涌，只是不想让别人担心她罢了。

"我还在调查崔星子这些年的行动轨迹，据我所知，她好像一直在找什么人……算了，你安心去比赛，我们回头再说。"肖米杰拿出了自己的优盘，将刚才的视频资料复制出来。

"还真是要感谢你师父留了这台电脑给我们。"

"这台电脑里的资料太多，我要拿回警局。"肖米杰摇头无奈道，"哎，看来今天又要惹师娘不开心了。"

第71章 国风之音（1）

北京，4月初。

四月的北京已经开始回暖，姑娘们也终于卸下一身厚重的羽绒服，换上时髦的外套和轻巧的白色运动鞋。

时隔两个星期，入住这家酒店的人已经越来越少，登上葵舞台的乐队也越来越少，从最初的三十支乐队，到现在的十支。可以说，即使没有进入总决赛，黑天鹅的姑娘们仍然创造了属于自己的奇迹，她们很幸运，没有被打败，还能继续迎接下一次挑战。

这次只到了四个姑娘，平日里叽叽喳喳的陶贝贝原定昨天回国，但由于天气原因，飞机延误，她不得不改签成从肯尼亚内罗毕直接飞北京的航班。昨天裴忻知道这个消息的时候，恨不得提着大刀飞到非洲把陶贝贝暴揍一顿。

对于陶贝贝此次极不负责的行为，裴忻的脑子里已经蹦出过一百种骂死她的方式，莫龄一个劲地向她保证陶贝贝绝对能赶上比赛，幸好，现在她已顺利上了飞机，明天一早将从北京机场直奔葵舞台。

为了保证比赛万无一失，莫龄和林南希早早做好了第二套方案，晋级的门槛越来越高，好不容易拼到了全国半决赛，接下来的每一个环节都不能有错。

望思玛为陶贝贝留了床，莫龄和怕黑的裴忻同睡一间房，独来独往的林南希则单独一间。林南希规整好衣物，看着窗外广阔的景致有些无聊，这北京城她早就玩遍了，想不出还能去哪里溜达。

她掏掏自己的口袋，还有一盒香烟能让她打发打发时间。

只是……一个人抽烟也挺无聊的，窗外阳光尚好，时间尚早，她想问问裴忻愿不愿意一起下楼来一支。

林南希拿了房卡走出房间，沿着走廊走到裴忻的房间门口，她想要伸手去敲门，等等！若是让"大总管"莫龄知道了，想必又是啰里啰唆一顿劝阻，当然，她劝的不是自己，而是她的女王裴忻。

"你说的对，抽烟对身体不好……"林南希嘴角微微一扬，"呵"了一声自己走了。

电梯上了十六楼，门开了，她走进电梯，又按了下关门键，就在电梯门即将关闭的时候，一只手突然挡在了两道门中间。

电梯门再次打开，一个个子不高，体型稍胖，头发微秃的男人站在门口，男人穿着中年人标志性的夹克衫，面带猥琐笑嘻嘻地走进来。

第71章 国风之音（1）

站在电梯正中央的林南希后退了几步。

电梯门刚关上，秃头男就开口了："请问，你是林南希小姐吗？"

林南希从面前的电梯镜面里看了看中年男人，"你谁啊？"

男人的嘴角扬得更高了，"我在伶酒吧就知道你了，林小姐，我很欣赏你。"说完搓了搓自己的手，然后伸了出来，"久仰久仰。"

林南希仍然没有正眼瞧他，她双手插在口袋里，漫不经心道了一句："你找错人了。"

电梯门一开，林南希赶忙走出去，秃头男跟在后面，"我不会认错人的，林小姐，我是这届亚洲校园乐队大赛的评审。"

林南希停住脚步，转身打量起他，看了又看，"评审？你？"

"你不是黑天鹅乐队的键盘手吗？"秃头男见林南希有了回应，更加笑靥如花，"我是庆飚的制作人，这次受邀成为亚洲乐队大赛的评审。"说完，他从裤兜里掏出了一张名片递给林南希。

林南希双手接过名片，看了看，眼前这个油腻的小老头居然是北京著名音乐制作公司——庆飚音乐的制作人汪北福。

汪北福是业界出了名的伯乐，曾经挖掘并捧红了好几支校园乐队，比如十年前就活跃在歌坛及各大音乐节上的天堂乐团和摇粒绒乐队，放眼现在，他们依旧是国内摇滚乐坛上闪亮的星。

当然，汪北福的出名也并不完全因为他独具慧眼，对于女乐手，他还有另外一条独特的标准，那就是美丽、性感，并且"不拘小节"。

林南希一开始并不知道这条隐形"标准"，只觉得汪北福对自己的乐队十分赏识，所以，在他的邀请下，两人便去了隔壁的餐厅吃了顿饭。

一坐到包房里，汪北福就露出了不怀好意的表情，他给林南希斟了满满一杯酒，然后坐在她身边，色眯眯地与她碰了杯。

林南希在酒吧混迹多年，对于这种人早已习以为常，男人嘛，不管位高权重者还是无名之辈，终究都是凡夫俗子，抵不过红尘娇艳，这个小老头对她而言，就是个经不住女色的普通人罢了。

"去年我在S市出差，朋友带我去伶酒吧，当时看到林小姐在台上唱爵士印象深刻。"汪北福越说越来劲，"当时还想着什么时候能有机会和林小姐当面谈谈，说不定还有合作机会……没想到，这么快就见面了。"

林南希拿起酒杯喝了半杯，"汪老师，过誉了。"

"哎，不过不过。"见林南希的酒杯空了一半，汪北福又给她斟满了，"又会唱歌，又会弹琴，人还这么漂亮，老实说，我一直就在找像你这样的乐手。"

"谢谢。"林南希没有继续喝酒，她点了一支烟，抽了一口，白色的烟雾弥散在空气中。

兴许是烟味太浓重，男人慢慢从林南希的身旁移开，"你们乐队，我就喜欢你一个。"

"有机会，还请您多了解了解我们乐队。"

"那是一定。"男人继续侃侃而谈，"上次的翻唱赛，汪老师我可是给你们打了99的高分。"

"多谢您认可。"

"哎，不用不用。"汪北福放下酒杯，他那双毛躁的大手突然抓住了林南希的手，"你们第一次去葵舞台我就认出你了，你放心，只要你愿意，汪老师一定帮你们乐队晋级，打满分都可以。"

"是吗？"林南希赶紧缩回手，"抱歉，我们乐队只想靠真本事，不想走捷径。"

"走捷径有什么不好？"汪北福露出了一丝不屑的笑，"你以为这么多乐队能走到现在，真的全靠能力？"

"怎么说？"

"有能力的乐队多了去了，除了有本事，还要有机会，百分之九十九的努力往往不及百分之一的运气，这个道理你总该懂吧，自身的努力，加上我给你们的机会才能事半功倍。"

"那……你说的机会是什么？"

听林南希这么一说，汪北福自认为水到渠成了，他再次伸出自己的手，然后大胆地放在林南希的大腿上，"别说进决赛了，让你们乐队拿第一名都不在话下。"

"哈哈哈哈。"林南希笑了出来，她用力将自己腿上的咸猪手拿开，"您不过是几个评委里的一位，光凭您一个人的打分，还不足以左右比赛的总成绩吧。"

"这你可就小看我汪老师了。"老男人仍是一副色性不改的样子，"虽然我和其他几个评委不熟，但是我跟大赛的投资方熟啊。评委再厉害，也只是投资方请来打工的，投资方是金主，是真正手握决定权的人。"

"是吗？"林南希会心一笑，"所以，我们比赛的名次，包括谁晋级谁落选，都不是靠自己的能力，而是靠投资方的喜好？"

"那也不是，除非有特别被看好的乐队，投资方才会给出他们的建议。"说到这里，汪北福也是话里有话，"你们乐队我就很看好，只要你肯……我就给你们引荐，我敢打包票，崔星子一定会卖我个面子。"

林南希愣了愣，"你说什么？崔星子？"

第71章 国风之音（1）

"是啊，你认识？"

这段时间以来，林南希在排练房听了许多关于崔星子的传闻，比如她涉嫌倒卖假乐器，警方一直没有有力证据控告她；比如她珠围翠绕却喜欢包养小白脸，让裴忻一次次颜面荡尽；比如她找人打伤了莫龄，以此警告黑天鹅的姑娘们不要再追查假琴一案……

"我不需要那个什么崔星子帮忙。"她说，"乐队拿不拿晋级名额，我根本无所谓。"

"你无所谓不代表你们乐队其他姑娘无所谓是不是？"汪北福信誓旦旦道，"第一名的名额永远只有一个，多少乐队虎视眈眈盯着这个名额，今年拿下它的乐队还能接下芬雅的代言人，林小姐，过了这个村可就没这个店了。"

"您这么一说，性价比还挺高啊。"林南希掐灭了烟头，"那……我考虑一下，咱们先喝酒！"

"行！"汪北福往自己杯子里倒满了酒，带着虎视眈眈的变态眼神道，"明天晚上就比赛了，可得尽快想好啊。"说罢，他把酒咕噜咕噜灌进自己肚子里。

老男人虽然见色起意，但在林南希的眼里却不是最难搞定的人。毕竟，汪北福的要求算是简洁明了了，你情我愿，爱买不买，至少不会使阴招。

只不过，老头子低估了林南希的实力，不，应该说是酒力。林南希是从小在酒桌上长大的姑娘，除了唱歌好，弹琴好，还有千杯不醉的酒力，在伶酒吧打工的这些年从没被放倒过，所以不到一个小时，色老头汪北福就被她灌得神情恍惚，一脸木讷。

"我说……林……林小姐。"老男人开始酒言酒语，"我就喜欢你这种脸蛋漂亮，身材又好的小姑娘，上次那谁？"他闭上眼睛朝着自己头上的天花板指了指，"哦，对，那个茜茜，就是那个……那个什么红桃K乐队的主唱，跟你比真是差远了……"

林南希笑笑，继续喝酒，"对了，您跟崔星子那么熟，说说，她是怎样的人？"

汪北福面色通红，想了想缓缓说道："一个能干的女人，也是一个可怜的女人。"

"可怜？怎么可怜了？她这种女人，还有什么不满足的？"

"她虽然赚了很多钱，但这么多年都是孤苦伶仃一个人，怎么不可怜……人到中年，总希望有个一子半女陪在身边吧。"

"她不结婚不生孩子能怪谁？"

"她年轻的时候为了事业，跟一个有妇之夫勾搭到一起。"汪北福借着酒意越说越离谱，"后来人家老婆找上门了，男人就把她甩了。"

"说了半天还是靠着男人上位，还以为有多少本事呢。"

"跟你说个秘密啊！"老男人把头凑到林南希跟前，"崔星子这两年一直在找人。"

"找人？"

"在找一个二十多岁的姑娘,据说那姑娘左手手腕上有个红色的胎记,她派人暗地里找了很久,但一直没找到……"说着说着,男人看戏似的呵呵笑起来,"那女人风流债那么多,指不定找的小姑娘就是她的私生女呢……"

"胎记……有点意思,是什么样的胎记?"

酩酊大醉的汪北福已经趴在桌上,说了一句最后睡了过去,"好像……是个心形的……胎记……"

第 72 章 国风之音（2）

亚洲校园摇滚大赛全国半决赛开启，本轮主题围绕"万象擎音"展开，所谓万象擎音，就是需要乐队打破自身风格的壁垒，在编曲上以一种更独特的方式去诠释音乐，届时，最后十支乐队将根据乐队自身特点全力以赴。

《缘尽余生》原本只是一串简单的主旋律，当望思玛把歌词发给莫龄和裴忻的时候，她们两个人当场就为它定了调。

裴忻说，凯尔特人有凯尔特摇滚，维京人有维京金属，旋律死亡金属分芬兰派和哥德堡派，就连爵士乐都有拉丁爵士和新奥尔良爵士，既然这样，我们为何不尝试用曲调荡气回肠、措辞如诗词歌赋的古风来演奏中国摇滚？

莫龄也尤为激动，说起"古风"二字，她和裴忻有着同样的默契，悠扬古典的旋律本就适合女生演绎，唯美、柔和的歌词配上电声乐器厚重的力量感，可以说是既有东方古韵又不失现代潮流，而这样的风格，与裴忻响遏行云的声线更是相得益彰。

于是乎，《缘尽余生》的编曲很快应运而生，成为黑天鹅乐队在全国大赛中最有风格的一首征战歌曲。

望思玛在后台的镜子前足足站了十五分钟，这段时间她经历了许多事，心情也一直跟着大起大落，而今大赛当前，马上就要演奏自己填词的处女作，她更是惶恐不安。

望思玛渴望成功，但性格里又乏些信心，她不断深呼吸，不断回顾每一句歌词所对应的节奏型，告诫自己一定要冷静下来。

"打起精神。"裴忻在身后拍了拍她，露出难得的笑容，她看着裴忻，内心五味杂陈。

昨天的事她还未告诉裴忻，推韦思奇到马路中央的人就是他的前男友何亚维……当然，江峪说的也对，兴许裴忻不该知道真相，又兴许裴忻根本无所谓真相。

"坐下休息会儿吧。"莫龄说，"我们都比这么多次了，我好像从来没有像今天这样期待一首歌……思思，你有没有一点点小激动。"

望思玛看看镜子里的自己，点点头。

"得了吧，贝斯手还在天上呢，要是少把琴，你们也就不用期待了。"林南希一边说话一边修着自己的手指甲，"这么快就掉色了，上次那个美甲师的手艺不行啊。"

"别理她。"莫龄戳了戳望思玛，"贝贝的航班应该就要落地了，放心，来得及，就算来不及，还有第二方案，听她在那危言耸听呢。"

望思玛看着林南希，不禁感慨，"真不愧是裴忻招来的键盘手，嘴硬的样子简直跟她一模一样。"

莫龄笑笑。

"莫龄。"一旁的裴忻叫她，莫龄应了一声乖乖走了过去，坐到她身旁。只见裴忻从包里拿出了一个蓝丝绒的小方盒子，然后递给莫龄，"给你的。"

"给我的？"莫龄疑惑地看着裴忻，又看看盒子，吃惊地接过来，"什么呀？"

"你自己不会看吗？"裴忻答。

莫龄打开盒子，眼眸立刻一亮，"哇……"她拿起了里面亮闪闪的小东西，"真好看。"那是一串玫瑰金项链，上面还有一个吉他形状的吊坠。

一丝清澈的喜意涌上莫姑娘心头，她眉眼间那灼灼其华的笑容让人也不知该如何形容，只有她自己明白，此刻的自己犹如一只破茧的蝴蝶点缀在破苞的花尖上，沁香拂心，蓦然心动，像极了歌里那命运多舛的东方少女。

"这真是送给我的？"莫龄掩饰不住欣喜，又带着疑惑，"为什么要送我？"

"为什么要送你……"裴忻想了想，"大概因为……我……嗯……有钱没地方花吧。"

"有钱？"莫龄看了看盒子上的品牌，吓得关上盒子，"裴忻，这个太贵重了，我不能要。"

"你要不要？"她的脸色突然"硬核"起来，"难得看到这么适合你的吊坠才买给你的，既然你那么有志气，那我送给秦淼淼了。"

莫龄抬起头，含情脉脉地看着裴忻，露出一副一眼见你，万物不及的迷妹表情。裴忻被她看得有些不好意思，刚想去拿莫龄手里的盒子，没想到莫龄抓起小盒子往自己怀里死命一揣，对她道："那我不客气了。"

裴忻被莫龄这幼稚的举动一下逗乐了，"这么磨叽，早点收下不是挺好。"她再次伸手拿起莫龄怀里的小盒子，然后打开盒盖，取出了玫瑰金项链，"给你戴上。"

裴忻起身站到莫龄身后，将项链绕在她的颈间，扣上搭扣，"别多想，只是为了祝贺你的手康复而已。"

莫龄打开自己的粉饼盒，对着镜子里的自己左右看看，纵有千言万语，最后也只憋出了两个字："谢谢。"

一旁的望思玛看得目瞪口呆，这昔日情敌间的关系能好到这步田地她也是头一回遇见，不过也可以理解，裴忻心中本就乐队高于一切，但凡能对乐队好的人，她可以一概不计前嫌，而莫龄呢，从小就通情达理善解人意，但凡有人对她好，她就会加倍对别人好。

"奇怪的 CP 又增加了呀。"望思玛越看越觉得油腻，"你们两个，要不要那么矫情……"

第72章 国风之音（2）

此时，她们的身后传来一阵噼噼啪啪的脚步声，高跟鞋敲击铮亮的大理石地面发出的声音越来越犀利，四个姑娘朝着脚步声传来的方向望去，只见一个身穿灰色职业装、身材曼妙的中年女人在她们的休息区前停了下来，这张脸，恐怕让望思玛和裴忻一辈子都忘不了。

"我们又见面了。"穿高跟鞋的女人说。

"是你。"裴忻脸色一沉，对着女人道，"赶紧滚！"

"滚？"女人冷笑一下，环顾四周后走了进来，然后坐到中间的椅子上，跷起二郎腿，"小姑娘，你让这次校园乐队大赛的赞助商滚，是不是有点嚣张了？"

她手一伸，右后方的跟班就给她递来一支烟。

"赞助商？"裴忻更吃惊了，"你是赞助商？"

"是啊。"她点了烟，"今年的大赛，五分之二的赞助费都是芬雅出的，何亚维没告诉你吗？"

"崔星子！"望思玛突然喊了一句，女人的瞳孔斜了几度，目光很快从裴忻脸上挪到了望思玛脸上。

"你就是崔星子。"

"是啊，是我。"女人不屑，"怎么小妹妹，你也认识我？"崔星子吸了一口烟，"你这么一说，我们是不是在哪里见过？"

"崔……崔星子……"听到崔星子三个字，莫龄和林南希心头一紧，心脏乱跳，全身都起了鸡皮疙瘩，传说中的女魔头崔星子，就这么出现在她们面前。尤其是林南希，她直愣愣地看着崔星子，露出比莫龄还要惊恐不安的眼神。

"是不是你找人打伤莫龄的？"裴忻质问。

"你在说什么呢？"崔星子露出鄙夷的笑，"我们公司赞助的比赛，我找人打伤参赛乐手？哈哈哈哈……"她笑得瘆人，"孩子你是读书读傻了还是唱歌唱傻了？"

"裴忻。"莫龄上来拉住她，"算了，她不会承认的。"

"早知道是你们这种龌龊公司赞助的比赛，我也不来参加了，莫龄，我们现在就弃赛。"

"裴忻。"身后的林南希也上来拉住了她，"芬雅只是赞助商之一，会提供三年的代言人合约，我们大可不必因为她而弃赛，若是真拿了第一名，大不了不要合约罢了。"

"你怎么知道？"裴忻问她。

"这……你别管了，我不会骗你的。"林南希说，"乐队好不容易走到今天，怎么也得有始有终吧。"

"就是啊。"莫龄见裴忻有了弃赛之意，赶忙补充道，"南希说得对，北京的贝灵纳音乐才是这次比赛的主办方，办了那么多届，业界口碑一直都很好，我们犯不着因为芬雅跟自己过不去……"

莫龄的劝导终究要比别人有用，裴忻很快冷静下来，"有话直说，什么事？"

崔星子见裴忻的态度稍有缓和，便走到她跟前直言不讳，"谈合作。"

"合作？"裴忻挑了挑眉，"合作什么？一个何亚维没玩够，再给你介绍几个小白脸？"

"哈哈哈哈……"崔星子和身后的几个跟班一阵哄笑，"原来你还是在乎这个。"

"你……"此刻若不是莫龄用力拉着裴忻，她恐怕早就不能自持了。

"好了好了，小姑娘，我不绕弯子了，今天这地方都是自己人，我就开门见山直说了，我在这行摸爬滚打二十多年，哪些乐队有实力有前途，哪些乐队有实力没前途我一眼就能看出来，而你们，黑天鹅乐队，我有信心在三年内把你们打造成全国首屈一指的女子乐队，不知你们有没有兴趣？"

四个姑娘没有出声。

"我看重的是你们的实力，至于我和你以前的过节……说实话，名利场没有真感情，也没有真仇恨，有钱就是朋友，没钱就是路人，我给你们披荆斩棘开一条星途，你们为我创造经济财富，大家各取所需，互惠互利，岂不是双赢？"

"你想收买我们？"莫龄说。

"别这么说，这不叫收买，我们签的是白纸黑字的合同，就和芬雅旗下其他艺人一样。只要你们签了，我还能想办法附赠你们一个比赛的好名次，怎么样？是不是很诱人？"

"做梦。"裴忻说。

"我们不会跟你合作的。"莫龄补充道，"跟你合作，无非就是落得跟何亚维一样的下场，你的活不干净，我们宁可输掉比赛，也不会为你所用。"

"小姑娘。"崔星子看着莫龄，"话别说得那么满，你觉得我会害你们，只是你自己的看法，你们乐队这么多人，难道每一个都是这么想的？"

说罢，她走到望思玛面前，"这位姑娘，你呢？芬雅的造星合约想不想要？"

"不想要！"望思玛斩钉截铁回复道。

"很好。"崔星子没有生气，她又走到林南希跟前问道，"那……你也不想要，是吗？"

"我……"林南希顿了顿，她看着崔星子，又看了看裴忻她们，欲言又止。

"这样吧。"崔星子转身，"三天时间，回去想通了就到欧特比来找我，我可是会等着你们的。"

"滚。"裴忻又说了一句。

"裴小姐，今天我不扇你。"见裴忻不给面子，崔星子的口吻突然来了个一百八十度大转变，"你可不要敬酒不吃吃罚酒，有多少乐队盯着这份合同，你不是不知道，前赴后继想要靠潜规则的乐手多了去了，你们想凭纯实力，也好，今晚的比赛就看老天是不是眷顾你们了，祝你们好运。"

说完，她带着几个跟班离开了休息区。

第73章 国风之音（3）

　　四十公里外的国际机场，由肯尼亚内罗毕飞往北京的航班刚刚落地。
　　十几个小时的航程，陶贝贝一刻都没有坐住，起飞前半小时被告知延误，她绝望得眼泪都要落下来，好在恶劣天气突然转好，她才改签了回国的航班。
　　身为男友的秦梓放当然很内疚，一路上不断安抚陶贝贝，陶贝贝着实生气了，一路上没跟秦梓放说一句话，自己好不容易凌晨四点爬起来赶飞机，哪知天还不遂人愿，若赶不上比赛，这次裴忻肯定不会原谅她。
　　舱门一开，已被艳阳晒成三度黑的陶贝贝拽着自己男友秦梓放第一个冲出头等舱。
　　"贝贝你慢点儿跑……"秦梓放背着陶贝贝的双肩包紧紧跟在后面，"等等我啊……"
　　陶贝贝并没有停下脚步，二十多度的天气跑得她直流汗，离比赛还有3个小时，她必须尽快完成行李提取。
　　"秦梓放，要是今天赶不上比赛，咱俩铁定分手你信不信？再见都不带挥手的那种……"憋了十几个小时，她终于按捺不住情绪释放了出来。
　　"我信，我信，我的祖宗……"秦梓放喘着粗气，"贝贝，我一定将功赎罪！"
　　"我说定二号的票，你非得定三号的，现在好了吧！那破天气延误到四号才飞！今天五号，是我比赛的日子……"陶贝贝越说越生气，"若是没有这趟飞北京的航班，我的比赛就黄了……"
　　"贝贝，对不起嘛，是我不好。"秦梓放灰溜溜地道着歉，"你别着急，我北京的朋友已经到机场了，一会儿拿完行李，他马上送我们去葵舞台！"
　　"赶不上你提头来见！"
　　"能！能赶上……"
　　半个多小时后，两人顺利走出机场，秦梓放的朋友第一时间来接机，他们一路奔向市中心的比赛地。
　　而在葵舞台，所有人都在等待陶贝贝到来，这次的比赛仅有十支乐队，她们排在第六，也就是说，开始后不到一个小时，她们就要登台了。
　　"思思，贝贝怎么说？"莫龄问。
　　"她给我发了消息，说路上有点堵。"望思玛一边看着手机一边来回踱步，"现在正好是下班高峰，南希，你对北京比较熟，你说，贝贝她能赶上比赛吗？"
　　林南希掏出手机看了看时间，风轻云淡又漫不经心回了句："没事，她能赶上下半场！"

第73章 国风之音（3）

"下半场？"

"是啊。"

"下半场是什么？"

"晚上的消夜……让她直接去火锅店占位吧。"

"你又来了，能不能盼点好的？"林南希这么一说，望思玛更加不安，而队长裴忻却坐在墙角听着音乐，闭目养神。

"思思，不是说了吗？南希跟我已经做了其他计划，贝贝若是真的赶不上，我们也有能力完成演奏。"莫龄安慰她。

"可是……"

舞台音乐霎时响起，主持人在一片欢呼声中上了台，一阵寒暄后他宣布："亚洲校园乐队大赛全国赛半决赛……正式开始……"

台下再次响起震耳的掌声。

经过上一轮抽签，十支乐队的出场顺序也正式公布，分别是：

第一支，猎户星乐队；第二支，红桃K乐队；第三支，蓝精灵乐团；第四支，爆音乐队；第五支，华旸音乐学院乐团；第六支，黑天鹅乐队；第七支，南糖门乐队；第八支，珠玑乐队；第九支，催泪瓦斯乐队；第十支，镇天魄乐队。

这个抽签顺序对黑天鹅的姑娘们而言并不是一个有利的排序，无论是在她们之前的华旸，还是在她们之后的南糖门，都是全国首屈一指的大神乐队，更是去年全国赛场上所向无敌的乐队。在这两支乐队的中间上台比赛，可以说是压力重重，一旦准备不充分，就会与其形成鲜明对比，分分钟被碾压。

"哎，我听说今天九天芒刃也来了，就在台下。"同在候场的华旸乐团从姑娘们身边走过，其中一人边走边道，"可惜啊，吉他手受了重伤，就这么退了复赛真让人心疼。"

"你说他们到底惹了什么事儿，什么人竟要对一个小姑娘动手……"

"不知道，我问过张柔柔，他也不愿意多说，总之，警察到现在都没查出是谁干的。"

"哎，真是可怜的姑娘……"

"等等。"望思玛从后面喊住了他们。

几个男生停下来，好奇地盯着她，"你是……"

"我是黑天鹅乐队的鼓手，我叫望思玛。"

"望思玛……"其中一个平头男生打量了一下，"哦，原来是你们，你们就是和镇天魄一样，从S市来的乐队？"

"是的。"望思玛含蓄地点点头。

"幸会幸会，"男孩笑着伸出了手，"我知道你们乐队的裴忻，你们可是今年最大的一匹黑马。"

"谢谢。"望思玛与他握了握手，"请问，刚才你们说的张柔柔，是不是九天芒刃乐队的小提琴手张柔柔，本名叫张大雨？"

"是啊，你也认识？"

"刚才你说他们退赛了，他们乐队怎么了？为什么要退赛？"

"哦，你不知道吗？"一个提着贝斯的男生走上前，"初赛结束后，他们乐队的女吉他手受了伤，听说是被人打的，所以他们放弃了复赛。"

"上次比赛，本来是二十支乐队角逐，后来变成了十九支，那支退赛的乐队，就是九天芒刃？"

"是啊，主唱是她男朋友，看她伤得严重，也没有心思再比下去，所以他们就退出了。"男孩说。

"吉他手被打……"裴忻听见聊天也走了过来，"为什么被打？吉他手做了什么？"

"哦，是裴忻小姐。"小平头一见裴忻，立刻眼前一亮，"果然你在哪支乐队，哪支乐队就能进全国赛……厉害厉害。"

"比赛期间出事故，主办方不管吗？吉他手还是个女生。"裴忻问。

"主办方报警了，后来不知怎么就私了了。"他无奈地摇摇头，"可怜那女吉他手墨林，挨了一顿揍，啧啧啧。"

"墨林？"裴忻吃惊，"等等！你说，他们乐队的女吉他手叫什么？"

"墨林啊，俞墨林。"

"墨林……"望思玛与裴忻相互看了看，一种不好的预感油然而生，九天芒刃的吉他手叫墨林，黑天鹅的吉他手叫莫龄，两个人名字的读音类似，而且，分别在初赛和复赛的时候被人攻击受了伤……

"私了？"望思玛越想越蹊跷，"为什么要私了，难不成是知道打错人了？"

裴忻点点头，她同望思玛猜测得一样，打伤九天芒刃吉他手的人，就是攻击莫龄的人，而且，他们的目标一开始就不是俞墨林，而是黑天鹅乐队的莫龄，只是两人名字太像，容易混淆，那个俞墨林很不幸替莫龄扛了一顿。

"崔星子干的。"身旁的莫龄也走过来，"这么快就息事宁人，也只有她能做到，那个乐队能同意私了，估计也是赔了很大一笔钱。"

"莫龄，你害怕吗？"裴忻问她。

"当然。"她回答得干脆利落，看着裴忻一脸认真的样子，莫龄忍不住笑出来，"我

第73章 国风之音（3）

害怕极了，害怕你一时冲动又想退赛。"

裴忻低下头，嘴角虽有一丝隐隐笑意，但眼神里还是充斥着惴惴不安。

舞台前传来隆隆掌声，第二支参赛乐队"红桃K"顺利完成了比赛。

"洛奇哥！"人群中，一个穿着高中制服的女孩子跑过来，女孩一脸稚气，长相颇为可爱，"洛奇哥，洛奇哥，你听了吗？我刚才唱得怎么样？"

"很好很好，余音绕梁，三日不绝。"平头男孩文绉绉地赞道，"不愧是红桃K的主唱，巾帼不让须眉，去东京艺术大学进修一年声乐，果然不一样。"

"真的吗？"女孩一脸欣喜，"好期待跟哥哥你一起进决赛啊。"说罢，还主动拥抱了一下平头男孩。

女孩名叫顾茜茜，是红桃K乐队的主唱，而她拥抱的那个平头男孩叫顾之名，是华旸音乐学院乐团的键盘手，因为英文名叫Roky，所以大家都喜欢叫他洛奇。

"茜茜，这位是裴忻，这三位是黑天鹅的乐手。"洛奇热情地将黑天鹅的姑娘们介绍给顾茜茜，"她们乐队很厉害啊，一会儿你们要小心了。"

"什么呀。"顾茜茜嗲嗲地嚷起来，"你这么说我可是要吃醋的，洛奇哥哥不是最喜欢我们乐队吗？这么快就喜新厌旧啦？什么黑天鹅，听都没听过。"

"你好，我们第一次进全国赛……"

莫龄刚想开口自我介绍，不料顾茜茜全然没有把她们放在眼里，她斜着眼，用极其敷衍的口气地"哦"了一声。

这一句"哦"惹得望思玛颇为不满，这副清高不自量力的样子，跟那不共戴天的罗星草乐队如出一辙。

"洛奇，还有两支乐队就到我们了。"洛奇身后的乐手拍了拍他，"快走吧，去准备一下。"

洛奇离开后，顾茜茜的脸色立刻变了，她瞟了一眼裴忻，又瞟了一眼莫龄和望思玛，大言不惭道，"我想你们也知道了，这届比赛会特别关注女子乐队，裴忻，你就是为了这个才离开十心，最后组了这个女子乐队吧。"

"哼。"望思玛投去一副嫌弃的表情。"是啊是啊，我们裴忻就是想出名，就是想拿下芬雅的代言合同，你满意了吧。"

"难怪……"顾茜茜收起了笑容，"你们倒是挺现实啊，不过你们想超越我们，还早得很呢，一会儿成绩出来，你就知道什么才是现实了。"说罢，她朝着自己乐队休息区走去。

时间一分一秒过去，华旸音乐学院乐团终于在主持人的介绍中登场了。

专业出身的华旸可谓刚上场就碾压了全场，此次风格编曲赛，他们一改故辙，将以往严谨的新古典金属换成了形散神不散的融合爵士乐。

　　爵士乐和弦变化无尽，更有即兴演奏融入其中，乐队主唱自带忧郁的气质更是充当了整首歌情感输出的主力，林南希听得入神，同为爵士乐歌手的她第一次对华旸乐团有了敬佩之情。

　　她知道，从技术层面来讲，黑天鹅的乐手们根本没法跟华旸相提并论。

　　然而望思玛却根本不在乎这些，她关心的是奔驰在路上的陶贝贝，还有不到五分钟的时间，贝贝还没有赶来。

　　"感谢华旸音乐学院乐团的精彩表演。"主持人上了台，看着手卡，"接下来第六支登场的是黑天鹅乐队……"

　　"我来了！我来了！"姑娘们刚踏上舞台的台阶，后面就传来一个令人振奋的声音。

　　"是贝贝！"望思玛一阵欢喜，"是贝贝，贝贝，快！"

　　"陶贝贝？"裴忻瞅了望思玛一眼，"你怎么没让她直接去火锅店占座？"

　　"呵呵，莫龄说她不爱吃火锅，她不爱吃……"

　　陶贝贝抱着自己的琴，用尽了最大力气飞奔而来，跟着望思玛一起登上了舞台。

第74章 国风之音（4）

　　一方天地，裴忻站在最中央，脚下是真真切切的摇滚舞台，而非随便堆砌出来的场景，她的面前有无数仰慕者，身后是并肩同行的战友，台下，拥趸者信裴忻，台上，她也信挚友。

　　一束金色的舞台光从头顶倾泻下来，打在女王银白色短发上，浓烈的暖意从皮肤下沉到血液，再由身体直冲天灵盖。

　　裴忻从未有过这样的安全感，她可以抛开心中所有杂念，什么都不用管，只要自由放声歌唱，她喜欢这种毫无保留地付出，这种难以言喻的感觉，她似乎已经等待了半个人生。

　　上台前，她问莫龄，如果哪天，我像陶贝贝那样在比赛前突然消失了，你们会怎么做？

　　莫龄说，我会继续演奏，即使你不在，我的乐器里也依然会有你的声音。

　　那一刻，裴忻笃信，这支乐队就是她的信仰，与她的生命紧紧融合在一起。

　　她凝望着灯海熠熠的观众席，高冷俊艳的面容"邪邪"一笑，言语依旧言简意赅，"大家好，今天带来新歌《缘尽余生》……"

　　四声镲音，乐声齐响。

　　裴忻仰着头，闭着眼，牢牢地握着话筒，放声高歌。

　　光阴勾留，浅纸浓墨寄哀怜

　　急景凋年，白驹过隙罗预间……

　　她站在半决赛的舞台上，从容不迫，即使在高手云集的当下，她依旧是势不可挡的摇滚女王。

　　悠扬磅礴的乐声在整个葵舞台上方回荡，鼓与贝斯释放出强劲的生命力，吉他与键盘交织出绚丽的音色，而冰冷坚毅的人声为歌曲注入了恢宏之势，每一个段落都勾勒出不同的场景，深谷、山麓、骤雨、云泥……《缘尽余生》如同一幅大气的古典画，美到让人惊叹。

　　今天姑娘们的衣着也很有特色，服装设计系的望思玛为乐队设计了一款带有"汉服"元素的改良套装，这套衣裙套装选用真丝与纯棉材质，主色调为白色，上半身交领右衽、袖宽飘逸、隐扣系带，下半身大袴长裙、高腰系带，融合了古典风格与现代时尚。

　　而这套服装，正是望思玛被朱大婶打了全班最高分的那张设计，在朱大婶的帮助下，望思玛的设计很快落地成衣，变为队服，可以说，今天的舞台，不仅是黑天鹅乐队赛场，更是望思玛作为设计师的第一个秀场。

裴忻望着台下，观众全都站了起来，他们跟着节拍疯狂地扭动身躯，甚至群情激昂地呼喊着黑天鹅的名字，没错，就是黑天鹅。经过了那么多场比赛的考验，她们早已拥有了许许多多属于她们的粉丝。

　　朱大婶也来了，他带着裴忻和陶贝贝的老师一同站在台下，一起为乐队欢呼呐喊。

> 我浅酌于春，就一壶动情，承三生缘浅
> 我盛情于夏，解衣香鬓影，求一晌贪欢
> 我怆恻于秋，望悟悟暮霭，怜灯枯月残
> 我凌寒于冬，祭往昔如尘，御铁骨霜寒
> ……

　　一曲完毕，万籁俱寂，姑娘们站到台前，深鞠一躬，几秒后，台下响起如雷贯耳之声。

　　回到台下，她们彼此拥抱，彼此感谢，纵不抵时光流逝，但庆幸能青春同频，从此不再虚度，也不枉此生相识。

　　很快，剩余的乐队也都悉数表演完毕，评委组紧锣密鼓地统计着最后的分数。

　　还有半小时公布成绩，黑天鹅能否再创奇迹，就此一搏。

　　之前每每公布成绩前，望思玛和陶贝贝都会紧张到心跳加速，头皮发麻，但经过这半年的千锤百炼，她们已经慢慢做到如裴女王那般处变不惊、心如止水的心态。

　　莫龄说得没错，当能力配得上这个舞台的时候，也就不需要再将它当成比赛了。

　　后台休息区，陶贝贝约了蓝精灵的乐手在游戏上再战高下。

　　望思玛吃着薯片追起了偶像剧。

　　林南希守在直播前抢着面膜。

　　莫龄坐在角落静静地看书。

　　有些疲倦的裴忻则坐在凳子上打起了瞌睡，昨晚她没有睡好，因为同睡一张床的莫姑娘卷走了她的被子，她挣扎了很久还是没敢抢回来……

　　一片期待中，昏暗的舞台再次亮起，主持人拿着手卡走上舞台，整个场馆再度安静下来。

　　"激动人心的时刻终于到了，"主持人道，"今晚，十支乐队中会有五支脱颖而出，晋级到亚洲校园乐队大赛的总决赛……经过评委组多方统计，前五名的成绩已经出炉，此刻就在我手中……"

　　台下朱大婶的手心直冒汗，他在胸前画着十字，祈祷姑娘们能再次拿到好名次，现场直播的公屏上也不断出现黑天鹅加油、申南加油、S市加油的弹幕……

"下面我宣布最终得分……"

台上响起震天鼓声，台下的粉丝也都屏住呼吸等待结果。

"第一名，南糖门乐队！他们的最终得分是588分。"

南糖门在一阵疯狂呐喊中走上舞台，接过主持人递来的晋级卡，这支乐队是去年的全国总冠军，今日拿到最高分早已没有任何悬念。

"第二名，镇天魄乐队，得分586分。"主持人继续宣布。

"哇！"镇天魄的队员在后台一下蹦了起来，主唱大明活蹦乱跳地上了台。今年镇天魄的状态甚佳，成绩势如破竹，与第一名的南糖门仅有两分之差。

"第三名……"主持人笑了笑，"第三名，华旸音乐学院乐团，得分582分。"

作为国内首屈一指的音乐学院，专业上从古典到现代流行，从中国戏曲民乐到国外歌剧爵士，华旸音乐学院乐团可谓样样精通，作为去年的全国赛亚军乐团，这个乐队依旧是今年最大的夺冠热门。

"思思，你觉得我们这场还有戏吗？"一局游戏刚结束的陶贝贝小心翼翼地问了句。

"他们确实很厉害。"望思玛回答，"不过我们也不差，是吧？"

"那是当然！"陶贝贝点点头，转而抬头看了看望思玛，"我说思思，你还真是变了呢。"

望思玛专注地盯着电视剧，"怎么？"

"变自信了。"她笑道，"你原来不是这样的。"

"是吗？"她顿了顿，"是不是太狂妄了？"

"没有啦，我就喜欢你自卑中带点嚣张的样子。"

"什么鬼……"

"第四名……"主持人继续说，"催泪瓦斯乐队，他们的得分是581分。"

"581分？"后台的催泪瓦斯乐队简直不敢相信，"581分？真的是我们？"

"让我们有请催泪瓦斯乐队……"

"赶紧上台啊！"场务拉开幕布催促起来，"催泪瓦斯！催泪瓦斯……傻愣着干什么呢。"

"来了来了！"小伙子们难掩激动上了台，上一场复赛，他们还是以垫底的成绩进入前十强，本以为就要止步于此了，哪知幸运之神眷顾了他们，能侥幸晋级，他们想都不敢想！

"运气不错，终于等到了靠谱的主唱和鼓手。"闭目养神的裴忻慢慢睁开眼睛，"他们学校今年的一年级新生还真是藏龙卧虎。"

裴忻说的正是来自W市的催泪瓦斯乐队，一个好几年都名不见经传的小乐队。

五支入围的乐队已经揭晓了四支，现在只剩最后一个名额了。

陶贝贝关了游戏，望思玛按了暂停键，莫龄合起了书，林南希开始不自然地拨弄起自己的指甲盖，大家相互望望，像是在互相鼓励，又好像在传递某种信息。

"各位，谢谢你们。"身边突然传来裴忻的声音。

大家看看裴忻，个个默不作声。

"最后一支晋级乐队。"台上的主持人卖起了关子，"也是今年比赛的最大黑马……"说完他又再次确认了一遍手卡，眉眼间透出一缕意料之外，"这支晋级的乐队可以说在舞台上颜值与实力并存……说到这里你们是不是也猜到了……"

主持人刻意停了停，台下立刻传来一片黑天鹅、黑天鹅的呼喊，而那个喊得最响的人，就是朱大婶老师……

"第五支入围的乐队就是……"主持人继续道，"红桃K乐队！"

"哇！"一瞬间，红桃K的漂亮姑娘们立刻从位置上跳起来互相拥抱，她们的吉他手和贝斯手更是喜极而泣，"皇天不负有心人，今年终于拿到决赛晋级卡了。"

"她们的得分是580分。"主持人补充道。

红桃K乐队主唱顾茜茜双手交叉抱在胸前，侧着脸瞟了眼身后的黑天鹅乐队，"看见没小天鹅，这就是残酷的现实。"

裴忻没有搭理她，反倒露出一脸从未有过的轻松，"莫龄、望思玛、陶贝贝、林南希。"她笑了，"今年的比赛已经顺利完成，你们的表现非常好……大家回家好好休息，认真准备期末考试。"

"裴忻……"刚才还生龙活虎的陶贝贝听见这般矫情感人的话眼眶一下红了，"都怪我不好，我来得太晚，状态没跟上，拖累了大家。"

裴忻摇摇头，"你已经很好了。"

"贝贝……"望思玛安慰起她，"淘汰就淘汰了，努力一下，明年我们再来。"

"可是明年莫大神就毕业了啊……"陶贝贝哭得更大声了。

"校园音乐受限太多，我可是巴不得早点毕业，毕业了才能组一支随心所欲的厉害乐队。"林南希装出一副不屑的样子，"输就输呗，这届评委的眼光也好不到哪去，这种规格的比赛，你们大可不必那么上心……"

林南希的本意是想学望思玛鼓励一下大家，可话一到她的嘴里就变了味儿。

"呜……"陶贝贝抱住了望思玛，"思思你看她那个讨厌的样子，明年肯定不跟我们一起玩了，那样的话，我们键盘手也没有了……"

"我……"

就在姑娘们已经接受现实的时候，意外的一幕发生了。

不知主持人在耳机里听见了什么，脸色突然骤变，随后变成了尴尬，随后又变得非常严肃。

他刚要给红桃 k 乐队的姑娘们颁发晋级卡，递出去的两只手一瞬间缩了回来。

顾茜茜被这一缩给逗乐了，她以为主持人是在跟她开玩笑，不料更加尴尬的事情还在后面。

"各位观众，由于比赛的分数统计有一些变动，我们先请红桃 K 乐队暂时返回后台休息区。"

台下一片哗然，没有人知道发生了什么事。

后台的乐手们也像被点了穴似的愣在那儿。

"听见没？主持人说分数有变动？"

"是啊，难道我们晋级的分数不算数？"

"太草率了吧，打出来的分数还能收回？"

"哇，晋级的不会是我们蓝精灵吧……"

乐手们交头接耳议论起来，今年的比赛，情节有点刺激啊。

"出什么幺蛾子了？"陶贝贝放下琴包，"好饿，什么时候才能吃上涮羊肉啊……"

"贝贝，先听听怎么回事。"莫龄答。

主持人这么一说，台上的气氛也立刻凝重起来，他和工作人员确认了很久，最终拿到了一张新的手卡。

他看着台下，表情复杂，似乎在组织要说的话，斟酌了好久，说："本届大赛秉承公平、公开、公正原则，每支乐队的总成绩均由现场评委打分和网络投票数折算而成，其中评委打分占比百分之八十，网络投票占比百分之二十，可以说，每个计分环节都十分重要。"

说到此处，主持人朝舞台边看了一眼。

舞台边的顾茜茜攥了攥拳头，表情紧张，似乎有种不好的预感。

"就在刚才，本届大赛的数据安全组监测到我们的网络投票系统存在恶意刷票的行为，严重干扰了比赛的正常秩序，为了给所有参赛乐队提供一个公平竞争的平台，现在我宣布，将红桃 K 乐队的网络票选数减去 25112 票，最后总分减去 5 分，为 575 分。"

"天哪，她们竟然刷票……"

"真可耻……"

"想赢想疯了吧……"

台下再次哗然一片，所有人的目光都从主持人脸上移到了舞台边顾茜茜脸上，顾茜茜粉白的小脸蛋顿时变成了关公，僵在角落一动不动，鼓手见状一把把她拉回幕布后面。

"对于本届校园乐队大赛半决赛的成绩，现在我重新公布。"

台下鸦雀无声，这届组委会还真是大义凛然，竟然不顾丑闻上头条的危险，将定下的比赛成绩推翻，也算让人心服口服。

台下不知谁先拍了拍手，接着全场响起雷鸣般的掌声。

"第一名，南糖门乐队588分；第二名，镇天魄乐队586分，第三名华旸音乐学院乐团，582分，第四名，催泪瓦斯乐队，581分……"

现场的气氛越来越紧张，而此时红桃K乐队的姑娘们也被大赛纪检组带去了办公室。

"本届大赛半决赛第五支入围的乐队是……"主持人看着手卡，表情如释重负，"恭喜来自S市的黑天鹅乐队，她们的成绩是577分。"

一股暖意涌上心头，柔软又炽烈，什么叫否极泰来，什么叫绝处逢生，什么叫祸福无偏，她们都感受到了。

"裴忻，听到了吗？"望思玛很是得意，"好像在叫我们的名字呢。"

"是啊，是黑天鹅。"莫龄答。

"走吧，该上去了。"女王淡定地说了一句。所有人整理好了裙摆，依次跟了上去。

"等等。"裴忻在最后一级台阶上停下来，对着身后说，"陶贝贝，给你个任务，一会儿你去拿晋级卡，下次再迟到，你就自己滚蛋。"

第75章 胎印

拿到决赛晋级卡后，裴忻、望思玛和陶贝贝自然是受到了众星捧月的待遇。校长承诺为排练房更换一套更优质的音响，服装系主任朱大婶邀请黑天鹅的姑娘们参加五月的时尚大典，静中大学新闻系更是用大篇幅报道了这场比赛。很快，黑天鹅以第五名入围决赛的事登上了各大高校的头版头条，热度和风头甚至盖过了第二名的镇天魄乐队。

通过十进五的晋级赛，等于半只脚踏进了前三名，登顶全国总冠军也指日可待。

"思思，你可真是我们系的大神，第一次做乐队就拿到全国第五名的成绩，我简直崇拜死你了。"薛佳雯一见到望思玛就来了个大大的"熊抱"，"快快。"她一手勾着望思玛的脖子，一手掏出一沓自己打印的黑天鹅乐队的照片，"赶紧给我签个名，让裴忻她们也帮个忙，等你们以后飞黄腾达了，我这些签名就值钱了。"

"薛佳雯，你居然要裴忻的签名？你不是不喜欢她吗？"

"哎，此一时彼一时嘛。"薛佳雯"呵呵"一笑，"以前是对她没什么好感啦，不过现在既然跟你是队友，那自然也是我朋友了对不对？"

"要裴忻签名也行，不过，这几天的作业你帮我交了吗？"

"哎，朱大婶都跟你去北京了，哪还有时间盯着我们改图。"薛佳雯贼兮兮一笑，"我说，你现在就算不做作业，大婶也不会把你怎么样，他都对你刮目相看了，你还不好好利用利用？全班同学还都指望你呢！"

"指望我什么？指望我让老师少布置点作业吗？"

"那不然呢？"

"我说薛佳雯。"她拿起鼓槌轻轻敲了敲薛佳雯的脑袋，"大婶在高铁上就向我讨作业了，我说还没改好，他就把我臭骂一顿，你啊，还是别异想天开了，乖乖回去画你的图吧……"

"哼，真是……"

另一边，林南希所在的海洋大学原本想邀请林南希参与百年校庆，但林南希似乎没有任何兴致，回程路上她就心事重重，莫龄看出来了，但她却什么都没说。

以往比赛一结束，她就拉着三五好友一起去酒吧喝酒，这次却不同，高铁一到站，她就拦了车直奔家里。

照理说，像林南希这样性情高傲，从小在乐器大赛上崭露头角的女孩，家庭条件应该很不错才对，但事实并没有。

林南希的家在S市东郊的一个老式小区里，小区很陈旧，六层的楼房已经有二十多年历史，她从小就和父母住在这里。

　　父母是普普通通的工人，资质一般，条件更一般，但女儿却与老夫妻形成鲜明的对比，还不到六岁的林南希就在音乐上表现出异于常人的天赋，老师弹了一遍的钢琴段落她能大差不差地弹出来，而且完成左右手的配合只花了短短几分钟。

　　老师看出了林南希的天赋异禀，便三番四次找上他们家，让她父母给林南希报电子琴或钢琴班，父母一开始不同意，老师便做了很久的思想工作，最后，父母在亲戚朋友的赞助下终于让女儿学上了电子琴。

　　林南希也是在那时候知道关于自己秘密的。

　　电话那头，母亲跟大姨哭诉，说自己跟老公太没用，领养了女儿却不能给她一个优渥的学习环境，就连学个电子琴都要节衣缩食。

　　这番话被林南希听到了，这对她幼小的心灵造成了深重的打击，从小对她关爱备至的父母居然不是她的亲生父母，而且，她是被父母从孤儿院里抱来的……她一个人躲在房间里哭了很久很久，最后父亲砸了门锁才把她从房间里带出来。

　　当时她跟母亲说，自己不想学电子琴了，只想念书，但父母却不同意了，父亲见不得女儿如此伤心，便说："就算我们把房子卖了，也会供你读书，供你学电子琴。"

　　几年后，林南希分别拿了区里，市里，还有全国的电子琴演奏冠军，后来，她又在老师的资助下学习了双排键电子琴，开挂实力从此一发不可收，初三还拿到了双排键的全国冠军和爵士乐歌唱比赛的季军，如此优异的成绩，算是对得起默默支持的父母和亲戚朋友。

　　此时的母亲正在阳台上晾衣服，见女儿回来了，立刻露出了欢喜的笑容，对于老夫妻来说，只要女儿在家，整间屋子都会充满生机。

　　"你不是说明天才回来吗？"母亲取下了林南希的挎包，随后又对着厨房喊道，"孩子爸，赶紧去菜市场买点菜，小南回来了……"

　　"好好好，我现在就去……"

　　"不用了爸，家里有什么剩菜我随便吃点就好，不吃也没事。"

　　"冰箱里只有榨菜毛豆，不行的。"母亲对父亲挥了挥手，"赶紧去，去晚了肉摊就要关门了。"

　　"我这不是在穿鞋了吗……"

　　林南希笑笑，有人喊她小南的地方，就是她的家，只有见到父母，她所有的安全感才能回来。

"小南，"母亲问，"这段时间你一定很开心吧。"

林南希被这么一问有些纳闷，"妈妈，你为什么这么问？"

母亲拉着她坐到沙发上，抚摸着女儿的双手，"从你的眼睛里就可以看到啊，你很喜欢你的朋友，很喜欢你的乐队。"

"也没有，我只是看她们缺个人，去帮个忙而已……"

"你喜欢什么是装不出来的。"母亲笑笑，"就像你小时候看到电子琴，两只眼睛会放光一样，你每场演出妈妈都看了，你跟那几个小姑娘在一起，两只眼睛里就会有光。"

"是嘛。"林南希低下头，甚是感慨，"也不是所有的想法都跟那些人一样。"

"团队协作很有趣对不对，不当主唱，当键盘手也很酷啊。"

林南希点点头，"您还知道什么叫酷啊。"

"我又不是不上网，哦对了，你们老师都给我打电话了，说期末考试前会单独给你补课，让你不要担心。"

"好。"

母亲拿起遥控器打开电视，"你还没看过昨天自己的比赛吧，要不要看看？你爸已经看了好几遍了。"

"妈妈，有件事想问您。"她突然靠在母亲的肩膀上，踌躇了很久，也犹豫了很久，"是关于我身世的……"

"哦。"母亲一愣，"什么？"

"我的亲生父母……到底是什么样的，他们当时为什么不要我？"林南希终于问出了她一直以来想问的问题。

母亲的脸颊贴在女儿的头顶，温柔道："当时我把你从孤儿院抱来的时候，也问过这个问题，但是院长什么都没有说，你爸爸当时还怪我为什么要问这么多，他说不知道才是最好的。"

"你们就不怕我长大了问你们吗？"

"当时想着要把这个秘密守一辈子的，哪知道你这么快就知道了。"

"妈妈，你知道我当时为什么哭吗？"林南希的眼里有一丝湿润，"我只是很难过不是从你肚子里出来的……"

"所以现在这样不是挺好吗？"母亲摸了摸女儿的脸颊，"妈妈只想着他们永远不要来找你，因为你就是我们的孩子。"

"我本来就是你和爸爸的孩子。"林南希撒着娇。平时疾言厉色的她，也并非真正冷漠无情，只是将所有的温柔都给了自己的父母，"谁也抢不走。"

"那当然。"

"对了，还有一件事，我小时候的照片放在哪儿了，我想看看。"

"在你衣橱最下面的抽屉里，我都给你放得好好的，一张都没有少。"

林南希回到自己的房间，母亲的脸上露出些许不安。

关上房门，林南希打开了衣橱最下面的抽屉，果然，从小到大厚厚的三本影集被母亲收藏得很好，一点灰尘都没有。

她一页页地翻，童年往事也跟着历历在目。

翻着翻着，其中的一张照片引起了她的注意，那是她十岁生日时拍的，那天她头上戴了个漂亮的纸皇冠，母亲从后面抱住她，她的小手拿着蛋糕叉高高举起，她的手腕对着镜头，手腕上还有一块红色的，爱心状的小东西。

那是她的胎记，就在脉搏跳动的地方。

林南希小时候很讨厌这个胎记，后来母亲安慰她说，你看这个胎记像不像一只翩翩起舞的小蝴蝶，你的手上有只小蝴蝶，别人都没有呢。

长大以后，林南希就真的在自己手腕的胎记上面文了一个漂亮的蝴蝶。

"不可能。"她看了看相片上的胎记，又看了看自己手腕上的文身，"不可能，绝对不是她，绝对不是……绝对不是……"

不好的预感再次袭来。

第 76 章 罪恶交换

三天前，何亚维被再次带回了警局，与上次因涉嫌售假配合调查的性质不同，这次，何亚维被指控故意杀人。

肖米杰带他走的时候，同一宿舍楼的很多学生都看到了，大家你一言我一语地讨论，直到系主任发出声明才止住了又一次的闲言碎语：但凡在校园散播谣言的师生，全都记大过处分！

但是纸包不住火，因为徐鼎的电脑里有极其重要的视频证据，何亚维很快就被正式拘捕了。

幸好黑天鹅乐队拿到了全国总决赛的晋级卡，扭转了申南濒临倒塌的口碑，否则，这座享誉全国的名校早已用另一种方式让自己再次"声名远扬"。

值得庆幸的是，在肖米杰的帮助下，这起两年前就结案的交通事故也即将进入重审环节，申南学生何亚维也将因为谋杀罪而得到起诉。

望思玛的父母得知真相后第一时间到了警察局，父亲的坚持没有错，儿子确实是被人故意推到马路上，母亲哭得稀里哗啦，感谢警察找出了真相。

今天服装系的课很多，朱大婶对于刚从北京凯旋的望思玛也丝毫不存怜悯之心，望思玛撑着眼皮终于熬过了下午的三节专业课。

下课时间一到，望思玛便焦急地冲了出来，此刻已是傍晚，她还要赶去警察局见何亚维，徐鼎警官笔记本电脑里的视频已经在她脑海里萦绕了一周，现在，她只想知道最终的真相。

车里还是熟悉的檀香味和熟悉的 New age，只是她的座位从副驾驶座挪到了后排，她是在校门口遇见江峪的，江峪等了她很久，她犹豫了一下，最终还是上了他的车。

"思思，一会儿你一定得冷静。"鸭舌帽下，依旧是那双深邃的眼睛。

何亚维的律师也到了，他正在为何亚维办理取保候审，保证金是一笔不小的数字，据说女朋友闹闹也出了不少。何亚维坐在凳子上一言未发，他脸色苍白，瞳孔中满是溢出的惊恐，见到望思玛更抑制不住内心的惊诧。

"你到底是谁？你和徐鼎是什么关系？"

"没有关系。"她站在何亚维面前丝毫不畏惧，"何亚维，你为什么要推韦思奇，他跟你有什么血海深仇你要这样对他，难道就是因为他查到你贩卖假乐器吗？"

"不……我没有……我也是被人骗的。"何亚维开始语无伦次，"我都不知道发生什么事，我不知道，我不知道韦思奇为什么会跑到马路中间。"

"为什么？那个视频你难道没有看吗？"望思玛一把抓起他的衣领，"是你把我哥哥推过去的！你这个混蛋，你把哥哥还给我！"

"你哥哥……"何亚维露出了更震惊的表情，"你……你是韦思奇的妹妹？"

"你为什么要杀他？为什么！你这个杀人凶手！"望思玛的情绪开始失控，"你是杀人犯，你要下十八层地狱……"说着，她攥着拳头狠狠向何亚维身上砸去。

"望思玛，你冷静一点！"江峪和肖米杰见状立刻拉住了她。

望思玛松开手，蹲在地上号啕大哭起来："我哥哥人那么好，你为什么要杀他……你让我和爸爸妈妈怎么办……"

何亚维颤抖的身体也渐渐蜷缩在地上，眼泪同望思玛一样不自觉地从眼角流下来，良久，说了一句："抱歉。"

"抱歉？"望思玛被这两个字戳得心痛，"抱歉有用吗？那是我哥哥，你要真觉得抱歉，怎么不拿命来抵？"

"那天的事，我真的记不得了。"何亚维哭着回忆，压抑在心中两年多的秘密今天终于说出来，"是有人，有人一直在激怒我。"

"激怒你什么？"肖米杰问。

"他们告诉我，韦思奇一直骚扰我女朋友，还缠着她不放，那天我真的喝多了，也许就因为咽不下这口气……"

"你说你女朋友，是裴忻吗？"肖米杰问。

何亚维点点头。

"我真的什么都不知道。"何亚维不停地为自己辩解，"我喝醉了，韦思奇也喝醉了，如果我清醒着，我绝对不会做那种事情的。"他跪在望思玛面前祈求，"那天我很生气，我怕他抢了我女朋友，但我真的不是故意要推他的，我更没想到一辆货车正好开过来。"

"够了。"望思玛捂上耳朵打断了他，"我哥哥死的时候，地上血肉模糊，你看到的时候就没有一点点心痛吗？"

"我怕，这两年多我每天晚上都做噩梦，梦里你哥哥的魂魄一直缠着我，有时候对我大笑，有时候大哭，还抓我的身体，我不敢睡觉，每天只能用酒精麻醉自己。"

"那是因为你杀了他。"

"求求你们原谅我。"他对她磕了个头，"我坐牢，我的人生就毁了，求求你，求求你爸妈，让他们原谅我，放我一马，我不想坐牢啊，我一定会好好补偿你们。"

"不要说了，不要说了。"望思玛摇头，"我爸妈不会原谅你的，我也不会原谅你，

第76章 罪恶交换

你说什么我都不会原谅你。"

"您就是受害者家属吧。"一旁何亚维的律师走过来,"这件事发展到现在,我当事人一直很自责,失去亲人的痛苦我们也都能理解,何先生刚才说了,他是在喝醉酒不知情的情况下才过失造成了韦思奇先生的死亡,为此,他愿意尽一切努力给予赔偿。"说罢,律师打开公文包,拿出名片递给了江峪,"我姓张,中齐律师事务所的律师。"

"张律师。若不是徐鼎警官保留下来的监控视频,我相信何亚维永远都不会承认他的罪行,这样冷血的人,你让死者的家人怎样原谅他?"

"当时何先生喝了酒,根本不知道自己做过些什么。"张律师淡定说道,"就视频里何先生的状态来看,我们还怀疑何先生的酒被下了药,不过目前还在调查中,但不管事实怎样,何亚维先生间接造成了韦思奇先生的死亡,这是事实,我们也恳求您和您家人看在何先生悔过并且愿意承担一切补偿的态度上能够原谅他。"

"就算我原谅,法律也不会原谅他。"

"不,如果您能让受害者的父母写一份谅解书,就能帮助何先生在酌定情节上从轻处罚,如果您的父母不起诉,我们还能进行庭外和解,这对于双方而言都是最好的结果,我也相信我的当事人何亚维先生从此一定能改过自新,而你们,也权当拯救一个悬崖边缘的大学生。"

"你说什么?"望思玛勃然震怒,"拯救?让我拯救杀了我哥哥的恶魔?"她狠狠瞪了一眼张律师,"人都死了,我们家还要他的赔偿做什么……"

"既然你是韦思奇的妹妹,我可以告诉你关于崔星子的事。"何亚维见望思玛不愿调解,便趴在地上继续苦苦哀求,"我也是被逼的,求求你,帮帮我,我可以告诉你们一切你们想知道的,包括崔星子。"

"崔星子?"江峪按捺不住质问,"崔星子也知道这个视频?"

何亚维点点头,"难道你就没有想过为什么韦思奇会和我去欧特比酒吧?为什么小卖部的监控录像会失踪?为什么徐鼎警官临死都没有把录像拿出来?"

"你的意思是……是崔星子让徐鼎把视频藏起来的?"望思玛再次抓起何亚维的领口。

何亚维绝望地点点头,"是她帮我处理了这件事,最后警察找不到证据,我才逃过一劫,所以这两年我对她言听计从,给她做牛做马,甚至做她的情人。"

说到此处,何亚维往自己的脸上甩了几记重重的耳光,"我不要脸,我不是人,我对不起你哥哥,更对不起裴忻。"

"何亚维,你应该对你自己做过的事负责。"望思玛身后突然传来一个女人的声音,

339

她转身，一个银白色头发的姑娘不知什么时候站在了她身后，那个人是裴忻。

裴忻一步步逼近何亚维，冷若冰霜的脸上没有任何表情，"我曾经把你当成我生命中最重要的人，而你却一次又一次地骗我，利用我，甚至利用我家人，陷我于不义，何亚维，我从来没有想过十心乐队的吉他手竟然是一个杀人犯！"

"裴忻，"望思玛眼泪汪汪喊了她的名字，"何亚维他……"

裴忻走上前扶起了望思玛，"思思，我都知道了。"看到望思玛，她那无比坚硬的眼神立刻柔和下来，"为什么不早跟我说，带着那么大的压力去比赛，觉得自己很能是不是？"

"我不想让你们担心，更害怕你接受不了事实。"

裴忻露出一丝歉意，"这种龌龊的人跟我又没什么关系，我有什么接受不了的……"她看着望思玛道，"我和韦思奇从来都是志同道合的朋友，我们坦坦荡荡问心无愧，不过现在想来还真是后悔，平时什么都要争第一，唯独选男人这件事上输得那么惨烈。"

"裴忻……"

"欠债还钱，欠命抵命，思思，如果真的是何亚维做的，我们绝不姑息。"

第 77 章 咖啡馆（1）

申南大学门口的咖啡馆里，姑娘们围坐在一起，因为望思玛的事，大家都很担心，所以莫龄召集大家一起陪望思玛聊聊天。今天就连林南希也是给足了面子，第一个到咖啡馆占了个好位置。

不仅是望思玛，裴忻的情绪也很低落，她直勾勾地盯着望思玛，看了很久，直到莫龄的手在她眼前晃了几下。

"裴小姐，发什么呆呢？"

裴忻一下回过神来，"没事。"她拿起桌上的咖啡浅浅喝了一口，"今天的奶怎么这么多。"

对面的望思玛低着头沉着脸，一副失魂落魄的样子，尽管陶贝贝在一旁努力逗她开心，但她仍然提不起半分精神。

"思思。"裴忻叫了一声。

望思玛眼神迷离，全然没有听见她的声音。

"思思。"她又叫了一声。

她依旧没有听见。

"望小姐！"莫龄的手同样在望思玛眼前晃悠了几下，"你们俩怎么了，被点穴了？"

望思玛回过神，"你是什么时候知道的？"

陶贝贝一脸懵圈，"知道什么？"

"其实我早就猜到了，你的眼睛跟他那么像。"裴忻往咖啡里加了一颗方糖，拿起碟子里的咖啡勺在杯里搅了几圈，"只是你们的姓氏不同，我不敢肯定。"

裴忻的眼神很复杂，像是有很多话要对望思玛说，而望思玛也很少看见这样低落的裴忻。

"对不起。"

四周的声音瞬间都戛然而止，大家没有听错，裴忻刚才说了声"对不起"。

"您好，两位点的马芬蛋糕。"服务员端着盘子走过来，将两枚蛋糕放在陶贝贝和林南希面前。

"裴忻……"陶贝贝看看裴忻，又看看望思玛，这一声对不起让她更加一头雾水。

"你没有对不起我。"望思玛说。

"有。"她答，"如果当年我没介绍你哥哥和何亚维认识，也许不会发生这样的事……"

裴忻回忆起过去，而这件事还要从两年前说起。

韦思奇因为音乐会门票邂逅了裴忻，通过接触之后，他发现两人在音乐上面有着很多共同话题，韦思奇非常喜欢和这个有性格的姑娘在一起聊摇滚：从国内到国外，从朋克到重金属，从流行到 New Age，他们几乎无所不谈。后来，他就爱上了她，但当时的裴忻已经有了男朋友，韦思奇没有做任何破限的事，他给了裴忻最大的空间，像大哥哥一样默默守在她的身后。

直到有一天，韦思奇非常严肃地将裴忻约出来，告诉她何亚维做了违法的事，他正在找证据，一旦找到就会向警方举报他。

裴忻当时就生气了，她相信何亚维的为人，除了学业，何亚维的心里只有乐队和她，就算是勤工俭学也是为了乐队日常开销，绝不会是他说的那样。

可任凭韦思奇如何解释，被爱情冲昏头脑的裴忻就是不愿相信，更不愿意帮助韦思奇找所谓售假的证据。

最后，她无奈地对韦思奇说，不管发生什么事，她都不会离开何亚维，也希望韦思奇不要再为难他们，否则，她就与他势不两立。

这是两人认识后仅有的一次意见不合，韦思奇没有放弃，他怕裴忻的男朋友在泥潭里越陷越深，更害怕裴忻牵涉其中，韦思奇解释过无数次，也提醒过无数次，但裴忻就是不听，最后，裴忻还将这件事告诉了何亚维。

"我告诉他的时候，他好像并不惊讶韦思奇一直在追求我。"裴忻回忆，"而是一个劲地让我相信他绝不会犯法，现在想来，他是心虚了。"

"所以后来……何亚维就约了望思玛的哥哥见面？"莫龄问。

说到这里，裴忻的面色更加凝重，"是我让他们见面的。"她放下手里的咖啡勺，端起咖啡喝了一口。

"那天你们发生了什么？"望思玛好奇，"不对，那天晚上的监控录像里没有你。"

"不是那次。"她说，"在你哥哥出事的前几个星期，他们见过，那是他们第一次见面，是我安排的。"裴忻看着窗外，今天的天气很阴冷，大雨将至，马路上的人都行色匆匆。

"因为何亚维说他很想见见韦思奇，一来是想知道什么人这样义无反顾地追求自己的女朋友，二来，他更想知道韦思奇为何要污蔑自己与制假贩假有关，他要解释清楚，还自己一个清白。"

裴忻当然同意了，第一次见面，只有他们三人。

饭桌上，何亚维与裴忻的一言一行都十分亲密，似乎是要对韦思奇宣示，另一方面，

第77章 咖啡馆（1）

他拿出了早已准备好的芬雅业务合同给到韦思奇，并告诉他自己所做的一切都是正经生意，逾越法律法规的事他是绝对不会碰的。

韦思奇看了那几份合同，再加上何亚维态度诚恳，几处漏洞被他圆得几乎没有破绽，有那么一刻，他真的对自己的猜测提出了质疑，难道何亚维真的什么都不知道？难道真的有人冒用他的手机号码做了这些事……

韦思奇开始困惑，没有确凿证据不能妄下定论，否则就是污蔑别人。

最终，巧言善辩的何亚维和韦思奇称兄道弟起来，还要了他的联系方式，说是要找时间跟他一起打篮球。

裴忻见两人消除误会也十分开心，毕竟，一个是她最心爱的男友，一个是她最尊敬的前辈。

"那次以后，我以为这件事就这么结束了。"裴忻说。

此时此刻，天空响起一声雷鸣，原本干燥的地面上突然落起硬币大小的雨滴，大家的目光也全都飘向了窗外。很快，斜上方天空阴云密布，大风刮得行人不得不加速奔跑，地上的雨滴也越来越密集，很快连成了一整片，很多人站到咖啡馆的屋檐下避雨，挡住了姑娘们的视线。

不远处的安前路警察局，被捕的何亚维正坐在审讯室，又爆出了一个惊天内幕。

自从他知道一个叫韦思奇的男人怀疑他参与芬雅乐器的制假售假后，他便开始惶惶不安，提心吊胆。

他不是没有想过金盆洗手，只是他没有选择，崔星子为他还了四十五万的巨额债务，他必须为她卖命。

更让他崩溃的是，赚了一些小钱后的他本想找到驵荟商贸的老板好好教训一番，可刚入社会的年轻人哪知社会能险恶到如此地步，他那四十五万的债务正是崔星子联合驵荟商贸给他设的圈套。

何亚维心如死灰，他经手的假琴已经高达几十万，除非做好准备后半生在铁窗里度过，否则，他的人生没有回头路。

不仅如此，他还不止一次翻看了裴忻手机里的聊天记录，韦思奇与裴忻的聊天记录让他更加后怕，韦思奇掌握的信息远远出乎他的想象，他让裴忻去查的那些订单证据也基本属实，一旦找到确凿证据，何亚维就彻底完了。

走投无路的何亚维将韦思奇的事告诉了崔星子，崔星子这个女人十分阴险毒辣，有一天，她开车来到韦思奇工作的地方，派人将韦思奇带上了车。

车里，崔星子见韦思奇年轻有为，脑子也十分灵活，手里还握有不少资源便想邀请他一起合作，同时承诺三年内帮他稳赚三百万，不料韦思奇想都没想就拒绝了，崔星子不甘心，又把条件开到了五百万，但韦思奇依旧没有被撼动。

"当时你也在车里？"肖米杰问何亚维。

"我不在，当时我不方便露面。"

"那你是怎么知道的？"

"光头盖！"何亚维说，"是我老板的司机，跟我关系还算不错，事后他告诉我的。"

"这个光头盖还说了什么？"

"他说那个韦思奇简直在作死！"

"作死？"

何亚维对这件事记忆犹新，正是因为韦思奇说了不该说的话，触了崔星子这个女魔头的逆鳞，才为自己招来杀身之祸。

在车里，韦思奇质问她和石建珲是什么关系。

石……建……珲……

听到石建珲三个字，刚才还眉眼含笑的崔星子脸上立刻风雨骤变，韦思奇说的石建珲是嘉北大学的校长，没错，就是镇天魄乐队所在的学校的校长。

石建珲表面上是受人敬仰的大学校长，暗地里却养着不少情人，崔星子就是其中之一，不仅如此，石建珲更是S市假琴案幕后最大的老板。这些年崔星子之所以能在芬雅呼风唤雨，撬动上下层关系大搞假货，石建珲在幕后帮了不少忙。

崔星子开着手机，她和韦思奇的对话也被电话那头的大老板听得一清二楚。

韦思奇还给崔星子看了手机里的一张照片，照片是一对男女的背影，那个女人是她自己，而身边搂着她的男人，是石建珲。

那张照片同样被保留在了他的储存卡里，就是后来望思玛看到的那张照片，与芬雅假琴案犯罪名单放在了一起。

因为知道了不该知道的事，韦思奇无疑成了崔星子和石建珲最大的威胁。

他走后，石建珲便告诉崔星子，这件事让何亚维出面。

"让你出面？"肖米杰问，"为什么是你？"

"我不知道，他让我以朋友聚会的名义把他约出来，然后找个合适的机会劝劝他，让他不要跟钱过不去。"

"所以，就有了圣诞节晚上的事？"

何亚维点点头，"我们几个平时酒瘾就大，一上台面更是控制不住，最后大家全喝多了，结果，就是你们看到的。"

"最后，你不小心把醉酒的韦思奇推到了马路中间，看着他被车子碾压致死！"

何亚维坐在审讯室的木凳上，双手抱头，痛苦无比，"我没想过要让他死，我自己都不知道怎么就推了他，这真的是意外。"

第78章 咖啡馆（2）

窗外的雨淅淅沥沥，没有半分停下的意思，咖啡馆屋檐下躲雨的人也越来越多。

"思思，还有另外一件事我一直没有告诉你。"

裴忻的口气很严肃，好像即将要宣布一件天大的事，气氛变得很诡异，四双眼睛全都不自觉地看向她。

沉默了几秒，她鼓起勇气道："当年韦思奇因为交通意外去世，你的父母把当时与他一起喝酒的人都告上了法庭，这件事你记得吧。"

望思玛点点头，"最后法官认定我哥哥全责。"

"当时何亚维很害怕，他一直在求我帮忙。"裴忻低着头，"所以，当时为何亚维他们找律师的人……是我，而帮他们辩护的人……是我父亲。"女孩的双手捧着餐碟上的咖啡杯，转了一圈又一圈，"两年前的判决，我很抱歉。"

气氛再次陷入沉默。

裴忻本以为望思玛会难以接受，但望思玛并未表现出她想象中那般歇斯底里，虽然彼此的立场不同，但她的一句话还是化解了所有尴尬，"我相信。"

裴忻不自信地将头抬起来，"不问问为什么？"

"不需要，我相信学姐的为人。"她说，"如果你当初知道何亚维骗了你，你一定不会找你父亲帮他辩护的。"

"你能这样想我们都放心了。"一旁的莫龄握着望思玛的手，"思思，我也相信裴忻不会骗你，以她的脾气，当年若是知道何亚维故意将你哥哥推到马路上，她一定不会让自己的父亲帮他辩护的。"

"嗯。"

"所以，你也不会离开黑天鹅乐队，也不会讨厌裴忻对不对？"

"当然，大家对我这么好，我为什么要离开。"她温柔地看着裴忻，"况且，我从来没说自己讨厌裴忻啊！"

裴忻觉得一股湿润的热意涌向她的双眼，她起身，拿着烟和火机走出去，通常这种情况，她就会去室外，有大风的地方就能吹干她即将掉落的眼泪。

林南希也跟了出来，两人就在咖啡馆后门听着雨声抽着烟。

银白色的性感短发配上精致的妆容，无论走到哪里裴忻都是最耀眼的存在，别人将她视为女王，她也这样要求自己，女王不能哭，任何时候都不能哭。

第78章 咖啡馆（2）

"哎哎，看。"后门的地上正蹲着两个非主流装扮的年轻人，他们也在抽烟，见到裴忻和林南希来了，几只眼睛突然跟定格一样，直直地盯着她们。

其中一个穿皮衣的小伙子忍不住叹道，"这妞真是不错。"

"你说哪个？"另一个小伙子看得直咽口水，"那个白色头发的，还是那个穿豹纹的，哇，很久没见这么正的了。"

"当然是穿豹纹的那个，你看那身材，再看那小细腿，是不是？"

"不错，但是哥更喜欢那个白头发的，跟哥的头发一样，情侣款。"

两个男人对视一眼，油腻地会心一笑，然后，其中一个人将两根手指放在嘴边，对着姑娘们吹起了口哨。

刺耳的口哨声很快引起了周遭人的注意，裴忻的目光移向别处，平日里这种垃圾她也不是没遇见过，遇见了也不会正眼看，因为他们根本就不配。

"下个月有 Deep Blue 音乐会，和比赛时间不冲突，有没有兴趣？"

裴忻将烟从唇边拿开，对着空气吐了个白色烟圈，"你是说美国新奥尔良州的 Deep Blue 爵士乐团？怎么，你有他们的票？"

"不是。"林南希笑笑，"我朋友公司邀请的，他们还让我推荐几位乐手一起上台演出，一位钢琴师，一位歌手，你若是有兴趣，我就推荐你。"

"一位钢琴师，一位歌手，所以，你是那位钢琴师了？"

"还没决定，想听听你的意见。"

"不去。"掐灭了烟头，"这就是我的意见。"

"怎么？你在黑天鹅做乐队做上瘾了？连和爵士乐大师乐团一起演出的机会都看不上了？"

"那是你的偶像，不是我的。"

"OK。"林南希把烟头摁进了灭烟沙里，"不去算了，外面好冷，我们进去吧。"

"等等。"裴忻想了一下，还是叫住她。

"我就说嘛……机会不错，晚了可就是别人的了。"

"你可以自己去，爵士歌手的位置适合你。"

"谢了。"

"等等。"裴忻又叫住了她。

林南希转过身，"又怎么了？"

"几号演出，我去看。"

"我又没说去。"

"你不去？"裴忻纳闷，"你不去问我做什么？"

"我不去，不代表你不能去啊，就算我不问你，这个圈子还有别人会来问你，何必绕那么大个弯儿。"

"也对。"裴忻点点头，"但是林南希……"

"又怎么了大姐？"林南希觉得不可思议，"今天得话痨病了？你平时可不是这么刨根问底的。"

被林南希这一说，裴忻反倒尴尬起来，也没有再继续追问，而林南希却逗起了她，"你是不是想问我，既然这么喜欢爵士乐，为什么不去，是不是？"

裴忻仰着头，趾高气扬地往回走，"不是，关我什么事！"

"哼。"林南希忍不住翻了个白眼，"那，我也有问题想问你。"

"说。"

"莫龄她……是不是对你……"

裴忻停住脚步，"你什么时候跟陶贝贝一样八卦了？"

"我在酒吧打工这么久，人看人的眼神意味着什么我都明白，没人可以逃过我的眼睛，就莫龄这心里头……"她摇摇头，"跟三岁小孩似的，一见糖果笑，一打针就哭……怕是只有陶贝贝看不出来。"

"既然你这么想知道答案，你自己不会去问她吗？"

"我没什么兴趣，只是想到了就问问。"林南希笑笑，"你上辈子是拯救了银河系吧，人缘这么好。"

"你有这心思还不如陪陪望思玛，别在这说废话。"

"说到望思玛这丫头，也是很让人惊喜啊，每次见她打鼓，都比前一次要厉害很多，照这样下去，怕是要不了两年，就能成为Ｓ市顶尖的鼓手了。"

裴忻冰冷的脸上渐渐露出一丝宽慰，"这些话别跟她说，免得她得意忘形。"

"别整天板着一张性冷淡的脸好吗？人都是需要鼓励的，尤其是望思玛，家里发生那么多事，她还能顶着压力跟大家组乐队，她的心理素质可比你好多了。而且，她能陪你走到今天，你最该感谢的是她。"

"林南希，你的心理素质也不差，这么好的爵士乐演出都能无所谓。"

"什么呀，我争取老半天了，人家就肯给我们两个名额，我们乐队有五个人，我才不干呢……"

话还没说完，她突然一拍脑袋，发现自己说漏了嘴："啊，不是……我是说……"

裴忻笑了笑，"很好林南希，有长进了。"

第 79 章 咖啡馆（3）

咖啡馆门口停下一辆宾利，从驾驶座下来一位穿着白衬衫、戴着白手套的男人，男人撑起一把伞，走到后排开了车门，一个穿着时髦的年轻女人走了出来。

米白色粗花呢外套，手里还拿着一个橙色的爱马仕提包，这个从车里下来的女人面容姣好，身材也凹凸有致，及腰的深棕色长波浪更是引人注目，一推开咖啡馆的玻璃门，几个服务员便热情地围了上来。

"您好小姐，请问几位？"

女人环顾了一下四周，"我是来找人的。"她继续寻找，很快，她将目光锁定在靠窗的一个六人座区，而六人座的座位上，此刻正坐着裴忻她们。

"我找她们。"女人向服务员摆手示意了一下，服务员乖巧地点点头，回到了前台。

五个姑娘正聊着一起去逛街买衣服的事儿，突然发现身边站了一个陌生女人，姑娘们好奇地看着女人，女人也好奇地打量着她们。

"你找谁？"陶贝贝问。

她的目光从姑娘们的脸上依次扫过，最后定格在望思玛身上，"我找望小姐。"

"望小姐……"四人目光齐刷刷看向望思玛，"你认识？"

最开始的那一秒望思玛并没有认出她，直到她看到对方手里拎着那个亮眼的橙色提包，她才恍然大悟，这个漂亮得像妖精一样的女人，正是那天在蓝羽琴行和江峪接吻的女人，她，是江峪的前女友。

"你好。"她面带职场式微笑，"我叫段梓音，是梓音文化的创始人，找你有点事儿，可以跟你单独聊聊吗？"

"找我？"望思玛不安地将双手从桌上挪到腿上，心中仿佛奔腾而过一万匹角马：该死，这女人该不会是来找我麻烦的吧，我今年是犯太岁，还是遇上水逆了？还能再倒霉一点吗？

片刻，她故作镇定站了起来，"我跟你没什么可聊的。"

"我是为了江峪的事而来。"

"江峪？"

气氛变得诡异起来。

"哦。"望思玛努力露出一丝微笑，"那就更没什么可聊了，我们都分手了。"

"我知道。"女人看着她冷冷地说，盛气凌人的气势里似乎也没有任何心怀愧疚的

349

意思，"分手了我还是要来找你。"

"我说，你不会就是江峪劈腿的那个女人吧。"一旁的陶贝贝突然反应过来，"思思，是不是？是不是？"

望思玛没有回答，但双眸已经露出了不太友善的信息。

"哟，原来真是渣女姐姐。"陶贝贝毫不客气回怼道，"久仰久仰，今天来找我们思思干吗，炫耀你的不要脸吗？"她看了看女人的手提包，朝她翻了一个大大的白眼。

"贝贝……"莫龄拉住了她。

段梓音微笑中带着一丝尴尬，"望思玛小姐，我是为了六月的艺术节，蓝羽取消了今年的冠名赞助权，听说是因为你……"

"我？"望思玛指指自己，"疯了吧你，管我什么事？"

"疯的可不是我，是他。"段梓音皱皱眉，一口长气带着不甘，"因为你，蓝羽和另一个合作方闹翻了，江峪说为了你，他是绝不会和他们合作的……真是幼稚！"

"除了蓝羽，承办艺术节的单位还有哪家？"莫龄问。

"梵西传媒，去年的冠名商。"说到这里，段梓音也是很久都没有想通，"我不知道他和梵西的老板有什么过节，总之，跟你脱不了关系。"

"什么梵西传媒？我根本不认识。"望思玛说。

"你确定跟梵西老板崔星子一点关系也没有？"

"崔星子？梵西的老板是崔星子？"

段梓音冷笑了一声："你看，果然是有那么一点关系……"

崔星子的投资产业遍布全国各地，但凡和音乐艺术沾上边的大项目，十有八九有她一份。

"那也不是因为我，是因为他的兄弟……"

"是吗？那你让他过来，我亲自跟他说！"

"他在哪儿我怎么知道？"望思玛无奈，这些天她很累，说话的语气也不太好，"你不是跟他在一起吗？怎么？自己没本事看住男人，上我这儿来找人了？"

"你！"段梓音被她这么一怼着实也气到了，她深呼吸几下，接着说，"江峪失踪三天了，明天早上就要签合同，如果他的乐队不参加，我们就要跟黑弦合作了。"

失踪……

难怪江峪已经三天没给望思玛发消息了，自从那天把望思玛从学校带去警察局见何亚维之后，他便没有再发过。两人分手那天开始，江峪就坚持每天给望思玛发一条求原谅的简讯，望思玛一直没有回复过他，久而久之，她也就不再点开江峪的信息了。

第79章 咖啡馆（3）

"我出去一下，一会儿就回来。"她站起来拍拍身旁的陶贝贝，"放心，就一会儿儿，再帮我点份罗勒意面。"

"好。"

她和段梓音一前一后走出咖啡馆，随后进了门口的那辆宾利车。

司机不在，车里有望思玛和段梓音两个人。

"我没有和江峪在一起。"关上车门后，段梓音先开口了。

"你不用跟我解释，他和谁在一起，跟我没什么关系，之前他为了我哥哥的案子帮了我许多，我很感谢他，不过你也大可放心，我们只是一般的朋友。"

"小妹妹，他说他的心里只有你。"

"随他去吧，他说什么我都不会信他。"

"不。"段梓音打断她的话，"他每天都在琴行敲你敲过的歌，然后一个人去你们吃过的餐厅，还整天戴你送给他的帽子……每天一下课人就不见了，也不说去哪里，我知道他的心里一直都没有放下你……"

"我们不是没见过面，他根本不是那样的啊。"

"那是因为你根本不了解他，他表面总是一副冷冰冰的样子，心里却像团火似的装着对你的各种期盼，他说你总是对自己没信心，但其实他才是那个最没信心的人。"

望思玛坐在后车座上，低着头，不知如何接话。

"今天不管于公还是于私，我都觉得应该来找你。于公，我觉得蓝羽的资质更适合承办这届艺术节，琴行给到的设备赞助很有竞争力，江峪的乐队，包括他引荐的鹈鹕音乐馆也都很适合，于私，我从未见过江峪这样，你误会他，他每天都很痛苦，但是他好面子，他没有多解释，他一直藏着掖着，不想对你死缠烂打，因为这样你只会更看不起他。"

"误会？"望思玛抬起头，"是误会吗？那天我在蓝羽看到你们在一起？是我瞎了，还是我着了魔道？"

段梓音犹豫了几秒，想要说出实情却欲言又止，"望小姐，你就当你瞎了吧，江峪和我，是不可能了……不管他最后会不会和我们合作，我都希望他过得开心。"

……

望思玛下了车，三步两步跑回朋友们那儿，裴忻四人一脸费解看着她，她却拿起座位上的外套焦急地穿起来，"你们先吃，我要出去一趟。"

"这下雨天的你要去哪儿？"陶贝贝问，"你的罗勒意面都来了……"

望思玛拉上衣服拉链，背上双肩包，"请你吃了。"

"等一等。"坐在最里面的裴忻出声了，她打开包，从里面拿出了一把三折伞，"这个……你拿上……"

望思玛接过伞，"那你怎么办？"

"我们都带了。"莫龄说，"都说你不带伞必下雨，比天气预报还要准。"

"真的？你们都带了？林南希你也带了？"

林南希点点头。

望思玛站在餐桌前突然忍不住笑了出来，其他人也跟着笑起来。

"赶紧走吧，重色轻友的望思玛女士……"

"我走了，明天琴房我来打扫……"

她提着伞朝门外跑去，打了一辆车一路奔驰，望思玛当然知道江峪去了哪儿，每次他不高兴的时候，他都会去同一个地方。

雨天的高速路很拥堵，她花了整整五十分钟才到目的地，说来也蹊跷，拿着伞的望思玛才刚刚下车，灰蒙蒙的天空就跟变脸似的好转起来，风小了，雨停了，就连阳光都照下来了。

刚才一直在下雨，过山车停止了运行，望思玛前方的半空中，只有一圈圈蜿蜒惊悚的过山车轨道，她站在游乐场门口，感受着眼前五彩缤纷的世界。

买了票，她径直跑向过山车。

刚才一阵大雨，游乐场的室外项目都停了，小道上游客稀稀落落，只有围栏前站着一个男人，男人穿着一身黑色运动装，头戴一顶鸭舌帽，那顶酒红色羊羔绒鸭舌帽是望思玛送给他的，上面还绣了一个很不合他气质的卡通兔子头。

女孩慢慢走了过去，站到了男人身边。

"今天过山车是不会开了。"她说。

男人看着眼前那条空中的轨道，失落地小声"嗯"了一声。

"我们去玩旋转木马怎么样？"

他转过身，两眼不太自信地看着她，问："你不是不喜欢吗，你说旋转木马是世界上最残忍的游戏，不断奔跑，却永远也追不上前面的人。"

望思玛笑了笑，"后来我想通了，只是玩玩而已，走吧。"

江峪的眼神变得凝重，"我从来没有想过要玩玩，我……我对你……是真的。"说罢，他抓起了望思玛的手，"我买了年票，只要不工作，我就会来这里，我在这里等了你一天又一天，我知道你一定会来的。"

"年票……很贵吧。"望思玛嘴角溢出一丝欣慰，"就不能在学校食堂等我吗？还不要钱……"

"这么说，你原谅我了……"江峪向前走了一步，"你看到的是真的，但是，那天她突然就……"

女孩将手放在他的唇上，点点头，"江峪，下不为例。"

江峪再次抓住她的手，他抓得很紧，四目相对，温柔片刻终于按捺不住，然后朝着她的唇迅疾而又用力吻去。

一股热浪霎时从彼此身体内迸发，他深深地吻着她，炙热缠绵，她被他吻得不能动弹，甚至忘记了躲闪，条件反射般地迎合起了他。

她的唇依旧柔软香甜，而他的身体也依旧檀香扑鼻，她用鼻尖闻着他脸上令人心旷神怡的香气，一向沉稳自制的望思玛，怕是被吻得要失去意识。

"你的衣服怎么湿了？"望思玛突然觉得湿漉漉的，她转而又擎起他的手臂，"江峪，你全身都淋湿了……你没带伞吗？"

"没带。"

她又摸了摸江峪的帽子，"干的？"

"下雨的时候我没戴。"

望思玛轻轻取下帽子，帽子下是他湿漉漉的头发。

"你傻呀，不会找地方躲一躲吗？"

"躲什么？"江峪脸上流露出一丝宽慰，"看起来比较可怜，你才会心软啊！"

"开什么玩笑？"望思玛把帽子给他戴上，"你以为现在是大夏天吗？这样会感冒的！"

"你带伞了吧？"

她点点头。

"真邪门，你一来雨就停了。"江峪抬头望着天空，"太阳这么好怎么可能感冒……"说着说着，他突然觉得鼻子一酸，然后……

"阿嚏……"

第 80 章 第一次

他把她带回家，男人换了一身干净的衣服，女孩拿着吹风机烘干着他散乱的头发，心潮澎湃的感觉再次侵袭他们身体的每一个细胞。

待头发干了大半，男人那不安分的手便开始在她脖颈处撩拨起来。

吹风机发出隆隆的响声，却没有继续它本该完成的使命，因为太碍事，它被江峪扔进了一旁的台盆里。

江峪一只手托起望思玛的下巴，另一只手触摸着她同样被吹风机吹乱的刘海，他弯下腰，将自己的嘴唇贴在望思玛的耳畔边温柔低语道："晚上排练吗？"

望思玛涨红了脸，羞涩地摇摇头。

"既然这样……那……我就自由发挥了。"说罢，江峪一把抱起望思玛，将她抱进了卧室。

"哎，江……"

望思玛显然被江峪这突如其来的公主抱吓了一大跳，等她反应过来的时候，已经笨拙地躺在了江峪家绵软的大床上。

天哪，怎么办怎么办？她像一头被吓坏的小鹿，在这小小的四方之地乱了阵脚。

江峪穿着白色的衬衫，那件衬衫是望思玛上次来的时候穿过的，上面不仅有江峪的檀香味，还有望思玛身上淡淡的洗发水味。

"刚才真不该穿它，多此一举。"他说。

望思玛想反抗，但双手已经被江峪死死地压在床上，情急之下，她的脑子里突然冒出一个牵强的理由，但刚要开口，两片绵软薄唇就被他迅速覆了上来……这一次，他吻得更加用力。

女孩的心脏扑通扑通直跳，她喘着粗气，抗争了好一会儿，慢慢停了下来。

江峪的气息也愈发急促，见望思玛渐渐接纳了自己，便迅速扯掉了自己的衬衫，又解开了望思玛的衣领。

这是望思玛与他第一次真正意义上的肌肤之亲。

"江峪，我怕……"她抓起他那只想要进行下去的手，闭着眼，把头扭向一边。

"你……第一次是吗？"江峪的声音温柔无比，与人前的他判若两人，那酥得发麻的声音配上他那张英俊光滑的脸，有一种叫人难以抵抗的冲动。

"别怕。"尽管他心里早已确定她这是第一次，但他还是想得到女孩的亲口承认。

第80章 第一次

望思玛紧紧闭着双眼，娇嗔地点点头，身体伴随着江峪的指尖忍不住轻轻颤抖起来。

"我爱你。"他鼓起勇气向她深情表白，"今后就让我照顾你。"

"江峪……"

一句"我爱你"击垮了望思玛最后一道防御，望思玛从未感觉自己可以如此喜欢一个人，她爱他，爱他的脸，爱他的声音，爱他的一切。当下除了附和那副温热又宽厚的身体，她想不到任何可以应对的方式。

江峪也不再是那个冷冰冰的江峪，他轻抚起她的身体，努力让她放下所有戒备。

望思玛紧紧抱着他，最终，她接受了他在自己身体上肆意探索和占领的意图。

……

一夜的翻云覆雨。

迎来一个阳光明媚的清晨。

窗帘间的阳光直射到他们的床上，江峪醒了，他揉了揉疲倦的眼睛，昨晚发生的一切他都清晰地记得，臂膀里的姑娘已是他的人，千真万确、并非梦境。

他撩起望思玛额间散乱的刘海，然后朝着她的额头轻轻吻了一下。

墙上的时钟指向了七点十分，今天，并不是周末。

"思思，起床了，你是不是八点半上课？"

望思玛睁开眼睛，一下子坐了起来，就在坐起来的一瞬间，她感觉身上凉飕飕的，低头看看自己身体……

她立刻用被子裹住了自己的胸。

望思玛拿起床边的手机，但屏幕怎么都点不亮，难怪闹钟没响，原来昨天晚上手机没电了。

江峪边穿衣服边说："梳洗好我开车送你，能赶上，只是你不能再这么傻坐着了……"他的眼神依旧如昨晚那般温存，只是眸子里还带了一点点嗫嚅。

两人规整完毕，江峪拉着望思玛的手一起出了门，到了电梯口，他抓起望思玛的手，在她手心里放了个小东西。

望思玛张开手，"钥匙？"

"平时晚上演出比较多，如果我不在，你可以直接来我家。"

"谁说要再来。"女孩羞涩地涨红了脸，"晚上要排练，没空。"

"那就周末……"

"周末要回家，下周末还要去北京。"

"那就等五一劳动节，六一儿童节，或是放暑假，你总有没事儿的一天吧。"

望思玛没说话，默默将钥匙装进自己的兜里。

电梯缓缓降至一层，江峪去小区的停车场取车，望思玛站在大楼门前等他。

江峪家的小区景色宜人，楼宇间的间隔很大，中间还有大片绿植环绕，周围也皆是晨鸟脆鸣，很少有人的喧闹声。

女孩细细欣赏着眼前陌生的景致，兴许是心情好，眼里的一切都是美好的。

突然，地上的鸽群一起飞了起来，远处飞速驶来一辆黑色的面包车，停在了江峪家17号楼前，面包车很大，车身乌黑发亮，前面没有挂正式车牌，应该是一辆刚落地的新车。

几秒后，面包车的门忽然开了，从里面跳出三个身穿黑色衣服的彪形大汉，大汉们戴着墨镜，个个脑门锃亮，其中一人脸上还有一条深如沟渠的伤疤，望思玛看得瘆人，立刻将目光投向别处。

哪知彪形大汉却径直向望思玛走去，还未等望思玛反应过来，其中一人就从后面捂住了她的嘴，她吓得大惊失色，双手紧紧扳住伤疤男彪悍的手，可一个文弱的姑娘又怎能抵挡得了壮汉的力量，另外两个大汉也顺势扣住了她的手臂，将她强行拖进车里。

"救……"

"望思玛！"后面的江峪看到这一幕，立刻下车冲了过来，面包车的车门还没来得及关上，江峪紧紧地扒着车门，拼了命想要冲进去。

就在这时，伤疤男突然从身后拿出一把尖锐的刺刀，狠狠地捅向江峪，江峪用手一挡，刺刀扎进了他的大臂，瞬间鲜血喷涌。

车里的望思玛见到这一幕简直要疯了，她哭着想要求救却怎么也叫不出来。

江峪依旧死死扒着车门不放，直到另一个光头使尽全力把他推倒在地上，然后朝着他的身上狠狠踹了几脚，受了重伤的江峪倒在地上无法动弹，大汉见男人不再反抗便以迅雷不及掩耳之势上了车逃之夭夭。

"望思玛……"江峪想要努力爬起，但腹部的钝痛又让他倒了下去，他使出全部力气从裤子口袋里摸出了手机，用尽最后一丝力气拨通了肖米杰的电话。

"米杰……望思玛，被绑架了。"

邻居们闻讯赶了过来，看到地上血迹斑斑的江峪都吓得半死。

"有人受伤了，快报警，哦不对，先叫救护车……"

"这不是楼上的江老师吗？是谁那么可恶把你打成这样？"

"你看他的伤，这是故意杀人啊……"

"监控呢！小区里有监控，赶紧调出来……"

大家你一句我一句地讨论，好心的街坊第一时间拨通了120，救护车很快赶来，把江峪送进了医院。

电话另一头的肖米杰立刻调集手下赶往案发地点，他最担心的事还是发生了，嘴里不断念念有词：石建珲！我一定要亲手抓住你！

第 81 章 打架

校园的气氛开始变得奇怪,裴忻一早就感受到了异样,以往只要她一出门,身边的粉丝就会不自禁围上来,找她搭讪,与她合影,然后对她说,"我很喜欢你,也喜欢你们乐队的歌,加油……"

而今天,别人看她的眼光却不太一样,大家没有再众星捧月般围上来,而是迈着大步从她身边跑过,跑着跑着还交头接耳,直到身后有人喊了起来:"走走走,快去看看,好像真要打起来了。"

话音刚落,又有一些人追了上来,"镇天魄粉丝是不是有毛病,到我们学校来闹事……"

听到"镇天魄"三个字,裴忻一下被吸引过去,她一把揪住个去看热闹的男生质问道:"发生什么事了,镇天魄的粉丝怎么了?"

男生看了看她,恍然大悟,"你你你……你是裴忻学姐吧。"

裴忻点点头,又问一遍:"到底怎么了?"

男生指着前面的足球场,语气里有些愤愤不平,"学姐,嘉北大学有人来闹事,说我们污蔑他们学校的校长,你说气不气人,大家都咽不下这口气,全去帮忙了。"

"嘉北的人……你是说……嘉北大学校长石建珲失踪的事?"

"是啊。"男生无奈,"调查他们校长的是警察,又不是我们,现在人找不到了,就来骂我们,也不知道那些无脑儿是怎么想的。"

"石建珲的事,你们都知道?"

"几个学校都传疯了,他们学校的人还给你们乱扣帽子,说是你们为了赢比赛不惜搞臭竞争对手学校的名气……"

"荒谬。"裴忻忍不住骂了一句。

"可不是,所以你们乐队那个能说会道的姑娘已经在那儿跟他们对骂了。"

"陶贝贝?"

"对对对,就是英语系的陶贝贝,学姐,这件事多少也跟你们有点关系,你赶紧去看看吧。"

裴忻顺着男生指的方向一路跑到足球场,球场的西南边围了一圈又一圈人,嘈杂的声音传得很远。

还没挤进人群最中央,她就听到了陶贝贝的声音,"你们校长自己做了什么肮脏的事不知道吗?嘉北黑料这么多,谁给你的脸找我们!"

"什么脏脏事！你嘴巴放干净点！"一个嘉北的姑娘也不甘示弱，"就是因为你们黑天鹅乐队，为了赢总决赛，不惜污蔑竞争对手学校的校长，现在嘉北大学都沦为S市的笑柄了，你们满意了？"

"这也叫污蔑？他自己背地里干了什么事他自己不知道吗？"陶贝贝回怼，"失踪又怎样？又不是本小姐拿麻绳把他绑走的，我看就是畏罪潜逃！"

"信不信我揍你……"嘉北的姑娘被她怼得愈发暴怒，"你们申南组了个破乐队了不起啊，一个个弹得什么玩意儿，还妄想跟嘉北抢第一名……我呸！"

"申南的乐队怎么了？你是看我们追上来了有危机感吧？"贝贝身旁的一个男生也听不下去了，"难怪嘉北是传说中的垫底大学，什么样的学校教出什么样的学生，名不虚传。"

"你再说一遍？"嘉北的学生堆里又冒出了一个女孩，女孩穿着镇天魄乐队的应援服，显然是他们的粉丝，她一根手指指到了陶贝贝的脑门前，气势凌人，"再说一遍！"

就在此时，只听"啪"的一声，陶贝贝脑门前的那只手被人狠狠拍了下去。

陶贝贝回头一看，"裴忻？"

裴忻突然出现，周围的人又再次议论起来：

"裴忻来了……"

"她就是裴忻……哇，本人好美。"

"真飒，不愧是申南的歌后。"

"你敢打我？"一旁嘉北大学的女学生愈发气愤。

裴忻斜着眼看了一眼，冷漠回道："再指，我把你手指拧断！"说完，她还拿出一张纸巾擦了擦手。

"你……"女孩喘了口粗气后退一步，"疯女人，神经病。"

"她们确实是疯子，神经病也是她们乐队的风格……"一个扎马尾辫的女生挡在自家同学面前，"悠悠你不知道吗？她们说我们嘉北有黑料，她们自己的黑料才叫劲爆呢？"

"哦，是吗？都有些什么？"女孩帮腔说道，"说说看。"

"听说为了拿名次，黑天鹅乐队竟然用阴险的手段把海洋大学最好的乐手挖了过来，我可不是瞎编的，是海洋大学的人告诉我的。"

"这招可真是有心机啊！"

"还有呢，听说他们的贝斯手，哦对，我忘了就是你。"马尾辫姑娘看着陶贝贝，"区域赛的评委和你们家的关系很好吧，就这种说不清道不明的关系，让这个比赛哪里还有公平可言？"

"真的吗？陶贝贝家真的和评委认识？"

"那黑天鹅乐队岂不是能走后门了？"

周遭的人听得一愣一愣的，如果姑娘说的是事实，那也算是有理说不清了。

陶贝贝想反驳，裴忻却拉住了她，她看了看陶贝贝，摇了摇头，"清者自清。"

见两人没有太大反应，嘉北的学生也就更加口不择言，指向她们，"还有这位裴忻，你们申南的人个个都跪拜她，但你们知道她背地里做了多少见不得人的事吗？自己的男朋友何亚维被小三抢了，明面上你们都同情她，但恐怕你们都不知道她这个男朋友当初也是从别人手里抢来的吧，她！裴忻！其实也是个小三……"说罢，她瞟了眼裴忻，冷冷一笑，"当小三能有什么好下场，因果轮回，这就是报应。"

裴忻面色冷寂，无论对面的姑娘说出什么伤人的话，她依旧面不改色心不跳。

"不仅如此。""马尾辫"越说越有劲，"她被甩了之后，竟然还拉了前男友的前女友一起做乐队……啧啧啧……"

另一个嘉北女孩露出一脸吃瓜表情，"两个前女友一起干掉了前男友的乐队，关系真是好变态啊。"

听到此处，裴忻的眉宇间稍稍动了一动。

"放屁。"陶贝贝忍无可忍爆了一句粗口，这一次，她卷起袖子想都没想就冲了上去，"今天不打你真是对不起我自己……"

"哎哎，别动手，别动手。"申南的男生们拉住了她。

女孩又向前走了一步，走到裴忻的面前，"你们乐队那个莫龄也不是什么好人吧。"

"你说什么？"裴忻答了一句，将目光重新聚焦在说话的女孩脸上。

"听说被甩以后，她都不喜欢男生了呢……"说到这里，身后闹事的学生忍不住笑出了声，"这也太精彩了……"

话音刚落，只听见一记重重的声音，马尾辫姑娘向一侧倒过去。

这一巴掌，裴忻没有犹豫。

"你骂我，我还能忍你一会儿儿，骂我乐队的人，你给我试试看。"

"你有病吧……真敢打我……"

骚乱中，申南大学和嘉北大学的人扭打在了一起，足球场顿时成了大型群架现场，校长、系主任，还有教导处老师纷纷闻讯赶来。

几个回合，老师们终于将人群分开，小伙子们的衣服都被扯坏了，有的手上还有一道道抓痕，姑娘们的头发也乱成一团，场面叫人啼笑皆非。

第81章 打架

陶贝贝哭着把自己的委屈告诉了老师，嘉北学生也哭着给自己学校老师打电话。

不管谁对谁错，每人一份两千字的检讨书想必是逃不掉了。

"早知这样，你就不该拉着我。"回宿舍的路上，陶贝贝满脸不服，"这一巴掌我替你扇过去多爽？嘉北那个臭婆娘真是气死我了，抓着我的领子不放，我这身连体裙可是今年时装周限量款，哪经得起她这么扯。"

"谁让你穿这么贵的衣服出来的？"裴忻答，"下次打她们，穿五十块的就够了。"

"你说……我们会受处分吗？"说起刚才的事，陶贝贝不免担心，"乐队大赛有规定，但凡比赛期间被学校记过处分，就要取消参赛资格，真怕那铁面无私的校长脑子一热就来个小题大做……"

"好好练你的琴，这些事不需要你操心。"

"裴忻，你确定不会？"

裴忻耸耸肩，"当然，教导处刚刚问我要了三张总决赛的票。"

"还是你面子比较大。"陶贝贝一颗悬着的心这才放下来，"臭婆娘的脸上还有你的巴掌印呢，看她这几天怎么出门。"

就在两人快要走到宿舍楼下的时候，陶贝贝看见大楼下一个熟悉的身影，她揉了揉眼睛，没错，那个人是莫龄。

莫龄表情凝重，在大门口焦急地来回踱步，裴忻走上前去，"你怎么来了？"

裴忻本以为莫龄来找她讨论新歌，可没想到莫龄一见到她，眼眶里憋着的眼泪就唰唰流下来。

"怎么了？"她不安地问，"你的脸色……"

莫龄脸色煞白，像是被什么东西吓到了一样，"裴忻，望思玛……望思玛她……"莫龄吓得话都说不出来。

"思思怎么了？"陶贝贝赶忙凑上去问，"她不是和江峪在一起吗？"

"她被绑架了……"

"绑架了？"陶贝贝吓得包都掉到了地上，"什么时候？谁绑了她？为什么要绑架她？"

莫龄摇摇头，"江峪告诉我的，早上一伙来历不明的人在他家楼下把望思玛绑走了，江峪也受了重伤，现在警察已经在找了，我只希望她不要出事……"说罢，莫龄哭了起来。

突如其来的恐惧感令裴忻的背脊一阵冰凉，她抱紧全身颤抖的莫龄，"没事的，没事的，这家伙绝不会有事的……"

第82章 亲生女儿

警察局内，接到报案的肖米杰警官正召集所有警力调查望思玛的下落，望思玛被绑架的事很快引起局里的高度重视。

就在前天，何亚维给出了重要线索，嘉北大学校长石建珲是芬雅假琴案幕后最大的老板，所以肖米杰第一时间赶到了嘉北大学，但是石建珲并不在校长办公室，也不在家里，他的太太和学校老师找了很久都没有联系到他。

他失踪了。

究竟是出了事还是畏罪潜逃，大家并不知晓，但有一点肖米杰可以肯定，绑架望思玛的人和石建珲失踪的事，定是有脱不开的关系。

肖米杰正在和探员排查江峪家小区的每一个监控，监控里，他们看到那辆黑色无牌照的车从东门驶进，南门驶出，可车子出小区后，很快向后面的建筑工地开去，另一波探员三个小时前到了那个工地，他们在一处拆迁楼房的后面找到了黑色面包车，车里的人全都不见了，如果没猜错，他们换了别的交通工具将望思玛掳走了。

放下电话，肖米杰一拳狠狠打在办公桌上，现在是下午五点半，离望思玛被绑架已经整整十个小时，十个小时信讯全无，也没有人来过电话，究竟发生了什么事，谁也不知道。

裴忻带着莫龄和陶贝贝来到望思玛的家里，此时，最需要安抚的不是别人，而是望思玛的父母，两年前儿子出了事，现在女儿又遭遇了不测。当他们得知女儿被绑架后，两个人全都瘫倒在地上，母亲一直在哭，父亲用手压着自己胸口，忍着痛坐到电话前等消息，他们已经失去了儿子，不能再失去女儿了。

"肖警官，门口有人找你。"正当肖警官一筹莫展的时候，一个警员走过来。

"谁？小刘，如果是来报案的，你先去接待一下。"

"是一个女大学生，叫林南希，她说她是失踪者望思玛的朋友。"

"林南希……"

肖米杰见到林南希，两人聊了一会儿，也不知林南希说了什么，肖米杰的眼神中流露出几分震惊，这起案件已经变得越来越复杂，出于不放过每一个有利线索，肖米杰满足了林南希的要求，他叫人给林南希迅速办理了探访手续。

林南希来到拘留所，现在她要见一个人，那个人是崔星子。

自从何亚维将崔星子的罪行一并供出后，警方很快就在他家里找到了崔星子制假贩假的有利证据，同时也将崔星子扣押起来，因为崔星子涉及两年前的韦思奇案，情节严重，她的保释申请也没有通过，这些天，她就一直被扣押在拘留所。

"你是……裴忻那个乐队的？"崔星子见到林南希很是意外，印象中，她们除了在葵舞台有过一面之缘外，似乎没有任何交集。

"我叫林南希。"

崔星子轻蔑地笑了笑，"怎么？是不是想通了？来跟我谈合作了？"

林南希看着眼前的女人，原本容光焕发、趾高气扬的她突然间颓废了不少，没有了珠玑玉帛的修饰，这个中年女人看起来也就是茫茫人海中的一个普通人，只是，半只脚都已经跨进大牢了，她还是一副目中无人的样子。

"你觉得呢？"林南希反问道。

"嗯。"崔星子精神不错，"算你们走运，不过人这一生啊，祸福相依，起起落落的很正常，我也早就习惯了，说不定以后某一天，你们几个还是会来找我。"

"不跟你废话，我有话问你。"林南希从兜里掏出一包烟，刚要点燃，一旁守门的警员就走了过来。

"这里禁止吸烟。"他把手伸到林南希面前。

林南希看了看手里的烟，只得乖乖交到警察手里，"行。"

她沉默了几秒，问她："望思玛在哪里？"

对面的崔星子想了想，答："谁？"

"别跟我装蒜。"林南希拍了拍桌子，"今天早上我朋友被一伙人绑架了，是不是你那个奸夫干的？"

"什么望思玛？我根本不认识，小丫头，你电视剧看多了吧。"

"你底下的人都把你供出来了，还不承认，你和你那个奸夫狼狈为奸，干了多少见不得人的勾当，又赚了那么多黑心钱，现在还想再闹出人命吗？"

"哈哈哈哈……"崔星子突然仰天大笑起来，"我说小丫头，你好大的胆子，连警察都不敢这么跟我说话，你们乐队的姑娘可真是个个有种啊！"

"望思玛在哪儿？"林南希抬高嗓门又问了一遍。

"我刚才就说了，我不认识，而且，即使我知道，我为什么要告诉你，你又不是警察。"

"她被绑架了，什么事都有可能发生，你自己想死可以，为什么还要拉上别人！"

"唉唉唉！"崔星子伸出了手，"听你这口气，好像已经断定你朋友失踪这件事跟我有关了，你可别给我乱定罪，要不这样，你去找我那个所谓的奸夫来问问。"

"要是能找到他，我也不会来问你。"林南希吼道，"都失踪好几天了，畏罪潜逃了吧。"

崔星子顿了顿，说："他失踪了……"

见女人迟迟不松口，林南希更加气愤，想着望思玛可能遭受到的一切意外，她也顾不上那么多了。

"崔星子，你是不是一直在找一个手腕上有红色胎记的姑娘？"

崔星子的瞳孔如同经历了一场地震，惊愕不已。

"那个胎记的形状，是一个心形对不对？"

"你知道什么？"她的表情凝固起来。

"那个姑娘是你什么人？"

"你怎么知道我在查这个人？你是谁？"

"如果我没猜错，你找的那个人，是你女儿吧……"

"你到底是谁！"崔星子怒了，"说，你到底知道什么？"

"我们做个交易吧，如果我说，我知道你找的那个女孩在哪里，你是不是就会告诉我望思玛在哪里？"

崔星子一下子从椅子上站起来，"她在哪里？在哪里？"

"坐下！"一旁的警察吼了一嗓子，崔星子坐了下来，她的脸在头顶白色节能灯的直射下显得更加苍白。

"她是我女儿……"女人的表情渐渐瘫软下来，"她是我女儿，你快告诉我，她在哪里，在哪里……只要你告诉我，我什么都可以回答你……"

"是吗？"林南希慢慢卷起左手的袖子，露出了自己的手腕，她手腕处，有一个蝴蝶文身。

崔星子见了文身，越来越激动，"你的手……"

"小时候，这里有一个红色的胎记。"林南希说，"也是心形的，只是我嫌它太丑，所以十八岁那年，我就在上面文了个文身……"说完，她拿出了一张照片。

崔星子颤抖地接过照片，照片里，一个小女孩坐在生日蛋糕前，她手里拿着蛋糕叉，手腕处露出了一个红色的心形胎记，她的脸上充满了幸福，靠在一个女人身上。

"是的，我的孩子，我的孩子……"两行热泪从崔星子的眼角流下来，"我的蕾蕾，真的是你吗……"

"我叫林南希，父亲姓林，母亲姓赵，不是什么蕾蕾。"

"蕾蕾。"崔星子又叫了一声，"这些年你过得好吗？"她想伸手去抓林南希的手，林南希却下意识地躲开了。

"我过得很好。"

第82章 亲生女儿

"当年我是不得已才让人把你送进孤儿院的，对不起……那时候我真的走投无路，别无选择……"

"走投无路就可以抛弃自己的孩子吗？"林南希质问道，"你不是别无选择，你是自私，你的眼里只有钱，为了钱你什么事都做得出！"

"是，我是想着钱，可是我赚钱是为了什么？蕾蕾，我就是为了有一天能找到你，然后弥补你啊！"

"你闭嘴！别用你造的孽来绑架我，也别一口一个蕾蕾，我姓林，跟你这个阶下囚没有任何关系。"

崔星子痛苦地哭起来，四十多年的人生里，她只哭过两次，一次是把孩子送走，另一次，就是重新见到了自己的孩子。

"你和谁生了我？"林南希问，"我的亲生父亲是谁？"

"去了美国。"崔星子答，"一个商人，我和他的事情发生后，他就随家人去了美国，再也没有回来过，我们也就没有再联系。"

"你还真是不要脸。"

"你骂得对，我是不要脸，有我这种难以启齿的母亲，也会是你一生的污点。"她越哭越厉害，"这些年我赚的钱，只想留给自己唯一的女儿。"

"你那些肮脏的钱，我一分都不会要。"

"蕾蕾，我每天都在后悔，当时我真不应该把你送走，作为母亲，我应该把你留在自己的身边才对。"

说到此处，林南希却笑了起来，"幸好你把我送走了，若是跟你在一起，今天关在这里的也许就是我们两个人了。"

"你的养父母，对你很好吧。"

"当然，他们是我父母，对我当然好，工作再忙，他们都不忘给我最多的关心，家里再穷，他们都会砸锅卖铁送我去学电子琴……他们跟我没有血缘关系，但也从来没想过要抛弃我……"

"对不起……对不起……"

"那么现在，你也该履行你的承诺了，告诉我，望思玛的事，你知道多少？"

"蕾蕾……"

"我姓林！"

"林小姐，你朋友被绑架的事，我真的不知道，我也是刚刚才知道石建珲失踪了。"

林南希的面色愈发难看。

"但是，有一个地方你们可以去找找，前年石建珲给我在秀亭区蝶兰桥附近买了一套别墅，因为在郊区，我们又不常住，所以也没对别人说过，但是，石建珲有很多机密文件都放在那栋房子里。"

"蝶兰桥……离这里得有四十多公里……"

"这栋别墅有两把钥匙，一把在石建珲手里，还有一把在我家的保险柜里，保险柜密码是0322，也就是你的生日……"

林南希立刻给肖米杰打去了电话。

"崔星子，我不介意你从小抛弃了我，但是，如果望思玛有个三长两短，我一辈子都不会原谅你。"

第83章 幕后推手

"等一下。"

林南希刚要离开，崔星子喊住了她。

她停下脚步，没有转身，只是稍稍斜了一下头，目光看向一侧。

"我知道你们一直在调查韦思奇的事。"

"放心，那个叫何亚维的小子已经被抓起来了。"林南希答，"我们也知道当年就是你让何亚维把望思玛的哥哥约去酒吧，至于最后的意外是故意的，还是无意的，就让法官来定夺，不用你操心。"

"那个望什么的姑娘，是韦思奇的妹妹？"

林南希没有继续回答，只是长叹一口气，准备迈步离开。

"等一等！"崔星子又喊住了她，"你们看到的也不完全是真相。"

"不完全？"林南希失望地摇摇头，"都到这个分上了，你还想为谁开脱？"

"韦思奇的死，是有人故意为之，但那个人，并不是何亚维。"

"什么！"

林南希转过身，背脊一凉。

"何亚维只是他设计里的一环……"

"你说的他……是石建珲？"

"没错。"

林南希向前走了一步，"当年到底发生了什么？"

崔星子揉了揉自己的太阳穴，"还有司机。"

"司机！"崔星子淡定地说道，"当年撞死韦思奇的司机，不是意外，是石建珲安排的，韦思奇被人故意推上马路，那个等候多时的司机就伺机撞了过去……"

崔星子没有说谎，她对两年前发生的一切都历历在目，因为，当时她就在不远处的天桥上"欣赏"着这场悲剧——

两年前的那天，原本是一个美好的圣诞节，但是对于韦思奇来说，已经进入了生命的倒计时。何亚维以透露崔星子制假情报为由将他约了出来，两人一同来到酒吧喝酒，当晚一起参加聚会的，还有崔星子的心腹。

韦思奇和何亚维在那些人的怂恿下喝了一杯又一杯，不胜酒力的韦思奇很快就晕晕乎乎地倒在桌上，之后，剩下的人便趁何亚维还有一丝清醒极力撺掇起来，大骂何亚维太老实，不值得，把韦思奇当兄弟，人家却抢他女朋友，还要把他送进监狱，可真是被人卖了还戴了顶绿帽子，活得十分窝囊……

意气风发的何亚维当然生气，本就对韦思奇心有嫌隙的他当然听不得这样的话，再加上他是如此深爱裴忻，被戴了绿帽子自然忍不了。他一杯一杯给自己灌酒，越想越窝火，而那些狐朋狗友也不甘罢休，他们趁何亚维醉酒，就怂恿他一会儿找地方把韦思奇教训一顿。

凌晨，韦思奇的酒意过了小半，何亚维带着他一起从酒吧出来，昏昏沉沉的韦思奇走在最前面，一个与何亚维年龄相仿的男人在他的耳边吹起了风："兄弟，我再跟你说一件事，我听说……上周你女朋友……和那个韦思奇去酒店过了一夜呢……"

酒店、一夜……两个词如一把尖刀刺伤了何亚维的自尊心。

"刚刚那么多人，我都不好意思告诉你，韦思奇这小子，真不是东西……"

醉意蒙眬的何亚维攥紧了拳头，看着前面跟跟跄跄的韦思奇，他再也忍无可忍，"你这个王八蛋……"说罢，他跑上前重重推了韦思奇一下……

说到这里，崔星子也停了下来，"你们从何亚维嘴里知道的，也就是这些吧。"

"原来从一开始你们就设计好了……"林南希说，"那也不对，司机怎么知道何亚维会把望思玛的哥哥推到马路上，还那么巧能找准时机制造一起交通意外？"

"因为推倒韦思奇的人，并不是只有何亚维一个。"

"还有别人？"林南希吃惊。

"何亚维当时喝醉酒，力气根本没有那么大，有人趁何亚维伸手的时候，在后面补了一手，才把韦思奇推向了马路中央。"

"我的天……"林南希甚至不敢相信自己的耳朵，"那个人是谁？"

崔星子犹豫了一下，叹了口长气，闭上眼睛道："石建珲的儿子，石明轩……"

"石明轩……"

石明轩这个名字好似有那么几分熟悉，仿佛在哪里看见过。

没错，林南希的直觉是对的，她确实有见过，而且就在不久前。林南希努力回忆起关于这个名字的印象，终于，她想起来了，"亚洲校园乐队大赛！"

她在校园乐队大赛的入围名单里见过石明轩这个名字，她用力回想，脑子里掠过每一个乐队的名单，最后，她定个在了某个乐队上。

那个乐队，叫镇天魄。

镇天魄乐队的吉他手，就叫石明轩。

"阿轩，他们叫他阿轩。"林南希惊讶，"葵舞台第一次比赛结束，我们还一起吃了饭。"

第83章 幕后推手

她终于回想起来，当时还听说这个叫阿轩的男孩出身于书香门第，父母都是教育行业的大人物，没想到他竟然是校长石建珲的儿子……

"石明轩原本是个好孩子，也并不知道他父亲做的那些见不得人的勾当，当他知道的时候，他想帮他，只可惜……用错了方式。"

"他们在凝望深渊的时候，深渊也在凝望他们。"

另一边，接到消息的肖米杰正带着同事第一时间前往秀亭区，一路上，警灯闪烁，警笛长鸣，警车很快来到蝶兰桥下的一片别墅区。

这片 S 市最高档的别墅是三年前建成的，每一栋的总价均超过了两千万，自前年这片区域外围的商务区和七星级酒店动工后，这里的房价更是水涨船高。

"队长，32 号就是这里了。"车子在一栋三层高的别墅前停下，警官肖米杰下了车，这片别墅区空落落的，购房的业主大多都是买房投资，因为离市区较远，再加上配套的生活设施仍在建设，所以真正入住的业主很少。

肖警官抬头望向楼上的窗户，和周遭大部分房子一样，所有的玻璃窗都被紧紧地锁着，灰色的窗帘把每个房间都裹得严严实实。

他走到门口，按了按门铃，里面没有任何反应，他又按了一下，依旧没有反应。几个警察绕着房子走了一圈，发现侧后方的停车位里停着一辆蓝色的豪车，这辆豪车的车牌号是 JK003，正是石建珲的车。

"进去搜！"一声令下，一个警员踹开了别墅大门，所有人也跟着冲了进去。

三名黑衣壮汉早已站在一楼恭候多时，只不过就算手里有刀，他们也抵不过受过专业训练的警察，反抗了几下，黑衣人最后还是束手被擒。

肖米杰沿着楼梯一个个房间寻找，终于，在三楼最里面的一间房间里找到了望思玛。

望思玛蜷缩在墙角，嘴上被贴了一条胶带，双手双脚被绳子紧紧绑着，手腕处还有几条深深的勒痕，见到肖米杰来了，才露出一丝绝处逢生后的欣慰。

"望思玛，你还好吗？"肖米杰立刻上前撕掉了她嘴上的胶带，另一名警察为她松了绑，"怎么样，有没有受伤？"

松开双手双脚的望思玛抓住肖米杰的胳膊，担心地问："肖警官，江峪怎么样了？"

"他的手臂受伤了，索性没有伤到骨头。"

听到这里，望思玛紧张的身体才微微放松下来，"没事就好，还能打鼓。"

"你呢？"肖米杰又问，"救护车也来了，现在送你去医院。"

"我没事。"她回答，"我只是被那个老头关在这里，没有受伤。"

而此时，石建珲就坐在房间的另一边，他面带倦容，脸色蜡黄，看到破门而入的警察也并没有表现出一丝恐慌。

"该来的总要来。"石建珲平静地说，"小姑娘，如果你们不是把我逼得走投无路，我也不会这样对你们。"他笑了笑，"刚才我还在想要不要跟你同归于尽，办法我都想好了，楼下那三个人就是为你准备的，不过你很幸运啊，看来，你哥哥在天上倒是很罩着你。"

"老实点！"随行的警员将他扣了起来。

"我哥哥在天上等着你这一天呢。"望思玛也没有半分畏惧，"举头三尺有神明，天道轮回善恶有报，石校长，不信你抬头看看啊！"她指了指石建珲头上的天花板，"你看，神明就在上面看着你。"

"小姑娘。"石建珲没有悔意的脸上突然多出一丝钦佩，"你确实是个做大事的人，有胆识，跟你哥哥一个样。"

"你本可以成为名标青史的大教育家，只可惜选择了这条路。"

"你以为我想吗？"石建珲突然脸色骤变斥责起来，"都是钱！都是钱惹的祸，有的路一旦踏上，就再也回不了头了。"

"你和崔星子联合起来杀我哥哥，你们终究得到了报应。"

"没错，你哥哥的死是我策划的，让我抵命，可以。"说完，他跟着警察走了出去。

"石先生，真的是你一个人做的吗？"肖米杰叫住了他。

石建珲顿了顿，"对，是我一个人做的，我认了。"

"那……你儿子呢？"肖米杰又补了一句，"当时推韦思奇的人，还有你儿子石明轩吧……"

"明轩……"他全身发抖，瘫倒在地上，"崔星子，你这个女人，你说过会放过我儿子的！你不得好死！不得好死……"

第84章 团聚

  警车带着望思玛一路奔向医院，按照既定流程，肖米杰原本要安排她做一个全身检查，但是一下车，她就直奔三楼的病房，如果莫龄给的信息没错，江峪就在三楼的18号床位。
  "18床……就是这儿。"她沿着三楼过道一路找，终于看到了18床。
  她一把推开门。
  "江峪——"江峪果然在那儿，望思玛喜笑颜开，扑了过去。
  "嘘……"躺在床上的江峪使了一个眼神，"你轻点，别把隔壁床的老爷子吵醒了。"
  "嗯？"望思玛立刻放慢脚步，刚才兴许是太激动了，她并没有注意到靠门的床边还躺着一个人，"哦！"她轻轻关上病房门，然后蹑手蹑脚地跑到江峪的床边，坐了下来。
  "江峪……"江峪躺在床上，头上还挂了个大耳机，半小时前，他得知肖米杰已将望思玛救出来，那颗悬而未定的心也终于放下来，见望思玛进来，那张冷冰冰的脸终于露出喜色，两人四目相望，抱在了一起。
  "没事就好，没事就好。"他一只手紧紧搂住女孩，"你被带走的一刹那，我真害怕永远都见不到你了。"
  "我不是好好的嘛，我哥在天上会保佑我的。"她道。
  "听说你很厉害啊。"江峪在望思玛的脑门上弹了一下，"临走还不忘跟石建珲抬杠，你就一点也没怕过？"
  望思玛摇摇头，笑笑说："听说你被缝了二十多针，快，把你手上的大蜈蚣给我看看。"
  江峪撩起自己的袖子，"被刀扎了一下，还包着纱布呢。"卷到一半他才反应过来，"哎？望思玛！你怎么不问我伤得怎样？疼不疼，要不要抹药膏？怎么对我的伤口那么好奇，你是不是太残忍了？"
  望思玛轻轻托起江峪的手，看了看缠满纱布的大臂，"我知道肯定很疼，不过我也不是忘恩负义的人，我会照顾你的嘛，给你炖黄豆猪脚汤。"
  "你还会煲汤？"江峪觉得新奇，"不会是黑暗料理吧，喝了会不会拉肚子啊？"
  "那你别喝了。"她朝他身上轻轻拍去。
  "喝。"他一把拉住她的手，"虽然没有伤到骨头，但这个月是动不了手臂了，要不明天，明天我出院，你买好猪脚来我家啊。"
  "美的你……"

望思玛起身给他倒了一杯水，江峪摸了摸自己的大臂，其实那道伤口很深，现在麻药效力过了，开始有一阵阵刺痛的感觉了。

"思思。"他满脸愧疚，"对不起，是我没保护好你。"

望思玛摇摇头，"真没事，就是被人绑了十几个小时而已。"她摊开双手，转了一圈，"江老师，能不能保持你高冷的风格，你这般啰唆的样子真让人看不惯。"

"好。"他答，望思玛张开双臂的那一刻，江峪还是隐约看到了她手腕上深红色的勒痕，江峪知道，她当时一定很害怕，只是她忍着，忍着没有告诉自己而已。

"看来这几个星期拿不了鼓棒了，让你捡个便宜，多放几天假，你想去哪儿玩，我带你去。"

"嗯……"她想了想，"那……想去枏谷，听说那开了个超刺激的游乐园，等这周末比赛结束，不如去那儿玩两天？"

"好。"

"你们两个腻歪够了吗？"站在门外的肖米杰敲敲门，"兄弟，我还有任务在身，不得不打断你们了。"说完他看向望思玛，"望小姐，时间不早了，一会儿你做完全身检查，还要跟我去警察局做笔录，可别耽误太久。"

"知道了。"

"哦，对了，你回来跟你爸妈说了没？"江峪抓着她的手，"你爸妈都急疯了。"

望思玛点点头，"在车上我就跟他们视频通话了，还好有莫龄陪着他们，等我这边事情处理完就回家。"

"好。"

警察局那边，因为崔星子给到的重要口供，警察很快逮捕了石建珲的儿子石明轩，石明轩是嘉北大学镇天魄乐队的乐手，警察找到他的时候，他正在教室上晚自习，警察跟老师说明情况后，嘉北才子石明轩就被几个穿制服的警察在众目睽睽之下带走了。

一时间，嘉北大学再次谣言四起，校长石建珲刚刚失踪，校乐队的吉他手又被带走了，两个人都姓石，大家不免起了种种猜测。

不过大家的猜疑也是对的，石明轩确实是石建珲的儿子，这件事原本只有几个教务处的老师知道，石明轩也从未与任何人提及过，就连镇天魄乐队主唱都不知道，而现在，校长父子联合起来制造了一场惊天命案成了嘉北大学建校以来最大的丑闻。

另一边，为了救望思玛，林南希的身世也被曝光了，好在这件事对她没有太大影响，崔星子接受了法律的制裁，也承诺永远不打扰林南希的生活，申南与海洋大学的矛盾也因此化干戈为玉帛。

第 84 章 团聚

两天后，他们结伴一起去看了韦思奇。

韦思奇的墓在 S 市一处安静优美的陵园里，自他在这里长眠后，父母每个月都要来打扫一番，而今天，这项任务就交给了望思玛。

一大清早，这里就来了不少朋友。

望思玛将一束玫瑰花放在哥哥的墓前，"哥你看，大家都来了。"

墓碑上的照片仍是哥哥离开前的样子，大家都变了，只有他亦是如此，笑容灿烂，神采奕奕。

"江峪、裴忻，还有我的好姐妹莫龄和贝贝，这花是不是很好看，早上裴忻陪我挑的……"望思玛带着些许醋意，"我现在才知道你最喜欢的是玫瑰花，你以前怎么不说！"

"思思，你哥哥还真帅呢。"陶贝贝看着韦思奇的相片感慨道，"你们两个的眼睛好像啊……莫龄，你说是不是？"

莫龄点点头，她挽着裴忻，一路上都没有松开手，眼睛也一直没有离开过她，裴忻心里的亏欠她全都知道，两年了，现在她终于能如释重负，"你跟思思就是冥冥之中注定的缘分，他知道与你无缘，就偷偷安排自己的妹妹跟你见面，然后让你们一起玩音乐。"

"你的妹妹可比你厉害多了。"裴忻看着韦思奇的相片露出了久违的笑容，"你之前想要送我的曲子我收下了，你没完成的事儿，接下来就让我们来替你完成。"

第 85 章 黑天鹅女王

灯光骤亮，姑娘们亭亭玉立在舞台之上，这光温暖无比，承载着每一次的荣耀时光，台下灯牌璀璨，映衬着台上如霜的娇容。

"那个黑头发的女孩是谁？"台下粉丝突然说，"黑天鹅的主唱不是裴忻吗？"

"好像是啊，我记得是一个白头发的姑娘。"

"可是，怎么换人了？"

"什么时候换的？"

"裴忻呢，裴忻呢，我要看裴忻……"

观众们开始议论纷纷，舞台中央那白到发光的冰雪女神突然不见了，转而变成了一身黑色，头发乌亮的姑娘。

"难道裴忻又退出了？"

坐在第三排的小卷毛听得津津有味，脸上却掩不住一抹坏笑，待身边的人七嘴八舌猜测起来的时候，才一脸得意地解释道："什么新主唱，你们没看出来吗？那个人就是裴忻啊。"

"裴忻？"众人看向舞台中央，高挑的身材，利落的短发，还有那桀骜不驯的气质，看了半天恍然大悟，"真的是裴忻，真的是她！她居然把头发染回来了。"

黑如曜石般的瞳孔没有任何慌乱，盛气凌人的架势容不得质疑，修身的黑色牛仔裤，干练的黑色紧身衣，领口处还有一圈黑色的天鹅羽毛，今天的裴忻宛如一只高贵的黑天鹅，傲视群雄，抖翎起舞。

三十多家媒体受邀来到现场，葵舞台的上座率已达极限，没有人愿意错过这场最硬核的摇滚狂潮。

"黑天鹅！黑天鹅！"台下的欢呼声一浪掀过一浪，曾经那个遥不可及的舞台，黑天鹅们终于站了上去。

决赛开启，华丽的舞台上仅剩下最后五支乐队：南糖门、镇天魄、华旸、催泪瓦斯，以及黑天鹅。

南糖门乐队一登场便声势赫奕，主唱的超强控场力宣告着南糖门不可动摇的王者之位。

华旸屹立于风格之巅，精湛的演奏技术和惟妙惟肖的音色诠释着学院派的大气风范。

催泪瓦斯是受上天眷顾的幸运儿，他们收获了精兵猛将，冬藏春发，终于在今年的全国大赛中一雪前耻。

而常胜军镇天魄的实力无可厚非，即使少了吉他手石明轩，也依旧演奏出了最完美的音乐，夺冠之势不容小觑。

最后一支登场的乐队，是黑天鹅。

"大家好，我们是黑天鹅乐队。"

裴忻的第一句话就能点燃整个舞台，她只要轻轻一个动作，就能让整个舞台鸦雀无声，即使染回黑发，也没有任何东西能压制她女王般的气势。

裴忻回头，朋友们就站在她的身后，莫龄、陶贝贝、林南希……她依次望去，最后望向望思玛，望思玛看着她，笑了笑。

她点点头。

她们亦然。

"今天带来我们的新歌《黑天鹅女王》。"

天鹅湖里的丑小鸭

你不要怀疑

终有一天能褪去绒羽，抖翎高飞

若你洁白无瑕，所有光芒都会洒在身上

若你一身黢黑，爱惜羽翼也能不染尘埃

我幸运，我就是那只黑色的天鹅

我高贵又神秘

我让世界上所有的颜色变得平凡庸碌

众人视我为黑色魔鬼

我却将魔鬼杀于无形

从未与世界争抢

也从未失去爱

即使世界薄凉荒芜，也总有朋友在我身边

……

（全文终）